M. Bruguiere

Tableau Encyclopedique et Methodique

M. Bruguiere

Tableau Encyclopedique et Methodique

ISBN/EAN: 9783741197970

Manufactured in Europe, USA, Canada, Australia, Japa

Cover: Foto ©Andreas Hilbeck / pixelio.de

Manufactured and distributed by brebook publishing software (www.brebook.com)

M. Bruguiere

Tableau Encyclopedique et Methodique

TABLEAU
ENCYCLOPÉDIQUE
ET MÉTHODIQUE
DES TROIS RÈGNES DE L'A NATURE.

TABLEAU ENCYCLOPÉDIQUE ET MÉTHODIQUE

DES TROIS RÈGNES DE LA NATURE.

CONTENANT

L'HELMINTHOLOGIE, *ou* LES VERS INFUSOIRES, LES VERS INTESTINS, LES VERS MOLLUSQUES, &c.

PAR M. BRUGUIÈRE, *Docteur en Médecine.*

SEPTIÈME LIVRAISON.

Mihi contuenti sese persuasit rerum natura nihil incredibile existimare de ea. PLIN. XI. 2.

A PARIS,

Chez PANCKOUCKE, Libraire, Hôtel de Thou, rue des Poitevins.

M. DCC. XCI.

AVERTISSEMENT.

Si l'étude des Vers n'a pas préſenté encore le même intérêt que celle des autres parties de l'Hiſtoire Naturelle, ce n'eſt pas qu'elle réuniſſe moins d'attraits, qu'elle ſoit moins fertile en découvertes, ou qu'elle offre des rapports moins utiles que les parties de la nature qui ont été le plus obſervées; mais c'eſt la difficulté de l'obſervation, la pauvreté des bibliothèques, & ſur-tout la privation des collections, occaſionnée d'une part par les obſtacles ſans nombre de leur recherche, de l'autre par ceux qui s'oppoſent à la conſervation des individus que le haſard préſente ſi rarement, ou enfin par l'indifférence des voyageurs naturaliſtes, qui en ſont les véritables cauſes.

L'Entomologie doit en grande partie la rapidité des progrès qu'elle fait de nos jours, à la grande facilité qu'il y a de conſerver les inſectes & de les recevoir entiers de toutes les parties de la terre; les naturaliſtes qui ſe ſont le plus diſtingués dans cette carrière, n'ont eu aucun déſavantage, en décrivant dans leur cabinet les inſectes des Indes & ceux des régions les plus éloignées, ſur ceux qui les avoient obſervés dans leur pays natal; & loin qu'aucun de leurs caractères, même les plus minutieux, leur ait échappé, ils ont encore ſurpaſſé les naturaliſtes voyageurs par tous les avantages de la méthode, de la critique, réſultans de la réunion de tous les ſecours littéraires qui ſe trouvoient à leur portée.

Ces avantages ont été communs à ceux qui ont écrit ſur toutes les parties de l'Hiſtoire Naturelle, autres que celle des Vers; les collections nombreuſes de l'Europe, & celles de la capitale, leur ont offert des reſſources qui équivalent à l'obſervation même ſur des êtres vivans, la facilité de l'étude a été le premier véhicule de la ſcience, & enfin il eſt réſulté de leurs efforts réunis un degré de perfectionnement auquel on ne doit pas s'attendre de long-tems pour la partie de l'Helminthologie.

Juſqu'ici toutes les tentatives ont été vaines pour conſerver les vers après leur mort d'une manière ſatisfaiſante, & toutes les notions qui leur ſont relatives n'exiſtent que dans les ouvrages des ſavans, & ſe trouvent diſperſées dans une infinité de volumes, dont les auteurs, faute d'avoir pu conſerver les objets ſous leurs yeux, n'ont pu exercer les uns ſur les autres cette critique judicieuſe qui diſcute & analyſe les faits, & conduit tôt ou tard à la vérité. Combien n'exiſte-t-il pas d'eſpèces parmi les Vers qui n'ont été vues qu'une ſeule fois, d'autres qui ne l'ont été que d'une manière incomplette, dont les vrais caractères ne ſont pas même ſoupçonnés, & qui cependant groſſiſſent le nombre des eſpèces réputées connues.

Ici ce sont des observations microscopiques dont les illusions, douteuses seulement pour ceux qui n'ont jamais observé, peuvent avoir mis le naturaliste le plus exercé en défaut ; là, outre ce premier obstacle, l'on a eu encore à vaincre celui de la différence de l'élément dans lequel on observe. Les productions polypeuses de la mer, celles des rivières ne durent qu'un instant sous l'œil de l'observateur, & combien de difficultés n'a-t-il pas fallu surmonter pour se procurer ce moment d'observation, d'où dépendent cependant l'erreur ou la vérité.

Enfin, si la privation de la vie, dans les objets soumis à ses recherches, conserve au naturaliste toute la pureté des caractères extérieurs qu'il employe pour les autres parties de l'Histoire Naturelle, s'il est difficile de reconnoître que ses descriptions n'ont été prises que sur des individus qui en étoient privés, ou si les différences qui peuvent s'y trouver, sont effectivement peu essentielles, qui ne conviendra pas que cette ressource est nulle pour l'Helminthologie, que la vie des individus est indispensable dans l'observation de ces animaux, la seule vraiment essentielle, puisque les parties des Vers sur lesquelles les divisions méthodiques & les caractères des genres sont fondés, telles que leurs extrémités, rentrent ou s'affaissent, ou se déforment complettement un instant après qu'ils ont péri.

Dans un ouvrage général qui devoit rapprocher & classer toutes les notions acquises sur les Vers, & où l'observation de la nature étoit impossible, il a donc fallu s'en rapporter à celles qui étoient déjà consignées dans les auteurs ; la vie de plusieurs hommes célèbres a été employée à les recueillir séparément, & c'est aux générations suivantes qu'il appartient de les rectifier. C'est quelque chose que de réunir tant de faits épars & de les rassembler sous un ordre méthodique, sur-tout quand cette réunion n'avoit encore été tentée que partiellement & comme d'une manière provisoire. Ce premier pas peut ouvrir une carrière nouvelle, qui sera défrichée à son tour ; & s'applanira successivement. L'ouvrage immortel de Linnéus, qui a réuni sous le titre de *Syst. naturæ* tous les êtres naturels qui lui étoient connus, n'est pas encore porté, malgré les quatorze éditions successives qu'il a éprouvé, & les améliorations graduelles qui leur ont donné lieu, au degré de perfectionnement où il doit atteindre, parce que loin que toutes les corrections ayent été faites, la vérification seule des espèces n'a pas présenté toujours la même facilité ou la même possibilité, & c'est sur-tout arrivé pour ce qui concerne la partie des Vers.

Ne pouvant donc consulter la nature dans l'ordre des Vers infusoires, dans ceux des Vers intestins & mollusques, j'ai adopté le travail des auteurs les plus distingués, qui s'étoient dévoués à l'illustration particulière de chacun de ces ordres de l'Helminthologie ; j'ai employé le travail entier de ces Naturalistes, quand mes observations ou celles des personnes qui méritent ma confiance m'ont assuré, autant qu'il a dépendu des circonstances, de la fidélité & de la véracité des faits qui y sont rapportés. J'ai fondu les découvertes détachées & souvent isolées de plusieurs auteurs pour completter des parties entières qui n'avoient pas été rédigées systématiquement, & j'ai présenté une méthode plus complette que celle de Linnéus dans l'ordre des échinodermes, que j'ai séparé de celui des mollusques, & dans ceux des Vers testacés & des zoophytes, parce que dans ces trois ordres de vers, j'ai eu, en exceptant ce qui concerne le corps mou de ces animaux, les mêmes avantages que j'ai dit résulter des collections, & qui dépendoient de la situation où je me trouve, dans une ville qui surpasse maintenant toutes celles de l'Europe par le nombre, la richesse de ses cabinets d'histoire naturelle, comme elle les égale d'ailleurs par les facilités que les personnes qui travaillent éprouvent de la part de leurs propriétaires.

Après avoir prévenu le lecteur sur la nature de cet ouvrage, il me reste à le prémunir sur les erreurs qui peuvent s'y rencontrer. Ces erreurs peuvent être de deux sortes: les unes celles des auteurs auxquels il a fallu m'en rapporter, les autres celles dans lesquelles j'aurai pu tomber, dans l'emploi de tant de matériaux dispersés, lesquels ont souvent été considérés sous des rapports tout-à-fait disparates. Pour les premières, elles sont d'une nature à ne pouvoir être évitées, & c'est au tems seul & aux observations subséquentes à les faire disparoître. Elles peuvent consister en des doubles emplois, en de simples variétés considérées comme des espèces, en des différences spécifiques mal ou pas suffisamment caractérisées, & enfin en des caractères faux ou très-dénaturés par le concours des circonstances dont j'ai déjà parlé. Il est vraisemblable que dans un ouvrage si considérable & si neuf dans ses détails que celui que je présente, quelques-unes de ces erreurs puissent s'y rencontrer & peut-être s'y trouver toutes réunies, sans cependant que son utilité soit compromise, & qu'il ne remplisse pas en grande partie l'objet auquel il est destiné. En facilitant la connoissance des espèces par les figures qui y sont jointes, il conduira insensiblement à leur comparaison, & enfin l'organisation de chaque espèce étant mieux connue dans tous ses détails, les genres seront purgés peu-à-peu des espèces qui s'y trouvent maintenant déplacées, comme cela est arrivé dans les autres parties de l'Histoire Naturelle.

Les erreurs que l'on devra m'attribuer seront celles qui dépendront de l'emploi que j'aurai su faire des matériaux que j'ai réunis. Comme la plus scrupuleuse attention ne suffit pas toujours pour donner au but, là où il faut opter entre les sentimens contradictoires de deux auteurs également estimables, ou bien quand il faut suppléer par l'analogie de quelques parties au défaut sensible ou à l'insuffisance des descriptions, il peut se faire que cette alternative soit devenue dans quelques occasions la source de l'erreur.

En adoptant la voie de l'analogie comme la moins équivoque de toutes celles qui se présentoient, je ne m'en suis pas cependant dissimulé l'insuffisance ni les exceptions qu'elle éprouve dans bien d'autres cas, & c'est à cette considération que je n'ai jamais perdu de vue que l'on devra attribuer le silence que je garde sur quelques espèces des auteurs dont les différences m'ont paru insuffisantes, ou que j'ai cru devoir placer plutôt dans le rang des variétés que dans celui des espèces.

Si j'eusse été à même de consulter la nature, j'aurois vraisemblablement augmenté le nombre des genres dans l'ordre des Vers intestins & dans celui des Vers mollusques où cette augmentation me paroissoit nécessaire; mais les genres n'étant au fond que des divisions ou des coupures arbitraires, j'ai cru parvenir au même but en les divisant par des sections, que l'on pourra dans la suite considérer comme des genres, lorsque la série des espèces dont elles ont été composées, aura été plus particulièrement observée.

En effectuant ces changemens dont j'ai néanmoins apperçu quelquefois la nécessité, j'aurois encouru le blâme de ceux qui pensent que les méthodistes ne doivent jamais s'écarter des autorités reçues, sans appuyer les changemens qu'ils peuvent opérer sur des observations nouvelles, & qui ne comptent pas assez sur les ressources que procure l'ensemble d'un travail général, j'aurois encore déplu à tous ceux qui dans des vues estimables, mais sans doute exagérées, respectent tout dans les auteurs estimés, & qui ne veulent qu'on y touche qu'avec un appareil de démonstrations qui ne pouvoit convenir à la nature de cet ouvrage.

Le dictionnaire des Vers de l'Encyclopédie réunira tous les détails relatifs aux objets dont on ne présente ici que la partie systématique, on y trouvera des vues générales sur la classe des Vers, sur les ordres dont elle est composée, des observations critiques sur les genres; & enfin les synonymies & les descriptions des espèces. J'ai suivi pour les planches de l'Helminthologie le plan du *Systema naturæ* de Linnéus, comme le meilleur de tous les modèles; comme le plus favorable à l'instruction, en ce qu'il présente un tableau succinct & méthodique des rapports les plus essentiels des êtres naturels, & que d'ailleurs c'eut été chercher à grossir inutilement un volume que de répéter ici une partie de ce qui doit se trouver dans le dictionnaire des Vers, dont les planches forment le complément.

TABLEAU SYSTÉMATIQUE DE LA CLASSE DES VERS.

Définition. Les Vers sont des animaux à corps mou, vivans dans l'humidité, tardigrades, susceptibles d'extension, très-vivaces & régénérant leurs parties tronquées; plusieurs sont sans tête, d'autres sans pieds; les uns réunissent les deux sexes, les autres n'en offrent aucun indice; ils sont le plus souvent reconnoissables à leurs tentacules.

Ils diffèrent des Insectes en ce qu'ils n'éprouvent pas de métamorphoses, & notamment de ceux de l'ordre des Aptères, en ce qu'ils sont privés de stigmates, & que leurs pieds, quand ils en ont, ne sont point articulés.

Ils diffèrent de tous les autres animaux, en ce que souvent ils sont privés de la tête, des oreilles, du nez, des yeux ou des pieds, & que plus souvent encore ils sont sans os, qui nuiroient à leur contraction, d'où ils furent vraisemblablement nommés par les anciens des animaux imparfaits.

La partie de l'Histoire Naturelle qui a pour objet la connoissance des Vers, a été nommée *Helminthologie*, de deux mots grecs ἕλμινθες, qui signifie Vers, & λόγος, qui signifie discours.

Nous diviserons les Vers en six ordres, distingués entr'eux de la manière suivante.

ORDRE I.

Vers infusoires.

Déf. Ils sont mous, très-petits, le plus souvent imperceptibles à la vue simple, nuds ou ciliés, privés de tentacules & aquatiques; ils se multiplient par des œufs, & souvent par une division simple ou double, qui s'opère naturellement sur leur longueur ou sur leur largeur.

TABULA SYSTEMATICA CLASSIS VERMIUM.

Definitio. Vermes, tardigrada, mollia, pandentia, vivacissima, partes amissas regenerantia, humidi animantia; multa acephala, apoda non pauca, demum androgyna vel neutra, tentaculis plurimum cognoscenda.

Vermes ab insectis differunt quod non subeant metamorphosin & præprimis ab insectis apteris, quod stigmatibus destituantur, & quando pedati pedibus donentur inarticulatis.

Ab aliis animalibus sæpius discrepant, defectu capitis, aurium, nasi, oculorum aut pedum, & sæpissime exossea sunt ut faciliùs corripiantur, unde verosimiliter imperfecta veteribus dicta fuere animantia.

Pars Historiæ Naturalis quæ tractat de Vermibus, *Helminthologia* nuncupata fuit, à nominibus græcis ἕλμινθες, λόγος quæ tractatum de Vermibus significant.

Vermes in sex ordines sequenti modo distinctos dividimus.

ORDO I.

Infusoria.

Def. Animalcula mollia, minima, sæpiùs oculis inconspicua, nuda aut ciliata, tentaculis destituta, aquatica; ovis multiplicantur & sæpè partitione naturali simplici aut duplici, in variis verticali aut transversa.

ORDRE II.

Vers intestins.

Déf. Ils ont le corps simple, long, articulé, rétractile, & vivent dans le corps des autres animaux ou dans les eaux, ou dans la terre; ils sont ovipares, & ont éminemment la faculté de régénérer leurs parties tronquées.

ORDRE III

Vers mollusques.

Déf. Ils sont mous, non articulés, polymorphes, nuds ou tentaculés, quelquefois pourvus de bras; les uns vivent dans la mer ou dans les eaux douces, les autres rampent sur la terre, & quelques-uns s'établissent en parasites dans le corps ou sur le corps de divers animaux.

Plusieurs sont ovipares & hermaphrodites; tous les marins sont plus ou moins phosphoriques, & brillent dans la nuit comme autant de lampes suspendues sur les profondeurs ténébreuses de l'Océan.

ORDRE IV.

Vers échinodermes.

Déf. Ils sont recouverts d'un cuir dur, ou d'un test solide composé de plusieurs pièces réunies, armés d'épines articulées, tentaculés, & pourvus sur leur face inférieure d'une bouche orbiculaire, le plus souvent garnie de cinq dents. Ils sont tous marins, & mangent des coquillages ou des varecs. Ils se multiplient par des œufs, & sont peut-être hermaphrodites.

ORDRE V.

Vers testacés.

Déf. Ils sont souvent tentaculés, & toujours renfermés dans une coquille calcaire, libre ou fixée, & composée d'une ou deux ou plusieurs

ORDO II.

Intestina.

Def. Animalia simplicia, elongata, articulata; retractilia; intra alia animantia vivunt, aut in aquis, parcius in terra hospitantur, ovis multiplicantur & partes truncatas regenerant.

ORDO III.

Mollusca.

Def. Animalia mollia, non articulata, polymorpha, nuda aut tentaculata, aliquoties brachiata; alia in mari vagantur aut in aquis dulcibus, alia supra terram gliscunt, pauca parasitica intra aut supra animalia varia pascuntur.

Pleraque ovipara, hermaphrodita, marina fere cuncta plus minusve phosphorea, tanquam totidem lucernis tenebricosum illuminant abyssum.

ORDO IV.

Echinodermata.

Def. Animalia cataphracta corio tenaci, aut testa solida tessellata, armata spinis articulatis, tentaculata, ore infero orbiculato sæpius quinquedentato. Omnia in mari vivunt, testaceis aut fucis pascuntur; ovis multiplicantur, forsan hermaphrodita.

ORDO V.

Testacea.

Def. Animalia sæpius tentaculata; semper occlusa intra testam calcaream, liberam aut affixam, valvula unica, valvulis binis aut plu-

valves diverſement articulées. Ils vivent ſur la terre ou dans les eaux douces, & en très-grand nombre dans la mer; ils ſont monoïques ou hermaphrodites, & toujours ovipares.

ORDRE VI.

Vers zoophytes.

Déf. Ils ſont composés ou réunis en des maſſes irrégulières ou rameuſes, preſque toujours fixées par leur baſe ou enracinées comme les végétaux. Leurs animalcules connus ſont tentaculés, exſertiles & renfermés dans des cellules calcaires, cornées, coriaces ou fibreuſes. Ils habitent tous dans la mer, dont ils élèvent ſans ceſſe le fond, & ſe multiplient en grand nombre par des œufs.

Diviſion méthodique de l'ordre des Vers infuſoires.

Obſerv. Cet ordre eſt purement artificiel, & fondé eſſentiellement ſur la petiteſſe des animalcules qu'il renferme. En ſuivant les principes de la méthode naturelle, ſes genres pourroient être compris dans l'ordre des Vers inteſtins, ou dans celui des molluſques, ou dans celui des zoophytes; mais dans leur claſſification ſyſtématique on ne doit avoir égard qu'à leur exceſſive petiteſſe, qui eſt telle qu'elle les rend le plus ſouvent imperceptibles à la vue ſimple, & dont ils avoient pris le nom de Vers microſcopiques.

J'ai ſuivi la méthode du célèbre Othon Frédéric Muller, pour ce qui concerne cet ordre de Vers, comme celle de l'homme de notre ſiècle le plus inſtruit dans cette partie, & qui réuniſſant les obſervations les plus certaines de ſes prédéceſſeurs, celles de ſes contemporains, avec les découvertes nombreuſes qu'un travail aſſidu de dix années lui avoit procurées, eſt regardée maintenant avec juſtice comme fondamentale.

rimis varie articulatis compoſitam. Terrena, aquatilia, magis numeroſa marina, variis veſcuntur; monoica ſunt aut hermaphrodita & ſemper ovipara.

ORDO VI.

Zoophyta.

Def. compoſita animalia irregulariter coacervata aut ramoſa, fere ſemper baſi radicata & ſic plantis analoga. Animalcula adhucdum obſervata, tentaculata, exſertilia, vaginata cellulis calcareis, corneis, coriaceis aut fibroſis. Omnia maris incolæ abyſſi fundum elevant & non pauca ovis multiplicantur.

Diviſio methodica ordinis vermium infuſoriorum.

Obſerv. Ordo vermium infuſoriorum mere artificialis eſt & ab horum animalculorum parvitate in eſſentia conſtitutus. Secundum methodum naturalem ejuſce ordinis genera ad inteſtina ſeu ad molluſca aut ad zoophyta amandari poſſent, ſed in horum claſſificatione ſyſtematica præprimis eſt attendendum ad animalculorum nimiam exilitatem, quæ ſæpius illa nudo oculo inconſpicua reddit; unde animalia microſcopica jam dudum fuerunt nuncupata.

Secutus ſum methodum celeberrimi Othonis Frederici Mulleri, ſicuti quoad partem Vermium infuſoriorum in ævo noſtro viri peritiſſimi, dum anteceſſorum obſervatiunculis locuples, coævorum detectis onuſta, propriis ſuis per decem annorum intervallum indefeſſis laboribus reformata, aucta, fundamentalis nunc merito prædicatur.

Parmi les auteurs, qui outre le célèbre Muller ont illustré l'histoire des Vers Infusoires, on doit distinguer *Henry* Baker, *August. Jean* Roësel, *Martin Frob.* Ledermuller, *Henry August* Wrisberg, *Simon-Pierre* Pallas, *Jean August. Ephr.* Goeze, *M.* Terechowsky, *François de Paule* Schrank, *Jean Conrard* Eichhorn, *Jean* Hermann, & quelques autres qui ont éclairci plusieurs points intéressans de leur histoire physiologique.

ORDRE I.

Section première.

Vers infusoires sans organes extérieurs.

Corps épais.

Genre 1. *Monade*..Corps semblable à un point.
Genre 2. *Protée*.........variable.
Genre 3. *Volvoce*.........sphérique.
Genre 4. *Enchelide*......cylindracé.
Genre 5. *Vibrion*.......prolongé.

Corps membraneux.

Genre 6. *Cyclide*.......ovale.
Genre 7. *Paramécie*......oblong.
Genre 8. *Kolpode*.......Sinueux.
Genre 9. *Gone*.........anguleux.
Genre 10. *Bursaire*.......concave.

Section deuxième.

Vers infusoires avec des organes extérieurs.

Corps nud.

Genre 11. *Cercaire*......caudé.
Genre 12. *Tricode*...... velu.
Genre 13. *Kerone*.........corniculé.
Genre 14. *Himantope*.....cirreux.
Genre 15. *Leucophre*.......cilié par-tout.
Genre 16. *Vorticelle*......cilié en avant.

Corps recouvert d'un test.

Genre 17. *Brachion*......cilié en avant.

Inter auctores qui, demto celeberrimo Mullero, historiam Vermium Infusoriorum illustraverunt, gloriose eminent *Henr.* Baker, *Aug. Joh.* Roesel, *Mart. Frob.* Ledermuller, *Henr. Aug.* Wrisberg *Sim. Petr.* Pallas, *Joh. Aug. Ephr.* Goeze, *M.* Terechowsky, *Franc. Paula* Schrank, *Joh. Conr.* Eichhorn, *Joh.* Hermann, & alii, qui puncta obscuriora illorum historiæ physiologicæ dilucidavere.

ORDO I.

Sectio prima.

Infusoria, organis externis nullis.

Crassiuscula.

Genus 1. *Monas*..Corpus punctiforme.
Genus 2. *Proteus*.........mutabile.
Genus 3. *Volvox*.........sphæricum.
Genus 4. *Enchelis*........cylindraceum.
Genus 5. *Vibrio*.........elongatum.

Membranacea.

Genus 6. *Cyclidium*......ovale.
Genus 7. *Paramæcium*.....oblongum.
Genus 8. *Kolpoda*........sinuatum.
Genus 9. *Gonium*........angulatum.
Genus 10. *Bursaria*.......cavum.

Sectio secunda.

Infusoria, organis externis conspicuis.

Nuda.

Genus 11. *Cercaria*........caudatum.
Genus 12. *Trichoda*.......crinitum.
Genus 13. *Kerona*.........corniculatum.
Genus 14. *Himantopus*......cirratum.
Genus 15. *Leucophra*.......ciliatum undique.
Genus 16. *Vorticella*.......ciliatum apice.

Testa tecta.

Genus 17. *Brachionus*.......ciliatum apice.

VERS

VERS INFUSOIRES.

ORDRE PREMIER.

1. MONADE.

Caractère du genre.

Ver microscopique très-simple, transparent, en forme de point.

ESPECES.

1. MONADE *terme.* Dict.

M. corps gélatineux, pl. 1. fig. 1.
Se trouve dans les infusions végétales & animales.

Explication des figures.

Cette figure représente une goutte d'eau considérablement grossie, & remplie de *Monades termes.*

2. MONADE *atôme.* Dict.

M. corps blanc, marqué d'un point variable; pl. 1, fig. 2.
Trouvée dans de l'eau de mer, conservée sans corruption pendant tout un hiver.

(*a*) MONADES *atômes*, grossies & sans points; (*b*) encore plus grossies avec un ou deux points.

3. MONADE *point.* Dict.

M. corps cylindrique & noir; pl. 1, fig. 3.
Trouvée dans l'infusion fétide de la pulpe de poire.

Cette figure représente la *Monade point* grossie.

4. MONADE *œil.* Dict.

M. corps diaphane, marqué d'un point au centre; pl. 1, fig. 4.
Se trouve fréquemment dans l'eau des fossés où croît la *conferve.*

(*a*) MONADE *œil* grossie; (*b*) beaucoup plus grossie.

5. MONADE *lente.* Dict.

M. le corps ovoïde, diaphane; pl. 1. fig. 5.
Se trouve dans toute sorte d'eau.

(*a*) *Monades lentes* grossies; (*b*) considérablement grossies; (*c*) réunies en séries ou en pelotons.

ORDO PRIMUS.

1. MONAS.

Character generis.

Vermis inconspicuus simplicissimus, pellucidus punctiformis.

SPECIES.

1. MONAS *termo.*

M. gelatinosa, tab. 1. fig. 1.
Reperitur in infusione vegetabilium & animalium.

Explicatio iconum.

Figura repraesentat guttulam aquae fluvialis *Monade termone* scatentem, valde auctam.

2. MONAS *atomus.*

M. albida, puncto variabili instructa; tab 1; fig. 2.
In aqua marina totam hyemem servata, non foetente, copiose reperta.

(*a*) MONADES *atomi*, aucta magnitudine absque puncto; (*b*) magis auctae puncto unico aut duplici variantes.

3. MONAS *punctum.*

M. Teres nigra; tab. 1, fig. 3.
In infusione foetida pulpae piri, reperta.

Monadem punctum aucta magnitudine offert.

4. MONAS *ocellus.*

M. hyalina, puncto centrali notata; tab. 1. fig. 4.
Infusis conferva obiectis frequenter reperitur.

(*a*) MONAS *ocellus* aucta magnitudine; (*b*) valde aucta.

5. MONAS *lens.*

M. Ovoidea, hyalina; tab. 1. fig. 5.
In omni aqua reperitur.

(*a*) *Monades lentes* aucta magnitudine; (*b*) magnitudine magis aucta; (*c*) in series & acervos congregatae exhibet.

6. MONADE *luiſante.* Dict.

M. corps marqué d'un cercle ; pl. 1, fig. 6.
Se trouve dans les eaux les plus pures.

(*a*) Ces animalcules groſſis ; (*b*) plus groſſis.

7. MONADE *tranquille.* Dict.

M. corps ovoïde, diaphane, bordé de noir ; pl. 1., fig. 7.
Trouvée dans de l'urine gardée une ſemaine.

La figure repréſente ces animalcules groſſis.

8. MONADE *lamellule.* Dict.

M. corps comprimé, diaphane ; pl. 1, fig. 8.
Se trouve dans l'eau de mer.

(*a*) Animalcules groſſis ; (*b*) conſidérablement groſſis.

9. MONADE *pouſſiere.* Dict.

M. corps diaphane bordé de verdâtre ; pl. 1, fig. 9.
Se trouve au commencement du printems dans l'eau des marais.

(*a*) Animalcules groſſis ; (*b*) conſidérablement groſſis, quelques-uns marqués d'une ligne tranſverſe ; (*c*) pluſieurs réunis en peloton.

10. MONADE *grappe.* Dict.

M. animal diaphane, pluſieurs réunis en un globule ; pl. 1, fig. 10.
Se trouve dans des infuſions diverſes, même fétides.

(*a*) Animalcules réunis ; (*b*) animalcules ſéparés, conſidérablement groſſis.

2. PROTÉE.

Caract. du genre.

Ver microſcopique très ſimple, tranſparent, de forme changeante.

1. PROTÉE *rameux.* Dict.

P. corps ſe diviſant en rameaux ; pl. 1, fig. 1.
Se trouve dans l'eau des marais.

(*a, b, c, d, e, f, g, h, i, k, l, m*) Ces figures le repréſentent conſidérablement groſſi, & ſous les formes différentes qu'il eſt ſujet à prendre.

2. PROTÉE *tenace.* Dict.
P. Une extrémité du corps terminée en pointe ; pl. 1, fig. 2.

6. MONAS *mica.*

M. circulo notata ; tab. 1. fig. 6.
In aquis purioribus paſſim reperitur.

(*a*) Monad. *micas* aucta ; (*b*) valde aucta ſiſtunt.

7. MONAS *tranquilla.*

M. ovata, hyalina, margine nigra ; tab. 1, fig. 7.
In urina ſeptimanam ſervata, reperta.

Figura *Monades tranquillas* auctas ſiſtit.

8. MONAS *lamellula.*

M. Hyalina, compreſſa ; tab. 1, fig. 8.
In aquâ marinâ reperitur.

(*a*) Animalcula aucta ; (*b*) valdè aucta.

9. MONAS *pulviſculus.*

M. Hyalina, margine virente ; tab. 1, fig. 9.
In aquâ paluſtri paſſim primo vere reperitur.

(*a*) Animalcula aucta magnitudine ; (*b*) magis aucta repræſentat inter quæ ſunt linea tranſverſa notata ; (*c*) plurima coacervata exhibet.

10. MONAS *uva.*

M. Hyalina, gregaria ; tab. 1, fig. 10.
In infuſionibus variis, fœtentibus quoque reperitur.

(*a*) Animalcula coacervata repræſentat ; (*b*) ſolitaria aucta magnitudine refert.

1. PROTEUS.

Charact. generis.

Vermis inconſpicuus, ſimpliciſſimus, pellucidus, variabilis.

1. PROTEUS *diffluens.*

P. In ramulos diffluens ; tab. 1, fig. 1.

Reperitur in aquâ paluſtri.

(*a, b, c, d, e, f, g, h, i, k, l, m*) Figuræ citatæ aucta valde magnitudine hunc proteum diverſo modo diffluentem oſtendunt.

2. PROTEUS *tenax.*
P. Extremitate altera in ſpeculum diffluente ; tab. 1, fig. 2.

On le trouve dans l'eau de riviere, & dans l'eau de mer.

(a, b, c, d, e, f) Ces figures représentent cet animalcule considérablement grossi, & toutes les différentes formes qu'il prend successivement pour passer de celle marquée (a) à celle marquée (f).

(g) représente son extrémité pointue; (h) cette extrémité un peu arrondie au bout; (i) sa base; (k) un bourrelet rentré qui s'abbaisse successivement depuis une de ses extrémités jusqu'à l'autre.

3. VOLVOCE.

Caract. du genre.

Ver microscopique très-simple, sphérique, transparent.

1. VOLVOCE *point.* Dict.

V. Sphérique noirâtre, le centre marqué d'un point clair; pl. 1, fig. 1.
Trouvé dans de l'eau de mer fétide.

(a) Animalcules grossis; (b) très-fortement grossis.

2. VOLVOCE *grain.* Dict.

V. Sphérique, verd, diaphane à sa circonférence; pl. 1, fig. 2.
Se trouve dans l'eau des marais. Il est représenté considérablement grossi.

3. VOLVOCE *globule.* Dict.

V. Globuleux & rembruni en arrière; pl. 1, fig. 3.
Se trouve dans l'infusion des végétaux.

(a) Le bord antérieur de l'animalcule considérablement grossi; (b) son bord postérieur rembruni.

4. VOLVOCE *pilule.* Dict.

V. Sphérique, entrailles immobiles verdâtres; pl. 1, fig. 4.
Habite dans les eaux douces les plus pures.

Il est représenté extrêmement grossi dans deux positions différentes.

5. VOLVOCE *grésil.* Dict.

V. Sphérique opaque, entrailles immobiles; pl. 1, fig. 7.
Habite dans les eaux douces.

(a) Animalcules grossis; (b) considérablement grossis.

Reperitur in aquâ fluviali, & quoque marina.

(a, b, c, d, e, f) Figuræ hæ Proteum [illegible] valdè aucta magnitudine ostendunt, has varias formas assumentem uno progressu ordinario, incipiendo à figura (a) et desinendo ad figuram (f).

(g) Spiculum repræsentat; (h) extremitatem spiculi in formam globosam retractam; (i) basim; (k) orbiculum gibbum sensim descendentem indicat.

3. VOLVOX.

Charact. generis.

Vermis inconspicuus, simplicissimus, pellucidus, sphæricus.

1. VOLVOX *punctum.*

V. Sphæricus nigricans, centro puncto lucido; tab. 1, fig. 1.
Repertus in aquâ marinâ fœtente.

(a) Animalcula aucta; (b) Valdè aucta.

2. VOLVOX *granulum.*

V. Sphæricus viridis, peripheria hyalina; tab. 1, fig. 2.
Reperitur in aquâ palustri. Valdè auctus in figura repræsentatur.

3. VOLVOX *globulus.*

V. Globosus postice subobscurus; tab. 1; fig. 3.
Reperitur in infusione vegetabilium.

(a) Animalculi valdè aucti pars antica; (b) pars postica obscurata.

4. VOLVOX *pilula.*

V. Sphæricus, interaneis immobilibus virescentibus; tab. 1, fig. 4.
Habitat in aquis purioribus.

Duplici situ *Volvox pilula* aucta magnitudine repræsentatur.

5. VOLVOX *grandinella.*

V. Sphæricus opacus, interaneis immobilibus; tab. 1, fig. 7.
Hab. in aquis dulcibus.

(a) Animalcula aucta; (b) valdè aucta.

6. VOLVOCE *social*. Dict.

V. Sphérique, composé de molécules cristallines, égales, écartées; pl. 1, fig. 8.
Habite dans l'eau des rivieres.

(a) Volvoce *social* grossi; (b) considérablement grossi, avec un point noirâtre sur chaque molécule.

7. VOLVOCE *sphérule*. Dict.

V. Sphérique composé de molécules similaires rondes; pl. 1, fig. 5.
Se trouve dans l'eau des étangs, pendant l'automne.

Figure très-grossie.

8. VOLVOCE *lunule*. Dict.

V. Hémisphérique, composé de molécules similaires en forme de croissant; pl. 1, fig. 6.
Habite dans les marais, vers le commencement du printemps.

Figure considérablement grossie.

9. VOLVOCE *globuleux*. Dict.

V. Sphérique membraneux, parsemé de globules; pl. 1, fig. 9.
Habite dans les eaux tranquilles stagnantes.

(a) Animalcules de grandeur naturelle; (b) vus grossis.

10. VOLVOCE *mûre*. Dict.

V. Orbiculaire membraneux, le disque parsemé de molécules sphériques vertes; pl. 1, fig. 10.
Habite dans les marais depuis octobre jusqu'à décembre.

(a) Volvoce *mûre* grossi; (b) plus grossi; (c) considérablement grossi, montrant chaque molécule développée en embryon.

11. VOLVOCE *raisin*. Dict.

V. Globuleux, composé de molécules sphériques verdâtres nues; pl. 2, fig. 11--15.
Se trouve dans l'eau des fossés & dans les ruisseaux.

(11) Volv. *raisin*, de forme sphérique grossi (12) de forme ovale; (13) deux de ces animalcules réunis. (14) Animalcule plus petit; (15) molécules sphériques grossies.

12. VOLVOCE *végétant*. Dict.

V. Divisé en rameaux simples ou dicoto-

6. VOLVOX *socialis*.

V. Sphæricus, moleculis crystallinis æqualibus distantibus; tab. 1, fig. 8.
Hab. in aquâ fluviatili.

(a) Volvox *socialis* auctus; (b) magis auctus cum punctis suis nigricantibus.

7. VOLVOX *sphærula*.

V. Sphæricus, moleculis similaribus rotundis; tab. 1, fig. 5.
Hab. in stagnis autumno.

Figura valdè aucta.

8. VOLVOX *lunula*.

V. Hemisphæricus, moleculis similaribus lunaris; tab. 1, fig. 6.

Hab. primo vere in aquâ palustri.

Figura magnoperè aucta.

9. VOLVOX *globator*.

V. Sphæricus membranaceus, globulis sparsis; tab. 1, fig. 9.
Hab. in aquis quietis stagnantibus.

(a) Animalcula magnitudine naturali, (b) aucta.

10. VOLVOX *morum*.

V. Orbicularis membranaceus, disco moleculis sphæricis viridibus; tab. 1, fig. 10.

Hab. in stagnis à mense octobri ad decembrim.

(a) Volvox *morum* auctus, (b) magis auctus, (c) maximè auctus, ut appareant moleculæ in pullos sese evolventes.

11. VOLVOX *uva*.

V. Globosus, moleculis sphæricis virescentibus nudis; tab. 2, fig. 11--15.
Hab. in fossis inundatis et rivulis.

(11) Volv. *uva*, sphæricus auctus, (12) ovatus; (13) duo cohærentes æqualiter aucti; (14) minor; (15) globulos solitarios aucta magnitudine exhibet.

12. VOLVOX *vegetans*.

V. ramulis simplicibus & dichotomis, rosula

mes, terminés par une tête globuleuse; pl. 1, fig. 16–19.

Habite dans les rivieres.

(16) VOLVOCE *végétant* grossi, (17) considérablement grossi; (18) un rameau terminé par une tête, & d'autres abandonnés; (19) têtes détachées des rameaux & grossies.

4. ENCHELIDE.

Caract. du genre.

Ver microscopique, cylindracée, très-simple.

1. ENCHELIDE *verte*. Dict.

E. presque cylindrique, extrémité antérieure tronquée obliquement; pl. 1, fig. 1.

Se trouve dans l'eau gardée plusieurs semaines.

Figure considérablement grossie; (a) extrémité antérieure, (b) extrémité postérieure.

2. ENCHELIDE *ponctuée*. Dict.

E. presque cylindrique, verte, obtuse en avant, pointue en arrière; pl. 2, fig. 2.

Habite dans les marais.

(a) Légère échancrure de l'extrémité antérieure; (b) les deux points noirs; (c) les fascies transverses; (d) l'extrémité postérieure; figures très-grossies.

3. ENCHELIDE *ovale*. Dict.

E. cylindrique-ovoïde, diaphane, plissée longitudinalement; pl. 2, fig. 3.

Trouvée dans de l'eau gardée pendant quelques jours.

(a) ENCHELIDE *ovale* grossie, sans plis sensibles; (b, c) deux plus grossies, marquées de plis, & renfermant des œufs.

4. ENCHELIDE *paresseuse*. Dict.

E. cylindrique, gelatineuse, verte, légérement rétrécie en arrière; pl. 2, fig. 4.

Trouvée dans l'infusion de la *lenticule*.

Figures grossies; (a) extrémité antérieure, (b) postérieure.

5. ENCHELIDE *anneau*. Dict.

E. obverse-ovale, opaque, transparente sur le bord, viscères mobiles; pl. 2, fig. 5.

globulari terminatis; tab. 1, fig. 16–19.

Hab. in fluviis.

(16) VOLVOX *vegetans* aucta magnitudine; (17) valdè aucta; (18) alter cum ramulo infula terminato ceteris derelictis; (19) infulæ ramulis separatæ auctæ.

4. ENCHELIS.

Charact. generis.

Vermis inconspicuus, simplicissimus, cylindraceus.

1. ENCHELIS *viridis*.

E. sub-cylindrica, antice obliquè truncata; tab. 1, fig. 1.

Reperitur in aquâ per plurimas septimanas servata.

Figura magnoperè aucta; (a) Pars antica, (b) pars postica.

2. ENCHELIS *punctifera*.

E. sub-cylindrica viridis antice obtusa, postice acuminata; tab. 2, fig. 2.

Hab. in paludosis.

(a) Incisura apicis; (b) puncta bina nigra; (c) fasciæ transversæ; (d) extremitas postica acuminata; figuræ valdè auctæ.

3. ENCHELIS *ovulum*.

E. cylindrico ovata, longitudinaliter plicata, diaphana; tab. 2, fig. 3.

Reperta in aquâ aliquot dies servata.

(a) ENCHELIS *ovulum* aucta absque plicis (b, c) plicas certas & ova valdè aucta magnitudine exhibens.

4. ENCHELIS *deses*.

E. cylindrica, gelatinosa, viridis, postice subacuminata; tab. 2, fig. 4.

In infuso *lemnæ* reperta.

Figuræ auctæ; (a) extremitas antica; (b) postica.

5. ENCHELIS *similis*.

E. obovata, opaca, margine pellucida, intestinis mobilibus; tab. 2, fig. 5.

Trouvée dans de l'eau conſervée pluſieurs mois.

Figure très-groſſe ; (a) extrémité antérieure ; (b) poſtérieure.

6. ENCHELIDE *tardive.* Dict.

E. ovale-cylindracée, viſcères immobiles ; pl. 1, fig. 6.
Trouvée dans de l'eau de marais gardée pluſieurs mois.

Figure très-groſſe ; (a) extrémité antérieure ; (b) poſtérieure.

7. ENCHELIDE *nébuleuſe.* Dict.

E. ovale cylindracée, viſcères diſtincts & mobiles ; pl. 1, fig. 7.
Trouvée dans de l'eau gardée pendant ſix mois d'hyver, dans un vaiſſeau ouvert.

Figure très-groſſe ; (a) extrémité antérieure, (b) poſtérieure.

8. ENCHELIDE *ſimence.* Dict.

E. cylindracée, extrémités égales ; pl. 2, fig. 8.
Trouvée dans de l'eau conſervée quelques jours.

(a) Figure très-groſſe ; (b) deux de ces animalcules réunis par une extrémité.

9. ENCHELIDE *cornet.* Dict.

E. en forme de taſſe, l'extrémité antérieure tronquée ; pl. 1, fig. 9.
Se trouve dans l'infuſion ancienne du foin.

(a) Partie antérieure tronquée ; (b) poſtérieure, convexe.

10. ENCHELIDE *intermédiaire.* Dict.

E. cylindracée diaphane, le bord noirâtre ; pl. 1, fig. 10.
Se trouve dans l'infuſion du *Leucojon fluviatile ?*

(a) Figures groſſes, ſimples ; (b) animalcules qui commencent à ſe diviſer.

11. ENCHELIDE *poire.* Dict.

E. en forme de cône renverſé, l'extrémité poſtérieure diaphane ; pl. 1, fig. 11.
Se trouve quelquefois dans l'eau gardée long-temps.

(a) Extrémité antérieure.

Reperta in aquâ per menſes aliquot ſervata.

Figura valdè aucta ; (a) extremitas antica ; (b) poſtica.

6. ENCHELIS *tremula.*

E. ovato-cylindracea, interaneis immobilibus ; tab. 1, fig. 6.
Reperta in aquâ paluſtri plures menſes ſervata.

Figura maximè aucta ; (a) extremitas antica ; (b) poſterior.

7. ENCHELIS *nebuloſa.*

E. ovato cylindracea, interaneis manifeſtis mobilibus ; tab. 1, fig. 7.
Reperta in aquâ per ſex menſes hyemales in vaſculo aperto ſervata.

Figura valdè aucta ; (a) extremitas antica ; (b) poſtica.

8. ENCHELIS *ſeminulum.*

E. cylindracea, utrinque æqualis ; tab. 1 ; fig. 8.
In aquâ dies aliquot ſervata, reperta.

(a) Figura maguoperè aucta ; (b) animalcula bina apice cohærentia.

9. ENCHELIS *fritillus.*

E. cyathiformis, antice truncata ; tab. 1 ; fig. 9.
Reperitur in ſerrato infuſo fœni.

(a) Pars antica truncata ; (b) poſtica, convexa.

10. ENCHELIS *intermedia.*

E. cylindracea, hyalina, margine nigricante ; tab. 1, fig. 10.
In infuſione *leucojon fluviatilis* reperitur.

(a) Animalcula aucta ſimplicia ; (b) partitionem incipientia.

11. ENCHELIS *pirum.*

E. inverſe conica, poſtice hyalina ; tab. 1 ; fig. 11.
In aquâ diù ſervata non frequens reperitur.

(a) Extremitas antica.

12. ENCHELIDE *trembleuse*. Dict.

E. ovale-cylindracée, gelatineuse; pl. 2, fig. 12.
Se trouve dans l'infusion de végétaux, faite avec l'eau de rivière.

Figures très-grossies; (a) animalcules commençant à se diviser.

13. ENCHELIDE *étranglée*. Dict.

E. obverse-ovale, crystalline, étranglée au milieu; pl. 2, fig. 13.
Se trouve dans l'eau de mer.

(a) Fig. grossies; (b) encore plus grossies; (c) étranglées au milieu, (d) marquées d'une ligne longitudinale.

14. ENCHELIDE *poussier*. Dict.

E. elliptique, marquée au milieu d'une tache verte; pl. 2, fig. 14.
Habite dans les eaux douces.

(a) ENCHELIDES *poussier* vivantes grossies; (b) mortes grossies.

15. ENCHELIDE *fuseau*. Dict.

E. cylindracée, les extrémités rétrécies, tronquées; pl. 2, fig. 15.
Habite dans les eaux les plus pures.

Figures très-grossies.

16. ENCHELIDE *caudée*. Dict.

E. alongée, obtuse en avant, terminée en arriere par une queue diaphane; pl. 2, fig. 16.
Habite dans l'eau des marais.

Figures extrêmement grossies; (a) l'extrémité antérieure; (b) la queue diaphane.

17. ENCHELIDE *cheville*. Dict.

E. cylindrique oblongue, extrémité antérieure grêle, terminée par un globule; pl. 2, fig. 17.
Se trouve quelquefois dans l'eau fétide.

Figures très-grossies. (a) Globule de l'extrémité antérieure; (b) point luisant de l'extrémité postérieure; (c) l'intestin.

18. ENCHELIDE *ornée*. Dict.

E. cylindracée, garnie de deux séries de globules, & terminée par un col grêle diaphane; pl. 2, fig. 18.

12. ENCHELIS *tremula*.

E. ovato-cylindracea, gelatina; tab. 2, fig. 12.
In infuso vegetabili aquæ fluvialis reperitur.

Figuræ maxime auctæ; (a) animalcula in partitione occupata.

13. ENCHELIS *constricta*.

E. obovata, crystallina, medio coarctata; tab. 2, fig. 13.
Hab. in aquâ marina.

(a) Figuræ auctæ; (b) valdè auctæ; (c) medio coarctatæ; (d) linea longitudinali notatæ.

14. ENCHELIS *pulvisculus*.

E. elliptica, interaneorum congerie viridi; tab. 2, fig. 14.
Hab. in aquis dulcibus.

(a) ENCHELIDES *pulvisculi* vivæ auctæ; (b) mortuæ auctæ.

15. ENCHELIS *fusus*.

E. cylindracea, utraque extremitate angustiore truncata; tab. 2, fig. 15.
Hab. in aquis purioribus.

Figuræ valdè auctæ.

16. ENCHELIS *caudata*.

E. elongata, antice obtusa, postice in caudam hyalinam attenuata; tab. 2, fig. 16.

Hab. in aquâ palustri.

Figuræ maximè auctæ; (a) extremitas antica; (b) cauda hyalina.

17. ENCHELIS *epistomium*.

E. cylindrico-elongata, apice gracili subgloboso; tab. 2, fig. 17.

In aquâ fœtente passim reperitur.

Figuræ valdè auctæ; (a) partis anticæ globulus; (b) punctum pellucens partis posticæ; (c) intestinum.

18. ENCHELIS *gemmata*.

E. cylindracea, serie globulorum duplici, in collum hyalinum producta; tab. 2, fig. 18.

Habite dans les fossés où croît la *lenticule*.

Figures très-grossies. (*a*) Le col diaphane; (*b*) le tronc.

19. ENCHELIDE *rétrograde*. Dict.

E. diaphane, extrémité antérieure rétrécie, terminée par un globule; pl. 2, fig. 19.
Se trouve dans les infusions végétales de l'eau de mer.

Figures très-grossies, l'une représente ce ver étendu, l'autre dans l'état de contraction. (*a*) Partie antérieure; (*b*) postérieure; (*c*) point luisant.

20. ENCHELIDE *hâtive*. Dict.

E. cylindrique oblongue, extrémités obtuses, antérieure diaphane; pl. 2, fig. 20.
Se trouve dans l'infusion marine de l'*ulve linge*.

Figure très-grossie. (*a*) Vésicule de la partie antérieure; (*b*) globules de l'extrémité opposée.

21. ENCHELIDE *index*. Dict.

E. en forme de cône renversé, un des angles de l'extrémité antérieure prolongé; pl. 2, fig. 21–26.
Habite dans les ruisseaux où croît la *lenticule commune*.

(21, 22, 23) L'ENCHELIDE *index* très-grossie; (24, 25, 26) grossie, mais dans divers états de contraction. (*a*) Prolongement de l'extrémité antérieure; (*b*) papille de l'angle opposé; (*c*) extrémité postérieure échancrée.

22. ENCHELIDE *spatule*. Dict.

E. cylindrique, extrémité antérieure applatie en forme de spatule, diaphane; pl. 2, fig. 27, 28.
Se trouve quelquefois dans les mares où croît la *lenticule*.

(27) Figure très-grossie, avec l'extrémité antérieure développée. (*a*) Vésicule du milieu; (*b*) vésicule de l'extrémité postérieure; (*c*) amas de globules.

(28) Figure très-grossie, avec son extrémité antérieure contractée.

23. ENCHELIDE *boudin*. Dict.

E. cylindracée courbe, les extrémités tronquées; pl. 2, fig. 29.
Se trouve rarement dans l'eau long-temps gardée.

Figures très-grossies.

24. ENCHELIDE *papille*. Dict.

E. en forme de cône renversée, la face antérieure terminée par une papille; pl. 2, fig. 30.

Hab. in aquâ fossarum ubi *lemna* adest.

Figura valdè aucta. (*a*) Collum hyalinum; (*b*) truncus.

19. ENCHELIS *retrograda*.

E. hyalina, antice angustata, apice globulari; tab. 2, fig. 19.
Reperitur in infuso vegetabili aquæ marinæ.

Figuræ valdè auctæ, alia animalculum extensum repræsentat, alia retractum. (*a*) Pars antica; (*b*) postica; (*c*) punctum pellucens.

20. ENCHELIS *festinans*.

E. cylindrica, oblonga, utrinque obtusa, antice hyalina; tab. 2, fig. 20.
In infuso marino *ulvæ lingæ* reperitur.

Figura valdè aucta. (*a*) Vesicula partis anticæ; (*b*) globuli postici.

21. ENCHELIS *index*.

E. inversè conica, apicis altero angulo producto; tab. 2, fig. 21–26.

Hab. in rivulis ubi crescit *lemna minor*.

(21, 22, 23) ENCHELIS *index* valdè aucta; (24, 25, 26) aucta sed variè contracta. (*a*) Productio digitiformis; (*b*) angulus papillaris; (*c*) extremitas postica emarginata.

22. ENCHELIS *spathula*.

E. cylindrica, apice hyalino spathulato; tab. 2, fig. 27, 28.

In aquis ubi *lemna* vegetat, raro reperitur.

(27) Figura valdè aucta, cum spathula exserta. (*a*) Vesicula media, (*b*) vesicula postica, (*c*) congeries globulorum.

(28) Figura æqualiter aucta, extremitate antica contracta.

23. ENCHELIS *farcimen*.

E. cylindracea curvata, utrinque truncata; tab. 2, fig. 29.
In aquâ diù servata raro occurrit.

Figura valdè aucta.

24. ENCHELIS *papula*.

E. inversè conica, apice papillari; tab. 2, fig. 30.

Trouvée dans l'eau qui découle du fumier.

Figure très-grossie; (a) papille antérieure; (b) vésicule postérieure.

25. ENCHELIDE *poupée*. Dict.

E. cylindrique ventrue, face antérieure rétrécie en forme de mamelon; pl. 2, fig. 31. Se trouve rarement dans l'eau des marais.

Figure grossie; (a) extrémité antérieure; (b) postérieure.

26. ENCHELIDE *larve*. Dict.

E. oblongue, milieu du corps garni de chaque côté d'un mamelon; pl. 2, fig. 32. Trouvée très rarement dans l'eau des marais.

Figure très-grossie; (a) partie antérieure; (b) papilles latérales; (c) partie postérieure.

27. ENCHELIDE *tronc*. Dict.

E. cylindrique, terminée en avant par un renflement en forme de tête; pl. 2, fig. 33-35. Habite dans les ruisseaux.

Figures très-grossies; (33) animalcule lisse; (34) animalcule denté; (35) animalcule contracté.

(a) Trois dents latérales; (b) extrémité antérieure globuleuse.

5. VIBRION.

Caract. du genre.

Ver microscopique, très-simple, cylindrique-prolongé.

1. VIBRION *linéole*. Dict.

V. linéaire, extrêmement petit; pl. 3, fig. 2. Se trouve dans les infusions végétales.

Figure grossie représentant un nombre infini de ces animalcules réunies en une masse globuleuse.

2. VIBRION *ridé*. Dict.

V. linéaire, tortueux; pl. 3, fig. 3. Trouvé dans l'infusion des mouches.

Figures très-grossies; (a) animalcules tortueux ou tordus en spirale; (b) animalcules étendus.

3. VIBRION *baguette*. Dict.

V. linéaire égal, les extrémités tronquées; pl. 3, fig. 4. Trouvé dans de l'eau g

In fimeti inundatis reperta.

Figura valdè aucta; (a) papilla anterior; (b) vesicula posterior.

25. ENCHELIS *pupa*.

E. ventricoso-cylindrica, apice in papillam producta; tab. 2, fig. 31. In aqua palustri rarò reperitur.

Figura ampliata; (a) extremitas antica, (b) postica.

26. ENCHELIS *larva*.

E. elongata, medio papillula utrinque notato; tab. 2, fig. 32. In aqua palustri rarissime reperta.

Figura valdè aucta; (a) pars antica; (b) papillulae laterales, (c) pars postica.

27. ENCHELIS *truncus*.

E. cylindrica, subcapitata; tab. 2, fig. 33—35. Hab. in rivulis.

Figurae valdè auctae; (33) animalculum muticum; (34) dentatum; (35) contractum.

(a) Dentes tres laterales; (b) extremitas antica globosa.

5. VIBRIO.

Charact. generis.

Vermis inconspicuus, simplicissimus, teres, elongatus.

1. VIBRIO *lineola*.

V. linearis minutissimus; tab. 3, fig. 2. Reperitur in infusione vegetabili.

Figura valdè aucta *Vibr. lineolas* in massam coacervatam repraesentat.

2. VIBRIO *rugula*.

V. linearis flexuosus; tab. 3, fig. 3. Repertus in infusione muscarum.

Figurae valdè auctae; (a) animalcula in spiram torta; (b) animalcula recte extensa.

3. VIBRIO *bacillus*.

V. linearis aequalis, utrinque truncatus; tab. 3, fig. 4. Repertus in aqua mensem servata.

Figures conſidérablement groſſies ; (a) animalcules dans le repos ; (b) animalcules nageans.

4. VIBRION *ondoyant*. Dict.

V. filiforme, ondoyant ; pl. 3, fig. 5-7.
Trouvé dans une infuſion de *lenticule* gardée une ſemaine.

(5) Animalcules très-groſſis ; (a) nageans ; (b) pendant le repos ; (6) réunis en peloton ſur un rameau de *conferve* ; (7) un de ces pelotons ſe diviſant en un ſecond plus petit.

5. VIBRION *ſpiral*. Dict.

V. filiforme, tourné en ſpirales aiguës ; pl. 3, fig. 8.
Trouvé dans l'infuſion du *laitron des champs*.

Figure conſidérablement groſſie.

6. VIBRION *ſerpent*. Dict.

V. filiforme, tourné en ſpirales obtuſes ; pl. 3, fig. 9.
Se trouve dans l'eau des rivieres

(a) Animalcule groſſi ; (b) fragment de l'animalcule conſidérablement groſſi ; (c) canal inteſtinal.

7. VIBRION *vermet*. Dict.

V. cylindracée, gelatineux, tortueux, extrémité poſtérieure rétrécie ; pl. 3, fig. 1.
Trouvé dans l'eau des marais.

Figures très-groſſies ; (a) partie antérieure ; (b) poſtérieure ; (c) ligne noire interrompue ; eſt-ce l'inteſtin ?

8. VIBRION *inteſtin*. Dict.

V. cylindrique gelatineux, extrémité antérieure rétrécie ; pl. 3, fig. 10-13.
Trouvé dans l'eau des marais.

(10) VIBRION *inteſtin* très-groſſi ; (a) extrémité antérieure étendue ; (b) extrémité poſtérieure. (11) Animalcule groſſi, raccourci. (12) Ver ſemblable avec l'extrémité antérieure (a) élargie. (13) L'extrémité antérieure (a) prolongée en forme de ſpatule.

9. VIBRION *biponctué*. Dict.

V. linéaire égal, marqué vers le milieu de deux globules, extrémités tronquées ; pl. 3, fig. 14.
Trouvé dans de l'eau de mer après quatre ſemaines de garde.

Figures très-groſſies.

Figura magnoperè aucta ; (a) animalcula quieſcentia ; (b) natantia.

4. VIBRIO *undula*.

V. filiformis flexuoſus ; tab. 3, fig. 5-7.
Repertus in infuſione *lemnae* per ſeptimanam ſervata.

(5) Animalcula valdè aucta ; (a) natantia ; (b) quieſcentia ; (6) congregata in acervum circa filamentum *conferva* ; (7) acervus alterum minorem emittens.

5. VIBRIO *ſpirillum*.

V. filiformis ambagibus in angulum acutum tornatis ; tab. 3, fig. 8.
Repertus in infuſione *Sonchi arvenſis*.

Figura magnoperè aucta.

6. VIBRIO *ſerpens*.

V. filiformis, ambagibus in angulum obtuſum tornatis ; tab. 3, fig. 9. An gordius ?
Reperitur in aqua fluviali.

(a) Animalculum auctum ; (b) animalculi pars valdè amplificata ; (c) inteſtinum.

7. VIBRIO *vermiculus*.

V. cylindraceus gelatinus tortuoſus, poſtice anguſtatus ; tab. 3, fig. 1.
Repertus in aqua paluſtri.

Figura valdè aucta ; (a) pars antica ; (b) poſtica ; (c) linea nigra interrupta ; an inteſtinum ?

8. VIBRIO *inteſtinum*.

V. teres gelatinoſus, antice anguſtatus. pl. 3, fig. 10-13.
Repertus in aquis paludoſis.

(10) VIBRIO *inteſtinum* valdè auctus ; (a) pars antica extenſa ; (b) poſtica. (11) Animalculum contractum auctum ; (a) antice dilatatum. (13) Extremitas antica (a) in formam ſpathulæ dilatata.

9. VIBRIO *bipunctatus*.

V. linearis æqualis, globulis binis mediis, utrinque truncatus ; tab. 3, fig. 14.

Repertus in aqua marina poſt quatuor ſeptimanas.

Figura valdè aucta.

10. VIBRION *tripontué*. Dict.

V. linéaire rétréci aux deux bouts, marqué de trois globules inégaux; pl. 3, fig. 15.
Se trouve en novembre et en décembre dans les fossés inondés où croît la *lenticule*.

Figures très grossies; (*a*) animalcules diaphanes; (*b*) remplis d'une matière verdâtre; (*c*) autre fléchi transversalement; (*d*) autres n'ayant que deux globules situés à leur partie moyenne.

11. VIBRION *porte-pieu*. Dict.

V. jaunâtre linéaire, formant diverses figures par leur réunion; pl. 3, fig. 16–20.
Se trouve en grand nombre dans *l'ulve dilatée*.

Figures très grossies; (16) animalcules réunis parallèlement, présentant une figure arquée. (17) Formant une ligne droite comme la *conferve*. (18) Disposés en zig-zag. (19) En forme de carré avec deux branches inégales étendues. (20) En deux séries parallèles réunies par une chaîne simple.

12. VIBRION *lunule*. Dict.

V. arqué, les deux extrémités égales; pl. 3, fig. 21–27.
Se trouve dans les eaux où croît la *lenticule*.

Figures très grossies. (21) Petits animalcules diaphanes. (22) Plus grands de couleur verte. (23) Une des extrémités séparée; (*a*) partie diaphane sans grains; (*b*) Partie remplie de grains; (*c*) membrane extérieure. (24) Commencement de la division; (*a*) partie granuleuse; (*b*) partie sans grains. (25) Animalcule mort. (26) Division en deux parties également granuleuses. (27) Animalcule présentant un rang de globules & une bande transverse pâle.

13. VIBRION *vermine*. Dict.

V. linéaire comprimé, plus rétréci devant que derriere; pl. 4, fig. 1–6.
Trouvé dans de l'eau de mer fétide.

Figures très grossies. (1, 2, 3) *V. vermines* simples; (*a*) Partie antérieure; (*b*) postérieure. (4, 5, 6) *V. vermines* doubles.

14. VIBRION *marteau*. Dict.

V. linéaire, terminé à la base par un globule, au sommet par une ligne transverse; pl. 4, fig. 7.
Trouvé abondamment dans de l'eau de puits.

Ces figures sont grossies & représentent cet animalcule dans deux différentes positions.

10. VIBRIO *tripunctatus*.

V. linearis utrinque attenuatus, globulis tribus, extremis minoribus; tab. 3, fig. 15.
Reperitur novembri & decembri in fossis inundatis ubi *lemna* crescit.

Figuræ valdè auctæ; (*a*) animalcula diaphana; (*b*) viridi materia farcta; (*c*) alterum transversim fractum; (*d*) alii globulis tantum intermediis binis.

11. VIBRIO *paxillifer*.

V. flavescens linearis, paleis gregariis multifariam ordinatis; tab. 3, fig. 16–20.
Repetitur copiose in *ulva latissima*.

Figuræ valdè auctæ. (16) Animalcula conserta figuram arcuatam ferentia. (17) In lineam rectam *conferva* instar extensa. (18) In faciem fulminis producta. (19) In quadrangulum cruribus binis inæqualiter protensis. (20) In duas series parallelas catena simplici connexa.

12. VIBRIO *lunula*.

V. arcuatus, utraque extremitate æquali; tab. 3, fig. 21–27.
In aquis ubi crescit *lemna* reperitur.

Figuræ valdè auctæ. (21) Animalcula minora crystallina. (22) Majora viridia. (23) Extremitas altera divulsa; (*a*) pars granulorum vacua; (*b*) pars granulis repleta; (*c*) membrana exterior. (24) Partitionis initium; (*a*) pars granulis farcta; (*b*) pars vacua. (25) Animalculum mortuum. (26) Partitio in bina æqualiter granosa. (27) Animalculum serie globulorum & area transversa pallida donatum.

13. VIBRIO *vermiculus*.

V. linearis compressus, antice quam postice angustior; tab. 4, fig. 1–6.
Repertus in aqua marina fœtente;

Figuræ valdè auctæ; (1, 2, 3) *V. vermiculi* simplices; (*a*) pars anterior; (*b*) pars posterior. (4, 5, 6) *V. vermiculi* duplices.

14. VIBRIO *malleus*.

V. linearis, basi globulo, apice linea transversa donatus; tab. 4, fig. 7.
In aqua putei copiose repertus.

Figura *V. malleum* duplici situ aucta magnitudine sistunt.

15. VIBRION *aiguille.* Dict.

V. linéaire; extrémité antérieure obtuse, queue terminée en soye, pl. 4, fig. 8.
Trouvé dans l'eau des fossés.

Figures très-grossies; (a) extrémité antérieure; (b) point rougeâtre du col; (c) queue terminée en soye.

16. VIBRION *flèche.* Dict.

V. presque linéaire, extrémité antérieure tronquée noire, queue terminée en soye; pl. 4, fig. 9.
Se trouve dans l'eau de mer.

Figures très-grossies; (a) extrémité antérieure noire; (b) la queue terminée en soye.

17. VIBRION *serpent.* Dict.

V. cylindrique égal; les deux extrémités obtuses; pl. 4, fig. 10.
Se trouve dans les infusions végétales anciennes & dans les marais.

Figure considérablement grossie; (a) la tête; (b) l'œsophage; (c) un rang de globules formant ses viscères; (d) l'estomach; (e) l'intestin; (f) la pointe de la queue.

18. VIBRION *dragonneau.* Dict.

V. cylindrique égal, le bout de la queue formé en tubercule; pl. 4, fig. 11, 12.
Se trouve quelquefois dans les infusions marines.

Figures très-grossies. (11) Animalcule roulé en spirale. (12) Animalcule alongé; (a) la tête; (b) la queue.

19. VIBRION *couleuvre.* Dict.

V. filiforme, la soye de la queue coudée; pl. 4, fig. 13—15.
Trouvé très-rarement dans l'eau de rivière.

Figures très-grossies. (13) Animalcule dans le repos; (a) la bouche; (b) l'œsophage; (c) la soye qui termine la queue coudée en (d). (14) Le coude de la queue plus grossi, formant un angle obtus. (15) Animalcule pendant qu'il nage.

20. VIBRION *anguille.* Dict.

V. filiforme égal, peu flexible; l'extrémité postérieure atténuée; pl. 4, fig. 16-26.

(16) Variet. A. *Anguille du vinaigre*, grossie.

Se trouve quelquefois dans le vinaigre.

15. VIBRIO *acus.*

V. linearis, colli apice obtuso, cauda setacea; tab. 4, fig. 8.
Repertus in aquis fossarum.

Figuræ valdè auctæ; (a) pars antica obtusa; (b) punctum colli rubens; (c) cauda setacea.

16. VIBRIO *sagitta.*

V. sublinearis, colli apice truncato atro; cauda setacea; tab. 4, fig. 9.
Reperitur in aquâ marina.

Figuræ valdè auctæ; (a) extremitas antica atra; (b) pollice setacea.

17. VIBRIO *serpentulus.*

V. teres æqualis, utraque extremitate obtusâ; tab. 4, fig. 10.
Reperitur in infusione vegetabili non recenti & in paludibus.

Figura magnopere aucta; (a) caput; (b) œsophagus; (c) series globulorum visceralis; (d) ventriculus; (e) intestinum; (f) caudæ apex.

18. VIBRIO *gordius.*

V. teres æqualis, caudæ apice tuberculato; tab. 4, fig. 11, 12.
In infuso marino passim reperitur.

Figuræ valdè auctæ. (11) Animalculum spiraliter involutum; (12) rectâ extensum; (a) caput; (b) cauda.

19. VIBRIO *coluber.*

V. filiformis, seta caudali geniculata; tab. 4, fig. 13-15.
In aqua fluviali rarissime repertus.

Figuræ valdè auctæ. (13) Animalculum quiescens; (a) os; (b) œsophagus; (c) seta caudalis; (d) Setæ caudalis geniculum. (14) Caudæ geniculum maximè auctum in angulum obtusum inflexum. (15) Animalculum natans.

20. VIBRIO *anguillula.*

V. filiformis æqualis subrigidus, pollice attenuatus; tab. 4, fig. 16-26.

(16) Variet. A. *Anguillula aceti*, aucta.

In aceto aliquoties reperitur.

(17, 18, 19) Variet. B. *Anguille de la colle.*

Se trouve dans les colles farineuſes anciennes.

Figures très groſſies ; (*a*) extrémité antérieure, (*b*) poſtérieure ; (*c*) œufs rangés ſur deux lignes.

(20, 21, 22, 23) Variet. C. *Anguille fluviatile.*

Se trouve dans les eaux ſtagnantes des rivières.

(20) Figure groſſie ; (21, 22, 23) figures conſidérablement groſſies ; (*a*) extrémité antérieure ; (*b*) poſtérieure ; (*c*) deux petits corps ovales.

(24, 25, 26) Variet. D. *Anguille marine.*

Se trouve ordinairement ſur les bois qui ont été long-temps plongés dans la mer.

Figures très-groſſies ; (*a*) extrémité antérieure ; (*b*) poſtérieure ; (*c*) inteſtin jaune ; (*d*) viſcères intérieurs ſous l'apparence de molécules criſtallines.

21. VIBRION *nacelle.* Dict.

V. ovale-bombé, terminé en avant par un col court & diaphane ; pl. 4, fig. 27.
Se trouve fréquemment dans les eaux où croît la *lenticule.*

(*a*, *b*, *c*) Figures très-groſſies ; (*d*) col diaphane ; (*e*) le ventre.

22. VIBRION *utricule.* Dict.

V. cylindrique, extrémité antérieure rétrécie tronquée, poſtérieure ventrue ; pl. 4, fig. 28.
Se trouve dans l'eau de rivière & même dans l'eau de mer, fétides.

Figure très-groſſie ; (*a*) le col ; (*b*) le ſommet tronqué ; (*c*) le ventre ; (*d*) un point tranſparent.

23. VIBRION *faſciolaire.* Dict.

V. rétréci en avant, élargi au milieu, aigu ſur le derrière ; pl. 4, fig. 29–31.
Se trouve quelquefois dans l'eau dégelée.

Figures très-groſſies. (29) Animalcule ſeul ; (*a*) extrémité antérieure ; (*b*) poſtérieure. (30) Deux animalcules réunis par leur extrémité antérieure. (31) Tenant par leur extrémité poſtérieure.

24. VIBRION *plongeon.* Dict.

V. épais, rétréci en arrière, terminé en avant par un col légèrement arqué ; pl. 4 ; fig. 32.
Se trouve dans l'eau.

Figures très-groſſies ; (*a*) col légèrement arqué ; (*b*) extrémité poſtérieure ; (*c*) les côtés ſaillans.

(17, 18, 19) Variet. B. *Anguillula glutinis.*

In glutine farinoſo vetuſto reperitur.

Figuræ valdè auctæ ; (*a*) extremitas antica ; (*b*) poſtica ; (*c*) binæ ſeries ovulorum in parte caudali ſitæ.

(20, 21, 22, 23) Variet. C. *Anguillula fluviatilis.*

In aqua fluviatili ſtagnante reperitur.

(20) Figura aucta ; (21, 22, 23) figuræ magnopere auctæ ; (*a*) extremitas antica ; (*b*) poſtica ; (*c*) corpuſcula bina ovata.

(24, 25, 26) Variet. D. *Anguillula marina.*

Frequentiſſime reperitur ſupra palos diutius in aqua marina immerſos.

Figuræ valdè auctæ ; (*a*) extremitas antica ; (*b*) poſtica ; (*c*) inteſtinum flavum ; (*d*) inteſtina moleculata cryſtallina.

21. VIBRIO *lintér.*

V. ventricoſo-ovatus, collo breviſſimo hyalino ; tab. 4, fig. 27.
Frequentiſſime reperitur in aquis ubi *lemna* creſcit.

(*a*, *b*, *c*) Figuræ valdè auctæ ; (*d*) collum diaphanum ; (*e*) abdomen.

22. VIBRIO *utriculus.*

V. teres, antice anguſtatus truncatus, poſtice ventricoſus ; tab. 4, fig. 28.
Reperitur in aquâ fluviali, etiam in aquâ marina, putridis.

Figura valdè aucta ; (*a*) collum ; (*b*) apex truncatus ; (*c*) venter ; (*d*) punctum pellucidum.

23. VIBRIO *faſciolaris.*

V. antice attenuatus, medio latiuſculus ; poſtice acutus ; tab. 4, fig. 29—31.
Aliquoties reperitur in aquâ gelu ſolutâ.

Figuræ valdè auctæ. (29) Animalculum ſolitarium ; (*a*) extremitas antica ; (*b*) poſtica. (30) Animalcula bina antice coalita. (31) Totidem extremitate poſtica adhærentia.

24. VIBRIO *colymbus.*

V. craſſus, poſtice acuminatus, collo ſubfalcato ; tab. 4, fig. 32.
In aquis reperitur.

Figuræ valdè auctæ ; (*a*) collum ſubfalcatum ; (*b*) extremitas poſtica ; (*c*) latera prominula.

25. **VIBRION** *rétréci*. **Dict.**

V. linéaire très-allongé, extrémité antérieure filiforme terminée par un renflement; pl. 5, fig. 1, 2.
Trouvé dans l'eau des rivages.

(1) Animalcule très-grossi prolongé en forme de fil; (a) partie antérieure filiforme; (b) partie postérieure épaissie; (d) renflement antérieur. (2) Animalcule contracté grossi; (d) partie antérieure contractée.

26. **VIBRION** *canard*. **Dict.**

V. oblong, les deux extrémités rétrécies, le col plus long que la queue; pl. 5, fig. 3-5.
Se trouve dans l'eau de mer.

Figures très-grossies; (a) le col; (b) le tronc; (c) la queue; (d) les œufs.

27. **VIBRION** *cygne*. **Dict.**

V. tronc ventru, col crochu, queue aigue; pl. 5, fig. 6.
Se trouve dans les eaux stagnantes.

Figure très-grossie; (a) le col; (b) le tronc ventru; (c) la queue aiguë.

28. **VIBRION** *jars*. **Dict.**

V. elliptique, col long, un tubercule sur le dos; pl. 5, fig. 7-11.
Vit dans les eaux où croît la lenticule.

(7, 8, 9, 10, 11) Animalcules diversement courbés, très-grossis; (a) le col; (b) tubercule simple; (c) tubercule double; (d) le tronc; (e) la queue; (g) Animalcule prêt à se diviser.

29. **VIBRION** *long col*. **Dict.**

V. elliptique, col très-long, terminé par un tubercule; pl. 5, fig. 12-15.
Vit dans les marais où croît la lenticule.

(12, 13, 14, 15) Animalcules très-grossis, avec le col diversement alongé, contracté ou dirigé; (a) col alongé; (b) légèrement raccourci; (c) extrêmement alongé; (d) ondulé; (e) tubercule du sommet; (f) tache noirâtre du tubercule.

30. **VIBRION** *faux*. **Dict.**

V. ventru, extrémité postérieure obtuse, le col courbé en faux; pl. 5, fig. 16-18.
Se trouve avec le précédent.

(16, 17, 18) Animalcules très-grossis; (a) le col courbé en faux; (b) le dos applati; (c) le ventre bombé.

25. **VIBRIO** *strictus*.

V. linearis elongatus; anticam versus attenuatus, apice obtuso; tab. 5 fig. 1, 2.
Repertus in aquâ littorali.

Animalculum valdè auctum in filum productum; (a) pars antica filiformis; (b) pars postica incrassata; (d) apex globularis. (2) Animalculum correptum auctum; (d) pars antica in correptione.

26. **VIBRIO** *anas*.

V. oblongus, utraque extremitate attenuatus; collo cauda longiore; tab. 5, fig. 3-5.

Reperitur in aquâ marina.

Figuræ valdè auctæ; (a) collum; (b) truncus; (c) cauda; (d) ovula.

27. **VIBRIO** *cygnus*.

V. ventricosus, collo adunco, cauda acuta; tab. 5, fig. 6.
Reperitur in aquâ stagnante.

Figura valdè aucta; (a) collum; (b) truncus ventricosus; (c) cauda acuta.

28. **VIBRIO** *anser*.

V. ellipticus, collo longo, tuberculo dorsali; tab. 5, fig. 7-11.
In aquis ubi *lemna* crescit hospitatur.

(7, 8, 9, 10, 11.) Animalcula diversimode inflexa valdè aucta; (a) collum; (b) tuberculum simplex; (c) tuberculum duplex; (d) truncus; (e) cauda; (g) animalculi instans divisio.

29. **VIBRIO** *olor*.

V. ellipticus, collo longissimo, apice nodoso; tab. 5, fig. 12-15.
Reperitur in aquâ palustri, ubi *lemna*.

(12, 13, 14, 15) Animalcula valdè aucta, collo varie exserto, contracto aut pendente; (a) collum elongatum; (b) aliquantulum correptum; (c) longissime productum; (d) undatum; (e) nodus apicis; (f) macula nigricans tuberculi.

30. **VIBRIO** *falx*.

V. gibbosus postice obtusus, collo falcato; tab. 5, fig. 16-18.
Cum precedenti reperitur.

(16, 17, 18) Animalcula magnopere aucta; (a) collum falcatum; (b) dorsum planum; (c) venter gibbus.

31. VIBRION *intermédiaire*. Dict.

V. membraneux, extrémité antérieure rétrécie, postérieure un peu aiguë; pl. 5, fig. 19, 20.
Se trouve dans l'infusion de *l'ulve linze*.

Figures très-grossies; (a) le col alongé & élargi; (b) légérement tordu; (c) extrémité antérieure; (d) queue un peu aiguë.

31. VIBRIO *intermedius*.

V. membranaceus, antice attenuatus, postice subacutus; tab. 5, fig. 19, 20.

Reperitur in infuso *ulvæ linzæ*.

Figuræ valdè auctæ; (a) collum elongatum & dilatatum; (b) aliquantum distortum; (c) apex colli, (d) cauda subacuta.

6. CYCLIDE.

Caract. du genre.

Ver microscopique, très-simple, transparent, comprimé, orbiculaire ou ovale.

6. CYCLIDIUM.

Charact. generis.

Vermis inconspicuus, simplicissimus, pellucidus, complanatus, orbicularis vel ovatus.

1. CYCLIDE *bulle*. Dict.

C. orbiculaire diaphane; pl. 5, fig. 1.
Se trouve dans l'infusion du foin.

Six de ces animalcules très-grossis.

1. CYCLIDIUM *bulla*.

C. orbiculare, hyalinum; tab 5, fig. 1.
Reperitur in infusione fœni.

Sex animalcula valdè aucta.

2. CYCLIDE *millet*. Dict.

C. elliptique, cristallin; pl. 5, fig. 2, 3.
Se trouve dans l'infusion de diverses plantes.

(2) Amas de ces animalcules grossi. (3) Quatre animalcules séparés très-grossis; (a) point antérieur, (b) point postérieur; (c) ligne longitudinale.

2. CYCLIDIUM *milium*.

C. ellipticum crystallinum; tab. 5, fig. 2, 3.
Reperitur in infusione variarum stirpium.

(2) Acervus animalculorum aucta magnitudine. (3) Quatuor animalcula solitaria maximè aucta; (a) punctum anticum; (b) posticum; (c) linea longitudinalis.

3. CYCLIDE *flottant*. Dict.

C. ovale cristallin; pl. 5, fig. 4, 5.
Se trouve dans l'eau de mer corrompue.

(4) Animalcule vivant très-grossi; (a) deux canaux placés sur les bords. (5) Animalcule mort; (b) ligne noirâtre.

3. CYCLIDIUM *fluitans*.

C. ovale crystallinum; tab. 5, fig. 4, 5.
Reperitur in aquâ marina fœtidissima.

(4) Animalculum vivum valdè auctum; (a) canales duo marginales. (5) Animalculum mortuum; (b) linea nigricans.

4. CYCLIDE *glaucome*. Dict.

C. ovoïde, parties internes difficiles à appercevoir; pl. 5, fig. 6–8.
Trouvé dans de l'eau gardée plus de six mois d'hiver, sans aucun mélange de végétaux.

(6) Figures très-grossies; (a) animalcules vuides; (b) remplis de molécules. (7) Animalcule seul plus grossi; (a) parties internes bleuâtres; (d) point très-luisant; (e) l'intestin situé en arrière. (8) Deux animalcules adhérents très-grossis.

4. CYCLIDIUM *glaucoma*.

C. ovatum, interaneis ægre conspicuis; tab. 5, fig. 6–8.
Repertum in aquâ ultra sex menses hyemales absque omni vegetabili servata.

(6) Figuræ valdè auctæ; (a) animalcula vacua; (b) moleculis repleta. (7) Animalculum solitarium magis auctum; (c) interanea cærulescentia; (d) punctum pellucidissimum; (e) intestinum posticum. (8) Animalcula duo cohærentia valdè aucta.

5. CYCLIDE *noirâtre*. Diƈ.

C. ovale-oblong, noirâtre fur les bords; pl. 5, fig. 9, 10.
Trouvé dans l'infufion de la *lenticule*.

(9) Figures groffies. (10) Beaucoup plus groffies.

6. CYCLIDE *roftré*. Diƈ.

C. ovale très-luifant, terminé en avant par une pointe obtufe; pl. 5, fig. 11, 12.
Trouvé dans une infufion de végétaux.

(11) Cyclide *roftré*, rempli de véficules, très-groffi; (*a*) pointe antérieure; (*b*) extrémité poftérieure. (12) Animalcule également groffi, avec des vifcères fenfibles; (*c*) canal divifé en deux branches; (*d*) petites lignes tranfverfales.

7. CYCLIDE *pepin*. Diƈ.

C. ovale veficuleux, pointu en arrière; pl. 5, fig. 13.
Se trouve, mais rarement, dans les infufions végétales.

Figure très-groffie; (*a*) partie antérieure; (*b*) poftérieure.

8. CYCLIDE *diaphane*. Diƈ.

C. ovoïde diaphane, aigu en arrière, pl. 5, fig. 14.
Se trouve dans l'infufion de la *clavaire coralloïde*.

(*a*, *b*) Amas de *Cyclid. diaphanes* groffis.

9. CYCLIDE *pou*. Diƈ.

C. ovale, convexe en deffus, plat au deffous; pl. 5, fig. 15.
Se trouve ordinairement fur le corps de l'*hydre pale*.

Animalcules groffis dans différentes pofitions; (*a*) extrémité fendue. Eft-ce l'ouverture de la bouche?

10. CYCLIDE *douteux*. Diƈ.

C. ovale, convexe en deffus, concave au-deffous; pl. 5, fig. 16–19.
Se trouve dans l'eau où croît la *lenticule*.

(16, 17, 18, 19. Quatre animalcules très-groffis fous différens afpects; (*a*) dos convexe; (*b*) ventre concave; (*c*) parties internes paroiffant figurées en réfeau quand l'eau commence à fe deffécher.

5. CYCLIDIUM *nigricans*.

C. oblongo-ovatum, margine nigricante; tab. 5, fig. 9, 10.
Repertum in infufo *lemnæ*.

Figuræ auƈtæ. (10) Multo magis auƈte.

6. CYCLIDIUM *roftratum*.

C. ovale pellucidiffimum, roftro obtufe mucronato; tab. 5, fig. 11, 12.
Repertum in infufione vegetabili.

(11) Cyclid. *roftratum* cum internis veficularibus maximè auƈtum; (*a*) roftrum; (*b*) pars poftica. (12) Animalculum æqualiter auƈtum, internis vifibilibus; (*c*) canalis in crura divifus; (*d*) lineolæ tranfverfæ.

7. CYCLIDIUM *nucleus*.

C. ovale veficulare poftice acuminatum; tab. 5, fig. 13.

In infufo vegetabili fed raro reperitur.

Figura auƈta; (*a*) pars ant'ca; (*b*) poftica.

8. CYCLIDIUM *hyalinum*.

C. ovatum hyalinum, poftice acutum; tab. 5, fig. 14.

Reperitur in infufione *clavariæ coralloidis*.

(*a*, *b*) Cyclid. *hyalina* coacervata, auƈta.

9. CYCLIDIUM *pediculus*.

C. ovale, fuprà convexum, fubtus planum; tab. 5, fig. 15.
Sæpius occurrit fuprà *hydram pallidam*.

Animalcula auƈta diverfo fitu; (*a*) extremitas fiffa, an apertura oris?

10. CYCLIDIUM *dubium*.

C. ovale, fupra convexum, fubtus cavum; tab. 5, fig. 16–19.
Reperitur in aquâ ubi *lemna*.

(16, 17, 18, 19.) Animalcula quatuor valdè auƈta vario fitu pofita; (*a*) dorfum convexum; (*b*) venter concavus; (*c*) interanea aqua deficiente reticulum effingentia.

7. PARAMÉCIE.

Caract. du genre.

Ver microſcopique, ſimple, membraneux, tranſparent, oblong.

1. PARAMÉCIE *aurelia.* **Dict.**

P. comprimée, un pli longitudinal ſur ſa moitié antérieure, l'extrémité oppoſée aigue; pl. 5, fig. 1-12.
Se trouve dans l'eau des foſſés où croît la *lenticule.*

(1, 2, 3, 4) Paramécies *aurélies* très-groſſies, tranſparentes, ſous divers aſpects. (5) Animalcule adulte d'une teinte plus foncée. (6) Animalcule ovale-oblong, comme il ſe préſente quand l'eau manque. (7) Autre également groſſi, bordé de cils. (8, 9, 10) Animalcules vus dans trois diverſes poſitions de leur adhérence. (11) Un animalcule quand ſa diviſion eſt déjà très-avancée. (12) Un autre lorſque ſa diviſion ne fait que commencer, (*a*) extrémité antérieure; (*b*) extrémité poſtérieure; (*c*) pli longitudinal.

2. PARAMÉCIE *chryſalide.* **Dict.**

P. cylindracée, un repli longitudinal ſur ſa moitié antérieure, l'extrémité poſtérieure obtuſe; pl. 6, fig. 1-5.
Trouvée en automne dans l'eau de mer.

Figures très-groſſies. (1, 2, 3) *Paramécies chryſalides* en diverſes poſitions, ayant leur pli plus ou moins viſible. (4) Animalcule qui ne montre point de pli. (5) Autre bordé de cils; (*a*) partie antérieure; (*b*) partie poſtérieure; (*c*) pli.

3. PARAMÉCIE *roſtée.* **Dict.**

P. cylindracée, un peu renflée en arrière, les deux extrémités obtuſes; pl. 6, fig. 6-9.
Se trouve dans les foſſés marécageux.

Figures très groſſies. (6, 7, 8) Animalcules vus dans différentes ſituations; (*a*) partie antérieure; (*b*) poſtérieure. (9) Animalcule occupé à opérer ſa diviſion tranſverſale.

4. PARAMÉCIE *ovif.* **Dict.**

P. aplatie, remplie de bulles ovales; pl. 6, fig. 10-12.
Habite dans les marais.

7. PARAMÆCIUM.

Charact. generis.

Vermis inconſpicuus, ſimplex, membranaceus, pellucidus, oblongus.

1. PARAMÆCIUM *aurelia.*

P. compreſſum, à medio ad apicem uniplicatum poſtice acutum; tab. 5, fig. 1-12.

Reperitur in foſſis inundatis *lemnæ* plenis.

(1, 2, 3, 4) Paramæcia *aureliæ* valdè aucta pellucentia vario ſitu. (5) Animalculum adultum magis obſcurum. (6) Animalculum ovato-oblongum unæ deficiente aqua conſpici ſolet. (7) Alterum æqualiter auctum ciliis cinctum. (8, 9, 10) Bina animalcula in vario ſitu cohærentia collateralia. (11) Animalculum adultum in diviſione ferè peracta. (12) Aliud diviſione tantum incepta; (*a*) extremitas antica; (*b*) extremitas poſtica; (*c*) plica longitudinalis.

2. PARAMÆCIUM *chryſalis.*

P. cylindraceum, verſus antica uniplicatum poſtice obtuſum; tab. 6, fig. 1-5.
In aquâ marina tempore autumnali repertum.

Figuræ valdè auctæ. (1, 2, 3) *Paramæcia chryſalides* vario ſitu, plica magis minuſve conſpicua. (4) Animalculum plica occultata. (5) Alterum ciliis cinctum; (*a*) pars anterior; (*b*) pars poſterior; (*c*) plica.

3. PARAMÆCIUM *verſutum.*

P. cylindraceum, poſtice incraſſatum, utraque extremitate obtuſum; tab. 6, fig. 6-9.
Reperitur in aquis foſſarum paluſtrium.

Figuræ valdè auctæ. (6, 7, 8) Animalcula vario ſitu conſpecta; (*a*) pars antica; (*b*) poſtica. (9) Animalculum in partitione tranſverſali occupatum.

4. PARAMÆCIUM *oviferum.*

P. depreſſum, intus bullis ovalibus; tab. 6, fig. 10-12.
Habitat in paludibus.

(10, 11, 12) Ces figures, diversement grossies, présentent ces animalcules dans des positions différentes ; (a) bulles ovales ; (b) petits grains.

5. PARAMÉCIE *bordé*. Dict.

P. applatie grisâtre, circonférence diaphane ; pl. 6, fig. 13, 14.
Trouvée, mais rarement, dans l'eau des marais.

Figures très-grossies ; (a) extrémité antérieure ; (b) vésicule postérieure ; (c) apparence spirale de l'intestin.

8. KOLPODE.

Caract. du genre.

Ver microscopique très-simple, applati, sinueux, transparent.

1. KOLPODE *lame*. Dict.

K. oblongue membraneuse, extrémité antérieure rétrécie courbée ; pl. 6. fig. 1—3.
Trouvée dans l'eau.

(1) Deux animalcules grossis dans deux positions différentes. (2, 3) Deux autres animalcules extrêmement grossis ; (a) extrémité antérieure ; (b) postérieure ; (c) plis qu'ils offrent en nageant.

2. KOLPODE *poulette*. Dict.

K. oblongue, partie antérieure du dos membraneuse diaphane ; pl. 6, fig. 4.
Trouvée dans de l'eau de mer corrompue.

Figure très-grossie ; (a) le bec courbé ; (b) la partie antérieure du dos diaphane ; (c) le ventre strié.

3. KOLPODE *bec*. Dict.

K. oblongue-ovale, extrémité antérieure crochue ; pl. 6, fig. 5, 6.
Trouvée dans les eaux où croît la *lenticule*.

Figures extrêmement grossies ; (a) sommet crochu ; (b) courbure triangulaire de l'extrémité antérieure.

4. KOLPODE *batte*. Dict.

K. prolongée membraneuse, rétrécie en avant, terminé en arrière par un angle droit, pl. 6, fig. 7, 8.
Se trouve dans l'eau stagnante des rivières.

(10, 11, 12) Figuræ animalculum hoc diverso situ augmentationisque gradu offerunt ; (a) bullæ ovales ; (b) granula.

5. PARAMÆCIUM *marginatum*.

P. depressum griseum, peripheria hyalina marginatum ; tab. 6 fig. 13, 14.
In aqua palustri raro repertum.

Figuræ valdè auctæ ; (a) extremitas anterior ; (b) vesicula postica ; (c) situs intestini spiralis.

8. KOLPODA.

Charact. generis.

Vermis inconspicuus simplicissimus, complanatus, sinuosus, pellucidus.

1. KOLPODA *lamella*.

K. elongata membranacea, antice curvata, angustior ; tab. 6, fig. 1—3.
In aquis reperta.

(1) Animalcula bina vario situ posita, aucta ; (2, 3) bina alia magnopere aucta ; (a) extremitas anterior ; (b) posterior ; (c) flexura partis anticæ in motu obvia.

2. KOLPODA *gallinula*.

K. oblonga, dorso antico membranaceo hyalino ; tab. 6, fig. 4.
Reperta in aquâ marina fœtidissima.

Figura valdè aucta ; (a) rostrum curvatum ; (b) pars antica dorsi hyalina ; (c) venter striatus.

3. KOLPODA *rostrum*.

K. oblongo ovata, antice uncinata ; tab. 6, fig. 5, 6.
Reperta in aquis ubi crescit *lemna*. Quænam species *lemnæ* non dixit mullerus.

Figuræ magnopere auctæ ; (a) apex uncinatus ; (b) retusio triangularis partis anterioris.

4. KOLPODA *cucullus*.

K. elongata membranacea, apice attenuata, basi in angulum rectum producta ; tab. 6, fig. 7, 8.
Reperitur in aquis fossarum fluviatilium.

Figures très-grossies. (7) Animalcule pendant le repos. (8) Animalcule nageant ; (a) partie antérieure diaphane ; (b) base anguleuse.

5. KOLPODE *mucronée*. Dict.

K. large, membraneuse, rétrécie en avant, un des côtés échancré ; pl. 6, fig. 9, 10.
Trouvée dans l'infusion de l'*ulve linze*.

Figures très grossies ; (a) extrémité antérieure ; (b) base ; (c) échancrure latérale ; (d) disque charnu se terminant en un petit canal (e).

6. KOLPODE *triquetre*.

K. obverse-ovale comprimée, un des bords recourbé ; pl. 6, fig. 11—13.
Trouvée rarement dans l'eau de mer.

(11, 12) Animalcules très-grossis vus sur leur face applatie. (13) Animalcule également grossi vu sur sa face opposée, convexe ; (a) extrémité antérieure obtuse ; (b) sinuosité ; (c) petite lame du bord recourbée ; (d) bord aigu ; (e) tourbillon qu'on distingue au moyen d'une forte loupe à son extrémité antérieure.

7. KOLPODE *striée*. Dict.

K. oblongue, légèrement arquée, comprimée blanche, extrémité antérieure pointue, postérieure arrondie ; pl. 6, fig. 14, 15.
Trouvée abondamment dans l'eau de mer.

(14) Trois *Kolpodes striées* grossies. (15) Deux autres plus grossies ; (a) bout antérieur ; (b) vésicule diaphane ; (c) bout postérieur contenant des molécules globuleuses.

8. KOLPODE *noyau*. Dict.

K. ovoïde, extrémité antérieure aigue, dos convexe ; pl. 6, fig. 16.
Se trouve dans l'infusion des semences du *chanvre*.

Figure grossie ; (a) extrémité antérieure.

9. KOLPODE *pintade*. Dict.

K. membraneuse plicatile, bec crochu, bord antérieur crénelé, extrémité postérieure obtuse ; pl. 6, fig. 17—27.
Trouvée rarement dans les eaux où croît la *lenticule*.

Var. A. Figures très-grossies. (17, 18) Animalcules élargis, diversement dentés & plissés. (19, 20, 21, 22) Animalcules très-alongés, crénelés, moins plissés.

Figuræ valdè auctæ. (7) Animalculum quiescens. (8) Animalculum natans ; (a) pars antica hyalina ; (b) basis angulata.

5. KOLPODA *mucronata*.

K. dilatata membranacea, antice angustata, altero margine incisa ; tab. 6, fig. 9, 10.
Reperta in infuso *ulvæ linzæ*.

Figuræ valdè auctæ ; (a) extremitas antica ; (b) basis ; (c) incisio lateralis ; (d) discus carnosus in canaliculum (e) productus.

6. KOLPODA *triquetra*.

K. obovata depressa, altero margine retuso ; tab. 6, fig. 11—13.
In aquâ marina raro reperta.

(11, 12) Animalcula valdè aucta in paginam depressam conspecta. (13) Animalculum æqualiter auctum obversum pagina convexa ; (a) extremitas antica obtusa ; (b) sinus ; (c) lamellula retusa ; (d) margo acutus ; (e) vitor fluctuans maximo augmentationis gradu antice conspicuus.

7. KOLPODA *striata*.

K. oblonga subarcuata depressa candida, antice acuminata, postice rotundata ; tab. 6, fig. 14, 15.
Reperta copiose in aquâ marina.

(14) *Kolpoda striata* tres auctæ. (15) Duo aliæ valdè auctæ ; (a) pars anterior ; (b) vesicula hyalina ; (c) extremitas postica cum moleculis globosis.

8. KOLPODA *nucleus*

K. ovata, vertice acuto, dorso convexo ; tab. 6, fig. 16.
Reperitur in infusione seminis *cannabis sativæ*.

Figura aucta ; (a) vertex.

9. KOLPODA *meleagris*.

K. membranacea plicatilis, apice uncinata ; margine antico crenulata, postice obtusa ; tab. 6, fig. 17—27.
In aquis ubi *lemna* crescit, sed raro obvia.

Var. A. Figuræ valdè auctæ. (17, 18) Animalcula dilatata varie denticulata & plicata. (19, 20, 21, 22) Animalcula maxime elongata, crenulata, minusque plicata.

Variété B. Figures également grossies. (23, 24) Animalcules dont le corps est marqué de stries longitudinales. (25) Bec encore vivace, dont la partie postérieure s'étoit dissoute en molécules.

Variété C. Figures également grossies. (26, 27) Animalcules dont l'extrémité postérieure est figurée en forme de maillet.

(a) bec crochu; (b) bord antérieur denticulé; (c) bord crénelé; (d) plis des bords; (e) un ou deux rangs de globules; (f) deux globules plus gros que les premiers; (g) stries longitudinales; (h) partie postérieure en forme de maillet.

10. KOLPODE *crénelée*. Dict.

K. membraneuse non plicatile, bec crochu, moitié antérieure crénelée sur un côté, extrémité postérieure pointue; pl. 6, fig. 28.

Trouvée dans l'eau de mer.

Figure grossie; (a) bec crochu; (b) bord crénelé; (c) masse elliptique.

11. KOLPODE *coucou*. Dict.

K. ovoïde ventrue, échancrée au-dessous du sommet; pl. 7, fig. 1–7.
Se trouve dans les infusions végétales & dans celle du foin ferilée.

Figures très-grossies. (1) Quatre de ces animalcules jeunes. (2) Variété ventrue de couleur jaunâtre. (3, 4) Animalcules adultes remplis de vésicules. (5, 6, 7) Trois animalcules dont le ventre présente divers enfoncemens; (a) bec arrondi; (b) sinuosité profonde; (c) le ventre; (d) lame ventrale; (e) divers enfoncemens du ventre.

12. KOLPODE *cornemuse*. Dict.

K. oblongue ovale, échancrée obliquement au-dessous de l'extrémité antérieure; pl. 7, fig. 8–12.
Se trouve dans l'infusion du *laiteron des champs*.

Figures très-grossies. (8, 9, 10) Kolpodes *cornemuses*, nageant sur le dos. (11) Autre glissant sur le côté. (12) Deux réunies ensemble par le dos; (a) le bec; (b) carène antérieure; (c) sinuosité; (d) partie postérieure arrondie; (e) globules transparens.

13. KOLPODE *languette*. Dict.

K. oblongue comprimée, foiblement échancrée au-dessous de l'extrémité antérieure; pl. 7, fig. 13–19.
Se trouve dans les fossés où croît la *lentille* avec la *paramécie aurélie* & la *vorticelle rotifère*.

Varietas B. Figurae aequaliter auctae. (23, 24) Animalcula in superficie longitudinaliter striata. (25) Rostrum anterius adhuc vivax, posteriore corporis parte in moleculas dissoluta.

Varietas C. Figurae aequaliter auctae. (26, 27) Animalcula quorum pars postica in formam mallei terminatur.

(a) Rostrum uncinatum; (b) margo anticus denticulatus; (c) margo crenulatus; (d) plicae marginales; (e) series globulorum; (f) globuli binis majores; (g) striae longitudinales; (h) pars posterior in formam mallei terminata.

10. KOLPODA *assimilis*.

K. membranacea, non plicatilis, apice uncinata, margine antico laterali ad medium usque crenulato, postice acutiuscula; tab. 6, fig. 28.
Reperta in aquâ marina.

Figura aucta; (a) rostrum aduncum; (b) margo crenulatus; (c) massa elliptica.

11. KOLPODA *cucullus*.

K. ovata ventricosa, infra apicem incisa; tab. 7, fig. 1–7.
Reperitur in infusione vegetabilium & in foetida foeni.

Figurae valdè auctae. (1) Quatuor animalcula juniora. (2) Varietas ventricosa flavicans. (3, 4) Animalcula adulta vesiculis impleta. (5, 6, 7) Animalcula tria variis impressionibus supra ventrem notata; (a) rostrum rotundatum; (b) sinus profundus; (c) venter; (d) lamina ventralis; (e) variae impressiones ventris.

12. KOLPODA *cucullulus*.

K. oblongo-ovata, infra apicem oblique incisa; tab. 7, fig. 8–12.

Reperitur in infuso *sonchi arvensis*.

Figurae valdè auctae. (8, 9, 10) *Kolpoda cucullulus* dorso innatantes. (11) Altera latere glicens. (12) Binae aliae à tergo approximatae; (a) rostrum; (b) carina antica; (c) sinus; (d) pars postica globosa; (e) globuli pellucidi.

13. KOLPODA *cucullio*.

K. oblonga depressa, infra apicem tantillum sinuata; tab. 7, fig. 13–19.

In fossis inundatis *lemna* obtectis, cum *paramecio aurelia* & *vorticella rotatoria* reperitur.

Figures très-grossies. (13) Animalcule dans le repos. (14) Animalcule nageant. (15) Animalcule rampant sur des grains de poussière. (16) Jeunes animalcules à l'instant de leur naissance.

(17, 18, 19) Variété de cette espèce dont l'extrémité antérieure est membraneuse, prolongée & pliée.

(a) Extrémité antérieure; (b) légère sinuosité; (c) Extrémité postérieure; (d) bosse du dos; (e) grains de poussière sur lesquels l'animalcule est vu rampant; (f) extrémité antérieure prolongée; (g) la même pliée.

Figuræ valdè auctæ. (13) animalculum quiescens. (14) animalculum natans. (15) animalculum pulvisculo incedens; (16) animalcula juniora seu pulli K. cucullionis.

(17, 18, 19) Varietas ejusce speciei, cujus pars antica producitur in membranam plicatam.

(a) extremitas antica; (b) pars parumper sinuata; (c) extremitas postica; (d) dorsum gibbosum; (e) pulvisculus supra quem incedit animalculum; (f) extremitas antica producta; (g) eadem plicata.

14. **KOLPODE** *rein*. Dict.

K. épaisse, échancrée vers le milieu, extrémités presqu'égales; pl. 7, fig. 20-22.
Se présente en moins de dix heures dans l'infusion du foin.

Figures très-grossies. (20) Kolpode *rein* dans sa situation naturelle. (21) Autre plus alongée, telle qu'on la voit après l'évaporation de l'eau. (22) Deux *Kolpodes* réunies par leur extrémité postérieure.

14. **KOLPODA** *ren*.

K. crassa, medio sinuata, antice & postice sub æqualis; tab. 7, fig. 20--22.
In infusione seni via decem horis elapsis occurrit.

Figuræ valdè auctæ. (20) *Kolpoda ren* in situ naturali. (21) Alia magis elongata qualis deficiente aqua conspicitur. (22) *Kolpodæ binæ* extremitate postica cohærentes.

15. **KOLPODE** *poire*. Dict.

K. convexe-ovale, extrémité antérieure prolongée en forme de bec; pl. 7, fig. 23--27.
Se trouve quelquefois dans les marais.

Figures très-grossies. (23) Kolpode *poire* dans son état naturel. (24) Autre se divisant. (25) Animalcule postérieur détaché. (26) Le même alongeant son bec. (27) Autre ayant son bec plus alongé.

(a) Le bec; (b) l'extrémité postérieure; (c) endroit où se fait la division.

15. **KOLPODA** *pirum*.

K. convexa, ovalis, apice in rostrum producta; tab. 7, fig. 23--27.
In aquâ palustri passim reperitur.

Figuræ valdè auctæ. (23) *Kolpoda pirum* in statu naturali. (24) Alia in partitione. (25) animalculum posticum separatum. (26) Idem rostrum protrudens. (27) Aliud rostello magis producto.

(a) Rostrum; (b) postica pars; (c) locus ubi partitio producitur.

16. **KOLPODE** *coin*. Dict.

K. cylindrique en forme de massue, extrémité antérieure dentée; pl. 7, fig. 28--30.
Trouvée dans l'eau des marais.

Figures grossies. (28, 29, 30) Kolpodes coins, vues sous différens aspects; (a) extrémité antérieure dentée; (b) pustule diaphane; (c) extrémité postérieure; (d) la même extrémité courbée.

16. **KOLPODA** *cuneus*.

K. teres clavata, apice dentata, tab. 7; fig. 28-30.
Reperta in aquâ palustri.

Figuræ auctæ. (28, 29, 30) *Kolpoda cunei* vario situ conspectæ; (a) extremitas antica dentata; (b) pustula hyalina; (c) extremitas postica; (d) extremitas eadem inflexa.

9. GONE.

Caract. du genre.

Ver microscopique très-simple, aplati, anguleux.

9. GONIUM.

Charact. generis.

Vermis inconspicuus, simplicissimus, complanatus, angulatus.

1. GONE *pectoral*. Dict.

G. quadrangulaire transparent, composée de seize globules; pl. 7, fig. 1–3.
Se trouve dans les eaux pures.

(1) Gone *pectoral* grossi. (2) Autre plus grossi. (3) Foetus du *gone pectoral* grossis, à l'instant qu'ils viennent d'éclore, chaque animalcule étant composé de seize globules.

2. GONE *coussinet*. Dict.

G. quadrangulaire, opaque, charnu; pl. 7, fig. 4–7.
Se trouve dans l'eau des fumiers.

Figures grossies. (4) Animalcule aplati de chaque côté. (5) Autre divisé en trois cordons. (6) Autre divisé en compartimens aplatis. (7) Deux *gones coussinets* réunis; (a) cordons; (b) compartimens aplatis; (c) point de réunion.

3. GONE *ridé*. Dict.

G. presque quadrangulaire blanchâtre, marqué sur un côté d'une ride longitudinale; pl. 7, fig. 8.
Se trouve dans diverses infusions, notamment dans celle de la pulpe de poire.

Figures grossies de cet animalcule, vu en diverses positions.

4. GONE *rectangulaire*. Dict.

G. une des pointes de l'extrémité postérieure formée en angle droit, le dos arqué; pl. 7, fig. 9.
Se trouve fréquemment dans les eaux pures.

Figure grossie; (a) angle droit de l'extrémité postérieure; (b) courbure du dos; (c) vésicule diaphane.

5. GONE *obtusangulaire*. Dict.

G. une des pointes de l'extrémité postérieure formée en angle obtus, le dos arqué; pl. 7, fig. 10.
Se trouve rarement avec le précédent.

Figure grossie; (a) angle obtus de l'extrémité postérieure; (b) dos arqué; (c) vésicules.

10. BURSAIRE.

Caract. du genre.

Ver très simple, membraneux, concave.

1. GONIUM *pectorale*.

G. quadrangulare, pellucidum, globulis sedecim; tab. 7, fig. 1–3.
Reperitur in aquis puris.

(1) *Gonium pectorale* auctum. (2) aliud valdè auctum. (3) Pulli *gonii pectoralis* in partu, quocumque sedecim globulis constante.

2. GONIUM *pulvinatum*.

G. quadrangulare, opacum, torosum; tab. 7, fig. 4–7.
Reperitur in fimetis.

Figuræ auctæ. (4) animalculum utrinque planum. (5) Alterum in tres pulvillos distinctum. (6) Aliud in areolas planas divisum; (7) Bina *gonia pulvinata* juncta; (a) pulvilli; (b) areolæ planæ; (c) sutura junctorum.

3. GONIUM *corrugatum*.

G. sub quadrangulare, albidum, ruga longitudinali unilaterali notatum; tab. 7, fig. 8.
Reperitur in infusionibus variis, præcipue in infuso pulpæ pyri.

Figuræ auctæ hujus animalculi in vario situ conspecti.

4. GONIUM *rectangulum*.

G. altero latere extremitatis posticæ in angulum rectum partito, dorso arcuato; tab. 7, fig. 9.
Reperitur frequenter in aquis puris.

Figura aucta; (a) angulus rectus partis posticæ; (b) dorsum arcuatum; (c) vesicula hyalina.

5. GONIUM *obtusangulum*.

G. altero extremitatis posticæ latere in angulum obtusum producto, dorso arcuato; tab. 7, fig. 10.
Cum præcedente sed raro reperitur.

Figura aucta; (a) angulus obtusus posticus; (b) dorsum arcuatum; (c) vesiculæ.

10. BURSARIA.

Charact. generis.

Vermis simplicissimus, membranaceus, cavus.

1. **BURSAIRE** *troncatelle.* Dict. n°. 1.

B. en forme de ſac, ouverture antérieure tronquée obliquement; pl. 8, fig. 1-4.
Vit dans les eaux des foſſés.

(1) Bursaire *troncatelle* de grandeur naturelle. (2) Groſſie vue du dos. (3, 4) Deux également groſſies vues du côté du ventre avec un ou ſans ovules; (a) partie antérieure ſaillante de la membrane; (b) ouverture; (c) fente; (d) petits œufs.

2. **BURSAIRE** *bullée.* Dict. n°. 2.

B. en forme de nacelle, terminée en avant par une levre; pl. 8, fig. 5-8.
Trouvée une ſeule fois dans l'eau de mer.

(5) Un peu groſſie (6) Plus groſſie vue ſur ſa face concave. (7) Sur ſa face convexe. (8) Une autre entièrement aplatie très-groſſie.

3. **BURSAIRE** *hirondeau.* Dict. n°. 3.

B. diviſée en quatre languettes, les deux latérales plus courtes; pl. 8, fig. 9-11.
Se trouve dans l'eau des marais.

(9) Bursaires *hirondeaux* groſſies. (10) Une plus groſſie vue par le dos. (11) Autre groſſie au même degré & dans la même poſition, marquée d'une double ligne tranſverſale.

(a) Extrémité antérieure; (b) poſtérieure; (c) languettes latérales.

4. **BURSAIRE** *replièe* Dict. n°. 4.

B. elliptique, fendue en deſſus, les bords repliés en dedans; pl. 8, fig. 12, 13.
Se trouve quoique rarement dans les eaux où croît la *lenticule.*

(12) Figure groſſie. (13) Beaucoup plus groſſie.

5. **BURSAIRE** *globuleuſe.* Dict. n°. 5.

B. ſphérique, tachée aux deux bouts, le centre très-tranſparent; pl. 8, fig. 14-16.

(14, 15) Bursaires *globuleuſes* groſſies ponctuées. (16) Autre également groſſie ſtriée; (a) partie antérieure obſcure; (b) poſtérieure noirâtre; (c) partie intermédiaire tranſparente.

1. **BURSARIA** *truncatella.*

B. follicularis, apertura antica oblique truncata; tab. 8, fig. 1--4.
Reperitur in foſſis aquoſis.

(1) Bursaria *truncatella* naturali magnitudine. (2) aucta à dorſo conſpecta. (3, 4) Duo æqualiter aucta à ventre conſpicuæ cum aut ſine ovulis. (a) Pars membranæ antica prominula; (b) apertura; (c) hiatus; (d) ovula.

2. **BURSARIA** *bullina.*

B. cymbæformis, antice labiata; tab. 8, fig. 5--8.
Semel reperta in aquâ marina.

(5) Parum aucta. (6) Magis aucta a parte concava inſpecta. (7) A parte convexa; (8) alia complanata valdè aucta.

3. **BURSARIA** *hyrundinella.*

B. utrinque laciniata, extremitatibus productis; tab. 8, fig. 9--11.
Reperitur in aquis paludoſis.

(9) Bursariæ *hyrundinellæ* auctæ. (10) Alia magis aucta à dorſo conſpecta. (11) Alia ejuſdem ſitus & augmentationis gradu, linea tranſverſa duplici notata.

(a) Extremitas antica; (b) poſtica. (c) laciniæ laterales.

4. **BURSARIA** *duplella.*

B. elliptica ſuperne fiſſa, marginibus inflexis; tab. 8, fig. 12, 13.
In aquis ubi *lemna* ſed raro reperitur.

(12) Figura aucta. (13) Magis aucta.

5. **BURSARIA** *globina.*

B. ſphærica, utrinque obſcurata, medio pellucentiſſimo; tab. 8, fig. 14--16.

(14, 15) Bursariæ *globinæ* auctæ punctatæ. (16) Altera æqualiter aucta ſtriata; (a) antica pars obſcura; (b) poſtica nigricans; (c) pars intermedia pellucentiſſima.

11. CERCAIRE.

Caract. du genre.

Ver microscopique transparent, pourvu d'une queue.

1. CERCAIRE *têtard*. Dict. n°. 1.

C. arrondie, queue pointue; pl. 8, fig. 1. Se trouve quelquefois dans les infusions animales.

Figure grossie.

2. CERCAIRE *bossue*. Dict. n°. 2.

C. presque ovale, convexe, légèrement pointue en avant, queue cylindrique; pl. 8, fig. 2. Se trouve abondamment dans l'infusion de la *jungermanne tamarise*.

Figure grossie.

3. CERCAIRE *agile*. Dict. n°. 3.

C. variable convexe, queue lisse; pl. 8, fig. 3—7.
Trouvée une seule fois dans l'eau de mer.

(3, 4) Cercaires agiles grossies, dont la queue est diversement courbée; (5) la même sous la figure d'un cône renversé; (6) la même oblongue; (7) la même très alongée; (a) le corps; (b) la queue; (c) la bouche; (d) les yeux; (e) vésicule diaphane.

4. CERCAIRE *lenticule*; CERC. *lentille d'eau*. Dict. n°. 4.

C. variable, légèrement aplatie, queue composée de segmens; pl. 8, fig. 8-12.
Se trouve dans les marais.

(8 & 11) Cercaires lenticulaires très-grossies agitant vivement la queue; (9) autre pendant le repos; (10 & 12) deux de ces animalcules nageant lentement; (a) le corps; (b) la queue; (c) la queue alongée très-ridée; (d) l'ouverture de la bouche; (e) les yeux; (f) les viscères; (g) vésicule située à la naissance de la queue; (h) vésicule moindre.

5. CERCAIRE *toupie*. Dict. n°. 5.

C. globuleuse, légèrement rétrécie vers le milieu, queue formée d'une soie; pl. 8, fig. 13-16.

11. CERCARIA.

Charact. generis.

Vermis inconspicuus, pellucidus, caudatus.

1. CERCARIA *gyrinus*.

C. rotundata, cauda acuminata; tab. 8; fig. 1.
Raro reperitur in infusione animali.

Figura aucta.

2. CERCARIA *gibba*.

C. subovata convexa, antice subacuta, cauda tereti; tab. 8, fig. 2.
Abunde reperitur in infusione *jungermanniæ tamarisci*.

Figura aucta.

3. CERCARIA *inquieta*.

C. mutabilis convexa, cauda lævi; tab. 8; fig. 3—7.
Semel reperta in aquâ marina.

(3, 4) Cercariæ inquietæ auctæ, diversa caudæ inflexione; (5) eadem inversè conica; (6) eadem oblonga; (7) eadem magis elongata; (a) corpus; (b) cauda; (c) rimula anterior seu os; (d) oculi; (e) vesicula hyalina.

4. CERCARIA *lemna*.

C. mutabilis subdepressa, cauda annulata; tab. 8, fig. 8—12.
Reperitur in aquis paludosis.

(8 & 11) Cercariæ lemnæ valdè auctæ caudam velocissimè vibrantes; (9) alia quiescens; (10 & 12) bina animalcula lentè natantia; (a) corpus; (b) cauda; (c) cauda sinuosa protracta; (d) apertura oris; (e) oculi; (f) viscera; (g) vesicula major ad radicem caudæ sita; (h) vesicula minor.

5. CERCARIA *turbo*.

C. globulosa, medio coarctata, cauda unisetа; pl. 8, fig. 13—16.

Se trouve dans les ruisseaux où croît la *lenticule*.

(13) CERCAIRE *simple* jeune, grossie; (14) autre adulte & grossie, ayant un point de chaque côté; (15) autre triangulaire ayant la queue étendue; (16) autre semblable ayant la queue repliée vers le haut.

(*a*) Rétrécissement du corps; (*b*) soye de la queue; (*c*) les yeux; (*d*) la queue repliée.

6. CERCAIRE *podure*. Dict. n°. 6.

C. cylindracée, retrecie en arrière, queue le plus souvent fendue; pl. 9, fig. 1-5.
Se trouve dans les marais où croît la *lenticule*.

Figures très-grossies dans différentes positions. (1) CERCAIRE *podure* à queue simple; (2) à queue fendue; (3) dont le corps est cilié; (4) courbée, dont l'extrémité antérieure est très-épaisse; (5) autre bombée en avant & étendue.

(*a*) La tête; (*b*) le tronc; (*c*, *d*) la queue simple; (*e*) la queue fendue; (*f*) les cils.

7. CERCAIRE *verte*. Dict. n°. 7.

C. cylindracée variable, extrémité postérieure rétrécie fendue; pl. 9, fig. 6-13.
Se trouve dans les eaux stagnantes des fossés.

(6) Amas de *Cercaires vertes* de grandeur naturelle. (7) Une *Cercaire verte* sphérique, à extrémités contractées, grossie. (8, 12) Autres ventrues développant leurs deux extrémités. (9, 10) Autres cylindracées étendues. (11) Autre dont le tronc est bombé, orbiculaire, & les deux extrémités saillantes. (13) Deux de ces animalcules sphériques, réunis par un point.

(*a*) Extrémité antérieure, ou si on veut, la tête; (*b*) la queue; (*c*) les deux pointes de la queue; (*d*) le tronc.

8. CERCAIRE *ciliée*. Dict. n°. 8.

C. cylindracée, amincie sur le devant, pointue en arrière; pl. 9, fig. 14-16.
Trouvée dans l'eau de mer.

Figures très-grossies. (14, 15) CERCAIRES *ciliées* nageant. (16) Autre ventrue; (*a*) la tête; (*b*) le tronc; (*c*) la queue; (*d*) rang longitudinal de cils.

9. CERCAIRE *hérissée*. Dict. n°. 9.

C. cylindrique, presque tronquée en avant, extrémité postérieure arrondie, armée de deux pointes; pl. 9, fig. 17, 18.
Trouvée dans l'eau de mer.

Reperitur in aquâ rivulari cum *lemna*.

(13) CERCARIA *cirho* junior aucta. (14) Alia adulta aucta, puncto ocellari utrinque notata. (15) Altera triquetra cauda extensa. (16) Alia similis, cauda versus antica inflexa.

(*a*) Coarctatio corporis; (*b*) seta caudalis; (*c*) oculi; (*d*) cauda inflexa.

6. CERCARIA *podura*.

C. cylindracea, postice acuminata sæpius fissa; tab. 9, fig. 1-5.
Reperitur in paludosis *lemna* coopertis.

Figuræ valdè auctæ vario situ. (1) *Cercaria podura* cauda simplici. (2) Cauda bicuspidata. (3) Corpore utrinque ciliato. (4) Curvata, antice maximè incrassata. (5) Alia extremitate antica incrassata, caudâ extensa.

(*a*) Caput; (*b*) truncus; (*c*, *d*) cauda unicuspis; (*e*) cauda bicuspis; (*f*) cilia.

7. CERCARIA *viridis*.

C. cylindracea mutabilis, postice acuminata fissa; tab. 9, fig. 6-13.
Reperitur in aquis fossarum stagnantibus.

(6) *Cercariarum viridium* magnitudine naturali acervus. (7) *Cercaria viridis* aucta sphærica, extremitatibus conditis. (8, 12) Aliæ gibbæ extremitates evolventes. (9, 10) Aliæ cylindraceæ recta natantes. (11) Altera trunco in orbiculum intumescente, extremitatibus exsertis. (13) Bina animalcula sphærica cohærentia.

(*a*) Extremitas antica seu caput; (*b*) cauda; (*c*) binæ cuspides caudæ; (*d*) truncus.

8. CERCARIA *setifera*.

C. cylindracea, antice angustior, postice acuminata; tab. 9, fig. 14-16.
Reperta in aquâ marina.

Figuræ valdè auctæ. (14, 15) CERCARIÆ *ciliatæ* natantes. (16) Alia ventricosa; (*a*) caput; (*b*) truncus; (*c*) cauda; (*d*) series longitudinalis ciliorum aut setarum.

9. CERCARIA *hirta*.

C. cylindrica, antice subtruncata, postice obtusa bimucronata; tab. 9, fig. 17, 18.
Reperta in aquâ marina.

Figures très-grossies. (17) Cercaire *hérissée* dans le repos. (18) Autre nageant ; (a) partie antérieure ; (b) extrémité postérieure ; (c) les deux pointes dont elle est armée ; (d) divers rangs de cils ; (e) molécules mobiles.

Figuræ valdè auctæ. (17) Cercaria *hirta quiescens*. (18) Alia natans ; (a) pars antica ; (b) extremitas postica ; (c) bini mucrones partis posticæ ; (d) Series ciliorum seu setularum ; (e) moleculæ mobiles.

10. CERCAIRE *bourse*. Dict. n°. 10.

C. cylindracée, ventrue, tronquée obliquement sur le devant, queue terminée par deux pointes ; pl. 9, fig. 19-21.
Se trouve dans l'infusion marine de *l'ulve linge*.

Figures grossies vues en différentes positions ; (a) la tête étendue ; (b) la tête rentrée ; (c) organe de la déglutition ; (d) le tronc musculeux ; (e) la queue linéaire ; (f) les deux pointes de la queue.

10. CERCARIA *crumena*.

C. cylindraceo ventricosa, antice obliquè truncata, cauda lineari bicuspidata ; tab. 9, fig. 19-21.
Reperitur in infuso marino *ulvæ lingæ*.

Figuræ ampliatæ vario situ exhibitæ ; (a) caput extensum ; (b) caput contractum ; (c) musculus deglutorius ; (d) truncus torosus ; (e) cauda linearis ; (f) binæ caudæ cuspides.

11. CERCAIRE *catelle*, Dict. n°. 11.

C. divisée en trois parties, queue composée de deux poils ; pl. 9, fig. 22, 23.
On la trouve dans l'eau des marais.

Figures grossies. (22) Cercaire *catelle* alongée. (23) La même raccourcie avec les poils de la queue divergens ; (a) la tête ; (b) le tronc ; (c) la queue ; (d) les deux poils dont elle est composée.

11. CERCARIA *catellus*.

C. tripartita, cauda bicuspidata ; tab. 9 ; fig. 22, 23.
Reperitur in aquâ palustri.

Figuræ auctæ. (22) Cercaria *catellus* elongata. (23) Eadem contracta pilis aut setis caudalibus divergentibus ; (a) caput ; (b) truncus ; (c) cauda ; (d) setæ binæ caudales.

12. CERCAIRE *catelline*. Dict. n°. 12.

C. divisée en trois parties, bout de la queue armé de deux pointes ; pl. 9, fig. 24, 25.
Se trouve dans l'eau des fossés où croît la *lenticule*.

Figures grossies ; (a) la tête ; (b) le tronc ; (c) la queue ; (d) les deux pointes dont elle est armée.

12. CERCARIA *catellina*.

C. tripartita, extrema cauda bifida ; tab. 9, fig. 24, 25.

Reperitur in aquâ fossarum ubi *lemna*.

Figuræ auctæ ; (a) caput ; (b) truncus ; (c) cauda ; (d) cuspides quibus munitur.

13. CERCAIRE *loup*. Dict. n°. 13.

C. cylindrique, oblongue, charnue, queue armée de deux épines ; pl. 9, fig. 26-29.
Se trouve au même endroit que la précédente.

Figures très-grossies. (26, 28) Cercaire *loup* alongée. (27) Autre avec la tête & la queue rentrées. (29) Autre moyennement contractée ; (a) la tête ; (b) le tronc ; (c) la queue ; (d) les deux épines de la queue ; (e) masse globuleuse située entre la tête & le tronc ; (f) organe de la déglutition ; (g) ovaire ; (h) extrémité de la tête crochue.

13. CERCARIA *lupus*.

C. cylindrica elongata torosa, cauda spinis duabus ; tab 9, fig. 26-29.
Cum præcedenti reperitur.

Figuræ valdè auctæ. (26, 28) Cercaria *lupi* productæ. (27) Una capite & cauda conditis. (29) Altera aliquantum contracta ; (a) caput ; (b) truncus ; (c) cauda ; (d) spinæ binæ caudales ; (e) massa globosa capiti & trunco intermedia ; (f) musculus deglutorius ; (g) ovarium ; (h) extremitas antica capitis uncinata.

14. CERCAIRE *vermiculaire*. Dict. n° 14.

C. cylindrique, composée de segmens, bouche munie d'une trompe rétractile, queue armée de deux épines ; pl. 9, fig. 30-32.

14. CERCARIA *vermicularis*.

C. cylindrica annulata, ore proboscide exsertili, cauda spina duplici ; tab. 9, fig. 30-32.

Se trouve dans les ruisseaux où croît la *lenticule*.

Figures très-grossies. (30) CERCAIRE *vermiculaire*, dont l'extrémité antérieure est contractée. (31) Autre dont l'extrémité antérieure est développée. (32) Autre dont l'extrémité antérieure est très-contractée & tronquée; (a) partie antérieure arrondie; (b) partie antérieure tronquée; (c) partie antérieure développée; (d) pointes de la tête; (e) trompe fourchue; (f) épines de la queue; (g) tubercule de l'anus.

15. CERCAIRE *porte pinces*. Dict. n°. 15.

C. cylindrique ridée, bouche munie de pinces rétractiles, queue armée de deux pointes; pl. 9, fig. 33-35.
Trouvée dans l'eau des marais.

Figures très-grossies. (33) Animalcule ayant l'extrémité antérieure développée. (34, 35) Autres vues différemment dont l'extrémité antérieure est contractée; (a) trompe saillante, armée de pinces; (b) dents des pinces; (c) pointes de l'extrémité antérieure; (d) vésicule de la queue; (e) pointes de la queue; (f) organe de la déglutition; (g) partie antérieure tronquée.

16. CERCAIRE *pleuronecte*. Dict. n°. 16.

C. orbiculaire membraneuse, queue terminée par une soie; pl. 10, fig. 1-3.
Observée dans l'eau gardée plus de six semaines.

Figures grossies. (1) CERCAIRE *pleuronecte* dans le repos. (2, 3) Les mêmes nageant; (a, a) Deux points placés sur l'extrémité antérieure; (b) queue terminée par une soye; (c) bord replié.

17. CERCAIRE *trépied*. Dict. n°. 17.

C. presque triangulaire, bras tournés en arrière, queue droite; pl. 10, fig. 4.
Trouvée dans de l'eau de mer puisée récemment.

Figure grossie; (a) les bras repliés en arrière; (b) la queue.

18. CERCAIRE *tenace*. Dict. n°. 18.

C. membraneuse épaissie en avant tronquée, queue trois fois plus courte que le corps; pl. 10, fig. 5.
Se trouve dans l'infusion du tartre des dents.

Quatre figures de cet animalcule grossies; (a) face antérieure épaissie; (b) petite queue.

Reperitur in aquâ rivulari, ubi *lemna* crescit.

Figuræ valdè auctæ. (30) CERCARIA *vermicularis* extremitate antica retracta. (31) Alia extremitate antica exserta. (32) Altera, extremitate antica valdè retracta & truncata; (a) pars anterior obtusa; (b) pars anterior truncata; (c) pars anterior exserta; (d) capitis bini mucrones; (e) proboscis exserta furcata; (f) spinæ caudales; (g) tuberculum ani.

15. CERCARIA *forcipata*.

C. cilindrica rugosa, proboscide forcipata retractili, cauda bicuspidata; tab. 9, fig. 33-35.
Reperta in aquâ palustri.

Figuræ valdè auctæ; (33) Animalculum cum extremitate antica producta. (34, 35) Bina alia variè conspecta extremitate antica correpta. (a) proboscis forcipata exserta; (b) crura forcipis; (c) extremitatis anticæ mucrones; (d) vesicula caudæ; (e) cuspides caudales; (f) musculus deglutorius; (g) pars antica truncata.

16. CERCARIA *pleuronectes*.

C. orbicularis membranacea, cauda uniseta; tab. 10, fig. 1-3.
Observata in aquâ ultra sex septimanas in vasculo contenta.

Figuræ auctæ. (1) CERCARIA *pleuronectes* quiescens. (2, 3) Eadem natantes; (a, a) puncta bina supra extremitatem anticam sita; (b) cauda setaria; (c) margo inflexus.

17. CERCARIA *tripos*.

C. sub triangularis, brachiis deflexis, cauda recta; tab. 10, fig. 4.

Reperta in aquâ marina recenti.

Figura aucta; (a) Brachia deflexa; (b) cauda.

18. CERCARIA *tenax*.

C. membranacea, antice crassiuscula truncata, cauda triplo breviore; tab. 10, fig. 5.

Reperitur in infusione sordium dentium.

Figuræ quatuor hujusce animalculi auctæ; (a) facies antica crassior; (b) caudula.

19. CERCAIRE *cyclidoïde*. Dict. n°. 19.

C. ovale, légérement échancrée en arrière, queue rétractile ; pl. 10, fig. 6.
Se trouve fréquemment dans les eaux les plus pures.

Figures très-grossies ; (a) partie antérieure ; (b) postérieure échancrée ; (c) petite queue rétractile.

19. CERCARIA *cyclidium*.

C. ovalis, postice subemarginata, cauda contractili ; tab. 10, fig. 6.
Frequenter reperitur in aquis purioribus.

Figurae valdè auctae ; (a) pars antica ; (b) postica emarginata ; (c) caudula retractilis.

20. CERCAIRE *disque*. Dict. n°. 20.

C. orbiculaire membraneuse, queue crochue, pl. 10, fig. 7.
Se trouve dans les eaux des marais.

Figures grossies ; (a) partie antérieure ; (b) petite queue.

20. CERCARIA *discus*.

C. orbicularis membranacea, cauda curvata ; tab. 10, fig. 7.
Reperitur in aquâ palustri.

Figurae auctae ; (a) pars anterior ; (b) caudula.

21. CERCAIRE *orbiculaire*. Dict. n°. 21.

C. orbiculaire, queue composée de deux soies très longues ; pl. 10, fig. 8.
Se trouve dans les eaux où croît la *lenticule*.

Figure très-grossie ; (a) partie antérieure ; (b) petite papille située à la naissance de la queue ; (c) soyes très longues dont elle est formée.

21. CERCARIA *orbis*.

C. orbicularis, seta caudali duplici longissima ; tab. 10, fig. 8.
Reperitur in aquis ubi *lemna* vegetat.

Figura valdè aucta ; (a) pars anterior ; (b) papilla ad originem caudae sita ; (c) setae binae longissimae caudales.

22. CERCAIRE *lune*. Dict. n°. 22.

C. orbiculaire, queue composée de deux épines linéaires courtes ; pl. 10, fig. 9, 10.
Trouvée au même endroit que la précédente.

Figures grossies ; (a) partie antérieure arrondie ; (b) la même partie échancrée en croissant ; (c) épines de la queue ; (d) soyes courtes qui terminent les épines.

22. CERCARIA *luna*.

C. orbicularis, cauda spinis binis linearibus brevibus ; tab. 10, fig 9, 10.
Reperta cum praecedenti.

Figurae auctae ; (a) pars antica rotundata ; (b) pars eadem in formam lunulae retracta ; (c) spinae caudales ; (d) setulae spinas terminantes.

10. LUCOPHRE.

Caract. du genre.

Ver microscopique, transparent, garni de cils sur toute la superficie.

1. LUCOPHRE *conspiratrice*. Dict.

L. sphérique presque opaque, molécules internes mobiles ; pl. 10, fig. 1, 2.
Se trouve dans l'eau des fumiers.

(1) LEUCOPHRA *conspiratrice* sphérique grossie, avec les molécules internes visibles. (2) Autre ovale, également grossie, avec les cils apparens & la partie postérieure formée en triangle.

11. LEUCOPHRA.

Charact. generis.

Vermis inconspicuus, pellucidus, undiquè ciliatus.

1. LEUCOPHRA *conflictor*.

L. sphaerica subopaca, interaneis mobilibus ; tab. 10, fig. 1, 2.
Reperitur in aquâ fimetorum.

(1) LEUCOPHRA *conflictor* sphaerica aucta, moleculis internis conspicuis. (2) Alia ovata aequaliter aucta, ciliis manifestis, postice in triangulum compressa.

2. LUCOPHRE *mamelle*. Dict.

L. sphérique opaque, pourvue d'un mamelon rétractile; pl. 10, fig. 3 - 5.
Se trouve dans l'eau des marais.

Figures grossies. (3) Animalcule avec le mamelon saillant. (4) Autre avec le mamelon plus saillant. (5) Autre dont le mamelon est rentré.

2. LEUCOPHRA *mamilla*.

L. sphaerica opaca, papilla exsertili; tab. 10, fig. 3 - 5.
Reperitur in aquâ palustri.

Figurae auctae. (3) Animalculum papillula prominula. (4) Aliud papillula magis exserta. (5) Alterum papillula condita.

3. LUCOPHRE *verdâtre*. Dict.

L. cylindracée opaque, extrémité antérieure rétrécie; pl. 10, fig. 6 - 8.
Trouvée dans l'eau de mer.

Figures grossies. (6, 7, 8) Lucophres *verdâtres* diversement alongées & contractées. (a) Partie antérieure; (b) postérieure.

3. LEUCOPHRA *viridescens*.

L. cylindracea opaca, postice crassior; tab. 10, fig. 6 - 8.
Reperta in aquâ marina.

Figurae ampliatae. (6, 7, 8) Leucophrae *viridescentes* varie contractae & productae. (a) Pars antica; (b) postica.

4. LUCOPHRE *verte*. Dict.

L. ovale, opaque; fig. 9 - 11.
Se trouve dans l'eau des rivages.

Figures grossies. (9) Lucophre *verte* ovale, comme on la voit ordinairement. (10) Autre avec un léger étranglement (c) vers le milieu; (11) autre aplatie, morte; (a) extrémité antérieure; (b) postérieure.

4. LEUCOPHRA *viridis*.

L. ovalis, opaca; tab. 10, fig. 9 - 11.
Reperitur in aquâ littorali.

Figurae auctae. (9) Leucophra *viridis* ovalis, sicuti saepius occurrit. (10) Alia medio (c) coarctata. (11) Altera depressa mutata; (a) pars antica; (b) postica.

5. LUCOPHRE *rotifère*. Dict.

L. ovale verte, extrémité antérieure tronquée ciliée; pl. 10, fig. 12.
Se trouve dans l'eau de mer.

(12) Lucophre *rotifère* grossie; (a) cils tournants de l'extrémité antérieure; (b) cils réunis en faisceaux; (d) cils de la superficie de l'animalcule.

5. LEUCOPHRA *bursata*.

L. ovalis viridis, antice truncata ciliata; tab. 10, fig. 12.
Reperitur in aquâ marina.

(12) Leucophra *Bursata* aucta magnitudine; (a) cilia rotantia extremitatis anticae; (b) cilia fasciculata; (c) cilia tremula.

6. LUCOPHRE *posthume*. Dict.

L. globuleuse, opaque, comme couverte d'un réseau transparent; pl. 10, fig. 13.
Se trouve dans l'eau de mer corrompue.

Figure grossie.

6. LEUCOPHRA *posthuma*.

L. globularis opaca, nigricans, reticulo pellucenti; tab. 10, fig. 13.
Reperitur in aquâ marina foetidissima.

Figura aucta.

7. LUCOPHRE *dorée*. Dict.

L. ovale fauve, extrémités égales arrondies; pl. 10, fig. 14.
Se trouve dans l'eau de mer.

Figure grossie.

7. LEUCOPHRA *aurea*.

L. ovalis fulva, utraque extremitate aequali obtusa; tab. 10, fig. 14.
Reperitur in aquâ marina.

Aucta magnitudine repraesentatur.

8. LUCOPHRE *percée*. Dict.

L. ovale gélatineuse, obtuse & presque tronquée en avant, une fossette creusée sur sa moitié postérieure; pl. 10, fig. 15, 16.
Se trouve avec la précédente.

8. LEUCOPHRA *pertusa*.

L. ovalis gelatinosa, apice truncato obtuso, altero latere suffossa; tab. 10, fig. 15, 16.

Cum praecedenti reperitur.

(15) Lucophre percée grossie. (16) Autre également grossie, ciliée, dans une différente position ; (a) Partie antérieure ; (b) postérieure ; (c) fossette.

9. LUCOPHRE *disloquée*. Dict.

L. prolongée, légérement comprimée, formant des angles & des sinuosités variables ; pl. 10, fig. 17, 18.
Se trouve dans les fossés inondés.

Figures grossies. (17) Lucophre *disloquée*, pliée en angle. (18) La même formant un angle aigu de chaque côté, au-dessous du milieu du corps ; (a) pointe antérieure ; (b) extrémité antérieure échancrée au-dessus de sa pointe ; (c) extrémité postérieure obtuse ; (d) sinuosité latérale ; (e) échancrures des côtés.

10. LUCOPHRE *dilatée*.

L. membraneuse, aplatie, variable, diversement sinueuse sur les bords ; pl. 10, fig. 19-21.
Se trouve dans l'eau de mer.

Figures grossies, présentées dans différentes situations ; (a) partie antérieure ; (b) postérieure.

11. LUCOPHRE *étincelante*. Dict.

L. ovale-arrondie, opaque, verte ; pl. 10, fig. 22. Cette espèce appartient peut-être au genre du *volvoce*.
Trouvée parmi la *lenticule commune*.

Figure grossie.

12. LUCOPHRE *vesiculeuse*. Dict.

L. ovoïde, remplie de vesicules transparentes, pl. 10, fig. 23, 24.
Se trouve dans les infusions végétales.

(23) Lucophre *vesiculeuse* grossie. (24) Autre plus grossie, avec ses vésicules très apparentes.

13. LUCOPHRE *globifere*. Dict.

L. ovale-oblongue cristalline, trois globules alignés dans l'intérieur ; pl. 10, fig. 25.
Se trouve dans les fossés inondés parmi la *lenticule*.

Figure grossie ; (a) partie antérieure ; (b) postérieure.

(15) Leucophra *pertusa* aucta. (16) Alia æqualiter aucta, ciliata, vario situ conspecta ; (a) pars antica ; (b) postica ; (c) pertusio seu lacuna.

9. LEUCOPHRA *fracta*.

L. elongata, sinuato angulata, variabilis, subdepressa ; tab. 10, fig. 17-18.

Reperitur in fossis inundatis.

Figuræ auctæ. (17) Leucophra *fracta* in angulum curvata. (18) Eadem utrinque infrà medium in angulum acutum inflexa ; (a) partis anterioris apex ; (b) extremitas antica infra apicem emarginata ; (c) extremitas postica obtusa ; (d) sinus lateralis ; (e) incisuræ laterales.

10. LEUCOPHRA *dilatata*.

L. membranacea complanata variabilis, marginibus sinuatis ; tab. 10, fig. 19-21.

Reperitur in aquâ marinâ.

Figuræ auctæ vario situ conspectæ, ampliatæ ; (a) pars antica ; (b) postica.

11. LEUCOPHRA *scintillans*.

L. ovali-teres, opaca, viridis ; tab. 10, fig. 22. Ad genus *volvocis* forte attinet hæc species.
Reperta inter *lemnam minorem*.

Figura aucta.

12. LEUCOPHRA *vesiculifera*.

L. ovata, intraneis vesiculatibus pellucentibus ; tab. 10, fig. 23, 24.
Reperitur in infusione vegetabili.

(23) Leucophra *vesiculifera* aucta. (24) Alia magis aucta, vesiculis manifestis.

13. LEUCOPHRA *globulifera*.

L. ovato-oblonga crystallina, globulis tribus serialibus ; tab. 10, fig. 25.
Reperitur in fossis inundatis cum *lemna minore*.

Figura aucta ; (a) pars anterior ; (b) posterior.

14. LUCOPHRE *puſtuleuſe*. **Dict.**

L. ovale-oblongue, extrémité poſtérieure tronquée obliquement ; pl. 10, fig. 26 - 28.
Se trouve dans les marais.

Figures groſſies. (26, 27) Lucophres *puſtuleuſes* ovale-oblongues. (28) Autre de forme ovoïde ; (a) partie antérieure ; (b) puſtule de la partie poſtérieure.

15. LUCOPHRE *turbinée*. **Dict.**

L. en forme de cône renverſé, preſque opaque ; pl. 11, fig. 1, 2.
Trouvée dans l'eau de mer corrompue.

Figures groſſies. (1) L. *turbinée* ſans faſcies. (2) Autre faſciée ; (a) extrémité antérieure ; (b) poſtérieure ; (c) globule criſtallin ; (d) rétréciſſement du corps ; (e) faſcie tranſverſale.

16. LUCOPHRE *aiguë*. **Dict.**

L. ovoïde cylindracée, aiguë en avant, variable, jaunâtre ; pl. 11, fig. 3-5.
Se trouve dans l'eau de mer parmi l'*ulve linge*.

Figures groſſies. (3, 4) L. *aiguës* pointues ſur le devant. (5) Autre ſous la forme orbiculaire ; (a) Pointe antérieure ; (b) échancrure latérale ; (c) globules marqués d'un point noir.

17. LUCOPHRE *marquée*. **Dict.**

L. ovoïde cylindracée, marquée d'un point noir près du bout antérieur ; pl. 11, fig. 6-9.
Se trouve dans l'eau de mer.

Figures groſſies, préſentées ſous divers aſpects. (a) point noirâtre de l'extrémité antérieure ; (b) canal (c) inteſtin longitudinal ; (d) petits œufs.

18. LUCOPHRE *blanche*. **Dict.**

L. oblongue diaphane, une des extrémités rétrécie courbée ; pl. 11, fig. 10.
Se trouve dans les infuſions marines.

Figure groſſie ; (a) œufs ; (b) extrémité courbée.

19. LUCOPHRE *noduleuſe*. **Dict.**

L. ovale-oblongue comprimée, marquée d'un double rang de petits nœuds ; pl. 11, fig. 13-21.
Se trouve dans l'inteſtin de la *nayade littorale*.

14. LEUCOPHRA *puſtulata*.

L. ovato-oblonga, poſtice oblique truncata, tab. 10, fig. 26 - 28.
Occurit in aquis paluſtribus.

Figuræ auctæ. (26, 27) Leucophræ *puſtulata* ovato-oblongæ. (28) Alia ovata ; (a) pars antica ; (b) puſtula poſticæ partis.

15. LEUCOPHRA *turbinata*.

L. inverſe conica, ſubopaca ; tab. 11, fig. 1, 2.
Reperta in aquâ marina fœtidiſſima.

Figuræ auctæ. (1) L. *turbinata* non faſciata. (2) Alia faſciata (a) ; extremitas antica ; (b) poſtica ; (c) globulus cryſtallinus ; (d) coarctatio corporis ; (e) faſcia tranſverſa.

16. LEUCOPHRA *acuta*.

L. ovata, teres, apice acuto, mutabilis flaveſcens ; tab. 11, fig. 3-5.
Reperitur in aquâ marina inter *ulvam lingam*.

Figuræ amplatæ. (3, 4) L. *acuta* anticè acuminatæ. (5) Alia in formam orbicularem contracta ; (a) apex acutus ; (b) ſinus lateralis ; (c) globuli nigro puncti.

17. LEUCOPHRA *notata*.

L. ovata teres, antice puncto atro notata ; tab. 11, fig. 6-9.
Reperitur in aqua marina.

Figuræ auctæ, vario ſitu conſpectæ. (a) Punctum atrum partis anticæ ; (b) canalis curvatus ; (c) inteſtinum longitudinale ; (d) ovula.

18. LEUCOPHRA *candida*.

L. oblonga hyalina, altera extremitate attenuata curvata ; tab. 11, fig. 10.
Reperitur in infuſionibus marinis.

Figura aucta ; (a) ovula ; (b) extremitas curvata.

19. LEUCOPHRA *nodulata*.

L. ovato-oblonga depreſſa, ſerie nodulorum duplici ; tab. 11, fig. 13 - 21.

Reperitur in inteſtino *naidis litoralis*.

Figures très-grossies. (13, 14, 15, 16, 17, 18) Lucophres *ondulées* sous différentes formes, offrant deux rangs de petits nœuds & un canal longitudinal au milieu, dont quelques unes (14, 15, 18) sont ciliées. (19) Autre plus grosse, ciliée & échancrée à un bout. (20) Autre également grosse & divisant par une extrémité. (21) Autre qui porte à la même extrémité une double génération.

20. LUCOPHRE *signalée*. Dict.

L. oblongue, légèrement comprimée, noirâtre sur les bords; pl. 11, fig. 11, 12.
Se trouve très-fréquemment dans l'eau de mer.

Figures grossies. (11) L. *signalée* sans cils apparens. (12) la même avec des cils très-sensibles sur les bords. (a) Ligne longitudinale arquée; (b) rétrécissement du tronc.

21. LUCOPHRE *triangulaire*. Dict.

L. épaisse, obtuse, anguleuse, jaune; pl. 11, fig. 22, 23.
Se trouve dans l'eau des marais.

Figures grossies. (22) L. *triangulaire* non ciliée. (23) La même ciliée; (a) Grande vésicule placée sur un des côtés; (b) cils.

22. LUCOPHRE *fluide*. Dict.

L. presque réniforme ventrue, variable; pl. 11, fig. 24-29.
Se trouve dans l'eau de la *moule commune*.

Figures très-grossies. (24) L. *Fluide* sillonnée longitudinalement. (25) La même presque triangulaire. (26) Deux attachées par le milieu. (27) Autre répandant des molécules par le milieu du corps. (28) Autre les répandant par l'extrémité antérieure. (29) Autre accouplée ou prête à se diviser selon sa longueur, laissant échapper des molécules par une de ses extrémités.

23. LUCOPHRE *versante*. Dict.

L. réniforme, sinueuse, jaunâtre; pl. 11, fig. 30-33.
Se trouve avec la précédente.

Figures grossies. (30, 31, 32) L. *versante* vue sur différentes faces. (33) Autre répandant des molécules par une extrémité.

24. LUCOPHRE *bracelet*. Dict.

L. cylindracée, courbée en forme d'anneau; pl. 11, fig. 34, 35.

Figuræ valdè amplificatæ. (13, 14, 15, 16, 17, 18) L. *undulata* variè sese conspicienda, cum serie duplici nodulorum & canali intermedio longitudinali, quarum aliæ (14, 15, 18) habent cilia conspicua. (19) Alia magis aucta ciliata, extremitate emarginata. (20) Altera æqualiter amplificata partitione sese propagans. (21) Alia partum duplicem in postica parte enascentem ostendens.

20. LEUCOPHRA *signata*.

L. oblonga subdepressa, margine nigricante; tab. 11, fig. 11, 12.
Occurrit frequentissime in aquâ marinâ.

Figuræ auctæ. (11) L. *signata* ciliis inconspicuis. (12) Eadem ciliis marginalibus notabilibus; (a) linea longitudinalis curvata; (b) coarctatio trunci.

21. LEUCOPHRA *trigona*.

L. crassa, obtusa, angulata, flava; tab. 11, fig. 22, 23.
Reperitur in aquâ palustri.

Figuræ auctæ. (22) L. *trigona* absque ciliis; (23) Eadem ciliata; (a) vesicula major lateralis; (b) cilia.

22. LEUCOPHRA *fluida*.

L. subreniformis ventricosa, variabilis; tab. 11, fig. 24-29.
Reperitur in aquâ *mytili edulis*.

Figuræ valdè amplificatæ. (24) L. *fluida* longitudinaliter sulcata. (25) Eadem subtriangularis. (26) Binæ aliæ transversim cohærentes. (27) Alia è medio corpore moleculas emittens. (28) Altera extremitate antica in moleculas diffluens. (29) Hæc vel in copula, vel in instante divisione longitudinali, una extremitate in moleculas sese spargens.

23. LEUCOPHRA *fluxa*.

L. reniformis, sinuosa, flavicans; tab. 11, fig. 30-33.
Reperitur cum præcedenti.

Figuræ auctæ. (30, 31, 32) L. *fluxa* vario situ conspecta. (33) Alia una extremitate in moleculas diffluens.

24. LEUCOPHRA *armilla*.

L. teres, in annulum arcuata; tab. 11, fig. 34, 35

Se

Se trouve quelquefois avec les deux précédentes, dans l'eau de la *moule commune*.

Figures grossies ; l'une ciliée à l'intérieur, l'autre à l'extérieur.

25. LUCOPHRE *cornue*. Dict.

L. en forme de cône renversé, verte, opaque ; pl. 11, fig. 36--39.
Se trouve dans l'eau des marais.

Figures également grossies. (36, 38) L. *cornue* à extrémité postérieure simple. (37, 39) Autres à extrémité postérieure fendue en deux ou en trois pointes ; (a) partie postérieure pointue ; (b) obtuse ; (c) fendue en deux pointes obtuses ; (d) en deux pointes aiguës ; (e) en trois pointes inégales ; (e) extrémité antérieure ; (f) petites cornes saillantes ; (g) cils antérieurs ; (h) cils des côtés ; (i) globules intérieurs.

26. LUCOPHRE *hétéroclite*. Dict.

L. cylindrique, obtuse en avant, terminée en arrière par un double organe rétractile en forme de crête ; pl. 11, fig. 40-46.
Trouvée dans l'eau douce.

(41) L. *hétéroclite* de grandeur naturelle. (42, 44) Autres grossies nageant. (43) Autre également grossie ainsi que les suivantes, montrant ses cils. (45) Autre telle qu'elle se présente lorsque l'eau est évaporée. (46) Autre dont les fourreaux des organes sont développés. (46) Autre dont les organes en crête sont épanouis.

(a) Extrémité antérieure ; (b) postérieure ; (c) partie du corps légèrement rétrécie ; (d) intestins crochus ; (e) double fourreau non développé ; (f) partie antérieure du corps déformée & jaunâtre ; (g) fourreaux développés ; (h) ouvertures des fourreaux ; (i) organes en forme de crête épanouis.

13. TRICODE.

Caract. du genre.

Ver microscopique transparent, garni de poils sur une partie de sa superficie.

1. TRICODE *grist*. Dict.

T. sphérique, transparente, chevelue en dessus ; pl. 12, fig. 1-3.
Se trouve dans l'eau très-pure, comme aussi dans les infusions végétales.

Reperitur cum binis præcedentibus, sed rariùs, in aquâ *mytuli edulis*.

Figuræ auctæ ; altera interne ciliata, altera externe.

25. LEUCOPHRA *cornuta*.

L. Inverse conica, viridis, opaca ; tab. 11 ; fig. 36-39.
Reperitur in aquâ palustri.

Figuræ æqualiter ampliatæ. (36, 38) L. *cornuta* extremitate postica simplici. (37, 39) Aliæ extremitate postica in duos aut tres apices fissa ; (a) pars posterior acuminata ; (b) obtusa ; (c) in duos apices obtusos fissa ; (d) in duos apices acutos ; (e) in tres lacinias inæquales ; (e) extremitas antica ; (f) corniculа exserta ; (g) cilia anteriora ; (h) cilia lateralia ; (i) globuli interni.

26. LEUCOPHRA *heteroclita*.

L. cylindrica, antice obtusa, postice organo cristato duplici exsertili terminata ; tab. 11, fig. 40-46.
In lacu reperta.

(41) L. *heteroclita* naturali magnitudine. (42, 44) Aliæ auctæ natantes. (43) Alia æqualiter amplificata, sicut sequentes, ciliata. (45) Alia qualis aqua exhalata comparet. (46) Altera cujus duplices vaginæ organorum exseruntur. (47) Alia perfecta, cujus organa cristata simul cum vaginis protruduntur.

(a) Extremitas antica ; (b) postica ; (c) pars corporis paululum coarctata ; (d) intestina uncinata ; (e) vagina duplex nondum exserta ; (f) pars antica corporis informis facta & flavicans ; (g) vaginæ exsertæ ; (h) aperturæ vaginarum ; (i) organa cristata patentia.

13. TRICHODA.

Charact. generis.

Vermis inconspicuus, pellucidus, crinitus in superficiei parte.

1. TRICHODA *grandinella*.

T. sphærica pellucida, supernè crinita ; tab. 12, fig. 1-3.
Reperitur in aquâ purissima, & in infuso vegetabilium.

Figures groſſies de la T. *gréſil.* (1) Animalcule nageant, ayant les poils réunis en deux faiſceaux. (2) Autre ayant ſes poils épars. (3) Autre ayant ſes poils agités circulairement, pendant le repos.

2. TRICODE *comete.* Dict.

T. ſphérique, chevelue en avant, terminée en arrière par un globule ſuſpendu; pl. 12, fig. 4, 5.
Se trouve dans l'eau très pure.

Figures groſſies. (3) T. *comète*, avec un globule ſuſpendu. (4) Autre avec deux globules.

3. TRICODE *grenade.* Dict.

T. ſphérique, centre opaque, circonférence chevelue; pl. 12, fig. 6, 7.
Se trouve dans les eaux recouvertes par la *lenticule.*

Figures groſſies. (6) T. *grenade*, dont la circonférence eſt garnie de poils en guiſe de rayons. (7) Autre dont les poils plus longs ne forment qu'un faiſceau ſur un des côtés.

4. TRICODE *toupie.* Dict.

T. preſque en forme de poire, tranſparente, garnie ſur le devant de deux faiſceaux de poils; pl. 12; fig. 8, 9.
Se trouve avec la *lenticule.*

Figures groſſies dans deux poſitions différentes.

5. TRICODE *cheard.* Dict.

T. ovale-cylindrique, criſtalline, chevelue ſur le devant; pl. 12, fig. 10, 12.
Se trouve dans l'eau de mer.

Figures groſſies. (10, 11) T. *cheards* vivantes. (12) Autre morte, avec les poils inclinés ſur les côtés.

6. TRICODE *ſoleil.* Dict.

T. globuleuſe, garnie par-tout de poils droits auſſi longs que le diametre du corps; pl. 12, fig. 13-15.
Se trouve dans l'eau douce & dans l'eau de mer.

Figures groſſies. (13) T. *ſoleil*, dont la bouche eſt fermée. (14) La même dont la bouche eſt ouverte. (15. La même commençant à ſe diviſer; (*a*) papille de la bouche; (*b*) animalcule dévoré.

Figuræ auctæ T. *grandinellæ.* (1) Animalculum natans pilis utrinque faſciculatis. (2) Alium natans pilis antice ſparſis. (3) Alterum quieſcens, pilis in gyrum actis.

2. TRICHODA *cometa.*

T. ſphærica, antice comata, globulo poſtice appendente; tab. 12, fig. 4, 5.

Reperitur in aquâ puriſſima.

Figuræ auctæ; (3) T. *cometa* unico globulo terminata. (4) Alia duobus globulis appendentibus.

3. TRICHODA *granata.*

T. ſphærica, centro opaco, peripheria crinita; tab. 12, fig. 6, 7.
Reperitur in aquis *lemna* coopertis.

Figuræ auctæ. (6) T. *granata*, pilis è toto margine radiantibus. (7) Altera pilis longioribus ad latus in faſciculum protruſis.

4. TRICHODA *trochus.*

T. ſub piri formis, pellucida, antice utrinque crinita; tab. 12, fig. 8, 9.

In aquis ubi *lemna* reperitur.

Figuræ auctæ duplici ſitu conſpectæ.

5. TRICHODA *gyrinus.*

T. ovalis teres, cryſtallina, antice crinita; tab. 12, fig. 10, 12.
Reperitur in aquâ marina.

Figuræ auctæ. (10, 11) T. *gyrini* vivæ. (12) Eadem mortua pilis utrinque deflexis.

6. TRICHODA *ſol.*

T. globularis, pilis diametro corporis æqualibus utrinque radiata; tab. 12, fig. 13-15.

Reperitur in aquâ dulci & in aquâ marina.

Figuræ auctæ. (13) T. *ſol* oris apertura clauſa. (14) Eadem oris apertura patula. (15) Eadem diviſionem incipiens; (*a*) papillula oris patula; (*b*) animalculum devoratum.

7. TRICODE *ſolaire*. Dict.

T. ſphéroïde, ſa ſeule circonférence garnie de poils courbés; pl. 12, fig. 16.
Se trouve dans les infuſions marines.

Figure groſſie.

8. TRICODE *bombe*. Dict.

T. ventrue, variable, extrémité antérieure parſemée de poils; pl. 12, fig. 17-20.
Se trouve dans les eaux où croît la *lenticule*.

Figures groſſies. (17) T. *bombe* preſque ſphérique. (18) La même en forme de poire, ſinueuſe. (19) La même en forme de rein. (20) La même contournée en ſpirale.

9. TRICODE *palette*. Dict.

T. preſque orbiculaire, échancrure antérieure chevelue; pl. 12, fig. 21.
Se trouve dans les eaux douces.

Figure groſſie.

10. TRICODE *urne*. Dict.

T. en forme d'urne, extrémité antérieure chevelue; pl. 12, fig. 22, 23.
Se trouve dans l'eau où croît la *lenticule*.

Figures groſſies.

11. TRICODE *amphore*. Dict.

T. en forme d'urne, extrémité antérieure rétrécie, garnie de deux faiſceaux de poils; pl. 12, fig. 24, 25.
Trouvée dans l'eau des foſſés où croiſſoit la *lenticule*.

Figures groſſies dans deux différentes poſitions.

12. TRICODE *hériſſée*. Dict.

T. preſque conique, environnée de ſoies inclinées, extrémité antérieure élargie tronquée, poſtérieure obtuſe; pl. 12, fig. 26.
Se trouve dans l'eau de la moule.

Figure groſſie; (a) partie antérieure tronquée; (b) molécules globuleuſes adhérentes aux poils. Seroient-ce des œufs?

7. TRICHODA *ſolaris*.

T. ſphæroïdea, ſola peripheria pilis curvis crinita; tab. 12, fig. 16.
Reperitur in infuſo marino.

Figura aucta.

8. TRICHODA *bomba*.

T. ventroſa, mutabilis, antice pilis ſparſis; tab. 12, fig. 17-20.
Reperitur in aquis ubi *lemna* vegetat.

Figuræ auctæ. (17) T. *bomba* ſubſphærica. (18) Eadem pyriformis ſinuata. (19) Eadem reniformis. (20) Eadem in formam ſpiralem contorta.

9. TRICHODA *orbis*.

T. ſuborbicularis, antice emarginata, crinita; tab. 12, fig. 21.
Reperitur in aquis dulcibus.

Figura ampliata.

10. TRICHODA *urnula*.

T. urceolaris, antice crinita; tab. 12, fig 22, 23.
Reperitur in aquâ ubi *lemna* creſcit.

Figuræ auctæ.

11. TRICHODA *diota*.

T. urceolaris, antice anguſtata, ora apicis utrinque crinita; tab. 12, fig. 24, 25.

Reperta in foſſa ubi creſcebat *lemna minor*.

Figuræ auctæ duplici ſitu conſpectæ.

12. TRICHODA *horrida*.

T. ſubconica, ſetis deflexis undique cincta; antice latiuſcula truncata, poſtice obtuſa; tab. 12, fig. 26.
Reperitur in aquâ *mytili*

Figura aucta; (a) pars antica truncata; (b) moleculæ globoſæ pilis adhærentes. An ovula?

13. TRICODE *crinal*. Dict.

T. ovale oblongue, bec très-court, velu; pl. 12, fig. 27.
Se trouve dans l'infusion du foin.

Figure grossie; (a) bec velu.

14. TRICODE *croissant*. Dict.

T. en forme de croissant, extrémité antérieure velue en dessous; pl. 12, fig. 28, 29.
Se trouve dans l'infusion de la *lenticule*.

Figures grossies; (a) extrémité antérieure velue.

15. TRICODE *triangulaire*. Dict.

T. presque triangulaire convexe, velue en avant, échancrée en arrière, pl. 12, fig. 30, 31.
Trouvée deux fois seulement dans l'eau, sous la *lenticule*.

Figures grossies. (30) T. *triangulaire* avec l'extrémité postérieure profondément échancrée. (31) La même ayant cette partie moins échancrée; (a) partie antérieure velue; (b) partie postérieure échancrée; (c) canal antérieur arqué; (d) vésicules.

16. TRICODE *teigne*. Dict.

T. en forme de massue, extrémité antérieure velue, postérieure épaissie; pl. 12, fig. 32, 33.
Se trouve après trois semaines dans l'infusion du foin.

Figures très-grossies; (a) partie antérieure velue.

17. TRICODE *noire*. Dict.

T. ovale comprimée noire, extrémité antérieure élargie, velue, pl. 12, fig. 34-36.
Se trouve dans l'eau de mer.

Figures grossies. (34) T. *noire* nageant. (35) La même pendant le repos. (36) La même morte; (a) le dos; (b) le bord transparent; (c) les poils de l'extrémité antérieure; (d) les deux extrémités transparentes.

18. TRICODE *pubère*. Dict.

T. ovale-oblongue, bossue, extrémité antérieure aplatie; pl. 12, fig. 37-39.
Se trouve dans les eaux où croît la *lenticule*.

Figures grossies. (37, 38) T. *pubère* diversement fléchie, ayant les poils de l'extrémité antérieure

13. TRICHODA *crinarium*.

T. ovato-oblonga, rostro brevissimo crinito; tab. 12, fig. 27.
Reperitur in infusione feni.

Figura ampliata; (a) rostrum crinitum.

14. TRICHODA *semiluna*.

T. semiorbicularis, antice subtus crinita; tab. 12, fig. 28, 29.
Reperitur in infusione *lemnae*.

Figurae auctae; (a) extremitas antica crinita.

15. TRICHODA *trigona*.

T. subtriangularis convexa, antice crinita; postice erosa; tab. 12, fig. 30, 31.
Bis tantum reperta in aquis sub *lemna*.

Figurae auctae. (30) T. *trigona*, parte postica profunde emarginata. (31) Eadem minus notabiliter erosa; (a) Pars anterior crinita; (b) pars posterior emarginata; (c) ductus anticus curvatus; (d) vesiculae.

16. TRICHODA *tinea*.

T. clavata, antice crinita, postice incrassata; tab. 12, fig. 32, 33.
Reperitur in infuso feni post tres septimanas.

Figurae valde auctae; (a) pars antica crinita.

17. TRICHODA *nigra*.

T. ovalis compressa nigra, antice latior crinita; tab. 12, fig. 34-36.
Reperitur in aquâ marina.

Figurae auctae. (34) T. *nigra* natans. (35) Eadem quiescens. (36) Eadem mortua. (a) Dorsum; (b) margo pellucidus; (c) pili extremitatis anticae; (d) extremitates binae pellucidae.

18. TRICHODA *pubes*.

T. ovato-oblonga gibba, antice depressa; tab. 12, fig. 37-39.
Reperitur in aquâ ubi *lemna* crescit.

Figurae auctae. (37, 38) T. *pubes* diverso situ pilis extremitatis [illegible] condens. (39) Altera pilis [illegible]

cachée. (39) Autre ſur laquelle on apperçoit les plis longitudinaux du dos & les poils de ſon extrémité antérieure; (a) extrémité antérieure aplatie; (b) les poils; (c) tache noire compoſée de molécules.

19. TRICODE *flocon.* **Dict.**

T. membraneuſe, preſque conique en avant, extrémité poſtérieure garnie de trois mamelons velus; pl. 12, fig. 40-42.

Obſ. Cette eſpèce devroit peut-être former un genre avec la *Leucophre hétéroclite*, dont l'extrémité poſtérieure porte de même des organes mamelonnés, ciliés.
Se trouve dans l'eau des foſſés.

Figures groſſies. (40) T. *flocon* n'ayant que deux mamelons ciliés à l'extrémité poſtérieure. (41) Autre avec ſes trois mamelons développés. (42) Autre contractée avec ſes mamelons viſibles. (a) Partie antérieure; (b) poſtérieure; (c) maſſe obſcure.

20. TRICODE *échancrée.* **Dict.**

T. oblongue aplatie, échancrée ſur le côté velu, extrémité poſtérieure obtuſe; pl. 12, fig. 43.
Trouvée dans l'eau des rivières.

Figure groſſie; (a) côté échancré, velu; (b) extrémité poſtérieure.

21. TRICODE *hâtive.* **Dict.**

T. membraneuſe, preſque en forme de croiſſant, convexe au milieu, bord inférieur velu; pl. 12; fig. 44-46.
Trouvée dans l'eau des marais.

Figures groſſies préſentant cet animalcule dans différentes ſituations. (a) Le col; (b) protubérance du dos; (c) bord inférieur garni de poils; (d) extrémité poſtérieure.

22. TRICODE *protée.* **Dict.**

T. ovale, obtuſe en arrière, col allongé rétractile, velu à ſon extrémité; pl. 13, fig. 1-5.
Se trouve dans l'eau des rivières.

Figures groſſies. (1, 2, 3) T. *protée* nageant, vue dans diverſes poſitions. (4) La même pendant le repos avec le col rejeté ſur le corps. (5) La même avec le col retiré dans le corps, n'offrant à l'extérieur que les poils. (a) Le corps; (b) le col; (c) l'extrémité antérieure globuleuſe; (d) les poils courbés.

longitudinalibus & pilis extremitatis anterioris conſpicuis; (a) extremitas antica depreſſa; (b) pili; (c) macula nigra moleculis aggregatis.

19. TRICHODA *floccus.*

T. membranacea, antice ſubconica, poſtice papillis tribus crinitis; tab. 12, fig. 40-42.

Obſ. **Hæc ſpecies a *Trichoda* genere ſeparari poſſet & novum genus conſtituere cum *Leucophra heteroclita*, cujus extremitas poſterior organis pariter papillatis ciliatis donatur.**
Reperitur in aquâ foſſarum.

Figuræ auctæ. (40) T. *floccus* papillis tantum duobus in extremitate poſtica conſpicuis. (41) Eadem papillis tribus exſertis. (42) Eadem contracta papillis conſpicuis. (a) Pars antica; (b) poſtica; (c) maſſa obſcura.

20. TRICHODA *ſinuata.*

T. oblonga depreſſa, altero margine ſinuato crinita, poſtice obtuſa; tab. 12, fig. 43.

Reperta in aquâ fluviali.

Figura aucta; (a) latus ſinuatum, crinitum; (b) pars poſtica.

21. TRICHODA *præceps.*

T. membranacea ſublunata, medio protuberante, margine inferiore crinita; tab. 12, fig. 44-46.
Reperta in aquâ paludoſa.

Figuræ ampliatæ hoc animalculum diverſo ſitu oſtendentes; (a) Collum; (b) protuberantia dorſi; (c) margo inferior crinitus; (d) pars poſtica.

22. TRICHODA *proteus.*

T. ovalis, poſtice obtuſa, collo elongato retractili, apice crinito; tab. 13, fig. 1-5.

Reperitur in aquâ fluviali.

Figuræ auctæ. (1, 2, 3,) T. *proteus* natans, diverſo ſitu conſpecta. (4) Eadem quieſcens collo ſuper corpus replicato. (5) Eadem collo in corpore recepto, ſolis pilis externè conſpicuis; (a) corpus; (b) collum; (c) extremitas anterior globulata; [illegible] [illegible].

23. TRICODE *verſatile.* Dict.

T. oblongue, pointue en arrière, col rétractile, velu au-deſſous du ſommet ; pl. 13, fig. 6-10.
Se trouve dans l'eau de mer.

Figures groſſies ſous divers aſpects ; (*a*) le tronc ; (*b*) le col ; (*c*) bout antérieur du col globuleux ; (*d*) extrémité poſtérieure pointue ; (*e*) poils placés au-deſſous de l'extrémité antérieure ; (*f*) extrémité poſtérieure élargie ; (*g*) canal alimentaire (*h*) ſaillie cylindrique de l'extrémité antérieure.

23. TRICHODA *verſatilis.*

T. oblonga, poſtice acuminata, collo retractili infra apicem crinito ; tab. 13, fig. 6-10.

Reperitur in aquâ marina.

Figuræ amplificatæ vario ſitu inſpectæ ; (*a*) truncus ; (*b*) collum ; (*c*) apex anterior colli globoſus ; (*d*) extremitas poſtica acuminata ; (*e*) pili extremitatis anticæ ſubtus penduli ; (*f*) extremitas poſtica dilatata ; (*g*) canalis alimentarius ; (*h*) productio teres apicis colli.

24. TRICODE *boſſue.* Dict.

T. oblongue, velue en avant, dos bombé, ventre concave, extrémités obtuſes ; pl. 13, fig. 11-15.
Trouvée dans l'eau des rivages.

Figures groſſies ; (11, 12) T. *boſſues* criſtallines & ſtriées. (13, 14) Les mêmes dont le tronc eſt rempli de molécules. (15) La même plus groſſie dans laquelle on apperçoit des molécules de diverſes grandeurs. (*a*) La tête ; (*b*) le tronc ; (*c*) l'extrémité poſtérieure ; (*d*) petits œufs ; (*e*) poils de l'extrémité antérieure ; (*f*) poils du ventre.

24. TRICHODA *gibba.*

T. oblonga, antice ciliata, dorſo gibbera, ventre excavata, extremitatibus obtuſis ; tab. 13, fig. 11-15.
Reperta in aqua littorali.

Figuræ auctæ. (11, 12) T. *gibba* cryſtallinæ & ſtriatæ. (13, 14) Eædem trunco granulis referto. (15) Una magis aucta in cujus trunco conſpiciuntur moleculæ variæ magnitudinis ; (*a*) caput ; (*b*) truncus ; (*c*) extremitas poſtica ; (*d*) ovula ; (*e*) pili extremitatis anticæ ; (*f*) pili ventrales.

25. TRICODE *enceinte.* Dict.

T. oblongue, velue en avant, dos protubérant, extrémités obtuſes ; pl. 13, fig. 16-20.
Se trouve dans l'eau de mer.

Figures groſſies. (16) T. *enceinte* cylindracée. (17) La même ventrue au milieu. (18) La même preſque globuleuſe, prête à ſe délivrer de ſon ovaire. (19) L'ovaire ou le fœtus. (20) T. *enceinte* nouvellement délivrée de ſon fœtus. (*a*) La tête diaphane ; (*b*) le tronc granuleux ; (*c*) l'extrémité poſtérieure ou la queue diaphane ; (*d*) poils écartés de l'extrémité antérieure ; (*e*) ouverture découpée de l'extrémité poſtérieure.

25. TRICHODA *fœta.*

T. oblonga, antice crinita, dorſo protuberante, extremitatibus obtuſis ; tab. 13, fig. 16-20.
Reperitur in aqua marina.

Figuræ auctæ. (16) T. *fœta* cylindracea. (17) Eadem medio ventroſa. (18) Eadem ſubgloboſa fœtum expellere minans. (19) ovarium ſeu fœtus. (20) T. *fœta* fœtum nuperrimè enixa. (*a*) Caput hyalinum ; (*b*) truncus granuloſus ; (*c*) extremitas poſtica ſeu cauda hyalina ; (*d*) pili radiantes extremitatis anticæ ; (*e*) apertura laciniata extremitatis poſticæ.

26. TRICODE *baillante.* Dict.

T. cylindrique prolongée, extrémité antérieure marquée d'une foſſette velue ſur les bords ; pl. 13, fig. 21-22.
Se trouve dans l'eau de mer.

Figures très groſſies. (21) T. *baillante* étendue. (22) La même courbée en arc. (*a*) Extrémité antérieure marquée d'une foſſette velue ſur les bords ; (*b*) extrémité poſtérieure.

26. TRICHODA *patens.*

T. teres elongata, antice foveata, foveæ marginibus crinitis ; tab. 13, fig. 21-22.

Reperitur in aqua marina.

Figuræ valdè amplificatæ. (21) T. *patens* recta extenſa. (22) Eadem curvata ; (*a*) extremitas antica fovea crinita notata ; (*b*) extremitas poſtica.

27. TRICODE *fendue.* Dict.

T. preſque ovale ventrue, fendue ſur le devant, extrémité antérieure & ſa fente velues ; pl. 13, fig. 23-25.

27. TRICHODA *patula.*

T. ſubovata ventricoſa, antice canaliculata ; apice & canaliculo crinito ; tab. 13, fig. 23-25.

Se trouve dans les infusions marines, & dans l'eau de rivière gardée plusieurs mois.

Figures grossies ; (a) fente antérieure chevelue sur les bords ; (b) poils de l'extrémité antérieure ; (c) extrémité postérieure ; (d) poils très-courts du corps.

Reperitur in infusione marina, & etiam in aqua fluviatili plures menses servata.

Figuræ auctæ ; (a) fissura anterior margine ciliata ; (b) pili extremitatis anticæ ; (c) extremitas postica ; (d) pili brevissimi extremitatis posticæ.

28. TRICODE *tricorne*. Dict.

T. oblongue élargie, extrémité antérieure garnie de petites cornes brillantes, postérieure nue ; pl. 13, fig. 26-28.
Se trouve dans l'eau de mer fétide.

Figures grossies. (26) T. *cornue* vue au ventre. (27) Autre vue sur le dos. (28) Autre vue sur le côté. (a) Petites cornes de l'extrémité antérieure ; (b) fossette ; (d) convexité du dos ; (c) poils de l'extrémité antérieure.

28. TRICHODA *foveata*.

T. oblonga latiuscula, antice corniculis micantibus, postice mutica ; tab. 13, fig. 26-28.
Reperitur in aqua marina fœtente.

Figuræ auctæ. (26) T. *foveata* ventre conspecta ; (27) Alia dorso. (28) Alia latere incumbens. (a) Cornicula extremitatis anticæ ; (b) foveola ; (c) gibbositas dorsi ; (c) pili extremitatis anticæ.

29. TRICODE *striée*. Dict.

T. oblongue, un des côtés antérieurs échancré & cilié, les extrémités obtuses ; pl. 13, fig. 29-30.
Se trouve dans l'eau des rivières.

Figures grossies vues sur les deux faces ; (a) poitrine échancrée & ciliée ; (b) carène du dos ; (c) amas de petits œufs.

29. TRICHODA *striata*. Dict.

T. oblonga, altero margine anteriori sinuata & ciliata, utraque extremitate obtusa ; tab. 13, fig. 29-30.
Reperitur in aqua fluviatili.

Figuræ auctæ duplici situ conspectæ ; (a) pectus sinuatum & ciliatum ; (b) carina dorsi ; (c) series ovulorum.

30. TRICODE *luette*. Dict.

T. un peu aplatie prolongée, égale, extrémité antérieure velue ; pl. 13, fig. 31-32.
Se trouve dans les infusions végétales anciennes & fétides.

Figures très-grossies ; (a) poils de l'extrémité antérieure ; (b) canal alimentaire ; (c) globules transparens ; (d) extrémité postérieure.

30. TRICHODA *uvula*. Dict.

T. planiuscula elongata, æqualis, antice crinita ; tab. 13, fig. 31-32.
Reperitur in infusis vegetabilium vetustis putridis.

Figuræ valdè amplificatæ ; (a) pili extremitatis anticæ ; (b) canalis alimentarius ; (c) globuli pellucidi ; (d) pars postica.

31. TRICODE *orangée*. Dict.

T. ovoïde légèrement échancrée, extrémité antérieure marquée d'un sillon velu, prolongé jusqu'au milieu du corps ; pl. 13, fig. 33-36.
Se trouve dans les eaux où croît la *lenticule*.

Figures grossies. (33, 34, 35) T. *orangées* simples diversement situées. (36) Deux T. *orangées* accouplées ou se divisant. (a) Sillon velu ; (b) extrémité postérieure ; (c) vésicules diaphanes ; (d) points de réunion de deux individus.

31. TRICHODA *aurantia*. Dict.

T. ovata subsinuata, extremitate antica sulco crinito ad medium prolongato notata ; tab. 13, fig. 33-36.

Reperitur in aquis cum *lemna*.

Figuræ auctæ. (33, 34, 35) T. *aurantia* solitariæ varie sitæ. (36) Duæ T. *aurantiæ* in copula aut partitione. (a) Sulcus crinitus ; (b) extremitas postica ; (c) vesiculæ hyalinæ ; (d) loci coalitionis.

32. TRICODE *prisme*. Dict.

T. ovoïde, convexe en dessous, dos marqué d'une carène longitudinale, extrémité antérieure rétrécie ; pl. 13, fig. 37-38.

32. TRICHODA *prisma*. Dict.

T. ovata, subtus convexa, supra in carinam compressa, antice angustior ; tab. 13, fig. 37-38.

Se trouve dans l'eau de mer après quelques jours de garde.

Figures très-grossies. (37) T. *prisme* solitaire vue du côté de la carène. (38) Deux de ces animalcules réunis. (a) Extrémité antérieure ; (b) dos prismatique ; (c) ventre convexe ; (d) points d'adhérence.

33. TRICODE *pourprée*. Dict.

T. ovoïde, pointue en avant, marquée en dessous d'un sillon velu, extrémité postérieure perforée ; pl. 13, fig. 39-41.
Se trouve là où croît la *lenticule*.

Figures grossies. (39) T. *pourprée* solitaire. (40) deux T. *pourprées* adhérentes par les côtés. (41) Autres adhérentes bout-à-bout. (a) Extrémité antérieure ; (b) ouverture ronde de l'extrémité postérieure ; (c) deux organes pointus, sortant de temps en temps ; (d) poils du sillon ventral ; (e, e) points de réunion ; (f) filament qui de l'extrémité antérieure d'un animalcule, pénètre dans l'ouverture postérieure de l'autre à qui il est attaché.

34. TRICODE *tenaille*. Dict.

T. ovale, terminée en avant en forme de pinces à lobes inégaux, velus ; pl. 13, fig. 42, 43.
Se trouve dans l'eau sous la *lenticule*.

Figures grossies. (42) T. *tenaille* ayant les bords de ses pinces ouverts. (43) Autres dont les lobes des pinces sont croisés. (a) Pinces velues ; (b) lobe des pinces en forme de faux ; (c) autre lobe élargi au bout ; (d) globule opaque.

35. TRICODE *bilobée*. Dict.

T. ventrue, extrémité antérieure fendue en deux lobes inégaux, postérieure terminée par deux mamelons ; pl. 13, fig. 44, 45.
Se trouve dans l'eau des rivières.

(44) T. *bilobée* dont la fente est entr'ouverte. (45) Autre dont la fente est *fermée*. (a) Grand lobe de la fente antérieure cilié ; (b) petit lobe non cilié ; (c) mamelons de l'extrémité postérieure.

36. TRICODE *index*. Dict.

T. oblongue-ovale, un des bords velu en-dessous, un angle de l'extrémité antérieure prolongé en forme de doigt ; pl. 13, fig. 46, 47.
Trouvée dans l'eau de mer.

Figures grossies présentées sous deux aspects. (a) prolongement de l'extrémité antérieure en forme de doigt cilié ; (b) poils du ventre.

Reperitur in aqua marina dies quosdam servata.

Figuræ valdè ampliatæ. (37) T. *prisma* solitaria à facie carinæ conspecta. (38) Duo ejusce speciei animalcula in cohæsione. (a) Apex ; (b) dorsum prismaticum ; (c) venter convexus ; (d) locus cohæsionis.

33. TRICHODA *ignita*. Dict.

T. ovata, apice acuminata, subtus sulco crinito notata, postice perforata ; tab. 13, fig. 39-41.
Reperitur in aquis cum *lemna*.

Figuræ auctæ. (39) T. *ignita* solitaria. (40) Binæ T. *ignitæ* latere cohærentes. (41) Aliæ longitudinaliter coalitæ. (a) Extremitas antica ; (b) apertura, seu foramen rotundatum extremitatis posticæ ; (c) organa bina setacea aliquoties exserta ; (d) pili sulci ventralis ; (e, e) loci cohæsionis collateralis & longitudinalis ; (f) filamentum ex extremitate anteriori animalculi penetrans in foramen posticum animalculi cui connectitur.

34. TRICHODA *forceps*.

T. ovalis, antice forcipata, cruribus inæqualibus crinitis ; tab. 13, fig. 42, 43.
Reperitur in aqua *lemna* obtecta.

Figuræ auctæ. (42) T. *forceps* cruribus separatis patulis. (43) Alia cruribus forcipis in formam crucis inflexis. (a) Forceps crinita ; (b) lobus falciformis acuminatus ; (c) lobus alter apice dilatatus ; (d) globulus opacus.

35. TRICHODA *forfex*.

T. ventrosa, antice lobis binis inæqualibus forcipata, postice papilla duplici instructa ; tab. 13, fig. 44, 45.
Reperitur in aqua fluviali.

(44) T. *forfex* rima anteriori patula. (45) Alia rima clausa. (a) Lobus rimæ anticæ major ciliatus ; lobus minor non ciliatus ; (c) papillæ extremitatis posticæ.

36. TRICHODA *index*.

T. oblongo-ovata, margine altero subtus crinito, unoque apicis angulo in digitum producto ; tab. 13, fig. 46, 47.
Reperta in aqua marina.

Figuræ auctæ duplici situ conspectæ. (a) Angulus alter extremitatis anticæ in digitum ciliatum elongatus ; (b) pili ventris.

37. TRICODE *S*. Dict.

T. ſtriée, velue en avant, extrémités courbées en ſens contraire; pl. 13, fig. 48, 49.
Se trouve dans l'infuſion de la *lentille*.

Figures groſſies vues dans deux différentes ſituations. (*a*) Extrémité antérieure velue; (*b*) poſtérieure tronquée obliquement; (*c*) la même échancrée.

37. TRICHODA *S*.

T. ſtriata, antice crinita, extremitatibus in oppoſitum flexis; tab. 13, fig. 48, 49.
Reperitur in aqua *lemna*.

Figura aucta duplici ſitu conſpicua; (*a*) extremitas antica crinita; (*b*) poſtica oblique truncata; (*c*) eadem pars emarginata.

38. TRICODE *bateau*, Dict.

T. triangulaire, extrémité antérieure tronquée velue, poſtérieure aiguë élevée; pl. 14, fig. 1-4.
Se trouve dans l'eau de mer.

Figures groſſies vues dans différentes poſitions; (*a*) extrémité antérieure ſans poils; (*b*) la même velue; (*c*) extrémité poſtérieure aigue, (*d*) carène du dos.

38. TRICHODA *navicula*.

T. triquetra, antice truncata crinita, poſtice acuta prominula; tab. 14, fig. 1-4.
Reperitur in aqua marina.

Figuræ auctæ varie conſpectæ. (*a*) Extremitas antica non ciliata; (*b*) eadem crinita; (*c*) extremitas poſtica acuta; (*d*) carina dorſi.

39. TRICODE *rognée*. Dict.

T. ovale, aplatie, ciliée ſur les bords, extrémité poſtérieure échancrée en deux lobes inégaux; pl. 14, fig. 5.
Se trouve avec la *lenticule*.

Figure groſſie; (*a*) extrémité antérieure arrondie; (*b*) partie poſtérieure diviſée en deux lobes inégaux.

39. TRICHODA *ſuccisa*.

T. ovalis, depreſſa, margine crinita, poſtice in bina crura inæqualia eroſa; tab. 14, fig. 5.

Reperitur cum *lemna*.

Figura aucta; (*a*) extremitas anterior rotundata; (*b*) poſterior in lobos inæquales partita.

40. TRICODE *ſillonnée*. Dict.

T. ovale-ventrue, pointue en avant, le ventre marqué d'un ſillon longitudinal, & velu de chaque côté; pl. 14, fig. 6-10.
Se trouve dans l'eau de la *moule commune*.

Figures groſſies préſentées dans différentes poſitions.

40. TRICHODA *ſulcata*.

T. ovato-ventricoſa, apice acuminata, ſulco ventrali longitudinali utrinque crinito; tab. 14, fig. 6-10.
Reperitur in aqua inter valvulas *mytili edulis* retenta.

Figuræ auctæ diverſo ſitu conſpectæ.

41. TRICODE *canard*. Dict.

T. oblongue aplatie, col cylindrique, velu au-deſſous de ſon extrémité antérieure, pl. 14, fig. 11-12.
Se trouve dans les eaux les plus pures.

Figures groſſies. (11) T. *canard* un peu raccourcie. (12) La même alongée. (*a*) Partie poſtérieure; (*b*) col diaphane; (*c*) poils ſitués en deſſous; (*d*) poils ſitués au deſſus?

41. TRICHODA *anas*.

T. elongata complanata, collo tereti apice ſubtus crinito; tab. 14, fig. 11-12.

Occurrit in aquis purioribus.

Figuræ auctæ. (11) T. *anas* paululum contracta. (12) Eadem elongata. (*a*) Pars poſtica; (*b*) collum hyalinum; (*c*) pili inferi; (*d*) pili ſuperi?

42. TRICODE *barbue*. Dict.

T. oblongue cylindrique, extrémité antérieure velue en-deſſous depuis la pointe juſqu'au milieu du corps; pl. 14, fig. 13.
Trouvée dans l'eau des rivages.

42. TRICHODA *barbata*.

T. elongata, teres, ſubtus ab apice ad medium crinita; tab. 14, fig. 13.

Reperta in aqua litorali.

Figure grossie; (*a*) poils de l'extrémité antérieure.

43. TRICODE *faucille*. Diѕt.

T. oblongue cylindrique, obtuse en avant, bords environnés de poils; pl. 14, fig. 14-17.
Se trouve dans l'eau de la *moule bossue*.

Figures grossies. (14, 15, 17) T. *faucilles* diversement arquées. (16) Autre qui est peut-être un jeune individu de cette espèce.

44. TRICODE *velue*. Dist.

T. oblongue cylindrique, cilié par-tout, extrémité antérieure garni de poils, en dessous, jusqu'au milieu du corps; pl. 14, fig. 18.
Se trouve dans l'eau de mer.

Figure très-grossie; (*a*) poils de l'extrémité antérieure.

45. TRICODE *angle*. Dist.

T. oblongue, formant un angle vers le milieu, extrémité antérieure velue; pl. 14, fig. 19, 20.
Se trouve dans l'infusion du foin.

Figures grossies. (19) T. *angle* formant un angle obtus. (20) La même formant un angle droit. (*a*) Angle; (*b*) poils de la partie antérieure; (*c*) partie postérieure.

46. TRICODE *pirogue*. Dist.

T. ovale-oblongue, les extrémités élevées, celle de devant velue; pl. 14, fig. 21-26.
Se trouve dans l'infusion du *chiendent*.

Figures grossies. (21, 22, 23) Trois animalcules de la variété A, vus en différentes positions. (24, 25, 26) Trois autres animalcules de la variété B diversement situés. (*a*) Poils de l'extrémité antérieure; (*b*) canal longitudinal; (*c*) globules de l'extrémité postérieure.

47. TRICODE *vermiculaire*. Dist.

T. oblongue, cylindracée, col court velu à son extrémité; pl. 14, fig. 27-30.
Se trouve dans l'eau des rivières.

Figures grossies. (27) Six de ces animalcules diversement raccourcis. (28) Autre un peu alongé. (29, 30) Deux totalement développés. (*a*) Le col; (*b*) les poils; (*c*) vésicule transparente de l'extrémité postérieure.

Figura aucta; (*a*) pili extremitatis anticæ.

43. TRICHODA *forcimen*.

T. elongata tonsilosa, antice obtusa, margine pilis cincta; tab. 14, fig. 14-17.
Reperitur in aqua *mytili modioli*.

Figuræ auctæ. (14, 15, 17) T. *forcimina* varie sitæ & arcuatæ. (16) forsan junior ejusdem speciei.

44. TRICHODA *crinita*.

T. elongata, teres, undique ciliata, extremitate antica subtus ad medium usque crinita; tab. 14, fig. 18.
Reperitur in aqua marina.

Figura valdè aucta; (*a*) pili extremitatis anticæ.

45. TRICHODA *angulus*.

T. elongata, in medio angulata, antice crinita; tab. 14, fig. 19, 20.

Reperitur in infuso *fæni*.

Figuræ ampliatæ. (19) T. *angulus* in angulum obtusum plicata. (20) Eadem in angulum rectum. (*a*) Angulus; (*b*) pili partis anticæ; (*c*) pars postica.

46. TRICHODA *linter*.

T. ovato oblonga, utraque extremitate prominula, apice crinita; tab. 14, fig. 21-26.

Reperitur in infusione *graminis*.

Figuræ auctæ. (21, 22, 23) Tria animalcula varietatis A diverso situ conspecta. (24, 25, 26) cætera tria animalcula varietatis B diversè posita. (*a*) Pili extremitatis anticæ; (*b*) canalis longitudinalis; (*c*) globuli posticæ partis.

47. TRICHODA *vermicularis*.

T. elongata, cylindracea, collo brevi apice crinito; tab. 14, fig. 27-30.
Reperitur in aqua fluviali.

Figuræ ampliatæ. (27) Sex T. *vermiculares* variè contractæ. (28) Alia minus contracta. (29, 30) binæ aliæ plenè extensæ. (*a*) collum; (*b*) pili; (*c*) vesicula pellucida extremitatis posticæ.

48. TRICODE *cheville*. Dict.

T. linéaire, aplatie, extrémité antérieure tronquée velue, postérieure obtuse; pl. 14, fig. 31.
Se trouve dans l'eau de mer, parmi les *ulves*.

Figures grossies; (*a*) extrémité antérieure tronquée velue; (*b*) extrémité postérieure; (*c*) T. *cheville* dans l'état de contraction.

48. TRICHODA *paxillus*.

T. linearis, depressa, antice truncata crinita, postice obtusa; tab. 14, fig. 31.

Reperitur in aqua marina, inter *ulvas*.

Figuræ auctæ; (*a*) extremitas antica truncata crinita; (*b*) extremitas postica; (*c*) T. *paxillus* valdè contracta.

49. TRICODE *mélitée*. Dict.

T. oblongue ciliée, col susceptible de dilatation, terminé par un globule velu; pl. 14, fig. 32–37.
Se trouve dans l'eau de mer.

Figures très-grossies représentant cet animalcule dans diverses positions, & dans différents états de dilatation de son col. (*a*) Col susceptible de dilatation; (*b*) globule velu de l'extrémité antérieure; (*c*) cils du corps.

49. TRICHODA *melitea*.

T. oblonga, ciliata, colli dilatabilis apice globoso pilifero; tab. 14, fig. 32–37.

Reperitur in aqua marina.

Figuræ auctæ animalculum hoc diverso situ & sub diversa colli dilatatione & figura repræsentantes. (*a*) Collum dilatabile; (*b*) globulus pilifer extremitatis anticæ; (*c*) cilia corporis.

50. TRICODE *douteuse*. Dict.

T. oblongue cylindrique, tronc revêtu de poils difficiles à appercevoir, extrémités diaphanes; pl. 15, fig. 1–5.
Se trouve dans l'eau de mer.

(1) T. *douteuse* vues au microscope simple. (2, 3) Autres plus grossies vues au microscope composé, dont les poils du tronc ne sont pas sensibles. (4, 5) autres également grossies dont le tronc & l'extrémité antérieure sont velus.

(*a*) Partie antérieure; (*b*) partie postérieure; (*c*) la même alongée & élargie; (*d*) poils de l'extrémité antérieure; (*e*) poils du tronc; (*f*) les mêmes recourbés vers le haut.

50. TRICHODA *ambigua*.

T. elongata, cylindrica, trunco pilis ægre visibilibus vestito, utraque extremitate hyalina; tab. 15, fig. 1–5.
Reperitur in aqua marina.

(1) T. *ambigua* microscopio simplici visæ. (2, 3) aliæ magis auctæ microscopio composito inspectæ, trunco pilis denudato. (4, 5) aliæ æqualiter auctæ, trunco pilis vestito, extremitate antica crinita.

(*a*) Pars anterior aliquoties tubulosa; (*b*) pars postica; (*c*) eadem elongata & dilatata; (*d*) pili partis anticæ; (*e*) pili trunci; (*f*) pili trunci antice porrecti.

51 TRICODE *dentelée*. Dict.

T. ovoïde, comprimée, partie antérieure velue, postérieure tronquée obliquement, dentelée; pl. 15, fig. 6.
Se trouve dans l'eau des marais.

Figure grossie; (*a*) poils d'une des faces de l'extrémité antérieure; (*b*) poils de sa face opposée; (*c*) bord dentelé de l'extrémité postérieure.

51. TRICHODA *fimbriata*.

T. obovata, depressa, apice crinita, postice oblique truncata serrata; tab. 15, fig. 6.

Reperitur in aqua palustri.

Figura aucta; (*a*) pili extremitatis anterioris paginæ obversæ; (*b*) pili ejusdem extremitatis paginæ aversæ; (*c*) margo serratus extremitatis posticæ.

52. TRICODE *chameau*. Dict.

T. épaissie en avant, velue, le milieu du corps échancré sur ses deux faces; pl. 15, fig. 7. 8.
Se trouve dans les infusions végétales.

52. TRICHODA *camelus*.

T. antice crassiuscula, crinita, medio utrinque emarginata; tab. 15, fig. 7, 8.
Reperitur in infuso vegetabilium.

Figures groſſies; (a) poils de l'extrémité antérieure; (b) des tubercules.

53. TRICODE *augure*. Dict.

T. oblongue, tronquée en avant, face antérieure munie de pieds en-deſſous, poſtérieure garnie de ſoyes; pl. 15, fig. 9.
Trouvée dans l'eau des marais.

Figure groſſie; (a) extrémité antérieure tronquée; (b) petit bec; (c) pieds; (d) ſoyes.

54. TRICODE *poupée*. Dict.

T. tête en forme de capuchon, velue, queue courbée; pl. 15, fig. 10.
Se trouve dans les eaux où croît la *lenticule*.

Figure groſſie. (a) Tête velue; (b) tronc; (c) tubercules de la poitrine; (d) veſicule diaphane; (e) queue courbée en-deſſous.

55. TRICODE *lunaire*. Dict.

T. cylindrique, arquée, velue en avant, terminée en arriere par un cirre courbé; pl. 15, fig. 11-13.
Se trouve dans les eaux où croît la *lenticule*.

Figures de la T. *lunaire* groſſies, préſentées dans diverſes poſitions. (a) l'arête du dos; (b) cirre de la queue; (c) poils très-courts de l'extrémité antérieure.

56. TRICODE *bilunaire*. Dict.

T. aplatie, arquée, velue en avant, queue compoſée de deux ſoyes; pl. 15, fig. 14.
Se trouve dans l'eau des marais.

Figure groſſie; (a) poils de l'extrémité antérieure; (b) double échancrure; (c) ſoyes de la queue.

57. TRICODE *rat*. Dict.

T. oblongue, carinée, velue en avant, terminée en arriere par une ſoye très-longue; pl. 15, fig. 15-17.
Trouvée dans l'eau des foſſés.

Figures très-groſſies; (a) extrémité antérieure obtuſe; (b) petite papille de la queue; (c) ſoye très-longue de la queue; (d) extrémité antérieure tronquée, garnie de poils; (e) maſſe opaque qui occupe le milieu du corps; (f) autre partie une veſſie enflée près de ſon extrémité antérieure, qui eſt peut-être ſon ovaire.

Figura ampliata; (a) pili extremitatis antice; (b) dorſum tuberculatum.

53. TRICHODA *augur*.

T. oblonga, vertice truncata, infimo corporis margine antice pedato, poſtice ſetoſo; tab. 15, fig. 9.
Reperta in aqua paluſtri.

Figura aucta; (a) extremitas antica truncata; (b) roſtellum; (c) pedes; (d) ſetæ.

54. TRICHODA *pupa*.

T. capite cucullato crinito, cauda inflexa; tab. 15, fig. 10.
Reperitur in aquis cum *lemna*.

Figura aucta; (a) caput crinitum; (b) truncus; (c) tubercula pectoris; (d) veſicula hyalina; (e) cauda ſubtus inflexa.

55. TRICHODA *lunaris*.

T. teres, arcuata, apice crinita, cirro caudali inflexo; tab. 15, fig. 11-13.

Reperitur in aquis ubi *lemna* vegetat.

Figuræ auctæ T. *lunaris* vario ſitu exhibitæ; (a) margo dorſalis; (b) cirrus caudalis inflexus; (c) pili breviſſimi extremitatis anterioris.

56. TRICHODA *bilunis*.

T. depreſſa, arcuata, apice crinita, cauda biſeta; tab. 15, fig. 14.
Reperitur in aqua paluſtri.

Figura aucta; (a) pili extremitatis anticæ; (b) ſinus duplex; (c) ſetæ caudales.

57. TRICHODA *rattus*.

T. oblonga, carinata, antice crinita, poſtice ſeta longiſſima; tab. 15, fig. 15-17.

Reperta in aqua foſſorum.

Figuræ valdè auctæ; (a) extremitas antica obtuſa; (b) papillula caudæ; (c) ſeta caudalis longiſſima; (d) extremitas antica truncata, pilis breviſſimis munita; (e) maſſa opaca inteſtinorum in medio corporis parte conſpicua; (f) alia ejuſdem ſpeciei *trichoda* veſicam antice ferens, quæ fortè ovarium.

58. TRICODE *tigre.* Diſt.

T. preſque cylindrique oblongue, velue en avant, queue compoſée de deux ſoyes longues; pl. 15, fig. 18.
Se trouve dans l'eau des marais.

Figure très-groſſie; (a) extrémité antérieure; (b) les poils dont elle eſt garnie; (c) le tronc; (d) les deux ſoyes de la queue.

58. TRICHODA *tigris.*

T. ſubcylindrica, elongata, apice crinita, cauda ſetis duabus longis; tab. 15, fig. 18.

Reperitur in aqua paluſtri.

Figura valdè auſta; (a) extremitas antica; (b) pili quibus munitur; (c) truncus; (d) ſetæ binæ caudales.

59. TRICODE *gobelet.* Diſt.

T. oblongue, tronquée en avant, velue, queue articulée terminée par deux ſoyes; pl. 15, fig. 19-22.
Se trouve au même endroit que la précédente.

Figures très-groſſies. (19) T. *gobelet* ayant la bouche fermée, (20) La même ayant la bouche ouverte & quatre articulations à la queue. (21) La même avec cinq articulations à la queue. (22) La bouche repréſentée ouverte & ſans poils.

(a) Mâchoires fermées; (b) deux papilles élevées de la queue; (c) ſoyes qui terminent la queue; (d) petit cirre intermédiaire; (e) poils de l'extrémité antérieure; (f) organe de la déglutition; (g) mâchoires ouvertes.

59. TRICHODA *pocillum.*

T. oblonga, antice truncata, crinita, cauda articulata biſeta; tab. 15, fig. 19-22.

Reperitur in eodem loco, cum præcedente.

Figuræ valdè auſtæ. (19) T. *pocillum* ore clauſo. (20) Eadem ore aperto, articuliſque caudæ quatuor. (21) Eadem antice truncata, cauda articulis quinque. (22) Os magis auſtum apertum, pilis carens.

(a) Maxillæ clauſæ; (b) papillæ binæ ſupra caudam prominulæ; (c) ſetæ caudales; (d) cirrulus intermedius; (e) pili extremitatis anticæ; (f) muſculus deglutorius; (g) maxillæ dimotæ.

60. TRICODE *clou.* Diſt.

T. extrémité antérieure arrondie velue, poſtérieure inſenſiblement retrécie; pl. 15, fig. 23.
Se trouve dans les marécages.

Les trois figures repréſentées ſous le même numéro offrent la T. *clou* groſſie, & diverſement ſituée. (a) Les poils de la tête; (b) la queue très-effilée.

60. TRICHODA *clavus.*

T. antice rotundata, crinita, poſtice acuminato caudata; tab. 15, fig. 23.

Occurrit in paludoſis.

Figuræ tres ſub eodem numero repræſentant T. *clavum* auſtam & diverſè ſitam oſtendunt. (a) pili capitis; (b) cauda acuminata.

61. TRICODE *cornue.* Diſt.

T. convexe deſſus, plane deſſous, extrémité antérieure velue, queue linéaire ſimple; pl. 15, fig. 24-26.
Se trouve dans les rivieres ſur les tiges de plantes aquatiques.

Figures groſſies. (24) T. *cornue* dont la tête eſt ſaillante. (25) La même ayant la tête rentrée & la queue étendue. (26) La même ayant la tête retirée & la queue repliée ſous le ventre, vue de côté. (a) La tête garnie de poils très-courts; (b) cornes de l'extrémité antérieure; (c) dos convexe; (d) queue; (e) deux petites pointes de la queue.

61. TRICHODA *cornuta.*

T. ſupra convexa, ſubtus plana, apice crinita, cauda lineari ſimplici; tab. 15, fig. 24-26.
Reperitur in fluviis cum plantis aquaticis.

Figuræ auſtæ. (24) T. *cornuta* capite exſerto. (25) Eadem capite retracto, cauda extenſa. (26) Eadem capite retracto, cauda in ventrem replicata, latere conſpecta. (a) Caput exſertum pilis breviſſimis inſtructum; (b) corniculæ extremitatis anticæ; (c) dorſum convexum; (d) cauda; (e) mucrones caudales.

62. TRICODE *poule.* Diſt.

T. oblongue, courbée en avant, tête velue, queue compoſée d'une houppe de poils; pl. 15, fig. 27.
Se trouve dans l'eau des rivieres.

62. TRICHODA *gallina.*

T. elongata, antice arcuata, fronte crinita, cauda pilis penicilliformibus; tab. 15, fig. 27.
Reperitur in aqua fluviali.

Figure grossie ; (*a*) tête ovale ; (*b*) col légèrement arqué ; (*c*) globules ou œufs contenus dans l'intérieur ; (*d*) queue ; (*e*) poils en forme de houppe.

63. TRICODE *souris*. Dict.

T. oblongue-ovale, extrémité antérieure velue, postérieure caudée en dessous ; pl. 15, fig. 28--30.
Se trouve dans l'infusion du foin après plusieurs semaines.

Figures grossies. (28, 30) T. *souris* vues de côté ; (29) Autre vue sur le dos. (*a*) Extrémité antérieure velue ; (*b*) queue droite ou inclinée.

64. TRICODE *battoir*. Dict.

T. aplatie, en forme de battoir, velue en avant, queue pointue légèrement recourbée ; pl. 15, fig. 31, 32.
Se trouve dans l'eau des rivières.

Figures grossies différemment situées ; (*a*) poils de la face antérieure ; (*b*) queue ; (*c*) tubercule.

65. TRICODE *dauphin*. Dict.

T. oblongue, extrémité antérieure velue, queue tronquée recourbée ; pl. 15, fig. 33, 34.
Se trouve dans l'infusion du foin, après quinze jours.

Figures grossies. (33) T. *dauphin* ayant sa queue élevée perpendiculairement. (34) Autre dont la queue est appuyée obliquement sur le dos ; (*a*) poils de l'extrémité antérieure ; (*b*) bout élargi de la queue.

66. TRICODE *massue*. Dict.

T. en forme de massue, épaissie en avant & velue, extrémité postérieure rétrécie, quelquefois recourbée ; pl. 15, fig. 35, 36.
Se trouve dans les marécages.

Figures grossies diversement situées ; (*a*) poils de l'extrémité antérieure ; (*b*) queue droite & recourbée ; (*c*) angle du ventre.

67. TRICODE *lapin*. Dict.

T. oblongue, aplatie, velue en avant, extrémité postérieure terminée en pointe ; pl. 15, fig. 37.
Se trouve dans les eaux les plus pures.

Figure grossie ; (*a*) extrémité antérieure velue ; (*b*) postérieure terminée en pointe ; (*c*) vésicules internes.

Figura amplificata ; (*a*) caput crinitum ; (*b*) collum subarcuatum ; (*c*) globuli intestaneorum, aut ova ; (*d*) cauda ; (*e*) pili penicilliformes.

63. TRICHODA *musculus*.

T. oblongo-ovata, antice crinita, postice subtus caudata, tab. 15, fig. 28--30.

Reperitur in infuso feni, post plures septimanas.

Figuræ auctæ. (28, 30) T. *musculi* à latere conspectæ. (29) Alia à dorso visa ; (*a*) extremitas antica crinita ; (*b*) cauda recta aut inflexa.

64. TRICHODA *delphis*

T. complanato clavata, fronte crinita, cauda acuminata subreflexa, tab. 15, fig. 31, 32.
Reperitur in aqua fluviali.

Figuræ auctæ variè sitæ ; (*a*) pili antici ; (*b*) cauda ; (*c*) tuberculum.

65. TRICHODA *delphinus*.

T. oblonga, antice crinita, cauda reflexa truncata ; tab. 15, fig. 33, 34.

Reperitur in infuso feni, post duas septimanas.

Figuræ ampliatæ. (33) T. *delphinus* cauda perpendiculariter flexa. (34) Altera, cauda obliquè dorso incumbente ; (*a*) pili extremitatis anticæ ; (*b*) apex caudæ dilatatus.

66. TRICHODA *clava*.

T. clavata, antice crassa crinita, postice angustata reflexili ; tab. 15, fig. 35, 36.

Reperitur in paludosis.

Figuræ auctæ diversè sitæ ; (*a*) pili extremitatis anticæ ; (*b*) cauda recta & inflexa ; (*c*) angulus ventralis.

67. TRICHODA *cuniculus*.

T. oblonga complanata, antice crinita, postica subacuminata ; tab. 15, fig. 37.

Reperitur in aquis purioribus.

Figura aucta ; (*a*) extremitas antica crinita ; (*b*) postica subacuminata ; (*c*) vesiculæ intestaneorum.

68. TRICODE *chatte*. Dict.

T. arquée épaiſſe, rétrécie en avant, queue atténuée, ventre velu ſur toute ſa longueur; pl. 16, fig. 1.
On ignore l'endroit où on trouve cette eſpèce.

Figure groſſie; (*a*) poils de l'extrémité antérieure; (*b*) la queue; (*c*) les poils du ventre.

69. TRICODE *poiſſon*. Dict.

T. oblongue aplatie, velue en avant, terminée en arriere par une queue très fine, pl. 16, fig. 2--5.
Se trouve dans l'eau douce avec la *lenticule*.

Figures groſſies, repréſentant la T. *poiſſon* diverſement ſituée; (*a*) extrémité antérieure velue; (*b*) la queue; (*c*) la face convexe; (*d*) la face concave; (*e*) échancrure qui ſe préſente ſur quelques individus.

70. TRICODE *goëland*. Dict.

T. cylindrique oblongue, tronc velu, queue fendue en deux pointes; pl. 16 fig. 6--8.
Se trouve dans l'eau de riviere.

Figures groſſies repréſentant le T. *goëland* en diverſes poſitions; (*a*) la tête; (*b*) le col; (*c*) les poils du dos; (*d*) les deux pointes de la queue; (*e*) les poils du ventre.

71. TRICODE *longue-queue*. Dict.

T. cylindracée, tronquée en avant & velue, queue longue biarticulée, terminée par deux ſoyes; pl. 16 fig. 9--11.
Se trouve dans les marais.

Figures groſſies. (9) T. *longue-queue* étendue. (10, 11) Deux autres ayant la tête contractée & courbée; (*a*) les poils; (*b*) la tête; (*c*) l'organe de la déglutition; (*d*) l'œſophage; (*e*) les deux articulations de la queue; (*f*) les deux ſoyes de la queue écartées; (*g*) les mêmes ſe croiſant.

72. TRICODE *fixe*. Dict.

T. Sphérique, bordé de poils ſur toute ſa circonférence, terminé en arriere par un fil fourchu à ſon extrémité; pl. 16 fig. 12, 13.
Trouvé dans l'eau des rivages.

Figures groſſies. (12) T. *fixe* pedicellée. (13) La même enveloppée par une *Leucophre ſignalée*; (*a*) poils de la circonférence; (*b*) fil pédiculaire; (*c*) baſe fourchue; (*d*) *Tricode fixe*; (*e*) *Leucophre ſignalée*.

68. TRICHODA *felis*.

T. curvata, craſſa, antice anguſtior, poſtice in caudam attenuata, ſubtus longitudinaliter crinita; tab. 16, fig. 1.
Locus natalis hujuſce ſpeciei ignoratur.

Figura aucta; (*a*) pili extremitatis anticæ; (*b*) cauda; (*c*) pili ventrales.

69. TRICHODA *piſcis*.

T. oblonga, complanata, antice crinita, poſtice in caudam exquiſitam attenuata; tab. 16, fig. 2--5
Repeſitur in aquis, ubi *lemna*.

Figuræ auctæ T. *piſcem* diverſè ſitam repræſentantes; (*a*) extremitas antica crinita; (*b*) cauda; (*c*) pagina convexa; (*d*) pagina concava; (*e*) ſinus in quibusdam occurens.

70. TRICHODA *larus*.

T. teres, elongata, trunco crinito, cuſpide caudali duplici, tab. 16, fig. 6--8.
Reperitur in aqua fluviali.

Figuræ auctæ T. *larum* diverſè ſitam oſtendentes; (*a*) caput; (*b*) collum; (*c*) pili dorſales; (*d*) binæ cuſpides caudæ; (*e*) pili ventrales.

71. TRICHODA *longicauda*.

T. cylindracea, antice truncata & crinita, cauda elongata biarticulata, biſeta; tab. 16, fig. 9- 11.
Reperitur in paludoſis.

Figura aucta. (9) T. *longicauda* recta extenſa. (10, 11) Binæ aliæ capite flexo contracto; (*a*) pili (*b*) caput; (*c*) maſculus deglutorius; (*d*) œſophagus; (*e*) binæ caudæ articuli; (*f*) ſetæ binæ caudales extenſæ & dimotæ; (*g*) ſetæ caudales cruciatim ſibi impoſitæ.

72. TRICHODA *fixa*.

T. ſphærica, peripheria crinita, poſtice filo baſi furcato pedicellata; tab. 16, fig. 12, 13.
Reperta in aqua litorali.

Figuræ auctæ. (12) T. *fixa* pedicellata. (13) Eadem *Leucophra ſignata* agglutinata; (*a*) pili periphериæ, (*b*) Filum caudale? (*c*) baſis biſulcata; (*d*) *Trichoda fixa*; (*e*) *Leucophra ſignata*.

73. TRICODE *locataire*. Dict.

T. contenue dans un fourreau cylindrique diaphane, pédicule se retirant dans le fond du fourreau; pl. 16 fig. 14–17.
Se trouve dans l'eau de mer récente & pure, comme aussi dans celle qui a été longtems gardée.

Figures grossies. (14) T. *locataire* dressée au haut du fourreau. (15) Autre divisée en deux animalcules contenus dans le même fourreau, & pourvus d'un pédicule. (16) Autre remplissant presque en totalité la cavité du fourreau. (17) Autre retirée dans le fond du fourreau, dont des *Monades* occupent les parois.

(14, a) Le corps de l'animalcule; (b) l'extrémité inférieure du fourreau; (c) le pédicule. (15, 16, a) Les poils de l'extrémité antérieure épanouis; (b) l'extrémité inférieure du fourreau; (c) le pédicule; (d) le corps de l'animalcule raccourci. (17, a) le corps de l'animalcule retiré au fond du fourreau; (b) Monades attachées aux parois du fourreau.

74. TRICODE *propriétaire*. Dict.

T. contenue dans un fourreau comprimé élargi au bas, & fixée à sa base, pl. 16, fig. 18–20.
Se trouve dans l'eau de mer.

Figures grossies. (18, 19) T. *propriétaires* étendues. (20) Autre contractée dans l'intérieur du fourreau; (a) fourreau diaphane; (b) animalcule; (c) poils de l'extrémité antérieure; (d) queue atténuée, adhérente au fond du fourreau.

75. TRICODE *lanée*. Dict.

T. contenue dans un fourreau cylindrique, pédicule fixé à la base externe du fourreau; pl. 16, fig. 21–24.
Se trouve dans l'eau de mer.

Obs. cette espèce & les deux précédentes paroissent devoir former un genre distinct de celui de la *tricode*, & de celui de la *vorticelle*.

Figures grossies. (21, 22) T. *lanées* dans leur situation naturelle; (a) le fourreau diaphane; (b) l'animalcule; (c) les poils de l'extrémité antérieure; (d) le pédoncule ou la queue; (e) les trois pointes dont elle est terminée.

(23, 24) T. *lanées* rentrées dans leur fourreau; (a) le fourreau; (b) l'extrémité antérieure de l'animalcule rentré; (d) le pédicule; (e) les pointes.

76. TRICODE *transfuge*. Dict.

T. élargie, velue en avant, queue aplatie

73. TRICHODA *inquilina*.

T. vaginata, folliculo cylindrico hyalino, pedicello intra folliculum retractili; tab. 16, fig. 14–17.
Reperitur in aqua marina recenti & pura; etiam in non renovata & longo tempore servata.

Figuræ auctæ. (14) T. *inquilina* in extremum usque folliculi porrecta. (15) Alia in duos pullos jam divisa utroque intra folliculum commune habitante & pedicellato. (16) Alia cavitatem folliculi fere adimplens. (17) Alia in fundo folliculi retracta, cujus margines occupant *monades*.

(14, a) Corpus animalculi; (b) extremitas inferior folliculi; (c) pedicellus. (15, 16, a) pili extremitatis anticæ expansi; (b) extremitas infera folliculi; (c) pedicellus; (d) corpus animalculi correpti. (17, a) Corpus animalculi in fundo folliculi retractum; (b) *monades* folliculo agglutinatæ.

74. TRICHODA *ingenita*.

T. vaginata folliculo depresso basi latiore sessili; tab. 16, fig. 18–20.

Reperitur in aqua marina.

Figuræ ampliatæ. (18, 19) T. *ingenita* extensa. (20) Alia contracta in medio folliculo; (a) folliculus; (b) animalculum; (c) pili extremitatis anticæ; (d) cauda attenuata fundo folliculi innata.

75. TRICHODA *innata*.

T. vaginata folliculo cylindrico, pedicello extra folliculum fixo; tab. 16, fig. 21–24.

Reperitur in aqua marina.

Obs. hæc species & duo præcedentes videntur distinguendæ à genere *trichoda* sicuti a genere *vorticella*.

Figuræ auctæ. (21, 22) T. *innatæ* in situ naturali extensæ; (a) folliculus hyalinus; (b) animalculum extensum; (c) pili extremitatis anterioris; (d) pedunculus seu cauda; (e) cuspides tres quibus extrema cauda munitur.

(23, 24) T. *innata* intra folliculum correpta; (a) folliculus; (b) extremitas antica animalculi correpti; (d) pedicellus; (e) cuspides.

76. TRICHODA *transfuga*.

T. latiuscula, antice crinita, cauda altero échancrée

échancrée d'un côté, mucronée de l'autre, garnie de ſoyes au deſſous; pl. 16, fig. 25, 26.
Fut trouvée dans de l'eau de mer gardée plusieurs jours.

Figures groſſies. (25) Deux T. *transfuges* accouplées. (26) Autre ſimple un peu élargie; (*a*) extrémité antérieure garnie de poils; (*b*) le tronc parſemé de molécules; (*c*) la queue garnie de quelques ſoyes.

77. TRICODE *ciliée*. Dict.

T. preſque triangulaire, ventrue, ciliée, extrémité poſtérieure garnie d'un rang de poils longs, pl. 16, fig. 27--29.
Se trouve dans l'eau de la *moule commune*.

Figures groſſies. (28) T. *ciliée* de forme triangulaire ciliée à ſa ſuperficie, ſans poils à ſon extrémité poſtérieure. (27, 29) Deux T. *ciliées* de forme plus allongée, garnies ſur leur face poſtérieure d'un rang de poils longs; (*a*) partie antérieure; (*b*) poſtérieure.

78. TRICODE *bulle*. Dict.

T. membraneuſe, les bords recourbés, terminée aux extrémités par une houppe de poils; pl. 16, fig. 30.

Obſ. Cette eſpece ne diffère de la *burſaire repliée* que par les houppes de poils de ſes extrémités. Se trouve dans les eaux où croît la *lenticule*.

Figure groſſie; (*a*) extrémité antérieure; (*b*) poſtérieure; (*c*) les deux bords recourbés en dedans.

79. TRICODE *pellionelle*. Dict.

T. cylindracée, extrémité antérieure velue, poſtérieure garnie de ſoyes; pl. 16, fig. 31.
Se trouve dans les infuſions végétales.

Figure groſſie; (*a*) poils antérieurs; (*b*) ſoyes poſtérieures.

80. TRICODE *cycloïde*. Dict.

T. ovoïde, fendue en avant, les deux extrémités velues; pl. 16, fig. 32, 33.
Se trouve dans les infuſions végétales.

Figures groſſies. (32) T. *cycloïde* dont la fente antérieure eſt fermée. (33) La même dont la fente antérieure eſt ouverte; (*a*) partie antérieure velue; (*b*) poſtérieure.

latere ſinuata, altero mucronata; inferne ſetoſa; tab. 16, fig. 25, 26.

Reperta in aqua marina plures dies ſervata.

Figuræ amplificatæ. (25) Duo T. *transfugæ* copula juncti. (26) Altera ſimplex parum dilatata; (*a*) extremitas anterior piloſa; (*b*) truncus moleculis impletus; (*c*) cauda ſetis inſtructa.

77. TRICHODA *ciliata*.

T. ſubtriangularis, ventricoſa, undique ciliata, poſtice crinibus longis pectinata; tab. 16, fig. 27-29.
Reperitur in aqua *mytili edulis*.

Figuræ auctæ. (28) T. *ciliata* figura triangulari, undique ciliata, pilis pectinatis poſtice denudata. (27, 29) Duo T. *ciliata* figura magis elongata, poſtice ſerie unica pilorum pectinata; (*a*) pars antica; (*b*) pars poſtica.

78. TRICHODA *bulla*.

T. membranacea, lateribus inflexis, antice & poſtice crinita; tab. 16, fig. 30.

Obſ. A *burſaria duplella* differt hæc ſpecies pilis tantum quibus antice & poſtice micat. Reperitur in aquis cum *lemna*.

Figura aucta; (*a*) extremitas anterior; (*b*) poſterior; (*c*) laterum margines inflexi.

79. TRICHODA *pellionella*.

T. cylindracea, antice crinita, poſtice ſetoſa, tab. 16, fig. 31.

Reperitur in infuſo vegetabilium.

Figura aucta; (*a*) pili anteriores; (*b*) ſetæ poſteriores.

80. TRICHODA *cyclidium*.

T. ovata, antice fiſſa, extremitatibus crinitis, tab. 16, fig. 32, 33.
Reperitur in infuſione vegetabilium.

Figuræ auctæ. (32) T. *cyclidium* rima anteriori clauſa. (33) Eadem rima anteriori aperto; (*a*) pars antica crinita; (*b*) poſtica.

81. TRICODE *coureuſe*. Dict.

T. ovale oblongue, velue en avant, extrémité poſtérieure, garnie de deux faiſceaux de poils, les uns droits, les autres courbes; pl. 16, fig. 34.
Trouvée dans de l'eau de mer, qui avoit été gardée deux mois.

Figure groſſie; (*a*) poils de l'extrémité antérieure; (*b*) bande diaphane; (*c*) faiſceau de poils courbes; (*d*) faiſceau de poils droits.

82. TRICODE *puce*. Dict.

T. oblongue-ovale, échancrée au deſſous du ſommet, les deux extrémités velues; pl. 16, fig. 35, 36.
Se trouve dans les eaux douces ſous la *lenticule*.

Figures groſſies. (35) T. *puce* dans la forme ſous laquelle elle ſe préſente le plus ſouvent. Autre variété de la même eſpèce dont la forme eſt plus ovoïde, & l'échancrure plus profonde; (*a*) extrémité antérieure velue; (*b*) poſtérieure; (*c*) échancrure.

83. TRICODE *lyncée*. Dict.

T. preſque carrée, bec crochu, bouche velue, extrémité poſtérieure garnie de ſoyes; pl. 16, fig. 37, 38.
Se trouve dans l'eau douce, gardée quelques mois.

Figures groſſies. T. *lyncée* ſolitaire. (38) Deux T. *lyncées* accouplées par leur extrémité poſtérieure; (*a*) bec crochu; (*b*) bouche velue; (*c*) ſoyes de l'extrémité poſtérieure.

84. TRICODE *écuſſon*. Dict.

T. orbiculaire, échancrée en avant, un des bords velu, face poſtérieure garnie de ſoyes; pl. 16, fig. 39-42.
Se trouve dans l'eau des rivieres.

Figures groſſies repréſentant la *tricode écuſſon* dans diverſes poſitions; (*a*) poils d'un des côtes; (*b*) ſoyes de l'extrémité poſtérieure; (*c*) échancrure antérieure.

85. TRICODE *roſtrée*. Dict.

T. comprimée, variable, jaunâtre, munie de poils & de ſoyes pédiformes; pl. 17, fig. 1-3.
Se trouve dans l'infuſion ancienne de *lenticule*.

81. TRICHODA *curſor*.

T. ovato-oblonga, antice crinita, poſtice duplici pilorum ſtrictorum & curvorum faſciculo munita; tab. 16, fig. 34.

Reperta in aqua marina, duos menſes ſervata.

Figura aucta; (*a*) pili extremitatis anterioris; (*b*) area antica hyalina; (*c*) faſciculus pilorum curvatorum; (*d*) faſciculus pilorum ſtrictorum.

82. TRICHODA *pulex*.

T. oblongo-ovata, infra apicem inciſa, fronte & baſi crinita; tab. 16, fig. 35, 36.

Reperitur in aquis ſub *lemna*.

Figuræ auctæ. (35) T. *pulex* eadem forma qua plerumque occurrit. (36) Alia ejuſdem ſpeciei varietas cujus figura ad ovatam magis accedit & cujus inciſura profundior; (*a*) extremitas antica crinita; (*b*) poſtica; (*c*) inciſura.

83. TRICHODA *lynceus*.

T. ſubquadrata, roſtro adunco, ore crinito; baſi ſetoſa; tab. 16. fig. 37, 38.

Reperitur in aqua dulci, plures menſes ſervata.

Figuræ auctæ. (37) T. *lynceus* ſolitaria. (38) Duo T. *lyncei* copula per extremitatem poſticam adhærentes; (*a*) roſtrum aduncum; (*b*) os crinitum; (*c*) ſetæ extremitatis poſticæ.

84. TRICHODA *troſa*.

T. orbicularis, antice emarginata, altero latere crinita, poſtice ſetoſa; tab. 16, fig. 39-42.
Reperitur in aquis fluviatilibus.

Figuræ auctæ T. *troſam* vario ſitu repræſentantes; (*a*) pili unilaterales; (*b*) ſetæ extremitatis poſticæ; (*c*) pars anterior emarginata.

85. TRICHODA *roſtrata*.

T. depreſſa, mutabilis, flaveſcens, pilis, ſetiſque pediformibus; tab. 17, fig. 1-3.

Reperitur in aqua *lemnæ* ſervata.

Figures grossies. (1) T. rostrée avec le bec alongé. (2) La même avec le bec rentré à moitié. (3) La même dont le bec est retiré en totalité; (a) le bec; (b) les soyes pédiformes; (c) les longs poils.

86. TRICODE *bouteille*. **Dict.**

T. cylindrique, ventrue en arriere & garnie de soyes, bec diaphane prolongé en avant; pl. 17, fig. 4, 5.
Se trouve avec la précédente.

Figures grossies; (a) bec antérieur; (b) soyes postérieures.

87. TRICODE *caron*. **Dict.**

T. en forme de nacelle sillonée longitudinalement, les extrémités velues; pl. 17, fig. 6-14.
Se trouve dans l'eau de mer très pure, comme dans celle qui est corrompue.

Figures grossies. (6) T. caron vue au dos. (7) Vue au ventre. (8) Vue sur le côté. (9) La même enceinte, dont l'ovaire est transparent. (10) Autre dont l'ovaire est opaque. (11) Ovaire détaché. (12) Deux T. carons réunies par leur extrémité postérieure. (13) Autres réunies par les bords du dos. (14) Autres réunies de maniere que l'extrémité supérieure de l'une est attachée à l'extrémité inférieure de l'autre; (a) partie antérieure garnie de poils; (b) partie postérieure garnie de soyes; (c) fissure du ventre; (d) ovaire transparent; (e) ovaire opaque; (f) globule opaque de l'ovaire.

88. TRICODE *punaise*. **Dict.**

T. ovale, luisante sur les bords, garnie de poils aux extrémités; pl. 17, fig. 15-18.
Se trouve dans les infusions végétales.

Figures grossies. (15, 16) T. punaises nageant vues dans deux positions différentes. (17) Autre marchant à l'aide de ses poils, comme avec des pieds. (18) Deux T. punaises accouplées; (a) poils courbés de l'extrémité antérieure; (b) poils droits de l'extrémité postérieure; (c) échancrure du bout antérieur; (d) dos convexe; (e) poils antérieurs relevés vers le dos; (f) corps sur lequel l'animalcule marche; (g) point par où se fait l'accouplement; (h) le ventre.

89. TRICODE *cigale*. **Dict.**

T. ovale, bordée d'obscur, velue devant & dessous, denuée de poils en arriere; pl. 17, fig. 19-20.
Se trouve dans l'eau de riviere.

Figures grossies. (19) Deux T. cigales nageant; on a répeté ici par mégarde le num. 18. (20) Deux

Figuræ auctæ. (1) T. rostrata rostro exserto. (2) Eadem rostro subcondito. (3) Eadem rostro penitus condito; (a) rostrum; (b) setæ pediformes; (c) pili longi.

86. TRICHODA *lagena*.

T. cylindrica, postice ventricosa setosa, rostro producto hyalino; tab. 17, fig. 4, 5.

Reperitur cum præcedente.

Figuræ auctæ; (a) rostrum anterius; (b) setæ posteriores.

87. TRICHODA *charon*.

T. cymbiformis, longitudinaliter sulcata, antice & postice crinita; tab. 17, fig. 6-14.

Reperitur in aqua marina pura, & etiam in aqua marina maxime fetida.

Figuræ auctæ; (6) T. charon dorso conspecta. (7) Ventre visa. (8) Latere objecta. (9) Mater gravida ovario pellucido. (10) Altera mater ovario opaco. (11) ovarium de corpore solutum. (12) Binæ T. charontes partibus posticis cohærentes. (13) Aliæ dorsi margine parallele coalitæ. (14) Aliæ longitudinaliter cohærentes, ita ut aliæ pars anterior adhæreat posticæ parti alterius; (a) pars anterior pilosa; (b) pars posterior setosa; (c) pars ventralis concava, seu fossa ventralis; (d) ovarium pellucidum; (e) ovarium opacum; (f) ovarii globulus opacus.

88. TRICHODA *cimex*.

T. ovalis, marginibus lucidis, antice & postice crinita; tab. 17, fig. 15-18.
Reperitur in infuso vegetabili.

Figuræ amplificatæ. (15, 16) T. cimices natantes duplici situ conspectæ. (17) Alia pilis, sicuti totidem pedibus, ambulans. (18) Binæ T. cimices copula junctæ; (a) pili arcuati extremitatis anterioris; (b) pili stricti extremitatis posterioris; (c) incisio partis anterioris; (d) dorsum convexum; (e) pili antici versus dorsum porrecti; (f) objecta quibus incedit animalculum; (g) locus cohæsionis in copula; (h) venter.

89. TRICHODA *cicada*.

T. ovalis, marginibus obscuris, antice & subtus crinita, postice mutica; tab. 17, fig. 19, 20.
Reperitur in aqua fluviali.

Figuræ auctæ. (19) T. cicada natantes; hic pro errore num. 18 duplicavit sculptor. (20) Binæ T. ci-

T. *cigales* marchant à l'aide de leurs poils ; (*a*) poils de l'extrémité antérieure ; (*b*) partie postérieure dénuée de poils ; (*c*) dos convexe de ces animalcules pendant qu'ils marchent ; (*d*) corps sur lesquels ils marchent.

14. KERONE.

Caract. du genre.

Ver microscopique, muni sur une partie de sa superficie de piquants courbés, semblables à des cornes (*).

1. KERONE *rateau*. Dict.

K. orbiculaire, membraneuse, formant un angle sur le côté, une des faces garnie de trois rangs de cornes ; pl. 17, fig. 1, 2.
Se trouve dans l'eau de riviere, & dans celle de mer.

Figures grossies. (1) K. *rateau* fluviatile, (2) K. *rateau* marine vues l'une & l'autre du côté des cornes, mais dans deux positions différentes ; (*a*) angle marginal, (*b*) petites cornes.

2. KERONE *carrée*, Dict.

K. presque quadrangulaire, bec obtus, disque armé de cornes brillantes ; pl. 17, fig. 3-6.
Se trouve dans l'eau de mer, longtems gardée.

Figures grossies représentant quatre de ces animalcules dans diverses positions.

3. KERONE *masquée*. Dict.

K. ovale-oblongue, armée en avant de cornes noires semblables à des poinçons, partie postérieure munie de pinnules longitudinales ; pl. 17, fig. 7, 8.
Se trouve parmi les *conferves* des rivières.

(7) K. *masquée* grosse. (8) La même plus grossie ; (*a*) points noirs de l'extrémité antérieure ; (*b*) cornes noires à la place des points ; (*c*) poils de l'extrémité antérieure ; (*d*) aiguillon situé sur un côté du corps ; (*e*) globules transparents ; (*f*) pinnules de l'extrémité postérieure.

(*) Muller a désigné sous le nom de *cornes*, des productions coniques, pointues, légèrement arquées, plus longues que des *cils*, plus larges que des *poils*, lesquelles ne sont point flexibles comme des *soyes* ou des *cirres*, mais sont au contraire roides & paroissent dures à cause de leur inflexibilité.

rada pilis deambulantes ; (*a*) pili extremitatis anterioris ; (*b*) pars posterior pilis denudata ; (*c*) dorsum animalculorum convexum sub incessu ; (*d*) objecta quibus incedunt.

14. KERONA.

Charact. generis.

Vermis inconspicuus, in quadam superficiei parte aculeis corniformibus munitus (*).

1. KERONA *rastellum*.

K. orbicularis, membranacea, hinc angulata, altera pagina serie triplici corniculata ; tab. 17, fig. 1, 2.
Reperitur in aqua fluviali, & in marina.

Figuræ auctæ magnitudine. (1) K. *rastellum* fluviatilis, (2) K. *rastellum* marina, ambo conspectæ a facie corniculorum, situ vario ; (*a*) angulus marginalis ; (*b*) cornicula.

2. KERONA *lyncaster*.

K. subquadrata, rostro obtuso, disco corniculis micantibus, tab. 17, fig. 3-6.
Reperitur in aquâ marina diù servata.

Figuræ auctæ, animalcula quatuor diversâ situ repræsentantes.

3. KERONA *histrio*.

K. ovato-oblonga, antice corniculis nigris pennæformibus, pollice pinnulis longitudinalibus instructa ; tab. 17, fig. 7, 8.

Reperitur inter *conferves* fluviales.

(7) K. *histrio* aucta. (8) Eadem magis aucta ; (*a*) puncta nigra partis anticæ ; (*b*) cornicula nigra declinata ; (*c*) pili extremitatis anterioris ; (*d*) mucro ad latus alterum situs ; (*e*) globuli pellucentes ; (*f*) pinnulæ extremitatis pollicæ.

(*) *Mullerus* corniculorum nomine designavit productiones conicas, acutas, paululum arcuatas, *ciliis* longiores, *pilis* latiores, quæ nec flexiles sunt sicut *seta* aut *cirri*, sed rigidiores & duræ apparent ob inflexibilitatem.

4. KERONE *cypris*. Dict.

K. obverſe-ovale, velue en avant & armée de cornes, extrémité poſtérieure velue, échancrée ſur un des côtés, pl. 17, fig. 9, 10.
Se trouve dans les eaux douces parmi la *lenticule*.

Figures inégalement groſſies ; (*a*) poils de l'extrémité antérieure ; (*b*) petites cornes ; (*c*) échancrure latérale ; (*d*) poils de l'extrémité poſtérieure, dreſſés ; (*e*) poils d'un des côtés, inclinés.

4. KERONA *cypris*.

K. obverſe-ovata, antice crinita corniculis mucronata, poſtice crinita, altero margine ſinuata ; tab. 17, fig. 9—10.

Reperitur in aquis dulcibus *lemna* obtectis.

Figuræ inæqualiter amplificatæ ; (*a*) pili extremitatis anterioris ; (*b*) cornicula ; (*c*) ſinus lateralis ; (*d*) pili extremitatis poſterioris porrecti ; (*e*) pili lateris alterius deflexi.

5. KERONE *ſébile*. Dict.

K. orbiculaire, armée de cornes vers le milieu, extrémité antérieure membraneuſe velue, poſtérieure garnie de ſoyes ; pl. 17, fig. 11—15.
Se trouve dans l'eau de mer.

Figures groſſies. (11) K. *ſébile* vue ſur ſa face concave. (12 - 15) Autres vues ſur leur face convexe dans des poſitions différentes ; (*a*) partie antérieure membraneuſe velue ; (*b*) face convexe ; (*c*) petite papille du bord poſtérieur ; (*d*) cinq, ſix ou ſept ſoyes mobiles ; (*e*) petites cornes placées vers le milieu du corps.

5. KERONA *hauſtrum*.

K. orbicularis, medio corniculata, antice membranacea crinita, poſtice ſetoſa ; tab. 17, fig. 11—15.

Reperitur in aquâ marina.

Figuræ auctæ. (11) K. *hauſtrum* à latere concavo conſpecta. (12-15) Quatuor aliæ vari ſitu & è latere convexo proſpectæ ; (*a*) pars anterior membranacea crinita ; (*b*) pars pulvinata ; (*c*) papillula poſterior ; (*d*) ſetæ quinque, ſex aut ſeptem mobiles (*e*) cornicula verſus medium ſita.

6. KERONE *ſoucoupe*, Dict.

K. orbiculaire, armée de cornes vers le milieu, extrémité antérieure membraneuſe velue, poſtérieure nue, pl. 17, fig. 16, 17.
Se trouve dans les eaux douces parmi la *lenticule*.

Figures groſſies ; (*a*) partie antérieure membraneuſe velue ; (*b*) partie poſtérieure opaque nue ; (*c*) petites cornes ; (*d*) deux véſicules tranſparentes.

6. KERONA *hauſtellum*.

K. orbicularis, medio corniculata ; antice membranacea crinita, poſtice mutica, tab. 17, fig. 16, 17.
Reperitur in aqua dulci inter *lemnam*.

Figuræ auctæ ; (*a*) pars antica membranacea crinita ; (*b*) pars poſtica opaca mutica ; (*c*) cornicula ; (*d*) veſiculæ binæ pellucentes.

7. KERONE *patelle*. Dict.

K. univalve preſque orbiculaire, extrémité antérieure échancrée armée de cornes, poſtérieure munie de ſoyes pendantes, pl. 18, fig. 1 5.
Se trouve dans les marais.

Figures groſſies. (1) K. *patelle* vue au dos. (2) Autre vue au ventre. (3) Autre nageant, préſentée de côté. (4) Autre marchant (5) Variété de la même eſpèce dont la figure eſt preſque carrée ; (*a*) partie antérieure échancrée ; (*b*) petites cornes ; (*c*) corps de l'animalcule charnu ; (*d*) corps en forme de croiſſant ; (*e*) convexité de la valve qui recouvre le corps de l'animalcule ; (*f*) ſoyes poſtérieures ; (*g*) matière ſur laquelle l'animalcule marche.

7. KERONA *patella*.

K. univalvis ſuborbiculata, antice emarginata corniculata, poſtice ſetis flexibilibus pendulis ; tab. 18, fig. 1—5.

Reperitur in aquâ paluſtri.

Figuræ auctæ. (1) K. *patella* dorſo viſa. (2) Alia ventre conſpecta. (3) Alia à latere natans. (4) Alia ope ſetarum poſticarum ut pedum ambulans. (5) Varietas figura ſubquadrata ; (*a*) pars anterior emarginata ; (*b*) cornicula ; (*c*) corpus animalculi pulpoſum ; (*d*) figura lunaris teſtæ adnata ; (*e*) convexitas teſtæ quæ corpus animalculi continet ; (*f*) ſetæ poſteriores flexiles ; (*g*) objecta quibus inceſſit animalculum.

8. **KERONE** *crible.* Dict.

K. ovale un peu comprimée, garnie de cornes en avant, de soyes en arriere, un des bords recourbé, l'autre cilié; pl. 18, fig. 6, 7.
Habite dans l'eau de mer.

Figures grossies. (6) K. *crible* solitaire. (7) Deux K. *cribles* accouplées par leur extrémité postérieure; (*a*) cornes antérieures; (*b*) soyes postérieures; (*c*) bord recourbé dans lequel on distingue des petits grains; (*d*) bord cilié.

9. **KERONE** *poulet.* Dict.

K. presque ovoïde, extrémité antérieure rétrécie recourbée armée de cornes, postérieure velue; pl. 18, fig. 8-10.
Se trouve dans l'eau où croît la *lenticule.*

(8, 9, 10) K. *poulets* grossies vues dans des situations différentes; (*a*) cornes de la tête; (*b*) poils de l'extrémité postérieure tantôt réunis, tantôt épanouis; (*c*) poils de l'extrémité antérieure; (*d*) poils du dos; (*e*) poils du ventre.

10. **KERONE** *moule.* Dict.

K. presque en forme de massue, pourvue de cornes en avant, de soyes en arriere, extrémités élargies diaphanes ciliées, pl. 18, fig. 11-14.
Se trouve dans l'eau conservée long-temps dans des bocaux.

Figures grossies. (11, 12) K. *moules* diversement situées. (13) Variété de cet animalcule dont le corps est par-tout cilié. (14) Autre dont la figure est ovoïde; (*a*) petites cornes; (*b*) cils de l'extrémité antérieure; (*c*) cils de l'extrémité postérieure; (*d*) soyes droites; (*e*) rang longitudinal de globules, situé à la droite de l'animalcule.

11. **KERONE** *lievre.* Dict.

K. ovoïde, extrémité antérieure ciliée, postérieure velue; pl. 18, fig. 17-20.
Se trouve dans les infusions animales & végétales.

Figures grossies. (17) K. *lievre* simple. (18) Autre commençant à se diviser par une fente longitudinale (19) Autre dont la division a dépassé le milieu du corps; (20) Autre dont la division est presque terminée; (*a*) cils de l'extrémité antérieure; (*b*) poils de l'extrémité postérieure, désignés improprement sous le nom de *soyes* par Muller.

12. **KERONE** *filure.* Dict.

K. oblongue-ovale, velue en avant, terminée

8. **KERONA** *vannus.*

K. ovalis subdepressa, antice corniculata, postice setosa, margine altero flexo, opposito ciliato; tab. 18, fig. 6, 7.
Habitat in aquâ marina.

Figuræ amplificatæ. (6) K. *vannus* solitaria. (7) Duæ in copula extremitatibus posticis connexæ; (*a*) cornicula antica; (*b*) setæ posticæ; (*c*) margo inflexus intra quem granula conspiciuntur; (*d*) margo ciliatus.

9. **KERONA** *pullaster.*

K. subovata, antice attenuata curvata corniculata, basi crinita; tab. 18, fig. 8, 10.

Reperitur in aquâ sub *lemna.*

(8, 9, 10) Figuræ auctæ vario situ conspectæ; (*a*) cornicula capitis; (*b*) pili extremitatis posterioris nunc aggregati nunc patuli; (*c*) pili extremitatis anterioris; (*d*) pili dorsi; (*e*) pili ventris.

10. **KERONA** *mytilus.*

K. subclavata, corniculata, postice setosa, utraque extremitate dilatata hyalina ciliata; tab. 18, fig. 11-14.

Reperitur in aqua diù in vasis servata.

Figuræ auctæ. (11, 12) K. *mytili* diversè siti. (13) Varietas ejusce speciei undique ciliata. (14) Altera figura ovata; (*a*) cornicula; (*b*) cilia extremitatis anterioris; (*c*) cilia postica; (*d*) setæ porrectæ (*e*) series globulorum seu nodulorum longitudinalis ad dexteram animalculi.

11. **KERONA** *lepus.*

K. ovata, apice ciliata, basi crinita; tab. 18, fig. 17-20.
Reperitur in infusione animali & vegetabili.

Figuræ auctæ. (17) K. *lepus* solitaria. (18) Alia initium divisionis per rimam longitudinalem ostendens. (19) Altera plus quam ad medium corporis divisa. (20) Alia divisione ferè peractâ; (*a*) cilia extremitatis anterioris; (*b*) pili extremitatis posterioris, quos impropriè *setarum* nomine designaverat *Mullerus.*

12. **KERONA** *filurus.*

K. oblongo-ovata, antice ciliata, postice

en arriere par des soyes, le dos armé de cornes pl. 18, fig. 15, 16.
Trouvée dans de l'eau gardée quelques semaines dans un bocal rempli de *conferve*.

Obs. Cette espèce & les deux suivantes ont dans l'ouvrage de *Muller* des différences spécifiques & des descriptions qui ne conviennent pas en tout avec leurs figures, comme l'a très-bien observé M. *Fabricius*.

Figures grossies. (15) K. *fibre* solitaire. (16) La même se divisant vraisemblablement en travers; (*a*) poils de l'extrémité antérieure; (*b*) soyes postérieures; (*c*) cornes du dos.

13. KERONE *chauve*. Dict.

K. oblongue élargie, munie de cornes brillantes sur le devant, terminée en arriere par deux soyes droites; pl. 18, fig. 21-23.
Se trouve dans les infusions végétales & dans l'eau de mer.

Figures grossies. (21, 22) Deux K. *chauves* sans poils visibles, diversement situées. (23) Autre garnie de poils sur toute sa longueur; (*a*) les cornes; (*b*) la tache obscure du côté droit; (*c*) les poils antérieurs; (*d*) les deux soyes postérieures.

14. KERONE *pustuleuse*. Dict.

K. ovale, convexe, extrémités velues, antérieure armée de cornes, dos marqué d'une pustule longitudinale; pl. 18, fig. 24, 25.
Se trouve dans l'eau de mer.

Figures grossies. (24) K. *pustuleuse* solitaire. (25) Deux de ces animalcules se divisant; (*a*) les poils antérieurs; (*b*) les cornes; (*c*) les poils de l'un des bords rangés comme autant de rayons; (*d*) la pustule du dos; (*e*) les poils droits de l'extrémité postérieure.

15. HIMANTOPE.

Caract. du genre.

Ver microscopique, transparent, muni de cirres (*) sur quelque partie de sa superficie.

(*) Les *cirres* sont des organes moins nombreux que les *cils* ou les *poils*, plus longs que les *cornes*, plus flexibles & plus larges à leur base que les *soyes*.

setosa, dorso corniculato; tab. 18, fig. 15, 16.
Reperta fuit in aqua aliquas septimanas in vasculo *conferva* repleto servata.

Obs. Hæc species & duo sequentes in tractatu *Mulleri* differentiis specificis & descriptionibus comitantur, quæ cum figuris additis non conveniunt, sicut optimè observaverat *Fabricius*.

Figuræ auctæ. (15) K. *fibrosa* solitaria. (16) Eadem verosimiliter divisionem transversalem moliens; (*a*) pili extremitatis anterioris; (*b*) setæ posteriores; (*c*) cornicula dorsalia.

13. KERONA *calvitium*.

K. oblonga latiuscula, antice corniculis micantibus postice setis binis strictis terminata; tab. 18, fig. 21-23.
Reperitur in infuso vegetabilium etiam in aquâ marinâ.

Figuræ auctæ. (21, 22) Binæ K. *calvitie* pilis absconditis, diversè sitæ. (23) Alia secundum longitudinem pilis utrinque munita; (*a*) cornicula; (*b*) macula obscura lateris dextri. (*c*) pili anteriores; (*d*) setæ binæ posteriores.

14. KERONA *pustulata*.

K. ovalis, convexa, utraque extremitate crinita, anteriore corniculata, dorso pustula longitudinali notato; tab. 18, fig. 24, 25.
Reperitur in aqua marina

Figuræ auctæ. (24) K. *pustulata* solitaria. (25) Bina animalcula partitioni occupata; (*a*) pili antici; (*b*) cornicula; (*c*) pili radiantes marginis alterius; (*d*) pustula dorsalis; (*e*) pili recti extremitatis posticæ.

15. HIMANTOPUS.

Charact. generis.

Vermis inconspicuus, pellucidus, quadam superficiei parte cirratus (*).

(*) Organa *cirri* dicta, *ciliis* aut *pilis* pauciora sunt, longiora *corniculis*, magis flexiles & basi latiora quam *seta*.

1. HIMANTOPE *puceron*. Dict.

H. ventru, pointu en avant, muni de cirres en arrière; pl. 18, fig. 1, 2.
Se trouve dans les eaux où croît la *lenticule*.

Figures grossies; (*a*) extrémité antérieure plus ou moins rétrécie; (*b*) les cils; (*c*) les cirres de l'extrémité postérieure.

2. HIMANTOPE *baladin*. Dict.

H. en forme de massue, muni de cirres en avant, queue relevée; pl. 18, fig. 3.
Trouvé dans l'eau des marais.

Figure grossie; (*a*) extrémité antérieure; (*b*) les cils du dos; (*c*) les cirres antérieurs; (*d*) les cirres du ventre; (*e*) le cirre de la queue; (*f*) la queue relevée.

3. HIMANTOPE *bouffon*. Dict.

H. arqué, muni de cirres en avant, extrémité postérieure tronquée velue; pl. 18, fig. 4.
Se trouve dans les eaux douces avec la *lenticule*.

Figure grossie; (*a*) extrémité antérieure velue; (*b*) cirres antérieurs; (*c*) poils de l'extrémité postérieure.

4. HIMANTOPE *tourbillonnant*. Dict.

H. en forme de croissant, extrémité antérieure munie de cirres; pl. 18, fig. 5.
On ignore le lieu natal de cette espèce.

Figure grossie; (*a*) cils du dos; (*b*) cirres pédiformes.

5. HIMANTOPE *larve*. Dict.

H. oblong, rétréci en arrière, milieu du corps garni de cirres; pl. 18, fig. 6.
Se trouve dans les lieux marécageux.

Figure grossie; (*a*) extrémité antérieure; (*b*) postérieure; (*c*) cirres de la partie moyenne du corps.

6. HIMANTOPE *sillonné*. Dict.

H. en forme de nacelle, dos sillonné, ventre enfoncé muni de cirres sur sa moitié postérieure; pl. 18, fig. 7.
Se trouve dans l'eau de mer.

Figure grossie; (*a*) poils de l'extrémité antérieure; (*b*) cirres de la moitié postérieure du ventre; (*c*) cavité du ventre.

1. HIMANTOPUS *acarus*.

H. ventrosus, antice acuminatus, postice cirratus; tab. 18, fig. 1, 2.
Reperitur in aqua, ubi *lemna* vegetat.

Figura aucta; (*a*) extremitas antica magis vel minus attenuata; (*b*) cilia; (*c*) cirri postici.

2. HIMANTOPUS *ludio*.

H. clavatus, antice cirratus, cauda reflexa; tab. 18, fig. 3.
Repertus in aquis nemoralibus.

Figura amplificata; (*a*) extremitas antica; (*b*) cilia dorsalia; (*c*) cirri antici; (*d*) cirri ventrales; (*e*) cirrus caudalis; (*f*) cauda reflexa.

3. HIMANTOPUS *sannio*.

H. incurvatus, antice cirratus, postice truncatus crinitus; tab. 18, fig. 4.

Reperitur in aqua ubi *lemna*.

Figura aucta; (*a*) extremitas anterior crinita; (*b*) cirri antici; (*c*) pili extremitatis posterioris.

4. HIMANTOPUS *volutator*.

H. lunatus, antice cirratus; tab. 18, fig. 5.

De loco natali hujus nihil indicavit *Mullerus*.

Figura aucta; (*a*) cilia dorsi; (*b*) cirri pediformes.

5. HIMANTOPUS *larva*.

H. elongatus, postice attenuatus, medio cirratus; tab. 18, fig. 6.
Reperitur in locis paludosis.

Figura aucta; (*a*) extremitas antica; (*b*) postica; (*c*) cirri partis mediæ corporis.

6. HIMANTOPUS *charon*.

H. cimbæformis, dorso sulcato; ventre foveato infra medium cirrato; tab. 18, fig. 7.

Reperitur in aqua marina.

Figura aucta; (*a*) pili extremitatis anterioris; (*b*) cirri partis posticæ ventris; (*c*) cavitas ventris.

7.

7. HIMANTOPE *couronné*. Dict.

H. demi-orbiculaire, comprimé, le milieu de chaque face latérale muni de cirres; pl. 18, fig. 8.
Se trouve dans l'eau de riviere.

Figure grossie; (*a*) poils de l'extrémité antérieure; (*b*) bord inférieur crénelé; (*c*) cirres d'une des faces; (*d*) deux filamens écartés; (*e*) poils du dos.

16. VORTICELLE.

Caractere du genre.

Ver nud, susceptible de contraction, pourvu en avant d'un organe rotifere (*).

1. VORTICELLE *verte*. Dict.

V. cylindracée, uniforme, opaque, verte; pl. 19, fig. 1-3.
Se trouve dans les eaux les plus pures.

(1) V. *verte* de grandeur naturelle. (2, 3) V. *vertes* grossies, diversément situées; (*a*) extrémité antérieure; (*b*) postérieure; (*c*) cils tournoyants.

2. VORTICELLE *sphéroïde*. Dict.

V. globuleuse, uniforme, opaque; pl. 19, fig. 4, 5.
Se trouve dans l'eau gardée avec de la *lenticule*.

Figures grossies; (*a*) extrémité antérieure; (*b*) postérieure; (*c*) cils tournoyants.

3. VORTICELLE *ceinte*. Dict.

V. trapeziforme, d'un noir verdâtre, opaque; pl. 19, fig. 6-9.
Se trouve dans les eaux marécageuses.

Figures grossies. (6) V. *ceinte* vue de côté. (7) La même vue en face. (8, 9) Deux individus de la variété en forme de rein diversement situés; (*a*) bande transversale luisante; (*b*) échancrures ciliées.

(*) L'organe rotifere des *vorticelles* & des *brachions* est composé de cils assez analogues à ceux de quelques *tricodes*, mais ils en different essentiellement en ce que les cils des *vorticelles* ont un mouvement continu de rotation qui dure souvent plusieurs minutes, & que ceux des *tricodes* ne jouissent que d'un mouvement interrompu.

7. HIMANTOPUS *corona*.

H. semi-orbiculatus, depressus, medio utriusque paginae cirrato; tab. 18, fig. 8.

Reperitur in aqua fluviali.

Figura aucta; (*a*) pili extremitatis anterioris; (*b*) margo inferior crenatus; (*c*) cirri paginae alterius; (*d*) filamenta bina diffusa; (*e*) pili dorsales.

16. VORTICELLA.

Charact. generis.

Vermis nudus, contractilis, antice organo rotatorio (*) donatus.

1. VORTICELLA *viridis*.

V. cylindracea, uniformis, opaca; viridis; tab. 19, fig. 1-3.
Reperitur in aquis purioribus.

(1) V. *viridis* naturali magnitudine. (2, 3) V. *virides* auctae, diversè sitae; (*a*) extremitas antica; (*b*) postica; (*c*) cilia rotantia.

2. VORTICELLA *sphaeroidea*.

V. cylindrico-globosa, uniformis, opaca; tab. 19, fig. 4, 5.
Reperitur in aqua, cum *lemna* servata.

Figurae amplificatae; (*a*) extremitas anterior; (*b*) posterior; (*c*) cilia rotantia.

3. VORTICELLA *cincta*.

V. trapeziformis, nigro-viridis, opaca; tab. 19, fig. 6-9.
Reperitur in aquis palustribus.

Figurae auctae. (6) V. *cincta* latere conspecta. (7) Eadem antice visa. (8, 9) Varietas reniformis duplici situ exposita; (*a*) cingulum transversum lucidum; (*b*) incisurae ciliatae.

(*) Organum rotatorium *vorticellarum* & *brachionorum* ciliis componitur, quorundam *trichodarum* ciliis satis affinibus, sed in eo tamen differunt quod cilia *vorticellarum* motu rotatorio plura saepè minuta durante vibrentur, dum ciliis *trichodarum* motus interruptus tantum donetur.

4. VORTICELLE *lunulée*. Dict.

V. verte, en forme de croissant, le milieu de l'échancrure postérieure mucroné; pl. 19, fig. 10, 11.
Se trouve dans l'eau de mer.

Figures grossies; (a) cils antérieurs; (b) cornes du croissant; (c) pointe ou tubercule de la face postérieure.

4. VORTICELLA *lunifera*.

V. viridis, lunata, medio margine postico mucronato; tab. 19, fig. 10, 11.

Reperitur in aqua marina.

Figuræ auctæ; (a) cilia anteriora; (b) cornua lunula; (c) mucro aut tuberculum partis posterioris.

5. VORTICELLE *bourse*. Dict.

V. verte, ouverture tronquée, munie au centre d'un mamelon; pl. 19, fig. 12-15.
Se trouve avec la précédente.

Figures grossies vues dans différentes positions; (a) cils réunis en pointe sur les côtés; (b) mamelon saillant du centre de l'ouverture; (c) bande antérieure, transversale, transparente; (d) cils vus pendant leur rotation; (e) cils pendant le repos; (f) cils réunis en faisceaux, recourbés sur les côtés.

5. VORTICELLA *bursata*.

V. viridis, apertura truncata in centro papillata; tab. 19, fig. 12—15.
Reperitur cum præcedenti.

Figuræ auctæ, vario situ conspectæ; (a) cilia in mucrones utrinque collecta; (b) papilla è centro aperturæ prominens; (c) area antica transversa pellucida; (d) cilia in rotatione visa; (e) cilia quiescentia; (f) cilia utrinque in fasciculum reflexa.

6. VORTICELLE *variable*. Dict.

V. cylindrique, tronquée, variable, opaque, noirâtre; pl. 19, fig. 16-18.
Se trouve dans l'eau où trempe la *lenticule*.

Figures grossies. (16) V. *variable* cylindracée. (17) La même trilobée. (18) La même en forme de sein; (a) cils de l'extrémité antérieure, tournoyants.

6. VORTICELLA *varia*.

V. cylindrica, truncata, variabilis, opaca nigricans; tab. 19, fig. 16-18.
Reperitur in aqua *lemnæ*.

Figuræ auctæ. (16) V. *varia* cylindracea. (17) Eadem triloba. (18) Eadem mamiformis; (a) cilia extremitatis anticæ rotantia.

7. VORTICELLE *crachoir*. Dict.

V. ventrue, terminée en avant par une ouverture orbiculaire, évasée, garnie de longs cils écartés excentriques; pl. 19, fig. 19, 20.
Se trouve dans l'eau où croît la *lenticule vulgaire*.

Figures grossies. (19) V. *crachoir* nageant. (20) La même agitant ses cils circulairement; (a) extrémité antérieure élargie; (b) postérieure cylindracée; (c) ouverture; (d) bords élargis de l'ouverture; (e) cils étendus; (f) tronc globuleux.

7. VORTICELLA *sputarium*.

V. ventrosa, apertura orbiculari, dilatata, ciliis longis raris excentricis munita; tab. 19, fig. 19, 20.
Reperitur in aquis cum *lemna minore*.

Figuræ auctæ. (19) V. *sputarium* natans. (20) Eadem cilia in verticem ciens; (a) extremitas antica dilatata; (b) postica cylindracea; (c) apertura; (d) margines aperturæ dilatati; (e) cilia extensa; (f) truncus globulus.

8. VORTICELLE *polymorphe*. Dict.

V. verte, opaque, variable, marquée d'un ou deux rangs longitudinaux de points transparens; pl. 19, fig. 21-35.
Se trouve quelquefois dans l'eau de rivière.

(21) V. *polymorphe* de grandeur naturelle. (22-23) V. *polymorphes* grossies. (22) Une de forme globuleuse. (23) Ventrue. (24) cylindracée. (25) en cône renversé. (26) En forme de vase à pied. (27)

8. VORTICELLA *polymorpha*.

V. viridis, opaca, variabilis, una aut duplici serie longitudinali punctorum pellucidorum notata; tab. 19, fig. 21—35.
Reperitur passim in aqua fluviali.

(21) V. *polymorpha* naturali magnitudine. (22-35) V. *polymorpha* aucta magnitudine. (22) forma globosa. (23) V. ventrosa. (24) Cylindracea. (25) inversè conica. (26) Crateriformis. (27) cucullaformi.

En forme de capuchon. (28) En forme de trompette à ouverture double. (29) La même formant comme deux tubes, dont l'un est un peu plus court que l'autre. (30) Autre en forme de massue armée d'un crochet. (31) En forme de massue, auriculée sur le devant & terminée en arrière par un pédicule courbé. (32) En forme de massue accompagnée d'un cirre vers le bas. (33) En poire.

(a) Cils agités, rangés circulairement; (b) cils disposés en deux faisceaux; (c) ouverture simple; (d) ouverture double; (e) tube supérieur; (f) tube inférieur; (g) extrémité postérieure obtuse; (h) la même pointue; (i) la même rétrécie; (k) pédicule courbé à sa base; (l) crochet de l'extrémité supérieure; (m) deux oreillettes latérales; (n) cirre inférieur; (o) rangs de points transparens.

9. VORTICELLE *vésiculeuse*. Dict.

V. verte opaque, variable, toute parsemée de vésicules; pl. 19, fig. 34-43.
Se trouve en abondance sur les rivages de la mer.

(34) V. *vésiculeuse* de grandeur naturelle. (35-42) V. *vésiculeuses* grossies de formes différentes. (43) Deux de ces animalcules réunis par un des côtés.

(a) Ouverture circulaire; (b) cils réunis en deux pelotons sur le bord de l'ouverture; (c) ouverture en forme de rein; (d) mamelon obtus placé au centre de l'ouverture; (e) extrémité postérieure obtuse; (f) la même terminée en pointe; (g) la même rétrécie; (h) vésicules transparentes.

10. VORTICELLE *noire*. Dict.

V. en forme de toupie, noire; pl. 19, fig. 44-47.
Se trouve dans l'eau des prairies, & dans les fossés inondés où croît la *Conferve*.

(44) V. *noires* de grandeur naturelle. (45-47) V. *noires* grossies en différentes positions; (a) organe rotatoire; (b) cils de l'organe rotatoire courbés en crochets sur les côtés; (c) extrémité postérieure pointue.

11. VORTICELLE *coqueluchon*. Dict.

V. oblongue, cylindracée, ouverture tronquée obliquement. pl. 20, fig. 1-4.
Se trouve dans l'eau de mer.

(1) V. *coqueluchon* de grandeur naturelle. (2-4) V. *coqueluchons* grossies diversement situées; (a) extrémité antérieure; (b) postérieure; (c) ouverture oblique; (d) la même échancrée en avant; (e) cils de l'organe rotatoire, situés sur le bord interne de l'ouverture.

(28) Tubaeformi, voragine duplici. (29) In tubulos binos, altero inferiori complicata. (30) Altera, forma clavata apice uncinata. (31) Clavata, apice auriculata, postice pedicello flexo terminata. (32) Clavata, cirro laterali inferné munita. (33) Utraque piriformi.

(a) Cilia agitata in circulum seriata; (b) cilia utrinque fasciculata; (c) apertura simplex; (d) apertura duplex; (e) tuba superior; (f) tuba inferior; (g) extremitas posterior obtusa; (h) eadem acuminata; (i) eadem attenuata; (k) pedunculus basi flexus; (l) uncus extremitatis anticae; (m) auricula binae laterales; (n) cirrus inferior; (o) series punctorum pellucidorum.

9. VORTICELLA *multiformis*.

V. viridis opaca, variabilis, vesiculis undique sparsis; tab. 19, fig. 34—43.
Reperitur copiosissimè in litoribus marinis.

(34) V. *multiformis* magnitudine naturali. (35-42) V. *multiformes* aucta, figura variantes. (43) binae latere cohaerentes.

(a) Apertura circularis; (b) cilia in margine aperturae utrinque fasciculata; (c) apertura reniformis; (d) papilla obtusa in centro aperturae inserta; (e) extremitas postica obtusata; (f) eadem acuminata; (g) eadem attenuata; (h) vesiculae pellucidae.

10. VORTICELLA *nigra*.

V. trochiformis, nigra; tab. 19, fig. 44—47.

Reperitur in pratis inundatis, & in aquis fossarum ubi *conferva* vegetant.

(44) V. *nigra* magnitudine naturali. (45-47) V. *nigra* aucta, diverso situ exhibitae; (a) organum rotatorium; (b) cilia organi rotatorii ad latera uncinulata; (c) extremitas postica acuminata.

11. VORTICELLA *cucullus*.

V. elongata, teres, apertura obliquè truncata; tab. 20, fig. 1—4.
Reperitur in aqua marina.

(1) V. *cucullus* magnitudine naturali. (2-4) V. *cuculli* aucta, variè sita; (a) extremitas antica; (b) postica; (c) apertura obliqua; (d) apertura antice eroso-emarginata; (e) cilia organi rotatorii in margine interiori aperturae sita.

12. VORTICELLE *articulée*. Dict.

V. ventrue verte, extrémité antérieure se prolongeant, tronquée au bout. pl. 20, fig. 5, 6.
Se trouve avec la précédente.

Figures grossies. (5) V. articulée dont l'extrémité antérieure est raccourcie. (6) Autre dont l'extrémité antérieure est prolongée; (a) extrémité postérieure arrondie; (b) prolongement antérieur; (c) ouverture tronquée; (d) cils droits de l'organe rotifère; (e) les mêmes recourbés.

13. VORTICELLE *bossue*. Dict.

V. presque cubique, formant en arrière un angle obtus; pl. 20, fig. 7.
Se trouve dans l'eau de rivière.

Figure grossie; (a) partie supérieure ciliée; (b) partie inférieure; (c) partie antérieure; (d) partie postérieure.

14. VORTICELLE *jambarde*. Dict.

V. cubique, terminée en arrière par deux jambes écartées; pl. 20. fig. 8.
Se trouve dans les eaux marécageuses.

Figure grossie; (a) partie supérieure ciliée; (b) papille en forme de verrue; (c) autre papille prolongée en forme de doigt.

15. VORTICELLE *mamelonnée*. Dict.

V. verrue, tronquée en avant, garnie sur le côté & à sa base d'un mamelon diaphane; pl. 20, fig. 9.
Se trouve dans les marais où croît la *conferve luisante*.

Figure grossie; (a) organe rotifère; (b) mamelon postérieur; (c) mamelon latéral.

16. VORTICELLE *sac*. Dict.

V. cylindracée, ouverture baillante, bords recourbés; pl. 20, fig. 10—13.
Se trouve dans les eaux marécageuses.

Figures grossies. (10, 11) V. *sacs* raccourcies. (12, 13) V. *sacs* dans leur plus grand développement, présentées dans des dispositions différentes; (a) l'ouverture; (b) les bords de l'ouverture recourbés; (c) cils de l'organe rotifère; (d) extrémité postérieure arrondie; (e) la même crénelée; (f) rétrécissement de la partie postérieure.

12. VORTICELLA *articulata*.

V. viridis, verrucosa, productilis, antice truncata; tab. 20, fig. 5, 6.
Reperitur cum praecedenti.

Figurae amplificatae. (5) V. *articulata* extremitate antica contracta. (6) Alia extremitate antica valdè producta; (a) extremitas posterior rotundata; (b) productio anterior; (c) apertura truncata; (d) cilia recta organi rotatorii; (e) eadem deflexa.

13. VORTICELLA *acreata*.

V. subcubica, infra in angulum obtusum producta; tab. 20, fig. 7.
Reperitur in aqua fluviali.

Figura aucta; (a) pars superior ciliata; (b) inferior; (c) anterior; (d) posterior.

14. VORTICELLA *valga*.

V. cubica, postice cruribus binis divaricatis; tab. 20, fig. 8.
Reperitur in aquis palustribus.

Figura aucta; (a) pars superior ciliata; (b) papilla verruciformis; (c) papilla digitiformis.

15. VORTICELLA *papillaris*.

V. verrucosa, anticè truncata, papilla caudali & laterali hyalina; tab. 20, fig. 9.

Reperitur in aqua palustri ubi *conferva nitida* crescit.

Figura aucta; (a) organum rotatorium; (b) papilla posterior; (c) papilla lateralis.

16. VORTICELLA *sacculus*.

V. cylindracea, apertura patula, margine reflexo; tab. 20, fig. 10. 13.
Reperitur in aquis paludosis.

Figurae auctae. (10, 11) V. *sacculi* correptae. (12, 13) V. *sacculi* maximè productae, vario situ conspectae; (a) apertura; (b) margo aperturae reflexus; (c) cilia organi rotatorii; (d) extremitas postica rotundata; (e) extremitas postica crenata; (f) coarctatio posticae partis.

17. VORTICELLE *cirreuſe*. **Diſt.**

V. ventrue, ouverture baillante ſinueuſe, partie poſtérieure pourvue de deux cirres; pl. 20, fig. 14, 15.
Se trouve dans l'eau des foſſés.

Figures groſſies; (*a*) ouverture; (*b*) cirres du ventre.

18. VORTICELLE *appendiculée*. **Diſt.**

V. cylindracée, un appendice triangulaire s'élevant au milieu de l'ouverture; pl. 20, fig. 16—20.
Se trouve dans les eaux douces parmi la *lentic*ule.

Figures groſſies. (16) V. *appendiculée* ſimple cylindracée. (17) La même renfermant deux fœtus vivants. (18) La même ne contenant que des œufs. (19) Autre vue en face de l'ouverture. (20) Autre prête à ſe diviſer en quatre animalcules; (*a*) cils antérieurs de l'organe rotifère; (*b*) les mêmes ſemblables à des aiguillons bordant l'ouverture; (*c*) cils de la partie moyenne du corps; (*d*) les mêmes réunis en deux pelotons ſur les côtés; (*e*) appendice triangulaire de l'ouverture; (*f*) fœtus vivants; (*g*) petits œufs; (*h*) parties ciliées qui indiquent le lieu des diviſions.

19. VORTICELLE *étoilée*. **Diſt.**

V. orbiculaire, diſque rempli de molecules, circonférence ciliée; pl. 20, fig. 21, 22.
Le lieu où on trouve cette eſpèce eſt incertain.

Figures groſſies. (21) V. *étoilée* pendant qu'elle agite ſon organe rotifère. (22) La même pendant le repos; (*a*) diſque rempli de molécules; (*b*) cercle opaque; (*c*) cercle tranſparent; (*d*) bord extérieur diaphane; (*e*) cils reſſemblant à des rayons.

20. VORTICELLE *teſſe*. **Diſt.**

V. orbiculaire; ciliée ſur le bord antérieur, terminée en deſſous par un bombement diaphane; pl. 20, fig. 23-25.
Se trouve dans l'eau de mer.

Figures groſſies. (23) V. *teſſe* ſituée obliquement. (24) La même vue du côté de l'ouverture. (25) La même roulant ſur le côté; (*a*) bord cilié de l'ouverture; (*b*) bombement diaphane de la face poſtérieure; (*c*) molécules véſiculaires.

21. VORTICELLE *gobelet*. **Diſt.**

V. en forme de gobelet, criſtalline, marquée

17. VORTICELLA *cirrata*.

V. ventroſa, apertura patula ſinuata, cirro utrinque ventrali; tab. 20, fig. 14, 15.

Reperitur in foſſis aquaticis.

Figuræ auctæ; (*a*) apertura; (*b*) cirri ventrales.

18. VORTICELLA *naſuta*.

V. cylindracea, appendice triangulari in aperturæ medio prominente; tab. 20, fig. 16-20.

Reperitur in aquis inter *lemnam*.

Figuræ auctæ. (16) V. *naſuta* ſimplex, cylindracea. (17) Eadem fœtubus binis vivis gravida. (18) Eadem ovulis tantum gravida. (19) Alia in aperturam ſphæricam conſpecta. (20) Alia in partitione quadruplici occupata; (*a*) cilia anteriora organi rotatorii; (*b*) eadem, ut aculei, aperturæ peripheriam cingentia; (*c*) cilia medium corporis occupantia; (*d*) eadem in faſciculo utrinque unita; (*e*) appendix triangularis aperturæ; (*f*) fœtus vivi; (*g*) ovula; (*h*) partes corporis ciliatæ, quæ locum partitionis quadruplicis indicant.

19. VORTICELLA *ſtellina*.

V. orbicularis, diſco moleculari, peripheria ciliata; tab. 20, fig. 21, 22.
Locus ejuſce ſpeciei adhucdum incertus.

Figuræ auctæ. (21) V. *ſtellina* dum gyros organo rotatorio movet. (22) Eadem quieſcens; (*a*) diſcus molecularis; (*b*) circulus opacus; (*c*) circulus pellucidus; (*d*) ora marginalis aquei coloris; (*e*) cilia radiata.

20. VORTICELLA *diſcina*.

V. orbicularis, margine antico ciliato, ſubtus convexo-gibba, hyalina; tab. 20, fig. 23-25.
Reperitur in aqua marina.

Figuræ auctæ. (23) V. *diſcina* obliquè ſita. (24) Eadem ad aperturam conſpecta. (25) Eadem ſupra latera perpendiculariter rotans; (*a*) margo ciliatus; (*b*) convexitas poſtica hyalina; (*c*) moleculæ veſiculares.

21. VORTICELLA *ſcyphina*.

V. crateriformis, cryſtallina, medio trunco

vers le milieu du tronc d'un globule opaque; pl. 20, fig. 26-28.
Se trouve dans les eaux où croît la *lenticule*.

Figures grossies, représentant la V. *gobelet* nageant dans diverses positions; (*a*) cils en faisceaux; (*b*) globule opaque des entrailles.

sphærula opaca notato; tab. 20, fig. 26-28.

Reperitur in aquis ubi *lemna* occurrit.

Figuræ ampliatæ V. *scyphynæ* variis sitibus natantem repræsentantes; (*a*) ciliis fasciculatis; (*b*) globulus opacus intestinorum.

22. VORTICELLE *albine*. Dict.

V. cylindrique, arrondie en avant, retrécie en arrière; pl. 20, fig. 29, 30.
Se trouve parmi la *lenticule commune*.

Figures grossies. (29) V. *albine* très alongée en forme de massue. (30) La même raccourcie en forme de poire; (*a*) cils parsemés sur l'extrémité antérieure; (*b*) cils réunis en deux faisceaux distincts.

22. VORTICELLA *albina*.

V. cylindrica, antice rotundata, postice acuminata; tab. 20, fig. 29, 30.
Reperitur inter *lemnam minorem*.

Figuræ auctæ. (29) V. *albina* prælongata clavata. (30) Eadem contracta pyriformis; (*a*) cilia sparsa supra extremitatem anticam; (*b*) ciliis utrinque in fasciculum collectis.

23. VORTICELLE *cornet*. Dict.

V. cylindrique, vuide, extrémité antérieure tronquée, garnie de cils longs; pl. 20, fig. 31-33.
Se trouve dans l'eau de mer gardée quelque-tems.

Figures grossies. (31) V. *cornet* pendant qu'elle se meut. (32) La même pendant le repos. (33) La même occupée à sa division naturelle; (*a*) cils tournoyans; (*b*) viscères; (*c*) cils alongés, divisés en deux touffes; (*d*) partie moyenne par où commence la division.

23. VORTICELLA *fritillina*.

V. cylindrica, vacua, apice truncato, ciliis prælongis; tab. 20, fig. 31-33.

Reperitur in aqua marina servata.

Figuræ auctæ. (31) V. *fritillina* festinans. (32) Eadem quiescens. (33) Eadem in divisione naturali occupata; (*a*) cilia rotantia; (*b*) interanea; (*c*) ciliis prælongis utrinque fasciculatis; (*d*) pars intermedia ubi initur divisio.

24. VORTICELLE *troncatelle*. Dict.

V. cylindrique, remplie, extrémité antérieure tronquée garnie de cils courts; pl. 20, fig. 34, 35.
Se trouve dans les eaux où croît la *lenticule*.

Figures grossies; (*a*) cils de l'organe rotifère courbés vers l'intérieur; (*b*) cils de l'ouverture courbés vers l'extérieur; (*c*) petits œufs.

24. VORTICELLA *truncatella*.

V. cylindrica, differta, apice truncato, ciliis breviusculis; tab. 20, fig. 34, 35.

Reperitur in aquis ubi *lemna* vegetat.

Figuræ auctæ; (*a*) cilia organi rotatorii introrsum arcuata; (*b*) cilia aperturæ extrorsum curvata; (*c*) ovula.

25. VORTICELLE *limacine*. Dict.

V. cylindrique, ouverture tronquée garnie de deux ou quatre cils accouplés; pl. 20, fig. 36.
Se trouve ordinairement attachée sur les tentacules du *planorbe contourné*, ou sur ceux du *bulime des fontaines*.

(*a*) Tentacule du *Bulime* grossi; (*b*) V. *limacine* grossie; (*c*) cils simples.

25. VORTICELLA *limacina*.

V. cylindrica, apertura truncata, ciliis binis aut quatuor geminatis instructa; tab. 20, fig. 36.
Reperitur sæpiùs inhærens tentaculis *planorbis contorti*, & *bulimi fontinalis*.

(*a*) Tentaculum *bulimi* auctum; (*b*) V. *limacina* ampliata; (*c*) cilia simplicia.

26. VORTICELLE *fraxinine*. Dict.

V. réunie, cylindracée, ouverture tronquée

26. VORTICELLA *fraxinina*.

V. gregaria, cylindracea, apertura obliquè

obliquement, fendue au fommet, munie de quatre poils accouplés; pl. 10, fig. 37.
Trouvée adhérente fur le corps du *ciclope à quatre cornes*.

Figure groffie repréfentant un amas de V. *fratern. réunies*; (*a*) échancrure du bord fupérieur de l'ouverture; (*b*) cils accouplés de chaque côté de l'échancrure; (*c*) membrane muqueufe qui leur fert de fupport.

27. VORTICELLE *réfin.* Dict.

V. réunie, prefque globuleufe; pl. 20, fig. 38.
Se trouve ordinairement fixée fur la queue du *ciclope à quatre cornes*.

(38) Amas de V. *réfin.* groffi; (*a*) ouverture circulaire; (*b*) pédoncule commun.

28. VORTICELLE *armée.* Dict.

V. creufe, en forme de bourfe, bord de l'ouverture garni d'aiguillons roides; pl. 20, fig. 39-44.
On ne connoît pas le lieu natal de cette efpèce.

Figures groffies. (39) Deux V. *armées* réunies. (40—44) Autres diverfement fituées, alongées ou raccourcies; (*a*) Aiguillons bordant l'ouverture; (*b*) partie poftérieure.

29. VORTICELLE *godet.* Dict.

V. prefque carrée, munie de deux rangs de cils, dont un vers le bas; pl. 20, fig. 45-51.
Se trouve dans l'infufion des plantes graminées, comme auffi dans les foffés où croît la *lenticule*.

Figures groffies. (45) V. *godets* accouplées. (46—49) Autres fimples diverfement fituées. (50, 51) Autres préfentant l'organe rotatoire antérieur diverfement formé; (*a*) organe rotatoire antérieur pendant fon mouvement; (*b*) cils de cet organe divifés en deux faifceaux; (*c*) faifceaux poftérieurs de cils; (*d*) petite ouverture poftérieure de figure elliptique; (*e*) cils de l'organe rotifère antérieur, fe mouvant pendant l'accouplement.

30. VORTICELLE *canaliculée.* Dict.

V. élargie, tranfparente, échancrée fur le côté.
Il n'exifte pas de figure de cette efpèce.
Fut trouvée dans de l'eau où on avoit gardé pendant quelque temps de la *conferve fluviatile*.

truncata, apice fiffa, ciliis bigeminis; tab. 20, fig. 37.
Reperta adhærens in *cyclope quadricorni*.

Figura aucta V. *fraterniarum* in acervum coalitas repræfentans; (*a*) incifura marginis fuperioris aperturæ; (*b*) cilia utrinque geminati; (*c*) membrana mucofa cui adhærent.

27. VORTICELLA *crataegaria.*

V. gregaria, fubglobofa; tab. 20, fig. 38.

Sæpius reperitur adhærens caudæ *ciclopis quadricornis*.

(38) Acervus V. *crataegariarum* auctus; (*a*) apertura circularis; (*b*) pedunculus communis.

28. VORTICELLA *hamata.*

V. burfæformis, cava; margine aperturæ aculeis rigidis cincto; tab. 20, fig. 39-44.

Ignoratur locus natalis hujus fpeciei.

Figuræ auctæ. (39) Duo V. *hamatæ* cohærentes. (40—44) Aliæ, diverfo fitus prolongationis aut coarctationis gradu; (*a*) aculei aperturam cingentes; (*b*) poftica pars.

29. VORTICELLA *crateriformis.*

V. fubquadrata, ciliorum fafciculis binis, altero poftice; tab. 20, fig. 45-51.
Reperitur in infufione graminum, & in foffis ubi *lemna* vegetat.

Figuræ auctæ. (45) V. *crateriformes* copula junctæ. (46—49) Aliæ fimplices vario fitu confpectæ. (50, 51) Aliæ organum rotatorium anticum varie formatum offerentes; (*a*) organum rotatorium anticum in motu; (*b*) cilia ejufce organi in binos fafciculos divifa; (*c*) fafciculi ciliorum poftici; (*d*) apertura elliptica poftica; (*e*) cilia organi rotatorii antici, in copula luctantia.

30. VORTICELLA *canaliculata.*

V. dilatata, pellucida, latere incifa.

Figura hujus fpeciei non exiftit.
Reperta fuit in aqua, ubi per aliquot tempus fervata fuerat *conferva fluviatilis*.

31. VORTICELLE *verſatile*. Dict.

V. alongée en forme de javelot & ſucceſſivement raccourcie en forme de taſſe; pl. 21, fig. 1–4.
Se trouve dans les eaux marécageuſes.

(1) Amas globuleux de V. *verſatiles* de grandeur naturelle. (2) Un de ces globules légèrement groſſi. (3) V. *verſatiles* groſſies, diſpoſées ſur trois rangs, telles qu'elles ſe trouvent ſur la circonférence des globules; (4) V. *verſatiles* en forme de taſſe, diſperſées au centre des globules.

(*a*) Animalcules de la circonférence, alignés; (*b*) animalcules du centre épars; (*c*) extrémité antérieure obtuſe; (*d*) extrémité poſtérieure pointue; (*e*) cils de l'organe rotifère diviſés en deux faiſceaux; (*f*) mamelon de l'extrémité antérieure; (*g*) animalcules raccourcis, de figure ovoïde.

32. VORTICELLE *ampoule*. Dict.

V. renfermée dans un fourreau tranſparent en forme d'ampoule, tête bilobée; pl. 21, fig. 5–8.
Trouvée dans l'eau de mer.

Figures groſſies. (5) V. *ampoule* retirée dans le fond de ſon fourreau & agitant ſes cils; (*a*) pouſſière éparſe autour du fourreau; (*b*) fourreau en forme d'ampoule; (*c*) fauſſe apparence d'un double fourreau; (*d*) ouverture du fourreau; (*e*) animalcule raccourci; (*f*) cils ſemblables à de petites flammes. (6) V. *ampoule* raccourcie, tronquée en arrière, agitant mollement ſes cils (*g*). (7) V. *ampoule* dreſſant ſa tête hors l'ouverture du fourreau. (8) La même dont la tête eſt entièrement développée hors du fourreau; (*h*) tête ciliée; (*i*) petits œufs; (*k*) le col; (*l*) lobes ciliés de la tête; (*m*) petite queue.

33. VORTICELLE *tubicole*.

V. oblongue, renfermée dans un fourreau cylindracée diaphane.
Trouvée attachée à la queue du *cilope pygmée*.
Cette eſpèce n'a pas encore été figurée.

34. VORTICELLE *larve*.

V. cylindrique, ouverture en forme de croiſſant, queue armée de deux épines; pl. 21, fig. 9–11.
Se trouve dans l'eau de mer.

Figures groſſies. (9) V. *larve* dont la bouche eſt fermée. (10) Autre dont la bouche baillante montre des cils droits au milieu. (11) Autre dont la bouche préſente, outre les cils, un organe globuleux; (*a*) la tête; (*b*) la bouche fermée; (*c*) l'organe globuleux placé au milieu de la bouche; (*d*) les cils; (*e*) le tronc; (*f*) l'ovaire; (*g*) les deux épines de la queue.

31. VORTICELLA *verſatilis*.

V. elongata, ſpiculiformis, mox urceolaris; tab. 21, fig. 1–4.

Reperitur in aquis paluſtribus.

(1) Sphærula tres naturali magnitudine V. *verſatilibus* compoſitæ. (2) Sphærula ſolitaria aliquantum aucta magnitudine. (3) V. *verſatiles* peripheriæ ſphærularum triplici ſerie ordinatæ, auctæ. (4) V. *verſatiles* figura urceolari in diſco ſphærularum diſpalatæ.

(*a*) Animalcula peripheriæ ſeriata; (*b*) animalcula diſci diſpalata (*c*) extremitas anterior obtuſata; (*d*) extremitas poſterior acuminata; (*e*) cilia organi rotatorii utrinque faſciculata; (*f*) papillula extremitatis anterioris; (*g*) animalcula correpta ovata.

32. VORTICELLA *ampulla*.

V. folliculo ampullaceo, pellucido, capite bilobo; tab. 21, fig. 5–8.

Reperta in aqua marina.

Figuræ amplificatæ. (5) V. *ampulla* in fundo folliculi contracta cilia vibrans; (*a*) diſperſum pulviſculum circa folliculum; (*b*) folliculum ampullaceus; (*c*) ſimulacrum folliculi duplicati; (*d*) apertura folliculi; (*e*) animalculum in fundo folliculi contractum; (*f*) cilia flammis undatis ſimilia. (6) V. *ampulla* contracta poſtice truncata cilia, (*g*) ſtride motitans. (7) V. *ampulla* caput extra aperturam folliculi producens. (8) Eadem capite extra aperturam plene explicato; (*h*) Caput ciliatum; (*i*) ovula; (*k*) collum; (*l*) lobi capitis ciliati; (*m*) caudula.

33. VORTICELLA *folliculata*.

V. oblonga, folliculo cylindraceo, hyalino.

Reperta adhærens in cauda *cyclopis minuti*.

Hæc ſpecies nondum ſculpta fuit.

34. VORTICELLA *larva*.

V. cylindrica, apertura lunata, ſpinis caudalibus binis; tab. 21. fig. 9–11.

Reperitur in aqua marina.

Figuræ auctæ. (9) V. *larva* ore clauſo. (10) Eadem ore aperto, ſolis ciliis in medio exſertis. (11) Alia ore aperto, organum globulare in medio & cilia exſerens; (*a*) caput; (*b*) os clauſum; (*c*) organum globulare in ore medio ſitum; (*d*) cilia; (*e*) truncus; (*f*) ovarium; (*g*) ſpinæ binæ caudales.

35. VORTICELLE *capitée.* Dict.

V. en forme de cone renversé, ouverture en croissant, tronc bidenté en arrière, queue alongée terminée par deux pointes; pl. 11, fig. 12-16.
Se trouve avec la précédente.

Figures grossies. (12, 13, 14) V. *capitées* nageant vues dans des différentes positions; (*a*) les deux pointes de la tête; (*b*) les cils de l'organe rotifère; (*c*) l'organe de la déglutition; (*d*) le tronc; (*e*) les deux dents postérieures du tronc; (*f*) l'ovaire; (*g*) la queue; (*h*) les deux pointes de la queue.

(15) V. *capitée* dont l'extrémité antérieure est élargie, aplatie & diaphane. (16) Extrémité antérieure de cet animalcule plus grossi; (*a*) la tête arrondie en avant; (*b*) les cils; (*c*) l'organe de la déglutition; (*d*) le tronc.

35. VORTICELLA *succollata.*

V. inverse conica, apertura lunata, trunco postice bidentato, cauda elongata diphylla; tab. 11, fig. 12-16.

Reperitur cum praecedenti.

Figurae auctae, (12, 13, 14) V. *succollata* natantes, diverso situ conspectae; (*a*) bini cuspides capitis; (*b*) cilia organi rotatorii; (*c*) organum deglutitionis; (*d*) truncus; (*e*) bini denticuli posteriores trunci; (*f*) ovarium; (*g*) cauda; (*h*) bini cuspides caudae.

(15) V. *succollata*, antica parte dilatato-depressa & hyalina. (16) Antica pars hujus animalculi magis aucta; (*a*) caput antice obtusum; (*b*) cilia; (*c*) organum deglutitorium; (*d*) truncus.

36. VORTICELLE *auriculée.* Dict.

V. cylindrique ventrue, ouverture nue, munie de chaque côté d'un organe rotifère, queue articulée terminée par deux pointes; pl. 11, fig. 17-19.
Se trouve dans l'eau où croît la *lenticule commune.*

Figures grossies. (17) V. *auriculée* munie d'un organe rotifère de chaque côté. (18) Autre dont les cils sont fixés en avant. (19) Autre dont les cils & le col sont rentrés; (*a*) la tête; (*b*) les organes rotifères; (*c*) le col; (*d*) l'organe de la déglutition; (*e*) le tronc; (*f*) tache opaque; (*g*) la queue; (*h*) les deux pointes de la queue; (*i*) les cils antérieurs.

36. VORTICELLA *aurita.*

V. cylindrico-ventrosa, apertura mutica, ciliis utrinque rotantibus, cauda articulata diphylla; tab. 11. fig. 17-19.

Reperitur in aqua ubi *lemna minor* vegetat.

Figurae auctae. (17) V. *aurita* organo rotatorio utrinque instructa. (18) Alia ciliis antice fixis. (19) Altera ciliis colloque retractis; (*a*) caput; (*b*) organa rotatoria; (*c*) collum; (*d*) organum deglutitorium; (*e*) truncus; (*f*) macula opaca; (*g*) cauda articulata; (*h*) apex caudae bifidus; (*i*) cilia antica.

37. VORTICELLE *tremblante.* Dict.

V. en forme de cone renversé, ouverture lobée épineuse, queue courte terminée par une pointe; pl. 11, fig. 20-23.
Se trouve dans les infusions marines.

Figures grossies. (20, 21, 22) V. *tremblantes* nageant; vues dans trois différentes positions. (23) La même morte; (*a*) oreillettes latérales; (*b*) oreillette tachée du dos; (*c*) soies roides très-semblables à des épines; (*d*) cils de l'ouverture; (*e*) masse ovale remplie de molécules; (*f*) autre vuide; (*g*) la queue; (*h*) membrane qui enveloppe le corps; (*i*) petites verrues de l'extrémité antérieure.

37. VORTICELLA *tremula.*

V. inverse conica, apertura lobata spinulosa, cauda brevi unicuspi; tab. 11, fig. 20-23.

Reperitur in infusione marina.

Figurae auctae. (20, 21, 22) V. *tremula* natans, triplici situ conspecta. (23) Eadem fatiscens; (*a*) auriculae laterales; (*b*) auricula dorsalis maculata; (*c*) setae rigidae spinulis simillimae; (*d*) cilia aperturae; (*e*) massa ovalis moleculis farcta; (*f*) alia vacua; (*g*) cauda; (*h*) membrana corpus vestiens; (*i*) verruculae extremitatis anterioris.

38. VORTICELLE *hérissée.* Dict.

V. en forme de cone renversé, ouverture entière épineuse, queue courte terminée par deux pointes; pl. 11, fig. 1-7.
Se trouve dans l'eau recouverte de *lenticule.*

38. VORTICELLA *senta.*

V. inverse conica, apertura integra spinosa, cauda brevi bicuspi; tab. 11, fig. 1-7.

Reperitur in aqua *lemna* cooperta.

Figures grossies. (1, 3, 7) V. *hérissées* nageant. (2) Autre fixée & développant en plein son organe rotatoire. (6) Autre n'en épanouissant que la moitié. (5) La même dont les bords de cet organe saillent en avant. (4) La même dont les cils de l'organe sont rentrés.

(*a*) Soyes roides épineuses réunies en faisceaux ; (*b*) cils de l'organe rotifère se mouvans ; (*c*) l'ovaire ; (*d*) les intestins ; (*e*) la queue ; (*f*) l'ouverture ; (*g*) l'organe rotifère épanoui ; (*h*) cils des côtés réunis en faisceaux ; (*i*) l'organe de la déglutition ; (*k*) cils très-courts des bords de l'ouverture ; (*l*) pointes de l'extrémité postérieure du tronc ; (*m*) les deux pointes de la queue.

39. **VORTICELLE** *frangée*. **Dict.**

V. en forme de cone renversé, ouverture divisée en quatre lobes, queue terminée par deux soyes ; pl. 22, fig. 8-12.
Se trouve dans les eaux les plus pures.

Figures également grossies. (8) V. *frangée*, dont l'ouverture est fermée. (9) Autre dont l'ouverture ne paroît pas en entier. (10) Autre, dont il ne paroît que trois lobes à l'ouverture. (11, 12) Deux de ces animalcules présentans les quatre lobes de l'ouverture. (*a*) cils de l'organe rotifère ; (*b*) lobes des côtés ; (*c*) lobes intermédiaires ; (*d*) soyes de la queue droites ou écartées.

40. **VORTICELLE** *étranglée*. **Dict.**

V. elliptique ventrue, ouverture simple, queue articulée terminée par deux pointes ; pl. 22, fig. 13, 14.
Se trouve dans les eaux où croît la *lenticule commune*.

Figures grossies. (13) V. *étranglée* vivante & saine. (14) La même dont la tête, quoique vivante, se décompose en molécules écumeuses ; (*a*) la tête ; (*b*) les cils étendus de l'organe rotifère ; (*c*) les cils recourbés des côtés ; (*d*) le tronc ; (*e*) la queue articulée ; (*f*) ses deux pointes ; (*g*) globules noirs de l'abdomen ; (*h*) la tête se décomposant en une manière écumeuse.

41. **VORTICELLE** *robin*. **Dict.**

V. presque carrée, ouverture simple, queue formée de deux épines souvent réunies ; pl. 22, fig. 15.
Se trouve dans l'eau où croît la *lenticule*.

(15) Figure grossie ; (*a*) cils de l'organe rotifère ; (*b*) épines de la queue.

42. **VORTICELLE** *longuesoye*. **Dict.**

V. alongée, comprimée, queue composée de deux soyes très-longues ; pl. 22, fig. 16, 17.
Se trouve dans l'eau.

Figuræ auctæ. (1, 3, 7) V. *senta* natantes. (2) Alia loco affixa, organo rotatorio toto expanso. (6) Alia organum rotatorium dimidium expandens. (5) Eadem cujus margines organi tantum prominent. (4) Eadem ciliis organi rotatorii absolute conditis.

(*a*) Setæ rigidæ spiniformes fasciculatæ ; (*b*) cilia organi rotatorii sparsa ; (*c*) ovarium ; (*d*) intestina ; (*e*) cauda ; (*f*) apertura ; (*g*) organum rotatorium expansum ; (*h*) cilia utrinque ad latera fasciculata ; (*i*) organum deglutorium ; (*k*) cilia minutissima marginis aperturæ ; (*l*) mucrones extremitatis posticæ trunci ; (*m*) binæ cuspides caudales.

39. **VORTICELLA** *laciniulata*.

V. inverse conica, apertura quadriloba ; setis binis caudalibus ; tab. 22, fig. 8-12.

Reperitur in aquis purioribus.

Figuræ æqualiter auctæ. (8) V. *laciniulata* apertura occultata. (9) Alia, apertura non plenè exhibita. (10) Alia laciniulis tribus ad aperturam conspicuis. (11, 12) Duæ V. *laciniulata* lobos quatuor aperturæ ostendentes ; (*a*) cilia organi rotatorii ; (*b*) lobi laterales ; (*c*) lobi intermedii ; (*d*) setæ caudales rectæ aut divaricatæ.

40. **VORTICELLA** *constricta*

V. Elliptico-ventricosa, apertura integra ; cauda annullata diphylla ; tab. 22, fig. 13, 14.

Reperitur in aquis, ubi crescit *lemna minor*.

Figuræ amplificatæ. (13) V. *constricta* viva sanaque. (14) Eadem, licet viva, cujus caput in spumam moleculatam dissolvitur ; (*a*) caput ; (*b*) cilia porrecta organi rotatorii ; (*c*) cilia lateralia decumbentia ; (*d*) truncus ; (*e*) cauda annulata ; (*f*) binæ cuspides ; (*g*) corpuscula nigra abdominis ; (*h*) caput in materiem spumosam diffluens.

41. **VORTICELLA** *togata*.

V. subquadrata, apertura integra, spinis caudalibus binis plerumque unitis ; tab. 22, fig. 15.

Reperitur in aqua, ubi *lemna*.

(15) Figura aucta ; (*a*) cilia rotatoria ; (*b*) spinæ caudales.

42. **VORTICELLA** *longiseta*

V. elongata, compressa, setis caudalibus binis longissimis ; tab. 22, fig. 16, 17.
Reperitur in aquis.

Figures grossies. (16) V. *longuiseye* étendue nageant. (17) La même raccourcie pendant le repos ; (a) les cils tournoyans ; (b) les deux soyes de la queue ; (c) l'intestin roussâtre ; (d) l'extrémité antérieure raccourcie ; (e) l'extrémité postérieure tronquée.

Figuræ auctæ. (16) V. *longiseta* extensa natans. (17) Eadem contracta quiescens ; (a) cilia antice rotantia ; (b) setæ binæ caudales ; (c) intestinum rufum ; (d) extremitas antica contracta ; (e) extremitas postica truncata.

43. VORTICELLE *rotifère*. Did.

V. cylindrique, col armé d'un aiguillon, queue longue terminée par quatre pointes ; pl. 22, fig. 18-23.
Se trouve dans les viviers d'eau douce, & même dans l'eau de mer, où elle est seulement un peu plus petite.

Figures grossies. (18) V. *rotifère* ayant la tête & la queue étendues & les organes rotifères du dos développés. (19) La même ayant la tête presque rentrée. (20) Autre dont la tête est raccourcie de même que la queue. (21) Autre dont la tête est en partie rentrée & la queue un peu raccourcie. (22) La même plus raccourcie ne montrant pas de cils au dehors. (23) Extrémité postérieure du corps très-grossie, offrant une petite fâche dans l'ouverture de laquelle on apperçoit le bout de la queue ; (a) tête rétractile ; (b) les yeux ; (c) aiguillon du col ; (d) organes rotifères du dos ; (e) la queue ; (f) les pointes de la queue ; (g) l'organe de la déglutition ?

43. VORTICELLA *rotatoria*.

V. cylindrica, spiculo colli, cauda longa quadricuspi ; tab. 22, fig. 18-23.

Reperitur in piscinis aquæ dulcis, & etiam in aqua marina, ubi minori tantum magnitudine differt.

Figuræ auctæ. (18) V. *rotatoria* capite caudaque prorsus extensis, & organis rotatoriis dorsalibus exsertis. (19) Eadem capite ferè retracto. (20) Eadem capite caudaque ferè reductis. (21) Alia capite prorsus retracto, caudaque aliquantum breviore. (22) Altera magis retracta, ciliis nullis visibilibus. (23) Extremitas postica valdè aucta, rimam laxam & caudæ retractæ apicem ostendens ; (a) Caput retractile ; (b) oculi ; (c) spiculum colli ; (d) organa rotatoria dorsalia ; (e) cauda ; (f) cuspides caudales ; (g) organum deglutitorium ?

44. VORTICELLE *fourchue*. Did.

V. cylindrique, ouverture simple ; queue longuette fourchue ; pl. 22, fig. 24-27.

Se trouve communément dans l'eau.

Obs. Ces figures prises de Ledermuller sont incorrectes, sur tout relativement à l'extrémité antérieure du corps, qui paroît dentelée, tandis qu'elle doit être ciliée.

Figures grossies représentant cet animalcule dans divers dégrés d'alongement & d'augmentation ; (a) extrémité antérieure ; (b) queue fourchue ; (c) queue rentrée ; (d) entrailles composées de globules.

44. VORTICELLA *furcata*.

V. cylindrica, apertura integra, cauda longiuscula bifida ; tab. 22, fig. 24-27. *è Ledermullero.*
Sæpe reperitur in aquis.

Obs. Figuræ hic exhibitæ ad Ledermullerum pertinentes in hoc præprimis deficiunt, quod extremitas anterior dentata appareat, cum revera ciliata observetur.

Figuræ auctæ hoc animalculum sub vario elongationis & augmentationis gradu ostendentes ; (a) extremitas anterior ; (b) cauda furcata ; (c) cauda retracta ; (d) intestina globulis farcta.

45. VORTICELLE *chauve* Did.

V. cylindracée, ouverture nue, queue courte articulée, terminée par deux pointes ; pl. 22, fig. 28.
Le lieu natal de cette espèce n'est pas connu.

Figure grossie ; (a) extrémité antérieure ; (b) organe bilobé qui est ou le cœur ou l'organe de la déglutition ; (c) molécule opaque ; (d) ovaire ; (e) intestin ; (f) la queue ; (g) les deux pointes de la queue.

45. VORTICELLA *canicula*.

V. cylindracea, apertura mutica, cauda brevi articulata bicuspi ; tab. 22. fig. 28.

Locus natalis ejus speciei ignoratur.

Figura aucta ; (a) extremitas anterior ; (b) organum didymum, an cor an organum deglutitorium ? (c) molecula opaca ; (d) ovarium ; (e) intestinum ; (f) cauda ; (g) binæ cuspides caudales.

46. VORTICELLE *plicatile*. Dict.

V. cylindracée, plissée, ouverture nue, queue très-courte relevée, terminée par deux pointes; pl. 22, fig. 29 - 32.
Se trouve dans les eaux marécageuses.

Figures grossies. (29) V. *plicatile*, dont la tête & la queue sont rentrées. (30) Autre dont la queue seule est sortie. (31, 32) V. *plicatiles* diversement situées dont la tête & la queue sont également développées; (*a*) extrémité antérieure; (*b*) extrémité postérieure; (*c*) la queue; (*d*) les deux pointes de la queue; (*e*) organe rotatoire.

47. VORTICELLE *chatte*. Dict.

V. cylindracée, ouverture nue marquée en avant d'un angle, queue composée de deux épines; pl. 23, fig. 1 - 5.
Se trouve dans l'eau où croît la *lentille*.

Figures grossies. (1, 2, 3, 4) V. *chattes* étendues dans diverses positions. (5) La même raccourcie; (*a*) organe rotatoire; (*b*) angle antérieur; (*c*) endroits du corps qui sont rétrécis pendant le mouvement; (*d*) la queue; (*e*) épines de la queue.

48. VORTICELLE *trompette*. Dict.

V. caudée (A), alongée en forme de trompette, limbe antérieur cilié; pl. 23 fig. 6 - 12.
Se trouve aux mêmes endroits que la précédente.

Figures grossies. (6) Trois V. *trompettes* implantées par leur queue dans de la mucosité. (7, 8, 9) Trois autres dans divers dégrés d'alongement, nageans. (10) Autre raccourcie en avant. (11) Autre présentant un coude sur sa partie antérieure. (12) Autre entièrement raccourcie; (*a*) limbe antérieur cilié; (*b*) cils peu élevés; (*c*) échancrure du limbe; (*d*) queue plus ou moins rétrécie; (*e*) mucosité sur laquelle ces animalcules sont fixés.

49. VORTICELLE *sociale*. Dict.

V. caudée, agrégée (B), en forme de massue, disque oblique; pl. 23, fig. 13 - 15.
Se trouve dans les marais.

(A) *Caudée*, c'est-à-dire pourvue d'une queue.

(B) *agrégée*, ce mot doit s'entendre relativement aux vorticelles dans le même sens que Tournefort le dit pour les fleurs de quelques plantes, qu'il nomme des fleurs agrégées.

46. VORTICELLA *carulus*.

V. cylindracea, plicata, apertura mutica, cauda perbrevi reflexa, bicuspi; tab. 22, fig. 29 - 32.
Reperitur in aqua palustri.

Figuræ auctæ. (29) V. *carulus*, capite caudaque condita. (30) Eadem, cauda tantum exserta. (31, 32) V. *caruli* varie sitæ, capite caudaque exsertis; (*a*) extremitas anterior; (*b*) extremitas posterior; (*c*) cauda; (*d*) bini cuspides caudæ; (*e*) organum rotatorium.

47. VORTICELLA *felis*.

V. cylindracea, apertura mutica antice angulata, spinis caudalibus binis; tab. 23, fig. 1 — 5.
Reperitur in aquis ubi *lemna* vegetat.

Figuræ auctæ. (1, 2, 3, 4) V. *felis* extensa, diverso situ conspecta. (5) Eadem contracta; (*a*) organum rotatorium; (*b*) angulus anticus; (*c*) loci corporis contracti sub motu; (*d*) cauda; (*e*) spinæ caudales.

48. VORTICELLA *flatoria*.

V. caudata (A), elongata, tubæformis, limbo antice ciliato; tab. 23, fig. 6 - 12.
Reperitur iisdem locis quàm præcedens.

Figuræ auctæ. (6) Tres V. *flatoriæ* caudæ apice in muco affixæ. (7, 8, 9) Tres aliæ, diverso extensionis gradu, natantes. (10) Alia anticè contracta. (11) Alia parte antica in geniculum flexa. (12) Eadem omnino contracta; (*a*) limbus anterior ciliatus; (*b*) cilia vix prominentia; (*c*) incisio limbi; (*d*) cauda plus minusve attenuata; (*e*) mucus in quo affixa sunt hæc animalcula.

49. VORTICELLA *socialis*.

V. caudata, aggregata (B), clavata, disco obliquo; tab. 23, fig. 13 - 15.
Reperitur in paludibus.

(A) *Caudata*, seu cauda munita.

(B) Verbum *aggregata* quoad vorticellas eo sensu intelligi debet, quo designavit Tournefortius flores plantarum quas flores aggregatos dixit.

(13) V. *sociales* agrégées de grandeur naturelle. (14) Quatre individus de cette espèce grossis. (15) V. *sociale* séparée considérablement grossie ; (*a*) partie supérieure du corps en forme de massue ; (*b*) queue ; (*c*) cils de l'organe rotifère.

50. VORTICELLE *flosculeuse*. Dict.

V. caudée, agrégée, oblongue-ovale, disque dilaté transparent ; pl. 23, fig. 16 - 20.
Se trouve comme la précédente dans les marais, & fixée sur les plantes aquatiques.

(16) V. *flosculeuse* agrégée, de grandeur naturelle, attachée à des feuilles de *cératophylle*. (17) Rameau de *cératophylle* soutenant un groupe de V. *flosculeuses* un peu grossi. (18, 19) Deux V. *flosculeuses* diversement situées, très-grossies, nageant. (20) Autre dont la tête est retirée.

(*a*) Cératophylle ; (*b*) groupe de V. *sociales* ; (*c*) la tête ; (*d*) l'abdomen ; (*e*) les ovaires ; (*f*) la queue ridée ; (*g*) la queue lisse.

51. VORTICELLE *citrine*. Dict.

V. simple, polymorphe, ouverture susceptible de contraction, pédoncule (*) court ; pl. 23, fig. 21 - 27.
Se trouve dans les eaux stagnantes.

Figures grossies. (21) V. *citrine* de forme cylindracée, nageant. (22, 23) La même en forme de poire. (24) La même ayant son ouverture resserrée. (25) La même presque tuberculeuse. (26) La même épanouie, pédonculée. (27) La même contractée, pédonculée ; (*a*) cils étendus ; (*b*) cils resserrés ; (*c*) petites cornes de l'extrémité postérieure ; (*d*) pédoncule ; (*e*) extrémité postérieure obtuse.

52. VORTICELLE *piriforme*. Dict.

V. simple, obverse-ovale pédoncule très-court, rétractile.
Cette espèce dont nous n'avons pas de figure, a été cependant gravée dans l'ouvrage de *Hill*, intitulé, *hist. anim. tab.* 1, 2, que nous n'avons pu nous procurer.
Fut trouvée attachée sur le test de la *daphnie camuse*.

53. VORTICELLE *tuberculeuse*. Dict.

V. simple, turbinée, extrémité antérieure garnie de deux tubercules ; pl. 23, fig. 28, 29.
Se trouve dans les eaux marécageuses.

(*) La queue des *vorticelles* diffère de leur pédoncule, en ce que la queue se rétrécit insensiblement jusqu'à sa pointe, & que le pédoncule conserve la même grosseur sur toute sa longueur.

(13) V. *sociales* aggregatae, naturali magnitudine. (14) quatuor hujus speciei individua, magnitudine aucta. (15) V. *socialis* solitaria magnitudine valdè aucta ; (*a*) pars superior corporis clavata ; (*b*) cauda ; (*c*) cilia organi rotatorii.

50. VORTICELLA *flosculosa*.

V. caudata, aggregata, oblongo ovata, disco dilatato pellucido ; tab. 23, fig. 16 - 20.
Reperitur sicut praecedens in aquis paludosis, supra plantas aquaticas affixa.

(16) V. *flosculosa* aggregata, magnitudine naturali foliolis ceratophylli insidens. (17) ramulus *ceratophylli* cui adhaeret acervus V. *flosculosa* aliquantum auctus. (18, 19) Duo V. *flosculosa*, diverso situ, valdè aucta, liberè natantes. (20) Altera, capite retracto.

(*a*) Ceratophyllum ; (*b*) acervus V. *socialium* ; (*c*) caput ; (*d*) abdomen ; (*e*) ovaria ; (*f*) cauda rugosa ; (*g*) cauda laevis.

51. VORTICELLA *citrina*.

V. simplex, multiformis, orificio contractili, pedunculo (*) brevi ; tab. 23, fig. 21 - 27.
Reperitur in aquis stagnantibus.

Figurae ampliatae. (21) V. *citrina* cylindracea, natans. (22, 23) Eadem piriformis. (24) Eadem orificio contracto. (25) Eadem subtuberculata. (26) Eadem expansa, pedunculata. (27) Eadem contracta, pedunculata ; (*a*) cilia exserta ; (*b*) cilia conniventia ; (*c*) cornicula extremitatis posticae ; (*d*) pedunculus ; (*e*) extremitas postica obtusa.

52. VORTICELLA *piriformis*.

V. simplex, obovata, pedunculo minimo retractili.
Haec species cujus figuram non exhibemus, tamen sculpta citatur in opere domini *Hill*, sub titulo : *hist. animalium*, *tab.* 1, 2, quod emere, nec uspiam invenire potuimus.
Reperta fuit testae adhaerens *daphniae simi* culi.

53. VORTICELLA *tuberosa*.

V. simplex turbinata, apice bituberculata ; tab. 23, fig. 28, 29.
Reperitur in aquis paludosis.

(*) Cauda *Vorticellarum* in eo praecipuè à pedunculo differt, quod cauda sensim attenuatur, pedunculus autem aequalem crassitiem utrinque habeat.

Figures groſſies ; (*a*) corps turbiné de l'animalcule ; (*b*) pédoncule ; (*c*) tubercules ciliés ; (*d*) les mêmes plus élevés.

54. VORTICELLE *calice*. **Dict.**

V. ſimple, obverſe-ovale, pédoncule très-court, ouverture ſuſceptible de contraction ; pl. 23, fig. 30.
Se trouve ordinairement attachée ſur le corps des *nayades*.

(30) Trois V. *calices* groſſies ; (*a*) ouverture baillante ; (*b*) ouverture fermée ; (*c*) cils tournoyans ; (*d*) pédoncule ; (*e*) partie groſſie d'une *nayade*.

55. VORTICELLE *inclinée*. **Dict.**

V. ſimple, courbée, pedoncule court, tête retractile ; pl. 23, fig. 31.
Se trouve comme la précédente, attachée ſur les *nayades*.

(31) Deux V. *inclinées* groſſies ; (*a*) tête courbée ; (*b*) tête relevée ; (*c*) pédoncule ; (*d*) portion de *nayade* groſſie.

56. VORTICELLE *engainée*. **Dict.**

V. ſimple, droite, ovale tronquée, pedoncule fixé dans un fourreau ; pl. 23, fig 32.
Se trouve dans l'eau de mer.

Figures groſſies ; (*a*) corps de l'animalcule tronqué en avant ; (*b*) bord contournant de l'ouverture ; (*c*) pédoncule ; (*d*) fourreau diaphane, fixé par ſa baſe.

57. VORTICELLE *urnule*. **Dict.**

V. ſimple, en forme de taſſe, pedoncule ſe tortillant ; pl. 24, fig. 1—5.
Se trouve dans l'eau de mer gardée longtems.

Figures groſſies. (1, 2, 3, 4) V. *urnules* diverſement ſituées auxquelles. (5) Deux autres fixées par leur pédoncule ; (*a*) ouverture à bord ſaillant ; (*b*) deux cils de chaque côté de l'ouverture ; (*c*) pédoncule tordu en ſpirale ; (*d*) pédoncule droit ou courbé ; (*e*) pouſſière ſur laquelle les pédoncules ſont fixés ; (*f*) corps ventru de l'animalcule.

58. VORTICELLE *puante*. **Dict.**

V. ſimple, ouverte ſuſceptible de contraction, pedoncule roide ; pl. 24, fig. 7—11.
Se trouve dans l'eau de mer la plus corrompue.

Figuræ auctæ ; (*a*) corpus animalculi turbinatum ; (*b*) pedunculus ; (*c*) tubercula ciliata ; (*d*) eadem elongata.

54. VORTICELLA *ringens*.

V. ſimplex, obovata, pedunculo minimo ; orificio contractili ; tab. 23, fig. 30.

Reperitur ſæpius adhærens in corpora *naidum*.

(30) Tres V. *ringentes* auctæ magnitudine ; (*a*) apertura hians ; (*b*) apertura clauſa ; (*c*) cilia rotantia ; (*d*) pedunculus ; (*e*) pars aucta *naidis*.

55. VORTICELLA *inclinans*.

V. ſimplex, deflexa, pedunculo brevi, capitulo retractili ; tab. 23, fig. 31.
Reperitur cum præcedenti *naidibus* affixa.

(31) Duæ V. *inclinantes* auctæ ; (*a*) capitulum deflexum ; (*b*) erectum ; (*c*) pedunculus ; (*d*) pars aucta *naidis*.

56. VORTICELLA *vaginata*.

V. ſimplex, erecta, ovato-truncata, pedunculo vaginato ; tab. 23, fig. 32.
Reperitur in aqua marina.

Figuræ auctæ ; (*a*) corpus animalculi antice truncatum ; (*b*) margo aperturæ flexuoſus ; (*c*) pedunculus ; (*d*) vagina hyalina, baſi adhærens.

57. VORTICELLA *cyathina*.

V. ſimplex, crateriformis, pedunculo retortili ; tab. 24, fig. 1—5.
Reperitur in aqua marina diù ſervata.

Figuræ auctæ. (1, 2, 3, 4) V. *cyathina* diverſo ſitu, natantes. (5) Duæ pedunculo affixæ ; (*a*) apertura margine protuberante ; (*b*) bina cilia utrinque in apertura ; (*c*) pedunculus ſpiraliter tortus ; (*d*) pedunculus rectus aut curvatus ; (*e*) pulviſculus cui adhærent pedunculi ; (*f*) corpus ventricoſum animalculi.

58. VORTICELLA *putrina*.

V. ſimplex, apice retractili, pedunculo rigido ; tab. 24, fig. 7—11.
Reperitur in aquâ marina fetidiſſima.

Figures très grossies. (9) V. *pendante* nageant. (8) Autre offrant deux animalcules pedicellés sur un pédoncule commun. (9) Deux autres fixées, dont l'une est mamelonée & l'autre globuleuse. (10, 11) Trois autres, dont l'ouverture présente divers degrés de baillement; (a) le corps; (b) l'ouverture; (c) l'ouverture découpée; (d) l'ouverture fermée & relevée en un mamelon; (e) le corps sphérique; (f) division du pédoncule en deux animalcules distincts; (g) le pédoncule; (h) corps, sur lesquels ces animalcules sont fixés.

Figuræ valdè auctæ. (7) V. *pendula* natans. (8) Alia ostendens animalcula bina pedicellata supra pedunculum communem. (9) Duæ affixæ, corpore papillato aut sphærico. (10, 11) Tres aliæ, apice diversimodè aperto & dilatato; (a) corpus; (b) apertura; (c) apertura sublaciniata; (d) apertura conclusa papillaris; (e) corpus sphæricum; (f) divisio pedunculi in duo animalcula distincta; (g) pedunculus; (h) objecta quibus adhærent animalcula.

59. VORTICELLE *parasol*. Dict.

V. simple, en forme de patène, pédoncule se tortillant pl. 24, fig. 11—17.
Se trouve dans l'eau de mer, gardée longtems.

Figures très-grossies. (12, 13, 14, 16, 17) V. *parasols* vues en différentes situations. (15) La même nageant; (a) le corps de l'animalcule; (b) les cils de l'ouverture; (c) pédoncule étendu; (d) pédoncule tordu en spirale; (e) les bords recourbés de l'ouverture.

59. VORTICELLA *patellina*.

V. simplex, patinæ formis pedunculo retortili; tab. 24, fig. 11—17.
Reperitur in aqua marina diù servata.

Figuræ valdè auctæ. (12, 13, 14, 16, 17) V. *patellina* vario situ conspectæ; (15) Alia natans; (a) corpus animalculi; (b) cilia rotatoria; (c) pedunculus extensus; (d) pedunculus spiraliter intortus; (e) margines aperturæ reflexi.

60. VORTICELLE *globuleuse*. Dict.

V. simple, sphérique, pédoncule se tortillant; pl. 24, fig. 6.
Se trouve attaché au corps du *ciclope à quatre cornes*.

Figure grossie représentant quatre V. *globuleuses*, fixées par leur pédoncule; (a) le corps ou la tête; (b) le pédoncule, droit; (c) le pédoncule tortillé; (d) sans cils visibles.

60. VORTICELLA *globularia*.

V. simplex, sphærica, pedunculo retortili; tab. 24, fig. 6.
Repetitur adhærens supra *cyclopem quadricornem*; mull.

Figura amplicata, ostendens quatuor V. *globularias* pedunculo affixas; (a) corpus globosum; (b) pedunculus rectus; (c) pedunculus tortus; (d) apertura, ciliis non apparentibus.

61. VORTICELLE *hemisphérique*. Dict.

V. simple, hemisphérique, pédoncule se tortillant; pl. 24, fig. 18.
Se trouve dans l'eau avec la *lenticule commune*.

Figure grossie représentant quatre V. *hemisphériques* fixées en différentes positions; (a) petite tête baillante; (b) fermée; (c) bords onduleux de l'ouverture; (d) faisceaux de cils droits; (e) faisceaux de cils horizontaux; (f) pédoncule étendu; (g) pédoncule tortillé; (h) partie de *lenticule* sur laquelle ces animalcules sont attachés.

61. VORTICELLA *lunaris*.

V. simplex, hemisphærica, pedunculo retortili; tab. 24, fig. 18.
Reperitur in aqua cum *lemna minori*.

Figura aucta repræsentans quatuor V. *lunares* vario situ affixas; (a) capitulum apertum; (b) clausum; (c) margo aperturæ undatus; (d) fasciculi ciliorum erecti; (e) fasciculi ciliorum horizontales; (f) pedunculus extensus; (g) pedunculus tortus; (h) pars *lemnæ* supra quam affiguntur hæc animalcula.

62. VORTICELLE *muguet*. Dict.

V. simple, campanulée, pédoncule se tortillant; pl. 24, fig. 19.
Se trouve souvent attachée aux plantes & aux coquilles fluviatiles; se rencontre aussi dans l'eau de mer.

62. VORTICELLA *convallaria*.

V. simplex, campanulata, pedunculo retortili; tab. 24, fig. 19.
Reperitur sæpe adhærens plantis & testis fluviatilibus; in aqua marina quoque occurrit.

Figure grossie représentant cinq de ces animalcules marins, fixés, & diversement situés ; (a) tête ouverte ; (b) tête fermée ; (c) pédoncule alongé, droit ; (d) pédoncule raccourci tortillé.

63. VORTICELLE *nutante*. Dict.

V. simple, courbée, en forme d'entonnoir, pédoncule se tortillant ; pl. 14, fig. 20.
Se trouve comme la précédente.

Figure représentant un groupe de V. *nutantes* fixées en diverses positions ; (a) tête en forme d'entonnoir ; (b) pointes du bord de l'ouverture ; (c) pédoncule droit ; (d) pédoncule tortillé.

64. VORTICELLE *nébuleuse*. Dict.

V. simple, ovoïde, pédoncule se repliant vers le milieu ; pl. 14, fig. 21.
Se trouve dans la mer baltique sur la *conferve polymorphe*.

Obs. Muller donne pour un caractère distinctif de cette espèce, que son pédoncule se recourbe vers le milieu, sans jamais être tordu en spirale, & cependant sa figure, si elle est exacte, semble démentir cette assertion.

Figure grossie présentant un groupe de V. *nébuleuses* diversement fixées ; (a) tête ouverte avec des cils visibles ; (b) tête un peu rétrécie sans cils visibles ; (c) tête fermée ; (d) pédoncule étendu ; (e) pédoncule courbé, tortillé ?

65. VORTICELLE, *articulée* ; Dict.

V. simple, tronquée, pédoncule roide se tortillant au sommet ; pl. 14, fig. 23, 24.
Se trouve ordinairement groupée sur les coquilles fluviatiles.

(23) V. *articulées* de grandeur naturelle, attachées à la coquille du *planorbe contourné*. (24) Les mêmes grossies ; (a) animalcule ; (b) planorbe ; (c) tête fermée ; (d) tête ouverte ; (e) pédoncule roide ; (f) extrémité supérieure du pédoncule, étendue ; (g) extrémité supérieure du pédoncule, tordue, paroissant articulée.

66. VORTICELLE *baie*. Dict.

V. simple, globuleuse, parsemée de grains noirâtres, pédoncule roide ; pl. 14, fig. 22.
Se trouve dans les eaux stagnantes.

Figura aucta repræsentans quinque V. *annularias* marinas fixas, vario situ ; (a) capitulum apertum ; (b) capitulum clausum ; (c) pedunculus elongatus, rectus ; (d) pedunculus retractus, tortus.

63. VORTICELLA *nutans*.

V. simplex, turbinata, nutans, pedunculo retortili ; tab. 14, fig. 20.
Reperitur sicut præcedens.

Figura exhibens V. *nutantium* pedunculo affixarum vario situ ostendens ; (a) capitulum infundibuliforme ; (b) mucrones marginis ; (c) pedunculus rectus ; (d) pedunculus tortus.

64. VORTICELLA *nebulifera*.

V. simplex, ovata, pedunculo circa medium reflexili ; tab. 14, fig. 21.
Reperitur in mare balthico, supra *confervam polymorpham*.

Obs. Mullerus hanc speciem ab affinibus distinxit, eo quod in hac pedunculus circa medium reflectatur absque ulla spira, attamen figura quam indicat ab illo caractere dissentire videtur.

Figura ampliata, V. *nebuliferas* varie situs ostendens ; (a) capitulum apertum ciliis conspicuis ; (b) capitulum clausum ciliis inconspicuis ; (c) capitulum clausum ; (d) pedunculus extensus ; (e) pedunculus reflexus, tortus ?

65. VORTICELLA *annularis*.

V. simplex, truncata, pedunculo rigido apice retortili ; tab. 14, fig. 23, 24.
Reperitur sæpius concervata supra testas fluviatiles.

(23) V. *annulares* magnitudine naturali supra testam *planorbis contorti* affixæ ; (a) animalcula ; (b) planorbis ; (c) capitulum clausum ; (d) capitulum apertum ; (e) pedunculus rigidus ; (f) extremitas superior pedunculi extensa ; (g) extremitas superior pedunculi torta, quasi annulata.

66. VORTICELLA *acinosa*.

V. simplex, globosa, granis nigricantibus, pedunculo rigido ; tab. 14, fig. 22.
Reperitur in aquis stagnantibus.

Figures

Figures grossies de quatre V. *bacs*; (a) tête fermée; (b) tête à demi-ouverte; (c) tête très-ouverte; (d) cils de l'organe rotifère; (e) base de la tête; (f) pédoncules simples; (g) pédoncule divisé au sommet & soutenant deux têtes.

Figurae auctae quatuor V. *acinosorum*; (a) capitulum clausum; (b) capitulum semiapertum; (c) capitulum patentissimum; (d) cilia organi rotatorii; (e) basis capituli; (f) pedunculi simplices; (g) pedunculus apice divisus, duo capitula gerens.

67. VORTICELLE *pelotonnée*. Dict.

V. simple campanulée verte, bords de l'ouverture recourbés, pédoncule se tortillant; pl. 14, fig. 25, 26.
Se trouve au commencement du printems sur les *conserves* des rivières.

(25) Masse verte de V. *pelotonnées*, comme elle se présente à l'œil nud. (26) La même grossie; (a) petite tête; (b) bord transparent de l'ouverture; (c) organe rotifère; (d) pédoncule étendu; (e) pédoncule tordu.

67. VORTICELLA *fasciculata*.

V. simplex campanulata viridis, margine reflexo, pedunculo retortili; tab. 14, fig. 25, 26.
Reperitur primo vere supra *conservas* fluviatiles.

(25) Massa viridis V. *fasciculatarum*, ut nudo oculo conspicitur. (26) Eadem aucta; (a) capitulum; (b) margo pellucidus; (c) organum rotatorium; (d) pedunculus extensus; (e) pedunculus retortus.

68. VORTICELLE *bilobée*. Dict.

V. ovoïde, rétrécie en avant & bilobée, pédoncule court, se tortillant; pl. 14, fig. 29.
Se trouve dans le résidu de diverses infusions.

Figure grossie représentant trois V. *bilobées* grossies; (a) tête alongée; (b) tête raccourcie; (c) extrémité antérieure fendue en deux lobes; (d) pédoncules légérement tordus.

68. VORTICELLA *hians*.

V. ovata, apice attenuato bilobo, pedunculo brevi retortili; tab. 14, fig. 29.
Reperitur in moleculis residuis variarum infusionum.

Figura aucta tres V. *hiantes* repraesentans; (a) capitulum extensum; (b) capitulum contractum; (c) extremitas antica in duos lobos fissa; (d) pedunculi parum intorti.

69. VORTICELLE *paquerette*. Dict.

V. simple hémisphérique, disque jaunâtre, bords de l'ouverture susceptibles de contraction.
Se trouve dans l'eau des fossés.
Cette espèce n'a pas encore été figurée.

69. VORTICELLA *bellis*.

V. simplex hemisphaerica, disco subflavo, margine contractili.

Reperitur in aqua fossarum.
Haec species nondum sculpta fuit.

70. VORTICELLE *jumelle*. Dict.

V. simple sphérique, pédoncule soutenant deux têtes; pl. 14 fig. 27, 28.
Se trouve parmi les *conserves* marines, souvent attachée au test des *monocles*.

Figures grossies. (27) V. *jumelle* à une seule tête, telle qu'il paroît qu'on la trouve dans une saison de l'année. (28) V. *jumelle* à deux têtes, plus commune; (a) tête fermée; (b) tête à demi-fermée; (c) tête ouverte; (d) entrailles protubérantes; (e) bord de l'ouverture, recourbé; (f) les cils; (g) pédoncule étendu; (h) pédoncule se tortillant.

70. VORTICELLA *gemella*.

V. simplex sphaerica, pedunculo capitula bina ferente; tab. 14, fig. 27, 28.
Reperitur inter *conservas* marinas, saepius testis *monoculorum* affixa.

Figurae auctae. (27) V. *gemella* capitulo simplici, qualis reperiri videtur uno anni tempore. (28) V. *gemella* capitulo duplici, magis vulgaris; (a) capitulum correptum; (b) capitulum fere correptum; (c) capitulum apertum; (d) interanea protuberantia; (e) margo aperturae reflexus; (f) cilia; (g) pedunculus extensus; (h) pedunculus intortus.

71. VORTICELLE *conjugale*. Dict.

V. composée (*), en forme de cone renversé tronqué, pédoncule rameux; pl. 25, fig. 1-4.
Se trouve souvent fixée sur les tiges du *ceratophylle*.

Figures très-grossies. (1) V. *conjugale* presque cylindrique. (2) Variété de cette espèce dont le pédoncule est écailleux, & dont les têtes sont rétrécies près du sommet. (3) Rameau de cette variété soutenant deux têtes sessiles. (4) Un animalcule solitaire de cette espèce muni de son pédicule; (a) la tête; (b) le pédoncule commun; (c) les pédicules; (d) les écailles.

72. VORTICELLE *rose de jéricho*. Dict.

V. composée, oblongue, sommet entier tronqué obliquement, pédoncule roide écailleux; pl. 25, fig. 5.
Se trouve fixée sur les animaux & sur les végétaux fluviatiles.

Figure grossie; (a) têtes réunies en ombelle; (b) pédoncule commun écailleux; (c) rameaux également écailleux; (d) support du pédoncule commun.

73. VORTICELLE *digitale*. Dict.

V. composée, cylindrique, cristalline, tronquée & fendue au sommet, pédoncule fistuleux rameux; pl. 25, fig. 6.
Fut trouvée adhérente au *ciclope à quatre cornes*.

Figure grossie de la V. *digitale*; (a) têtes disposées en ombelle; (b) têtes tronquées & échancrées; (c) têtes contractées de forme ovoïde; (d) pédoncule commun; (e) rameaux;

74. VORTICELLE *polypine*. Dict.

V. composée, ovoïde, tronquée en avant, pédoncule très-branchu se tortillant; pl. 25, fig. 7—9.
Se trouve fréquemment dans la mer baltique, sur le *varec noduleux*.

71. VORTICELLA *pyraria*.

V. composita (*), inverse conica truncata; pedunculo ramoso; tab. 25, fig. 1-4.

Reperitur sæpius *ceratophyllo* affixa.

Figuræ valdè auctæ. (1) V. *pyraria* subcylindrica: (2) Varietas hujusce speciei, capitulis versus apicem utrinque angustatis, & stirpe squamulis sparsa. (3) Ramulus ejusdem capitula duo sessilia gerens. (4) Animalculum solitarium cum pedicello; (a) capitulum; (b) stirps seu pedunculus communis; (c) pedicelli; (d) squamulæ.

72. VORTICELLA *anastatica*.

V. composita, oblonga, oblique truncata integra, pedunculo squamoso rigido; tab. 25, fig. 5.
Reperitur affixa animalibus aut vegetabilibus fluviatilibus.

Figura ampliata; (a) umbella capitulorum; (b) pedunculus communis seu stipes squamosus; (c) ramuli pariter squamosi; (d) basis stipitis.

73. VORTICELLA *digitalis*.

V. composita, cylindrica, crystallina, apice truncata fissaque, pedunculo fistuloso ramoso; tab. 25, fig. 6.
Reperta fuit adhærens in *cyclope quadricorni*.

(5) Figura aucta V. *digitalis*; (a) capitula in umbellam congesta; (b) capitula truncata incisaque; (c) capitula contracta ovata; (d) pedunculus communis; (e) ramuli.

74. VORTICELLA *polypina*.

V. composita ovato truncata, pedunculo reflexili ramosissimo; tab. 25, fig. 7—9.

Reperitur frequenter supra *fucum nodosum* maris balthici.

(*) Les *Vorticelles composées* sont celles dont le pédoncule se divise en plusieurs plus petits, qui soutiennent autant de têtes ou d'animalcules distincts. On rencontre souvent des animalcules simples, appartenans à des *Vorticelles composées*.

(*) *Vorticellæ compositæ* dicuntur quarum pedunculi in plures alios minores dividuntur in apice capitula gerentes. *Vorticellæ compositæ* sæpe simplices occurrunt.

(7) V. *polypine* vue à travers une loupe. (8) La même plus groſſie. (9) La même conſidérablement groſſie ; (*a*) les pédoncules communs ; (*b*) les rameaux ; (*c*) les pédicules ; (*d*) les têtes étendues montrant ou cachant les cils de l'organe rotatoire ; (*e*) les têtes contractées & réunies en un peloton globuleux ; (*f*) les écailles du pédoncule commun & des rameaux ; (*g*) le pédoncule commun ſe tortillant.

(7) V. *polypina* lenti vitrea inſpecta. (8) Eadem magis aucta. (9) Eadem magnopere ampliata ; (*a*) pedunculi communes ; (*b*) ramuli ; (*c*) pedicelli ; (*d*) capitula extenſa, cum ciliis organi rotatorii exſertis, aut conditis ; (*e*) capitula contracta & in globulum conglomerata ; (*f*) ſquamulæ pedunculo & ramulis adhærentes ; (*g*) pedunculus communis intortus.

75. VORTICELLE *ovifère*. Dict.

V. composée, en forme de cône renversé, tronqué, pédoncule roide, fiſtuleux vers le haut, rameaux ovifères ſe pelotonnant ; pl. 25, fig. 10—15, *d'après Spallanzani*.
Se trouve dans les eaux douces, ſtagnantes.

Figures groſſies. (10) V. *ovifère* développée avec ſes têtes épanouies. (11) La même après que ſes têtes ſe ſont détachées, ne conſervant que des œufs. (12) Morceau d'un rameau ſoutenant deux têtes, très-groſſi. (13) Baſe du pédoncule commun, très-groſſie. (14) Sommité du pédoncule commun pendant la contraction de ſes rameaux. (15) Œuf groſſi ou ovaire.

(*a*) Pédoncule commun ; (*b*) rameaux ; (*c*) têtes épanouies ; (*d*) pédicules ; (*e*) portion des pédicules qui reſte ſur les rameaux, après que les têtes ſe ſont détachées ; (*f*) rameaux pendant leur contraction ; (*g*) canal qu'on diſtingue dans la partie ſupérieure du pédoncule commun ; (*h*) baſe élargie du pédoncule commun ; (*i*) œufs ; (*k*) embrion ; (*l*) courbure du pédoncule commun, pendant la contraction des rameaux.

75. VORTICELLA *ovifera*.

V. compoſita, inverſe conica truncata, pedunculo rigido ſuperne fiſtuloſo, ramulis oviferis conglomerantibus ; tab. 25, fig. 10-15. è *Spallanzanio*.
Reperitur in aquis dulcibus ſtagnantibus.

Figuræ valdè auctæ. (10) V. *ovifera* extenſa cum capitulis exſertis. (11) Eadem poſt projectionem capitulorum, ovis ſolis reſiduis. (12) Portio ramuli cum capitulis binis pedicellatis magnopere aucta. (13) Baſis pedunculi communis maximè aucta. (14) Apex pedunculi communis, inſtante contractione ramulorum. (15) Ovum ampliatum, ſeu ovarium.

(*a*) Pedunculus communis ; (*b*) ramuli ; (*c*) capitula exſerta ; (*d*) pedicelli ; (*e*) pars pedicellorum, ſupra ramulos poſt capitulorum emiſſionem ſuperſtes ; (*f*) ramuli conglomerati ; (*g*) canalis in parte ſuperiori pedunculi communis conſpicuus ; (*h*) baſis dilatata pedunculi communis ; (*i*) ovula ; (*k*) embrio ; (*l*) curvatura pedunculi communis, inſtante correptione ramulorum.

76. VORTICELLE *en grappe*. Dict.

V. composée, pédoncule roide, pédicules longs, diviſés en grappe ; pl. 25, fig. 16, 17.
Se trouve dans les eaux ſtagnantes & dans les ruiſſeaux.

(16) V. *en grappe* de grandeur naturelle. (17) La même groſſie ; (*a*) pédoncule commun, roide ; (*b*) rameaux ; (*c*) petites têtes développées ; (*d*) rameau contracté, avec ſon pédicule tortillé.

76. VORTICELLA *racemosa*.

V. compoſita, pedunculo rigido, pedicellis longis racemoſis ; tab. 25, fig. 16, 17.
Reperitur in aquis ſtagnantibus & in rivulis.

(16) V. *racemoſa* magnitudine naturali. (17) Eadem aucta magnitudine ; (*a*) pedunculus communis rigidus ; (*b*) ramuli ; (*c*) capitula extenſa ; (*d*) ramulus in glomerem correptus, cum pedicello ſpiraliter torto.

77. VORTICELLE *en ombelle*. Dict.

V. composée, globuleuſe, pédoncule diviſé en ombelle ; pl. 26, fig. 1-7, *d'après Roëſel*.
Se trouve, comme la précédente, dans les eaux ſtagnantes.

(1) V. *en ombelle* de grandeur naturelle. (2) La même groſſie. (3) Une tête *ſéparée de ſa tige*, fermée & globuleuſe. (4) Autre tête, ouverte, *ſéparée* de ſa tige. (5) Animalcule ſimple pourvu de ſon pédicule. (6) Portion de plante aquatique ſoutenant de

77. VORTICELLA *umbellaria*.

V. compoſita, globoſa, pedunculo ſubumbellato ; tab. 26, fig. 1-7, è *Roeſelio*.
Reperitur ſicut præcedens in aquis ſtagnantibus.

(1) V. *umbellaria* magnitudine naturali. (2) Eadem aucta. (3) Capitulum a ſtipite ſolutum, clauſum globoſum. (4) Aliud Capitulum a ſtipite ſeparatum patulum. (5) Animalculum ſimplex pedicello donatum. (6) Pars plantæ aquaticæ V. *umbella-*

ces animalcules simples & d'autres composés; également grossis. (7) V. en ombelle très-grossie & très-composée.

(*a*) Tête globuleuse ouverte, parsemée de points noirs. (*b*) convexité de sa base par où elle adhère à son pédicule; (*c*) organe rotifère vu presque en face; (*d*) le même vu par derrière; (*e*) pédoncule commun; (*f*) tige dont les têtes se sont détachées; (*g*) têtes fermées presque en forme de poire; (*h*) portion d'une plante aquatique sur laquelle ces animalcules sont attachés; (*i*) tête se détachant de son pédicule.

ries simplices & compositas, æqualiter auctas sustinens. (7) V. *umbellaria* valdè aucta, magisque composita.

(*a*) Capitulum globosum apertum, punctis nigris sparsis; (*b*) baseos convexitas, qua capitulum adhæret pedicello; (*c*) organum rotatorium obversum; (*d*) organum rotatorium aversum; (*e*) pedunculus communis; (*f*) truncus capitulis spoliatus; (*g*) capitula clausa subpyriformia; (*h*) pars plantæ aquaticæ supra quam sedem animalcula; (*i*) capitulum in instanti divisione a pedicello.

78. VORTICELLE *berberine*. Dict.

V. composée, oblongue-ovale, pédicules élargis vers le haut; pl. 26, fig. 10-17, *d'après Roesel.* Se trouve dans les ruisseaux & les fontaines.

Figures très-grossies. (10) V. *berberine* à pédicule simple. (11) Autre à pédicule bifide. (12) Autre à pédicule divisé en trois. (13) Groupe de V. *berberines* à pédicules plus composés. (14) Groupe de V. *berberines*, dont les têtes se sont détachées en partie, & dont les autres sont prêtes à se détacher. (15) V. *berberine*, dont le pédicule est divisé en quatre vers le haut. (17) Groupe de V. *berberines*, dont les têtes sont entièrement détachées. (A) Cinq têtes séparées de leurs pédicules, dont les lignes ponctuées indiquent la direction.

(*a*) têtes marquées au milieu d'une tache blanchâtre; (*b*) ouverture; (*c*) pédicule simple; (*d*) pédicule bifide; (*e*) pédicules composés; (*f*) têtes détachées de leur pédicules; (*h*) extrémité supérieure des pédicules, trois fois plus élargie que leur base; (*i*) extrémité inférieure des pédicules.

78. VORTICELLA *berberina*.

V. composita, oblongo-ovata, pedicellis superne dilatatis; tab. 26, fig. 10—17, *è Roeselio.* Reperitur in fontibus & rivulis.

Figuræ valdè auctæ. (10) V. *berberina* pedicello simplici. (11) Alia pedicello bifido. (12) Alia pedicello trifido. (13) Acervus V. *berberinæ*, pedicellis magis compositis. (14) Acervus alter V. *berberinæ* capitulis partim separatis, partim adhærentibus. (15) V. *berberina* pedicello ultra medium in quatuor minores partito. (17) Acervus pedicellorum V. *berberinæ* capitulis omnibus deficientibus. (A) Quinque capitula à pedicellis migrata, quorum lineæ punctatæ motus directionem indicant.

(*a*) Capitula, versus medium macula albida notata; (*b*) apertura; (*c*) pedicellus simplex; (*d*) pedicellus bifidus; (*e*) pedicelli compositi; (*f*) capitula à pedicellis separata; (*h*) extremitas superior pedicellorum, basi triplo magis dilatata; (*i*) extremitas inferior pedicellorum.

79. VORTICELLE *operculaire*. Dict.

V. composée, pédoncule articulé très-rameux, têtes oblongues-ovales renfermant un opercule cilié; pl. 26, fig. 8, 9, *d'après Roesel.* Se trouve dans les étangs.

Obs. Cette espèce, tant à cause des articulations de sa tige, qu'à raison de la saillie de son organe rotifère, paroît se rapprocher beaucoup des *sertulaires* marines, & indiquer d'une manière sensible l'affinité naturelle qui joint les *Vorticelles composées* & les Lithophytes polypeux de la mer.

(8) V. *operculaire* très-rameuse grossie. (9) Autre moins composée très-grossie; (*a*) têtes dont l'opercule est saillant hors de l'ouverture; (*b*) opercules, dont la circonférence est ciliée & le centre inférieur pédicellé; (*c*) têtes dont l'opercule est rentré, & sur lesquelles on apperçoit le rebord de l'ouverture;

79. VORTICELLA *opercularia*.

V. composita, pedunculo articulato ramosissimo, capitulis oblongo-ovatis operculum ciliatum exserentibus; tab. 26, fig. 8, 9. Reperitur in stagnis, *à Roeselio.*

Obs. Hæc species tam propter stipitis articulos quam ob organi rotatorii extra aperturam protrusionem, ad *sertularias* marinas plurimum accedit, affinitatemque naturalem qua *Vorticella composita* & Lithophyta polypifera junguntur, apprime indicare videtur.

(8) V. *opercularia* ramosissima aucta. (9) Alia minus composita magnopere amplificata; (*a*) capitula, operculo extra aperturam exserto; (*b*) opercula exserta, peripheria ciliata, centroque inferne pedicellato; (*c*) capitula, operculo retracto, ore superne marginato; (*d*) pedunculus communis capitulis utrinque denuda-

(*d*) pédoncule commun, dont les têtes sont détachées ; (*e*) pédicules articulés ; (*f*) tourbillon qui est excité dans l'eau par le mouvement circulaire de l'opercule, qui l'on doit considérer comme l'organe rotifère de cette espèce.

17. BRACHION.

Caract. du genre.

Ver susceptible de contraction, recouvert par un test (*), pourvu en avant de cils tourbillonnans.

1. **BRACHION** *strié*. Dict. n°. 1.

B. test univalve, ovoïde strié, armé de six dents sur son bord antérieur, base simple sans queue ; pl. 27, fig. 1-3.
Se trouve dans l'eau de mer.

Figures grossies. (1) B. *strié* vu au dos. (2) Le même allongeant les poils de son extrémité antérieure. (3) Le même vu sur la face du ventre ; (*a*) dents du test ; (*b*) petites houppes de poils ; (*c*) piquans arqués du ventre ; (*d*) appendices crochus ; (*e*) organe de la déglutition.

2. **BRACHION** *écaille*. Dict. n°. 2.

B. test univalve, orbiculaire, tronqué en avant, & armé de quatre dents, base simple sans queue, pl. 27, fig. 4-7.
Se trouve dans les marais, où croît la *lenticule commune*.

Figures également grossies. (4, 7) B. *écailles* vus au dos. (5) Autre vu de côté. (6) Autre présentant le ventre ; (*a*) quatre dents antérieures du test ; (*b*) deux petits denticules placés entre les dents latérales ; (*c*) cils de l'extrémité antérieure ; (*d*) machoires fermées ; (*e*) œufs.

3. **BRACHION** *pile*. Dict. n°. 3.

B. test univalve, oblong, concave en-des-

(*) Le test des *Brachions* est solide & membraneux ; on le nomme *univalve*, lorsqu'il n'est composé que d'une seule pièce qui recouvre en tout ou en partie le dos de l'animalcule ; *bivalve* quand il est divisé sur toute sa longueur en deux pièces égales rapprochées, & *capsulaire* lorsqu'étant d'une seule pièce, il enveloppe le corps de l'animalcule comme un fourreau.

rus ; (*e*) pedicelli articulati ; (*f*) vortex in aquis excitatus motu circulari operculi, quod organum rotatorium hujus speciei, ab aliis tamen diversum considerare debemus.

17. BRACHIONUS.

Charact. generis.

Vermis contractilis, testa (*) tectus, antice munitus ciliis rotatoriis.

1. **BRACHIONUS** *striatus*.

B. univalvis, testa ovata striata, apice sexdentata, basi integra ecaudata ; tab. 27, fig. 1-3.

Reperitur in aqua marina.

Figuræ amplificatæ. (1) B. *striatus* pronus. (2) Idem pilos fasciculatos extremitatis anticæ exserens. (3) Idem supinus ; (*a*) dentes testæ ; (*b*) fasciculi pilorum exserti ; (*c*) cuspides arcuati ventrales ; (*d*) mucrones uncinati ; (*e*) organum deglutorium.

2. **BRACHIONUS** *squamula*.

B. univalvis, testa orbiculari apice truncata quadridentata, basi integra ecaudata ; tab. 27, fig. 4-7.
Reperitur in paludosis ubi crescit *lemna minor*.

Figuræ æqualiter auctæ. (4, 7) B. *squamula* à dorso visi. (5) Alius à latere conspectus. (6) Alter à ventre conspicuus ; (*a*) testæ quatuor dentes antici ; (*b*) bini denticuli dentibus lateralibus interpositi ; (*c*) cilia extremitatis anterioris ; (*d*) maxillæ connivente ; (*e*) ova.

3. **BRACHIONUS** *pala*.

B. univalvis, testa oblonga infernè excavata ;

(*) Testa *Brachionorum* rigida est & membranacea ; *univalvis* dicitur, quando unica componitur valvula quæ animalculi dorsum integrè aut partialiter tegit ; *bivalvis* dum in duas valvulas longitudinaliter cohærentes dividitur, tandem *capsularis* quando corpus animalculi, sicut vagina univalvi inclusum, undique obtegit.

ſous ; armé en avant de quatre dents, baſe ſimple ſans queue ; pl. 27, fig. 8, 9.
Se trouve dans l'eau des marais.

Figures groſſies. (8) B. *pèle* préſentant le ventre. (9) Le même préſentant le dos ; (*a*) organes rotifères ; (*b*) élévation conique, dont le bout eſt garni de poils ; (*c*) mâchoire bilobée ; (*d*) dents antérieures du teſt ; (*e*) ovaire ſuſpendu à ſon extrémité poſtérieure.

quadridentata, baſi integra ecaudata ; tab. 27, fig. 8, 9.
Reperitur in aqua paluſtri.

Figuræ auctæ. (8) B. *pala* ſupinus. (9) Idem pronus organis rotatoriis retractis ; (*a*) organa rotatoria ; (*b*) colliculus conicus apice piloſus ; (*c*) maxilla didyma ; (*d*) dentes anteriores teſtæ ; (*e*) ovarium poſtice ſuſpenſum.

4. BRACHION *bêche*. B. *bipale*. Dict. n°. 4.

B. teſt univalve, oblong, replié en-deſſous, bord antérieur armé de dix dents, baſe ſimple ſans queue ; pl. 27, fig. 10-12.
Se trouve dans l'eau de mer.

Figures groſſies. (10) B. *bêche* vu ſur la face du ventre, avec les cils tournoyants de ſon extrémité antérieure développés. (11) Autre préſenté ſur la même face dont les cils ſont retirés. (12) Le même vu au dos ; (*a*) dents du teſt diſpoſées ſur deux rangs ; (*b*) ſoyes latérales ; (*c*) organe rotifère ; (*d*) trois élévations en forme de crête ; (*e*) organe de la déglutition.

4. BRACHIONUS *bipalium*.

B. univalvis, teſta oblonga inflexa, apice decem dentata, baſi integra ecaudata ; tab. 27, fig. 10-12.
Reperitur in aqua marina.

Figuræ auctæ. (10) B. *bipalium*, ciliis rotatoriis extremitatis anticæ exſertis, è ventre conſpectus. (11) Alter eadem facie viſus, ciliis retractis. (12) Idem è dorſo conſpicuus ; (*a*) dentes teſtæ duplici ſerie ordinatæ ; (*b*) ſetæ ſtrictæ laterum ; (*c*) organum rotatorium ; (*d*) colliculi tres antici in formam criſtæ extenſi ; (*e*) organum deglutorium.

5. BRACHION *patène*. Dict. n°. 5.

B. teſt univalve, orbiculaire ſimple, queue nue ; pl. 27, fig. 13-17.
Se trouve dans les eaux ſtagnantes, parmi la *lentisule commune*.

Figures groſſies. B. *patène* vu en deſſous, ayant ſes organes rotifères étendus. (14) Le même vu au dos. (15) Le même vu en deſſous, ayant ſes organes rotifères retirés. (16) Autre vu dans la même poſition, dont tous les organes ſont contractés. (17) Organe de la déglutition très-groſſi ; (*a*) organe rotifère double, ſaillant ; (*b*) le même retiré ou en contraction ; (*c*) grands lobes ; (*d*) petits lobes ; (*e*) languettes pointues ; (*f*) queue ; (*g*) membrane crénelée ; (*h*) organe de la déglutition ; (*i*) le même, avec les mâchoires ouvertes ; (*k*) le même, avec les mâchoires fermées.

5. BRACHIONUS *patina*.

B. univalvis, teſta orbiculari integra, cauda mutica ; tab. 27, fig. 13-17.
Reperitur in aquis ſtagnantibus inter *lemnam minorem*.

Figuræ amplifiæ. (13) B. *patina* ſupinus, organis rotatoriis exſertis. (14) Idem pronus. (15) Idem ſupinus, organis rotatoriis retractis. (16) Alter quoque ſupinus, organis omnibus retractis. (17) Organum deglutorium valdè auctum, ſeu maxillæ ; (*a*) Organum rotatorium duplex exſertum ; (*b*) idem retractum ; (*c*) lobuli majores ; (*d*) lobuli minores ; (*e*) ſpicula acuminata ; (*f*) cauda ; (*g*) membrana crenulata ; (*h*) organum deglutorium ; (*i*) organi deglutorii maxillæ apertæ ; (*k*) maxillæ clauſæ.

6. BRACHION *bouclier*. Dict. n°. 6.

B. teſt univalve, oblong, échancré en avant, baſe ſimple, queue nue ; pl. 27, fig. 18-21.

Se trouve dans l'eau de mer.

Figures groſſies. (18) B. *bouclier* vu au dos, avec ſon organe rotifère développé. (19) Le même préſentant le ventre. (20) Autre vu de côté. (21) Autre dont l'organe rotifère eſt retiré ; (*a*) poils des côtés ; (*b*) cils ; (*c*) crochets antérieurs ; (*d*) organe de la déglutition ; (*e*) queue ; (*f*) partie antérieure du teſt, échancrée, & couverte par une membrane.

6. BRACHIONUS *clypeatus*.

B. univalvis, teſta oblonga, apice emarginata, baſi integra, cauda mutica ; tab. 27, fig. 18-21.
Reperitur in aqua marina.

Figuræ auctæ. (18) B. *clypeatus* pronus, organo rotatorio exſerto. (19) Idem ſupinus. (20) Idem à latere conſpectus. (21) Alter organo rotatorio retracto ; (*a*) pili laterales ; (*b*) cilia ; (*c*) hami anteriores ; (*d*) organum deglutorium ; (*e*) cauda ; (*f*) pars anterior teſtæ emarginata, cum membrana ſubjacente.

7. BRACHION *lamellé*. **Dict. n°. 7.**

B. teſt univalve, oblong, face antérieure ſimple, baſe tricorne, queue terminée par deux poils; pl. 27, fig. 22-25.
Se trouve dans l'eau des marais.

Figures également groſſies. (22) B. *lamellé* préſentant le dos, avant ſa tête ſaillante. (23) Le même dont la tête eſt rentrée. (24) Autre vu de côté, ayant la tête rentrée. (25) Autre vu en deſſous dont la tête eſt très-ſaillante; (a) lame antérieure orbiculaire; (b) cone de la tête; (c) mamelons des côtés; (d) petites cornes; (e) lame de l'extrémité poſtérieure du teſt tridentée; (f), le tronc; (g) petits corps ovales; (h) queue compoſée de deux articulations; (i) deux poils qui la terminent; (k) les deux poils de la queue recourbés.

8. BRACHION *patelle*. **Dict. n°. 8.**

B. teſt univalve, ovoïde, bidenté en avant, échancré en arrière, queue terminée par deux ſoyes; pl. 27, fig. 26-30.
Se trouve avec le précédent.

Figures groſſies. (26) B. *patelle* dont la tête eſt rentrée. (27) Autre dont la tête n'eſt pas tout-à-fait rentrée ſous le teſt. (28) Autre dont la tête eſt ſaillante au dehors. (29) Autre, vu ſur la face du ventre, dont la tête eſt ſaillante & ciliée. (30) Autre préſentant le dos, dont la tête eſt également ciliée.

(a) Dents antérieures du teſt; (b) la tête; (c) les cils de l'organe rotifère; (d) le tronc; (e) l'extrémité poſtérieure du teſt, échancrée; (f) la queue; (g) les deux poils du bout de la queue.

9. BRACHION *braſtée*. **Dict. n°. 9.**

B. teſt univalve, preſque orbiculaire, échancré en avant en forme de croiſſant, ſimple en arrière, queue terminée par deux épines; pl. 27, fig. 31, 32.
On ne connoît pas le lieu natal de cette eſpèce.

Figures groſſies. (31) B. *braſtée* vu au dos, avec ſa tête étendue. (32) Le même vu du côté du ventre, avec ſa tête rentrée; (a) teſt en forme de bractée ou de lame; (b) la tête; (c) l'organe de la déglutition; (d) deux crochets de la face poſtérieure; (e) la queue; (f) les deux épines de la queue; (g) l'extrémité antérieure du teſt, échancrée en forme de croiſſant; (h) pli du teſt; (i) viſcères blanchâtres; (k) l'ovaire.

10. BRACHION *pliſſé*. **Dict. n°. 10.**

B. teſt univalve oblong, crenelé en avant,

7. BRACHIONUS *lamellaris*.

B. univalvis, teſta producta apice integra, baſi tricorni, cauda bipili; tab. 27, fig. 22-25.
Reperitur in aqua paluſtri.

Figuræ æqualiter auctæ. (22) B. *lamellaris* dorſum oſtendens & caput productum. (23) Idem capite retracto. (24) Alter capite retracto a latere conſpicuus. (25) Alter ſupinus, capite valdè producto; (a) lamella antica orbicularis; (b) conus capitis; (c) papillæ laterales; (d) corniculа; (e) lamella extremitatis poſticæ teſtæ tridentata; (f) truncus; (g) corpuſcula ovalia; (h) cauda articulis binis compoſita; (i) pili duo caudales; (k) pili caudales reflexi.

8. BRACHIONUS *patella*.

B. univalvis, teſta ovata, apice bidentata, baſi emarginata, cauda biſeta; tab. 27, fig. 26-30.
Reperitur cum præcedenti.

Figuræ ampliatæ. (26) B. *patella*, capite retracto. (27) Idem capite intra teſtam ſemi retracto. (28) Alter capite exſerto non ciliato. (29) Alter à ventre conſpectus, capite valdè exſerto & ciliato. (30) Idem dorſum exhibens caputque exſertum ciliatum.

(a) Dentes anteriores teſtæ; (b) caput; (c) cilia organi rotatorii; (d) truncus; (e) extremitas poſterior teſtæ emarginata; (f) cauda; (g) pili bini caudales.

9. BRACHIONUS *bractea*.

B. univalvis, teſta ſuborbiculari, apice lunata, baſi integra, cauda ſpina duplici; tab. 27, fig. 31, 32.

Locus natalis hujus ſpeciei ignoratur.

Figuræ auctæ. (31) B. *bractea* à dorſo conſpectus, capite exſerto. (32) Idem è ventre conſpectus, capite retracto; (a) teſta in formam bracteæ aut laminæ; (b) caput; (c) organum deglutitionis; (d) unciniali bini faciei poſterioris; (e) cauda; (f) ſpinulæ duæ caudales; (g) extremitas anterior teſtæ in formam lunulæ emarginata; (h) plica ſeu inflexio teſtæ; (i) vaſcula albicantia; (k) ovarium.

10. BRACHIONUS *plicatilis*.

B. univalvis, teſta oblonga, apice acuminata;

échancré en arrière, queue longue, terminée par deux pointes; pl. 17, fig. 33-40.
Se trouve dans l'eau de mer.

Figures grossies. (33) B. *plissé* couché sur le dos, avec les organes de son extrémité antérieure développés. (34) Le même couché sur le ventre, dont les organes de la tête sont rentrés. (35) Autre vu de côté. (36, 37, 38) Extrémité antérieure de l'animalcule présentée dans des états différens. (39, 40) Organe de la déglutition très-grossi; (*a*) tubercule intermédiaire de la tête, velu; (*b*) tubercules latéraux inclinés & velus; (*c*) poils pendans, situés au bas de la tête; (*d*) bord antérieur du test crenelé; (*e*) second rang de crenelures du bord antérieur du test; (*f*) organe de la déglutition; (*g*) bords latéraux du test repliés vers le ventre; (*h*) la queue; (*i*) pointes de la queue; (*k*) vésicules intérieures; (*l*) œuf suspendu à la naissance de la queue; (*m*) mâchoires fermées; (*n*) mâchoires écartées; (*o*) centre noir; (*p*) Deux points qu'on distingue pendant l'écartement des mâchoires.

basi emarginata, cauda longa bicuspi; tab. 17; fig. 33--40.
Reperitur in aqua marina.

Figuræ amplificatæ. (33) B. *plicatilis* supinus, organis conditis extremitatis anterioris exsertis. (34) Idem pronus, organis capitis retractis. (35) Alter a latere conspectus, capite exserto. (36, 37, 38) Extremitas anterior animalculi, subdiverso situ & statu. (39, 40) Organum deglutitorium maxime amplificatum; (*a*) colliculus capitis pilosus intermedius; (*b*) colliculi laterales subconniventes pilosi; (*c*) pili baseos capitis extrorsum procumbentes; (*d*) margo anterior testæ crenulatus; (*e*) secunda series crenularum marginis anterioris testæ; (*f*) organum deglutitorium; (*g*) margines testæ introrsum plicati; (*h*) cauda; (*i*) cuspides caudæ; (*k*) vesiculæ interiores; (*l*) ovulum basi caudæ adhærens; (*m*) maxillæ conniventes; (*n*) maxillæ secedentes; (*o*) centrum nigrum; (*p*) puncta duo inter hiatum maxillarum conspicua.

11. BRACHION *ovale*. Dict. n°. 11.

B. test bivalve aplati, échancré aux deux bouts, queue terminée par deux cirres; pl. 28, fig. 1-3.
Se trouve parmi les *conferves* des marais.

Figures grossies. (1) B. *ovale* nageant, ayant les cils des côtés ployés. (2) Le même pendant le repos, ayant ses cils dressés. (3) Autre dont les cils sont rentrés; (*a*) pointes antérieures du test; (*b*) échancrure postérieure du test; (*c*) cils inclinés ou ployés; (*d*) cils droits; (*e*) organe de la déglutition; (*f*) membranes qui entourent le corps; (*g*) queue; (*h*) appendices linéaires; (*i*) cirres de la queue; (*k*) cils saillans de l'extrémité antérieure; (*l*) masse ovale qui est peut-être l'ovaire.

11. BRACHIONUS *ovalis*.

B. bivalvis, testa depressa extremitatibus emarginata, cauda cirro duplici; tab. 28, fig. 1-3.
Reperitur in paludosis inter *conferuas*.

Figuræ auctæ. (1) B. *ovalis* natans, ciliis lateralibus deflexis. (2) Idem quiescens, ciliis omnibus porrectis. (3) Alter ciliis omnibus conditis; (*a*) mucrones testæ antici; (*b*) incisura postica testæ; (*c*) cilia inclinata aut deflexa; (*d*) cilia stricta; (*e*) organum deglutitorium; (*f*) membranulæ truncum cingentes; (*g*) cauda; (*h*) appendiculæ lineares; (*i*) cirri caudales; (*k*) cilia extremitatis anterioris porrecta; (*l*) massa ovalis, quæ forte ovarium.

12. BRACHION *tricorne*. Dict. n°. 12.

B. test bivalve ventru, bord antérieur simple, base tricorne, queue munie de deux épines; pl. 28, fig. 4, 5.
Se trouve dans l'eau des marais.

Figures grossies représentant le *Brachion tricorne* ? en deux différentes positions; (*a*) cils des côtés réunis en faisceau; (*b*) appendicules de l'extrémité antérieure; (*c*) organe de la déglutition; (*d*) masse opaque des entrailles; (*e*) épines de l'extrémité postérieure; (*f*) pointe postérieure du test; (*g*) soyes de la queue; (*h*) cils du double organe rotatoire.

12. BRACHIONUS *tripos*.

B. bivalvis, testa ventrosa, apice mutica, basi tricorni, cauda spina duplici; tab. 28, fig. 4, 5.
Reperitur in aquâ palustri.

(4, 5) Figuræ auctæ *Brachionum tripodem* ? duplici situ repræsentantes; (*a*) cilia lateralia fasciculata; (*b*) appendiculæ extremitatis anterioris, seu ligulæ; (*c*) organum deglutitorium; (*d*) massa opaca intestinorum; (*e*) spinæ extremitatis posticæ; (*f*) mucro testæ posticus; (*g*) setæ caudales; (*h*) cilia organi rotatorii duplicis.

13. BRACHION *denté*. Dict. n°. 13.

B. test bivalve arqué, muni de deux dents

13. BRACHIONUS *dentatus*.

B. bivalvis, testa arcuata, apice & basi utrin-

à

à chaque bout, queue armée de deux épines; pl. 28, fig. 6, 7.
Se trouve dans les eaux où croît la *lenticule*.

(6, 7) Figures repréſentant le B. *denté* groſſi ſous deux différens aſpects; (*a*) valves du teſt écartées; (*b*) les deux dents antérieures du teſt; (*c*) les doubles dents poſtérieures du teſt; (*d*) queue; (*e*) épines de la queue; (*f*) petites ſoyes flexibles, dont les épines de la queue ſont terminées; (*g*) cils brillans; (*h*) cils tournoyans; (*i*) valves du teſt, rapprochées; (*k*) organe de la déglutition; (*l*) maſſe opaque des viſcères.

que dentata, cauda ſpina duplici; tab. 28, fig. 10, 11.
Reperitur in aquis ubi *lemna* vegetat.

(6, 7) Figuræ repræſentantes B. *dentatum* auctum duplici ſitu, variantem; (*a*) valvulæ teſtæ diductæ; (*b*) duo dentes antici teſtæ; (*c*) bini dentes teſtæ poſtici; (*d*) cauda; (*e*) ſpinæ caudales; (*f*) ſetulæ binæ, caudæ ſpinas terminantes, quas corniculos nominavit Mullerus; (*g*) cilia micantia; (*h*) cilia rotantia; (*i*) valvulæ teſtæ, ſibi arctè incumbentes; (*k*) organum deglutitorium; (*l*) maſſa opaca interaneorum.

14. BRACHION *armé*. Dict. n°. 14.

B. teſt bivalve preſque carré, muni de deux dents pointues à chaque bout, queue armée de deux épines; pl. 28, fig. 8, 9.
Se trouve dans les marais.

Figures groſſies. (8) B. *armé* vu au dos, ayant ſes cils rentrés. (9) Le même nageant vu ſur le côté, ayant ſes cils ſaillans; (*a*) dents pointues de l'extrémité antérieure du teſt; (*b*) dents de l'extrémité poſtérieure du teſt; (*c*) épines de la queue; (*d*) organe de la déglutition; (*e*) maſſe oblongue des entrailles; (*f*) cils tournoyans; (*g*) inteſtins.

14. BRACHIONUS *mucronatus*.

B. bivalvis, teſta ſubquadrata, apice & baſi utrinque mucronata, cauda ſpina duplici; tab. 28, fig. 8, 9.
Reperitur in paludibus.

Figuræ auctæ. (8) B. *mucronatus* à dorſo inſpectus, ciliis conditis. (9) Idem natans à latere viſus, ciliis exſertis; (*a*) dentes mucronati extremitatis anterioris teſtæ; (*b*) dentes extremitatis poſterioris teſtæ; (*c*) ſpinæ caudales; (*d*) organum deglutorium; (*e*) maſſa interaneorum oblonga; (*f*) cilia micantia; (*g*) inteſtinula.

15. BRACHION *crochet*. Dict. n°. 15.

B. teſt bivalve ovale, ſimple en avant, pointu en arrière, queue ridée terminée par deux ſoyes; pl. 28, fig. 10-12.
Se trouve dans l'eau de mer & dans l'eau douce des foſſés.

Figures également groſſies. (10) B. *crochet* préſentant le dos. (11, 12) Deux autres nageant, vus ſur le côté; (*a*) les deux valvules jointes longitudinalement; (*b*) les mêmes baillantes vers la queue; (*c*) extrémité poſtérieure du teſt, pointue; (*d*) corps de l'animalcule; (*e*) crochet de l'extrémité antérieure de l'animalcule, ſaillant hors du teſt; (*f*) le même rentré ſous le teſt; (*g*) organe rotiſère placé ſur les côtés de l'extrémité antérieure; (*h*) la queue; (*i*) ſoyes terminant la queue.

15. BRACHIONUS *uncinatus*.

B. bivalvis, teſta ovali, apice integra, baſi mucronata, cauda rugoſa biſeta; tab. 28, fig. 10-12.
Reperitur in aqua marina, & in foveis aqua dulci inundatis.

Figuræ æqualiter auctæ. (10) B. *uncinatus* dorſum oſtendens. (11, 12) Duo B. *uncinati* natantes è latere viſi; (*a*) valvulæ teſtæ longitudinaliter connexæ; (*b*) eædem verſus caudam hiantes; (*c*) extremitas poſtica teſtæ mucronata; (*d*) corpus animalculi; (*e*) uncus extra teſtam porrectus; (*f*) uncus ejuſdem extremitatis anterioris animalculi, intra teſtam retractus; (*g*) organum rotatorium collaterale; (*h*) cauda; (*i*) ſetæ caudam terminantes.

16. BRACHION *cirreux*. Dict. n°. 16.

B. teſt capſulaire, prolongé en avant, tronqué & armé de deux cornes en arrière, queue terminée par deux ſoyes; pl. 28, fig. 13.
Se trouve dans les eaux douces.

(13) B. *cirreux* groſſi; (*a*) la tête; (*b*) demi-cercle environnant la tête; (*c*) cils de l'organe rotifère; (*d*) le col; (*e*) teſt capſulaire recouvrant le corps de l'ani-

16. BRACHIONUS *cirratus*.

B. capſularis, teſta apice producta, baſi truncata bicorni, cauda biſeta; tab. 28, fig. 13.

Reperitur in aquis dulcibus.

(13) B. *cirratus* auctus; (*a*) caput; (*b*) ſemi-circulus caput ambiens; (*c*) cilia organi rotatorii; (*d*) collum; (*e*) teſta capſularis, corpus animalculi veſ-

animalcule; (f) petites cornes de l'extrémité postérieure du test; (g) lobe de la queue; (h) queue articulée; (i) les deux soyes de la queue.

17. BRACHION *cornu*. Dict. n°. 17.

B. test capsulaire, cylindracé, muni à son bord antérieur de deux cirres pendans, terminé en arrière par un cil; pl. 28. fig. 14—16.
Se trouve dans les bourbiers les plus sales.

Figures grossies. (14) B. *cornu* retiré dans son test, ayant ses deux cirres droits & écartés. (15) Le même avec sa tête saillante hors du test, & ses deux cirres pendans. (16) Le même, avec sa tête sortie hors du test & ses deux cirres étendus & rapprochés; (a) partie transparente du test; (b) le corps de l'animalcule rentré; (c) cirres frontaux; (d) soye de la queue; (e) cils de l'organe rotifère; (f) organe de la déglutition.

18. BRACHION *carré*. Dict. n°. 18.

B. test capsulaire, quadrangulaire, bidenté en avant, base bicorne sans queue; pl. 28, fig. 17, 18.
Se trouve dans l'eau des marais.

Figures grossies. (17) B. *carré* dont les organes rotifères sont développés. (18) Autre, dont les cils des organes rotifères sont pendans; (a) organes rotifères; (b) cornes de l'extrémité postérieure du test; (c) dents antérieures du test; (d) cils pendans des organes rotifères; (e) partie arrondie de l'extrémité postérieure de l'animalcule.

19. BRACHION *gibecière*. Dict. n°. 19.

B. test capsulaire, quadrangulaire, simple & tronqué en avant, arrondi & échancré en arrière, queue onduleuse; pl. 28, fig. 19—21.
Se trouve dans les eaux stagnantes.

Figures grossies. (19) B. *gibecière* droit, ayant ses organes rotifères développés. (20) Le même, dont les organes rotifères sont rentrés. (21) Autre nageant, vu de côté; (a) organes rotifères; (b) membrane diaphane de l'extrémité antérieure; (c) rétrécissement du corps; (d) la queue; (e) l'organe de la déglutition.

20. BRACHION *grenade*. Dict. n°. 20.

B. test capsulaire, ovoïde, garni de six dents en avant, échancré en arrière, queue longue terminée par deux pointes; pl. 28, fig. 22-28.
Se trouve dans les eaux stagnantes.

tiens; (f) cornicula extremitatis posterioris testæ; (g) lobus caudalis; (h) cauda articulata; (i) setæ binæ caudales.

17. BRACHIONUS *passus*.

B. capsularis, testa cylindracea, frontis cirris binis pendulis, setaque caudali unica; tab. 28, fig. 14—16.
Reperitur in vadis sordidis.

Figuræ auctæ. (14) B. *passus* intra testam retractus, cirris binis exsertis patulis. (15) Idem, capite exserto, cirrisque pendulis; (16) Idem, capite exserto, cirris rectis extensis approximatis; (a) pars testæ pellucida; (b) corpusculum animalculi retractum; (c) cirri frontales; (d) seta caudalis; (e) cilia organi rotatorii; (f) organum deglutitionis.

18. BRACHIONUS *quadratus*.

B. capsularis, testa quadrangula apice bidentata, basi bicorni, cauda nulla; tab. 28, fig. 17, 18.
Reperitur in aquis palustribus.

Figuræ auctæ. (17) B. *quadratus* organis rotatoriis exsertis. (18) Alter, cujus cilia organorum utrinque deflectuntur; (a) organa rotatoria; (b) cornicula extremitatis posterioris testæ; (c) dentes anteriores testæ; (d) cilia deflexa organorum rotatoriorum; (e) pars rotundata postica animalculi.

19. BRACHIONUS *impressus*.

B. capsularis, testa quadrangula apice integra, basi obtuse emarginata, cauda flexuosa. tab. 28, fig. 19—21.
Reperitur in aquis stagnantibus.

Figuræ auctæ. (19) B. *impressus* erectus, organis rotatoriis exsertis. (20) Idem, organis rotatoriis retractis. (21) Alter natans à latere conspectus; (a) organa rotatoria; (b) membrana hyalina extremitatis anterioris; (c) coarctatio corporis; (d) cauda; (e) organum deglutitionis.

20. BRACHIONUS *urceolaris*.

B. capsularis, testa ovata apice sexdentata; basi incisa, cauda longa bicuspi; tab. 28, fig. 22—28.

Reperitur in aquis stagnantibus.

Figures grossies. (22) B. grenade droit, ayant les organes rotifères développés, & les dents de son test peu prononcées. (23) Autre nageant, vu de côté. (24) Le même, ayant son extrémité antérieure bordée de cils. (25) Autre dont les organes rotifères sont rentrés, qui a les dents du test très saillantes & un ovaire suspendu à la naissance de la queue. (26) Autre nageant, offrant outre les organes déjà désignés, un cirre droit au dessus de son extrémité antérieure. (27) Autre, vu pendant le repos, sans cirre ni ovaire. (28) Jeune individu très-grossi, qui ne fait que d'éclore.

(a) Organes rotifères; (b) dents du test; (c) cils; (d) organe de la déglutition; (e) cirre de l'extrémité antérieure; (f) œufs ou ovaires renfermés dans le corps de l'animalcule; (g) grand œuf ou ovaire suspendu extérieurement à la naissance de la queue; (h) échancrure postérieure du test; (i) queue droite; (k) les deux pointes de la queue; (l) queue du jeune individu.

Figuræ amplificatæ. (22) B. *urceolaris* erectus, organis rotatoriis exsertis, dentibusque testæ vix conspicuis. (23) Alter natans è latere conspectus. (24) Idem cirris exsertis marginem anticum occupantibus. (25) Idem organis rotatoriis retractis, dentibus testæ valdè porrectis, ovarioque in ipsa caudæ origine adhærente. (26) Alius natans, offerens ultrà organa jam memorata, cirrum erectum in parte superiori extremitatis anticæ. (27) Alter quiescens absque cirro & ovario. (28) B. *urceolaris* pullus valdè auctus, paulo post ejectionem.

(a) Organa rotatoria; (b) dentes testæ; (c) cilia; (d) organum deglutitorium; (e) cirrus extremitatis anterioris; (f) ova aut ovaria intra corpus animalculi contenta; (g) ovum magnum seu ovarium, extra corpus, caudæ origini suspensum; (h) incisura testæ postica; (i) cauda recta; (k) binæ caudæ cuspides; (l) cauda pulli.

21. BRACHION *de Baker*. Dict. n°. 21.

B. test capsulaire, ventru, armé de quatre dents en avant, & de deux cornes en arrière, queue longue, terminée par deux pointes; pl. 28, fig. 29-31.
Se trouve dans les eaux douces, parmi la *lenticule*.

Figures grossies. (29) B. *de Baker*, ayant les organes rotifères développés. (30) Autre, dont les organes sont rentrés dans la cavité du test. (31) Autre qui paroît une variété de cette espèce, dont les tentacules coïncident; (a) organes rotifères; (b) trompe terminée par un globule cilié; (c) tentacules; (d) petits corps orbiculaires ciliés des côtés; (e) dents du test; (f) double rang transversal de cils; (g) organe de la déglutition; (h) cornes postérieures du test; (i) pointes de la queue; (l) l'intestin; (m) l'ovaire suspendu extérieurement à la naissance de la queue. (31 a) Les deux tentacules coïncidant.

21. BRACHIONUS *Bakeri*.

B. capsularis, testa ventricosa apice quadridentata, basi bicorni, cauda longa bicuspi; tab. 28, fig. 29--31.

Reperitur in aqua dulci, inter *lemnam*.

Figuræ auctæ. (29) B. *bakeri* organis rotatoriis plenè exsertis. (30) Alter, organis rotatoriis intra testæ cavitatem retractis. (31) Alter, forsan varietas ejusdem speciei, cujus tentacula paululùm connivent; (a) organa rotatoria; (b) ligula intermedia globulo ciliato terminata; (c) tentacula; (d) orbiculi laterales ciliati; (e) dentes testæ; (f) series duplex transversalis ciliorum; (g) organum deglutitorium; (h) cornua posteriora testæ; (i) cauda; (k) cuspides caudales; (l) intestinum; (m) ovarium extrorsùm caudæ basi suspensum. (31 a) Tentacula duo conniventia.

22. BRACHION *bâillant*. Dict. n°. 22.

B. test capsulaire, ventru, armé de huit dents en avant, échancré & quadricorne en arrière, queue courte terminée par deux pointes; pl. 28, fig. 32, 33.
Se trouve dans l'eau des marais.

Figures grossies. (32) B. *bâillant*, dont les organes rotifères sont rentrés dans l'intérieur du test. (33) Autre, dont les organes rotifères sont développés; (a) organes rotifères; (b) dents du test; (c) organe de la déglutition; (d) les quatre cornes postérieures du test; (e) la queue terminée par deux pointes.

22. BRACHIONUS *patulus*.

B. capsularis, testa ventrosa apice octo dentata, basi lunata quadricorni, cauda brevi bicuspi; tab. 28, fig. 32, 33.

Reperitur in aqua palustri.

Figuræ auctæ. (32) B. *patulus*, organis rotatoriis intra capsulam retractis. (33) Alter, organis rotatoriis exsertis; (a) organa rotatoria; (b) dentes anteriores testæ; (c) organum deglutitorium; (d) cornua quatuor posteriora testæ; (e) cauda apice bicuspidata.

DIVISION MÉTHODIQUE

DE L'ORDRE DES VERS INTESTINS.

Observ. Linnæus donna le nom de Vers intestins aux animaux de cet ordre, parce qu'ils vivent ordinairement cachés : quelques Auteurs les nommèrent aussi Vers intestinaux, à cause de l'habitation qui est propre à plusieurs d'entr'eux, qu'on ne trouve en effet que dans les entrailles ou les viscères de divers animaux, et jamais ailleurs ; mais cette dénomination doit être rejettée, car tous les Vers intestins ne se rencontrent pas seulement dans les entrailles des animaux : quelques-uns, comme les *Nayades*, vivent dans les eaux douces ; les autres, tels que les *Néréides* et les *Aphrodites*, habitent dans la mer, et il y en a aussi, comme le *Lombric terrestre* et le *Dragonneau chanterelle*, qui s'enfoncent dans la terre ou dans la vase, d'où ils ne sortent que très-rarement.

Il eut peut-être semblé plus naturel de réunir dans un seul ordre tous les Vers qui vivent aux dépens des autres animaux, comme l'a fait le célèbre M. Goeze ; mais la réflexion s'y oppose, quand on apperçoit la grande analogie qui se trouve entre le *Lombric terrestre* et les *Ascarides*, quoique l'un appartienne à la terre, et que les seconds ne vivent que dans le corps des animaux. Cette affinité se trouvant dans la nature, ne soyons donc pas étonnés qu'une méthode générale, qui n'est qu'un arrangement purement systématique, et par conséquent arbitraire, nous la présente aussi.

Quant aux changements que j'ai cru devoir faire à cet ordre de Vers, relativement au nombre des genres ou à leur disposition, j'en exposerai les motifs à leur mot, dans le Dictionnaire des Vers. Je dois seulement prévenir que les genres, dont on ne trouve pas les figures dans la première livraison des Planches, tels que le *Girofle*, la *Ligule*,

DIVISIO METHODICA

ORDINIS VERMIUM INTESTINORUM.

Observ. Vermium intestinorum nomine hujusce ordinis animalia designavit Linnæus, eo quod vitam absconditam degant ; quidam auctores Vermes intestinales illa dixerunt propter locum natalem qui plurimis illorum est proprius ; sed talis denominatio est rejicienda, nam omnia animalia intestina non in solis animantium interaneis occurrunt, sunt enim quorum plurima scilicet *Nereides*, *Amphitrites* et *Aphroditæ*, quæ maris sunt incolæ, alia sicuti *Naides* quæ vivunt in aquis dulcibus, et cætera tandem ut *Lumbricus terrestris* et *Gordius aquaticus* quæ terram aut limum fodiunt, penetrant, eoque raro egrediuntur.

Plurimis forsan magis naturæ consonum apparuisset in uno ordine Vermes omnes animalium parasiticos, in exemplum per celebris D. Goeze colligere, nisi obstaret analogia quæ inter *Lumbricum terrestrem* et *Ascarides* v. g. occurrit, licet primus terrenus sit et aliæ nullibi nisi intra animantia fuerint repertæ. Hæc affinitas maxime naturalis est, id circo non miremur an in methodo generali, quæ nihil aliud est quam dispositio mere systematica et consequenter arbitraria, conservetur.

Quod autem ad mutationes, in hoc ordine introductas, tam de numero generum quam de illorum dispositione spectat, de illis agam in Dictionnario Vermium, et rationem illarum pro quocumque genere indicabo ; monendum tamen mihi superest, figuras trium generum scilicet *Caryophyllæi*, *Ligulæ*, et *Linguatulæ* in nostris primis

et la *Linguatule*, seront gravés dans le Supplément, les ouvrages où on en trouve des figures exactes ne m'étant parvenus que long-temps après que cette livraison fut publiée. On ne doit pas ignorer aussi, que ce Recueil ne présente que les espèces de Vers les mieux connues, les autres presque aussi nombreuses, n'ayant pas été encore figurées ou leurs figures étant manifestement fautives, ou enfin trop grossières pour être copiées.

L'Allemagne a fourni les Auteurs qui ont le plus éclairci l'histoire des Vers intestins. Ceux qui méritent le plus la reconnoissance des Naturalistes par leurs travaux, sont : MM. Pallas, *Oth. Fred.* Muller, *Oth.* Fabricius, *Marc Élies.* Bloch., *J. Aug. Ephr.* Goeze, *Paul Chr. Fred.* Werner, *Franç.* Schrank, et plusieurs autres, qui n'ont pas parcouru sans gloire la même carrière.

ORDRE II.

SECTION PREMIÈRE.

Vers Intestins Apodes.

A — corps cylindracé.

Genre 18 *Dragonneau*. . . Corps par-tout égal.

Genre 19 *Ascaride*. . . . . Trois mamelons à la tête.

Genre 20 *Proboscide*. . . . Tête armée d'un bec.

Genre 21 *Trichuride*. . . . Extrémité antérieure filif.

Genre 22 *Lombric*. . . . . . Anneaux garnis de pointes rétractiles.

Genre 23 *Cuculan*. . . . . Tête obtuse bouche creusée en dessous.

tabulis vermium omissas, proditoras fore in supplemento, dum auctorum opera in quibus dilucide sculptae fuerant, mihi tantum post mearum tabularum in publicum productionem peractam fuerint obvia. Nec quoque lectoribus ignorandum relinquam in nostris tabulis illas tantum occurrere vermium species magis dilucidatas, caeteris non minus numerosis nondum iconibus illustratis, aut tandem figuris earum nimis rudibus aut neglectis.

Germani Auctores sunt qui in hoc Vermium ordine magis claruerunt; inter illos optime meruere DD. Pallas, *Oth. Frid.* Muller, *Oth.* Fabricius, *Marc. Elies.* Bloch, *J. August. Ephr.* Goeze, *Paul Christ. Frid.* Werner, *Franç.* Schrank et quam plurimi alii non sine gloria eamdem viam prosecuti.

ORDO II.

SECTIO PRIMA.

Intestina Apoda.

A. — cylindracea.

Genus 18 *Gordius*. . . . . Corpus undique aequale.

Genus 19 *Ascaris*. . . . . Tête pourvue de trois mamelons.

Genus 20 *Proboscidea*. . . Caput rostratum.

Genus 21 *Trichuris*. . . . . Extremitas antica filiformis.

Genus 22 *Lumbricus*. . . . Articuli spiculis conditis.

Genus 23 *Cucullanus*. . . . Caput obtusatum, os inferne foveolatum.

Genre 24 *Strongle*......	Tête globuleuse, bouche terminale ciliée sur le bord.	Genus 24 *Strongylus*....	Caput globosum, os terminalis margine ciliatus.
Genre 25 *Gerofle*......	Tête dilatée frangée.	Genus 25 *Caryophyllaeus*.	Caput dilatatum fimbriatum.
Genre 26 *Crampon*.....	Tête couronnée d'un rang d'aiguillons crochus.	Genus 26 *Haeruca*......	Caput serie unica aculeorum coronatum.
Genre 27 *Echinoryuque*..	Trompe terminale, rétractile, hérissée d'aiguillons crochus.	Genus 27 *Echinorynchus*.	Proboscis terminalis, retractilis, undique aculeata.
Genre 28 *Massete*......	Tête contractile, munie de quatre suçoirs.	Genus 28 *Scolex*.......	Caput contractile, vesiculis suctoriis quatuor.

B — corps applati. | *B. — depressa.*

Genre 29 *Ténia*.......	Tête souvent couronnée d'aiguil. crochus et munie de quatre suçoirs.	Genus 29 *Taenia*.......	Caput aculeis recurvis saepius coronatum vesiculisque suctoriis quatuor.
Genre 30 *Ligule*.......	Corps linéaire, extrémité antérieure obtuse.	Genus 30 *Ligula*.......	Linearis, extremitate antica obtusa.
Genre 31 *Linguatule*....	Corps ovale, quatre pores autour de la bouche.	Genus 31 *Linguatula*....	Ovalis, poris quatuor circa os.
Genre 32 *Sangsue*......	Extrémités tronquées dilatées en forme de coupe.	Genus 32 *Hirudo*.......	Extremitatibus truncatis in orbiculum dilatatis.

SECTION DEUXIÈME. | SECTIO SECUNDA.

Vers intestins pourvus de soies pédiformes. | *Intestina appendicibus setosis pediformibus.*

A — sans tentacules. | *A — non tentaculata.*

Genre 33 *Furie*........	Corps linéaire,	Genus 33 *Furia*........	Linearis, unica

	un seul rang de piquants de chaque côté.		serie aculeorum utrinque ciliata.
Genre 34 *Nayade*	Corps linéaire, soies pédiformes simples.	Genus 34 *Nais*	Linearis, setis pediformibus simplicibus.
B. avec des tentacules.		*B — tentaculata.*	
Genre 35 *Néréïde*	Tentacules simples, soies pédiformes en pinceaux.	Genus 35	Tentacula simplicia, setæ pediformes penicillatæ.
Genre 36 *Amphitrite*	Tentacules nombreux, branchies derrière la tête.	Genus 36 *Amphitrite*	Tentacula plura, branchiæ pone caput.
Genre 37 *Amphinome*	Tentacul. courts, branchies dorsales.	Genus 37 *Amphinome*	Tentacula brevia, branchiæ dorsales.
Genre 38 *Aphrodite*	Deux tentacules articulés, deux rangs d'écailles sur le dos.	Genus 38 *Aphrodita*	Tentacula duo annulata, dorsum squamis imbricatis.

VERS INTESTINS.

ORDRE SECOND.

18. DRAGONNEAU.

Caractère du genre.

Corps cylindrique, lisse, égal.

1. DRAGONNEAU *chanterelle*.

Drag. Filiforme, brun. pl. 29. fig. 1.
Habite dans les eaux des ruisseaux.

Explication des planches.

(1) *Dragonneau chanterelle* de grandeur naturelle.

2. DRAGONNEAU *annellé*.

Drag. Court, blanc, dos et anneau antérieur grisâtres; pl. 29. fig. 2. A, B, C.
Habite dans les fonds marins sablonneux du Groenland.

(a) *Drag. annellé* de grandeur naturelle; (b) le même, grossi, présentant le ventre; (c) le même montrant le dos. (a) extrémité antérieure; (b) extrémité postérieure; (c) anneau du ventre.

3 DRAGONNEAU *de Médine*.

Drag. Filiforme, pâle; pl. 29. fig. 3.
Habite dans le corps de l'homme, en Afrique, en Asie et en Amérique.

(3) *Drag. de Médine* de grosseur naturelle, très-court.

4 DRAGONNEAU *de la poule*.

Drag. Retreci aux deux bouts, tête noduleuse; pl. 29. fig. 4.—6.
Habite dans les intestins grêles de la poule.

(4) *Drag. de la poule*, de grandeur naturelle; (5) le même très-grossi; (a) la tête noduleuse, (b) la queue. (6) portion du milieu du corps grossie; (c) œufs grossis.

5. DRAGONNEAU *des poissons*.

Drag. Retreci en avant, tête noduleuse, queue épaissie; pl. 29. fig. 7.—9.

ORDO SECUNDUS.

18. GORDIUS.

Charact. generis.

Corpus teres æquale læve.

1. GORDIUS *aquaticus*.

Gordius Filiformis fuscus; tab. 29. fig. 1.
Habitat in aquis rivulorum.

Explicatio tabularum.

(1) *Gordius aquaticus* magnitudine naturali.

2. GORDIUS *cinctus*.

Gordius, abbreviatus albus, dorso cingulisque antico griseis; tab. 29. fig. 2. A, B, C. *fabricius*.
Hab. in fundis arenosis marinis groenlandiæ.

(A) *Gordius cinctus*, magnitudine naturali; (B) idem valde auctus ventrem ostendens; (C) idem dorsum conspectum. (a) Extremitas antica; (b) extremitas postica; (c) cingulum abdominale.

3. GORDIUS *medinensis*.

Gordius, Filiformis pallidus; tab. 29. fig. 3. *Sloane*.
Habit. in hominibus indigenis africæ asiæ et americæ.

(3) *Gordius medinensis* crassitie naturali, abbreviatus.

4 GORDIUS *gallinæ*.

Gordius, utrinque attenuatus, capite noduloso; tab. 29. fig 4.—6. *goeze*.
Habit. in gallinæ intestinis tenuibus.

(4) *Gordius gallinæ* magnitudine naturali; (5) idem valde auctus; (a) caput nodulosum; (b) cauda (6) pars media corporis maxime aucta; (c) ovula aucta.

5. GORDIUS *piscium*.

Gordius, antice attenuatus, capite noduloso, cauda incrassata; tab. 29. fig. 7.—9.

Habite sous la peau, et dans les entrailles des poissons.

(7) *Drag. Des poissons*, de grandeur naturelle; (a) la tête; (b) la queue; (8) extrémité antérieure très-grossie; (a) la tête noduleuse; (9) extrémité postérieure également grossie.

6. DRAGONNEAU *des chenilles.*

Drag. Rétréci aux deux bouts, tête munie de quatre mamelons, queue crochue; pl. 29. fig. 10.—12.
Habite sous la peau des chenilles et en général des insectes Lépidoptères.

(10) *Drag. des Chenilles*, de grandeur naturelle roulé sur lui-même. (11) Extrémité antérieure très-grossie, où on apperçoit en (a, b, c, d,) les quatre mamelons, dont elle est munie. (12) extrémité postérieure très-grossie; (e) pointe crochue qui la termine.

19. ASCARIDE.

Caract. du genre.

Corps cylindrique nud, atténué aux deux extrémités, tête munie de trois mamelons.

A.—*De l'homme.*

1. ASCARIDE *lombrical.* Dict. num. 2.

Ascaride, queue obtuse legérement courbée, fente de l'anus transversale; pl. 30. fig. 4.
Habite dans les intestins de l'homme.

(1) *Ascaride lombrical*, de grandeur naturelle, ouvert à son extrémité antérieure, pour faire voir la position de ses viscères; (a) deux mamelons de sa tête, le troisième ne pouvant être apperçu à cause de sa position; (b) sa queue; (c) l'œsophage ridé à sa superficie; (d) les vaisseaux spermatiques.

2. ASCARIDE *vermiculaire.* Dict. num. 1.

Ascaride, queue en alène, tête munie de deux vesicules transparentes, la peau très finement crenelée sur les côtés; pl. 30. fig. 25. —29.
Habite dans les intestins des enfants.

(25) *Ascaride vermiculaire*, de grandeur naturelle; (a) la tête; (b) la queue. (26) une femelle très-grossie; (a) les trois mamelons de la tête très-petits; (b, c,) deux grandes vesicules transparentes; (c, d,) le canal alimentaire; (e) l'estomac; (f) le canal intestinal, qui se continue jusqu'en (g), où commence l'intestin rectum; (h) fin de l'intestin rectum; (i) la queue en alène; (k) ouverture de la vulve;

Habit. sub cute et in intestinis piscium.

(7) *Gordius piscium*, magnitudine naturali; (a) caput; (b) cauda; (8) extremitas antica valde aucta; (a) caput nodulosum; (9) extremitas postica eadem magnitudinis gradu.

6. GORDIUS *larvarum.*

Gordius, utrinque attenuatus, capite papillis quatuor, cauda uncinata; tab. 29, fig. 10—12, *goeze.*
Habitat sub cute larvarum et insectorum lepidopterorum.

(10) *Gordius larvarum* magnitudine naturali, in se-metipsum involutus. (11) Extremitas antica valde aucta, et papillis quatuor (a, b, c, d) antice munita; (12) extremitas postica æqualiter ampliata; (e) uncus tenuis caudæ.

19. ASCARIS.

Charact. generis.

Corpus cylindricum, extremitatibus attenuatis, capite papillis tribus munito.

A.—*hominis.*

1. ASCARIS *lumbricoides.*

Ascaris, cauda obtusa subincurva, ani rima transversa; tab. 30, fig. 4. *Klein.*

Habitat in hominis intestinis.

(1) *Ascaris lumbricoides* magnitudine naturali, extremitate anteriori incisa ut situs viscerum conspiciatur; (a) papillæ duo capitis, tertia ob situm abscondita; (b) cauda; (c) œsophagus ad superficiem rugosus; (d) vasa spermatica.

2. ASCARIS *vermicularis.*

Ascaris, cauda subulata, capite vesiculis binis pellucentibus, cute ad latera subtilissime crenata; tab. 30, fig. 25—27, *goeze.*
Habitat in puerorum intestinis.

(25) *Ascaris vermicularis*, magnitudine naturali; (a) caput; (b) cauda. (26) femina, magno augmentationis gradu; (a) papillæ tres capitis minimæ; (b, c) vesiculæ duo magnæ pellucidæ; (c, d) canalis alimentarius; (e) ventriculus; (f) canalis intestinalis desinens in (g) ubi incipit intestinum rectum; (h) finis intestini recti; (i) cauda subulata; (k) apertura vulvæ; (l) canalis brevis vulvæ.

(*l*) canal court de la valve. (27) *Ascaride vermiculaire* mâle également grossi; (*a*) mamelons de la tête cachés; (*b*, *c*,) vésicules; (*a*, *d*,) œsophage; (*d*, *g*,) parties intérieures très-différentes de celles du ver femelle; (*g*, *p*,) canal droit d'où sortent peut-être les organes de la génération; (*m*, *n*,) autre canal, qui est vraisemblablement l'intestin rectum; (*o*) ouverture du canal supérieur; (*i*) extrémité de la queue remplie de molécules noires. (28) portion du corps de la femelle, considérablement grossie, comprimée, remplie de fœtus. (29) Un fœtus enveloppé dans ses membranes, grossi.

(27) Ascaris *vermicularis* mas æqualiter auctus; (*a*) papillæ capitis abscondita; (*b*, *c*) vesiculæ; (*a*, *d*) œsophagus; (*d*, *g*) partes internæ maris a feminæ internis maxime discrepantes; (*g*, *p*) canalis rectus unde forsan excernuntur genitalia; (*m*, *n*) canalis alter, verisimiliter intestinum rectum; (*o*) apertura canalis superioris; (*i*) caudæ extremitas moleculis nigris farcta. (28) Pars corporis feminæ fœtubus impleta, compressa, maxime amplificata; (29) fœtus membranis involutus valde auctus.

B. — *Des Mammaires.*

B. — *Mammalium.*

3 ASCARIDE de la *phoque*. Dict. num 6.

Ascaride, bout de la queue un peu renflé, tête munie de deux vésicules transparentes, un étranglement au dessous du milieu du corps; pl. 30. fig. 5. 6.
Habite dans les intestins et quelquefois dans les autres viscères de la *phoque du groenland* et de la *phoque fétide*.

(5) *Ascaride de la phoque* de grandeur naturelle; (*a*) la queue; (*b*) la tête dont les mamelons ne paroissent pas; (*c*, *c*,) étranglement de la partie postérieure du corps; (*d*) bosse du dos, (*e*, *e*, *e*, *e*) les intestins roulés en spirale. (6) Extrémité antérieure, très-grossie; (*a*, *b*,) mamelons de la bouche; (*c*, *d*,) les deux vésicules latérales; (*e*) portion du cou.

3. ASCARIS *phocæ*.

Ascaris, caudæ apice subinflato, capite vesiculis binis pellucentibus, corpore pone medium constricto; tab. 30, fig. 5, 6. — *Goeze*.
Habitat in intestinis et quandoque in cæteris visceribus *Phocæ Groenlandicæ* et *Phocæ fetidæ*.

(5) *Ascaris Phocæ*, magnitudine naturali; (*a*) cauda; (*b*) caput, papillis absconditis; (*c*, *c*) constrictio partis posterioris corporis; (*d*) gibbositas dorsalis; (*e*, *e*, *e*, *e*) intestina spiraliter contorta. (6) Extremitas antica corporis valde aucta; (*a*, *b*) papillæ terminales; (*c*, *d*) vesiculæ binæ laterales; (*e*) pars colli.

4 ASCARIDE *tridenté*.

Ascaride, presque également atténué aux deux bouts, queue armée de trois pointes; pl. 30, fig. 7 — 9.
Habite dans les intestins de la variété du chien domestique, nommée l'*Epagneul*.

Ascaride *tridenté*, de grandeur naturelle; (*a*) la tête avec ses trois mamelons; (*b*) la queue tridentée; (8) la tête grossie; (9) la queue plus grossie.

4. ASCARIS *tricuspidata*.

Ascaris, subæqualiter utrinque attenuata, cauda tricuspi; tab. 30, fig. 7 — 9. *Bloch*.
Habitat in intestinis varietatis *canis familiaris Hispani* dictæ.

(7) Ascaris *tricuspidata*, magnitudine naturali; (*a*) caput, papillis tribus exsertis; (*b*) cauda tridentata; (8) caput amplificatum; (9) cauda magis aucta.

5. ASCARIDE *du chat*.

Ascaride, tête presque sagittée par deux vésicules oblongues, élargies en arrière et transparentes; pl. 31, fig. 7 — 12.
Habite dans les intestins du chat.

(7) *Ascaride du chat*, de grandeur naturelle; (*a*) la tête; (*b*, *c*) les deux vésicules transparentes, rétrécies en avant, élargies en arrière; (*d*) le canal alimentaire parcourant toute la longueur du corps; (*e*) la queue atténuée au bout. (8) Partie des ovaires de l'*Ascaride du chat*, comprimée, et considérablement grossie avec ses œufs. (9) Plusieurs de ces œufs, lorsqu'ils sont hors des ovaires,

5. ASCARIS *felis*.

Ascaris, capite subsagittato, vesiculis binis oblongis postice dilatatis, pellucidis; tab. 31, fig. 7 — 12. *Goeze*.
Habitat in intestinis *felis cati*.

(7) *Ascaris felis*, magnitudine naturali; (*a*) caput; (*b*, *c*) vesiculæ binæ pellucidæ, antice attenuatæ, postice dilatatæ; (*d*) canalis alimentarius corpus longitudinaliter percurrens; (*e*) cauda apice attenuata. (8) Pars ovariorum *Ascaridis felis* compressa, valde aucta, cum ovulis. (9) Ovula plurima ab ovariis libera, aucta. (10) Pars ovariorum aucta, et ante ovulorum maturitatem com-

grossis. (10) Portion d'ovaires grossie, vue pendant que les œufs ne sont point encore à leur maturité. (11) Tête de l'*Ascaride du chat* considérablement grossie ; (*a*) l'ouverture de la bouche, dont les mamelons, ne sont pas apparents ; (*b*, *c*) deux lèvres distinctes ; (*d*, *e*) le commencement du canal alimentaire. (12) Partie moyenne du corps également grossie, montrant les segments dont il est composé.

specta ; (11) caput *Ascaridis felis* maxime ampliatum ; (*a*) oris apertura papillis non apparentibus ; (*b*, *c*) labia duo distincta inaequalia ; (*d*, *e*) primordium canalis alimentarii. (12) Pars intermedia corporis aequaliter amplicata, cum annulis conspicuis.

6. ASCARIDE *du blaireau*.

Ascaride, tête presque quadrangulaire, queue du mâle vésiculeuse garnie de crochets, celle de la femelle terminée par un aiguillon ; pl. 31, fig. 1 — 4.
Habite dans les intestins du *blaireau*.

(1) *Ascaride du blaireau* de grandeur naturelle ; (*a*) la tête ; (*b*) la queue ; (2) Ver femelle très-grossi ; (*a*) la tête presque carrée ; (*b*) le canal alimentaire, continuant jusqu'en (*c*, *d*, *e*, *f*) reparoissant en (*g*), et se terminant à l'anus ; (*h*) l'anus ; (*i*, *i*, *i*, *i*) l'estomach ; (*k*, *k*, *k*, *k*) les ovaires entortillés ; (*l*) l'aiguillon de la queue. (3) Portion du milieu du corps du vers femelle, très-grossie et comprimée ; (*a*, *b*, *c*) agrégation de petits œufs ; (4) ver mâle grossi, dont l'organisation interne diffère beaucoup de celle de sa femelle ; (*a*, *a*) la tête ; (*b*) petit bouton ; (*c*, *c*, *d*, *d*) l'estomach ; (*e*, *e*, *e*) plusieurs petits corps oblongs de couleur obscure ; (*f*, *f*, *f*) le canal alimentaire plus ample que dans la femelle ; (*g*, *g*, *g*, *g*) la peau des côtés fortement crenelée, comme dans l'*Ascaride vermiculaire* ; (*h*) la queue ; (*i*) vésicule arrondie ; (*k*, *k*) deux crochets dont elle est armée.

Observ. M. Gmelin a placé avec raison cette espèce dans le genre de l'*Uncinaria*, que je n'ai connu que long-temps après que ces planches étoient gravées.

6. ASCARIS *melis*.

Ascaris, capite subquadrangulo, cauda maris vesiculosa uncinata, feminae aculeata ; tab. 31 ; fig. 1 — 4. *Goeze*.

Habitat in intestinis *ursi melis*.

(1) *Ascaris melis*, magnitudine naturali ; (*a*) caput ; (*b*) cauda ; (2) femina valde aucta ; (*a*) caput subquadratum ; (*b*) canalis alimentarius, pergens ad (*c*, *d*, *e*, *f*) conspicuus ad (*g*) et desinens ad anum ; (*h*) anus ; (*i*, *i*, *i*, *i*) ventriculus ; (*k*, *k*, *k*, *k*) ovaria intorta ; (*l*) aculeus caudalis ; (3) pars medii corporis vermis feminae maxime aucta et compressa ; (*a*, *b*, *c*) acervi versi ovulorum ; (4) vermis mas auctus, cujus interanea discrepant ab interaneis feminae ; (*a*, *a*) caput ; (*b*) papilla minima ; (*c*, *c*, *d*, *d*) ventriculus ; (*e*, *e*, *e*) corpuscula oblonga plurima obscurata ; (*f*, *f*, *f*) canalis alimentarius magis dilatatus quam in femina ; (*g*, *g*, *g*, *g*) cutis ad latera corporis utrinque subtilissime crenata, sicuti in *Ascaride vermiculari* ; (*h*) cauda ; (*i*) vesicula rotundata ; (*k*, *k*) unci bini quibus armatur.

Observ. D. Gmelinus merito hanc speciem ad *uncinariae* genus retulit, quod non noveram dum tabulae sculptae fuerant.

7. ASCARIDE *du veau*.

Ascaride, vivipare filiforme, queue atténuée, anus apparent ; pl. 30, fig. 22 — 24.
Habite dans le poumon et dans les trachées du *veau*.

(22) *Ascaride du veau*, de grandeur naturelle ; (*a*) la tête ; (*b*) la queue. (23) Extrémité antérieure grossie ; (*c*) ses trois mamelons. (24) Extrémité postérieure également grossie ; (*d*) l'anus.

7. ASCARIS *vituli*.

Ascaris, vivipara, filiformis, cauda acuminata, ano conspicuo ; tab. 30, fig. 22 — 24. *Goeze*.
Habitat in tracheis et pulmone *vituli*.

(22) *Ascaris vituli*, magnitudine naturali ; (*a*) caput ; (*b*) cauda. (23) Extremitas antica aucta ; (*c*) papillae tres capitis. (24) Extremitas postica aequaliter aucta ; (*d*) anus.

8. ASCARIDE *du cheval*.

Ascaride, de la grosseur du petit doigt, atténué aux deux extrémités ; pl. 30, fig. 1 — 3.
Habite dans les intestins du *cheval*.

8. ASCARIS *equi*.

Ascaris, digiti minimi crassitie, utrinque attenuata ; tab. 30 ; fig. 1 — 3. *Goeze*.

Habitat in *equi* intestinis.

(1) *Ascaride du cheval*, de grandeur naturelle ; (*a*) la tête ; (*b*) les trois mamelons de la tête ; (*c*) la queue ; (*d*) le canal alimentaire, traversant le ver dans toute sa longueur, cessant d'être visible vers le milieu du corps ; (*e*) l'anus. (2) Un mamelon extrêmement grossi, vu sur sa face convexe ; (*b*, *b*) échancrure transversale. (3) Les trois mamelons de la tête vus en face ; (*a*) l'ouverture de la bouche.

9. ASCARIDE *du sanglier*.

Ascaride, vivipare, filiforme, d'un pouce de longueur, queue terminée en soie ; pl. 30, fig. 15 — 18.
Habite dans le poumon du *sanglier*.

(15) Petite variété de l'*Ascaride du sanglier*, de grandeur naturelle ; (*a*) la tête ; (*b*) la queue. (16) grande variété de la même espèce ; (*a*) la tête ; (*b*) la queue. (17) Extrémité antérieure de la petite variété grossie ; (*c*) ses trois mamelons. (18) Extrémité postérieure de la même variété, grossie, terminée par une soie transparente.

C — des Oiseaux.

10. ASCARIDE du *rollier*.

Ascaride, roide, en forme d'aiguille, queue obtuse ; pl. 30, fig. 12 — 14.
Habite sous la peau du gosier du *rollier d'Europe*.

(12) *Ascaride du rollier*, de grandeur naturelle ; (*a*) la tête ; (*b*) la queue. (13) Extrémité antérieure grossie ; (*c*) ses trois mamelons ; (*d*) partie du col. (14) Extrémité postérieure grossie ; (*e*) la queue ; (*f*) l'anus protubérant.

11. ASCARIDE *mameloné*.

Ascaride, ayant quatre glandules en-dessous ; la queue terminée par une soie, quelquefois glanduleuse sur les côtés ; pl. 32, fig. 24 — 29.
Habite dans l'intestin rectum de l'*outarde*.

(24) *Ascaride mameloné* de grandeur naturelle ; (*a*) la tête ; (*b*) la queue. (25) Le même très-grossi ; (*d*) quatre glandules du ventre ; (*f*) trois mamelons de la tête ; (*b*) queue se terminant en une soie ; (*l*, *l*) les intestins. (26) Variété de l'*Ascaride mameloné*, ou peut-être sa femelle, de grandeur naturelle ; (*a*) sa tête ; (*b*) sa queue. (27) Sa tête grossie ; (*f*) ses trois mamelons. (28) sa queue également grossie ; (*b*) la pointe de sa queue ; (*k*, *k*) deux soies latérales un peu plus longues que le bout de sa queue ; (*h*) la vulve. (29) Le ver de cette variété très-grossi ; (*a*) sa tête ; (*b*) sa queue, consistant en une soie fine ;

(1) *Ascaris equi* magnitudine naturali ; (*a*) caput ; (*b*) papillæ tres capitis ; (*c*) cauda ; (*d*) canalis alimentarius totum corpus longitudinaliter decurrens, et versus medium inconspicuus ; (*e*) anus. (2) Papilla una valde aucta, à latere convexo visa ; (*b*, *b*) incisura transversa. (3) Papillæ tres capitis antice conspectæ ; (*a*) oris orificium.

9. ASCARIS *apri*.

Ascaris, vivipara, filiformis, subpollicaris, postice setosa ; tab. 30, fig. 15 — 18, *Goeze*.
Habitat in *apri* pulmone.

(15) Varietas minor *Ascaridis apri*, magnitudine naturali ; (*a*) caput ; (*b*) cauda setosa. (16) Major varietas ejusdem speciei in forma naturali ; (*a*) caput ; (*b*) cauda. (17) Extremitas anterior minoris varietatis aucta ; (*c*) papillæ tres apicis. (18) Extremitas posterior ejusdem varietatis, aucta, postice seta pellucida finita.

C. — Avium.

10. ASCARIS *Coraciæ*.

Ascaris, rigida, acicularis, cauda obtusata ; tab. 30, fig. 12 — 14. *Goeze*.
Habitat sub cute jugulari *Coraciæ Europeæ*.

(12) *Ascaris coraciæ*, magnitudine naturali ; (*a*) caput ; (*b*) cauda. (13) Extremitas antica aucta ; (*c*) papillæ tres apicis ; (*d*) pars colli. (14) Extremitas posterior aucta ; (*e*) cauda obtusata ; (*f*) anus protuberans.

11. ASCARIS *papillosa*.

Ascaris, subtus papillosa, cauda setosa, aliquoties utrinque glandulosa ; tab. 32, fig. 24 — 29. *Bloch*.

Habitat in *otidis tardæ* intestino recto.

(24) *Ascaris papillosa*, magnitudine naturali ; (*a*) caput ; (*b*) cauda. (25) Eadem valde aucta ; (*d*) glandulæ quatuor ventrales ; (*f*) papillæ tres capitis ; (*b*) cauda in setam terminata desinens ; (*l*, *l*) interanea. (26) Varietas *Ascaridis papillosæ*, aut ejusdem fœmina, magnitudine naturali ; (*a*) caput ; (*b*) cauda. (27) Ejusdem caput aucta magnitudine ; (*f*) papillæ tres. (28) Cauda æqualiter aucta ; (*b*) caudæ apex ; (*k*, *k*) setæ binæ, caudæ apice paulo longiores ; (*h*) vulvæ orificium. (29) Vermis ejusdem varietatis magnopere auctus ; (*a*) caput ; (*b*) cauda setosa transversa ; (*c*, *c*) glandulæ tres ad caudæ basim utrinque sitæ ; (*d*) quaq

(*e*, *e*) trois glandules situés aux deux côtés de la base de la queue ; (*d*) quatre glandules du ventre ; (*e*, *e*) les ovaires, comme ils s'en détachent par l'effet de la pression ; (*g*) la valve.

12. ASCARIDE *du coq*.

Ascaride, extrémité crochues, queue en soie, munie de deux piquants au-dessus de l'anus ; pl. 30, fig. 11 A, 11.
Habite dans les intestins du coq et de la poule.

(11 A) *Ascaride du coq*, de grandeur naturelle. (11) Le même très-grossi ; (*a*) la tête avec ses trois mamelons ; (*b*) la queue terminée en soie ; (*c*) l'anus ; (*d*, *d*) deux piquants arqués ; (*e*) une vésicule convexe, transparente ; (*f*, *f*) deux tubercules réunis en forme de scrotum.

13. ASCARIDE *du pigeon*.

Ascaride, extrémité antérieure courbée, postérieure droite, brune, très-rétrécie au bout ; pl. 30, fig. 10.
Habite dans les intestins du *pigeon domestique*.

(10) *Ascaride du pigeon*, de grandeur naturelle ; (*a*) la tête recourbée ; (*b*) la queue rembrunie, où l'on apperçoit le canal intestinal.

14. ASCARIDE de *la grive*.

Ascaride, tête munie d'un bec fendu, et granuleuse sur ses deux faces, queue obtuse ; pl. 31, fig. 13 — 16.
Habite dans le foie de *la grive*.

(13) *Ascaride de la grive* un peu grossi ; (*a*) la tête ; (*b*) la queue ; (*c*, *d*) filament rempli d'œufs sortant du corps du ver ; (*f*) partie du ver, où on apperçoit à nud le filament, quoiqu'il paroisse sortir en (*e*) d'un tuyau. (14) la tête du ver très-grossie ; (*a*) son bec fendu au milieu ; (*b*, *c*, *d*, *e*) les deux faces supérieure et inférieure de la tête garnies de petits grains. (15) Partie du filament ou de l'ovaire rempli d'œufs, comprimée et grossie. (16) Deux œufs détachés, en forme de nacelle, considérablement grossis.

Observ. Peut-être cette espèce appartient-elle au genre de la *Proboscide*, à cause de son bec et sur-tout de la privation des mamelons.

D. — *des Reptiles*.

15. ASCARIDE *alène*.

Ascaride, vivipare, cendré, queue

tuor aliae glandulae ventrales ; (*e*, *e*) ovaria racemosa pressione erumpentia ; (*g*) valva.

12. ASCARIS *galli*.

Ascaris, utrinque uncinata, cauda setosa spiculis binis supra anum munita ; tab. 30, fig. 11 A, 11. *Goeze*.
Habitat in intestinis *galli gallinacei* et *gallinae*.

(11 A) *Ascaris galli*, magnitudine naturali. (11) Eadem valde aucta ; (*a*) caput cum papillis tribus ; (*b*) cauda in setam desinens ; (*c*) anus ; (*d*, *d*) spicula bina arcuata ; (*e*) vesicula convexa, pellucens ; (*f*, *f*) duo tubercula in formam scroti connexa.

13. ASCARIS *columbae*.

Ascaris, antico arcuata, cauda recta fusca in acumen constricta ; tab. 30, fig. 10. *Goeze*.
Habitat in intestinis *columbae domesticae*.

(10) *Ascaris columbae*, magnitudine naturali ; (*a*) caput arcuatum ; (*b*) cauda fusca, intra quam translucet canalis intestinalis.

14. ASCARIS *turdi*.

Ascaris, capite rostrato, fisso, utrinque granoso, cauda obtusata ; tab. 31, fig. 13 — 16. *Goeze*.
Habitat in hepate *turdi viscivori*.

(13) *Ascaris turdi* paululum aucta ; (*a*) caput ; (*b*) cauda ; (*c*, *d*) filamentum undulatum è corpore vermis erumpens ; (*f*) pars vermis, ubi filamentum nudum apparet, dum in (*e*) e quodam tubulo exire videatur. (14) Vermis caput magno augmentationis gradu ; (*a*) rostrum in medio fissum ; (*b*, *c*, *d*, *e*) facies superior et inferior capitis granulosa. (15) Pars filamenti seu ovarii ovulis farcti compressa et valde aucta. (16) Bina ovula separata, forma naviculari maxime aucta.

Observ. Forsan haec species ad genus *Proboscidis* pertinet, ob rostrum anteriorem et defectum praesertim papillarum oris.

D. — *Reptilium*.

15. ASCARIS *acicula*.

Ascaris, vivipara cinerascens, cauda

coudée, terminée en soie; pl. 30, fig. 19 — 21.
Habite dans le poumon des grenouilles.

(19) *Ascaride alène* de grandeur naturelle; (a) la tête; (b) la queue. (20) Son extrémité antérieure grossie; (a) ses trois mamelons. (21) L'extrémité postérieure également grossie; (b) articulation de la queue coudée et terminée par une soie.

16. ASCARIDE du *crapaud.*

Ascaride, filiforme, entrailles frangées, queue terminée par une soie; pl. 32, fig. 1. — 3.
Habite dans les intestins du crapaud.

(1) *Ascaride du crapaud*, de grandeur naturelle. (2) Le même grossi; (a) la tête, où il ne paroît point de mamelons; (b) l'œsophage, en forme d'un petit canal; (d, d, d, d) le canal alimentaire frangé sur les côtés; (e) la vulve, d'où on fait sortir, par une légère compression, des œufs et des fœtus; (f, g) les franges des entrailles diversement situées; (h) l'anus; (i, k) la queue; (l) la soie qui la termine. (3) Cinq œufs détachés, très-grossis.

17. ASCARIDE *pulmonaire.*

Ascaride, vivipare filiforme, également atténué aux extrémités, entrailles noires; pl. 32, fig. 4 — 7.
Habite dans le poumon de la *grenouille pluviale.*

(4) *Ascaride pulmonaire* de grandeur naturelle; (a) la tête; (b) la queue. (5) Son extrémité antérieure grossie; (a) l'ouverture de la bouche orbiculaire et sans mamelons; (b, c) deux épines droites dans l'intérieur du canal alimentaire. (6) Son extrémité postérieure également grossie, présentant une partie de ses entrailles colorées de noir; (a) la pointe de sa queue; (b, c) canal très-fin qui occupe le milieu de la queue; (d) autre canal court, qui conduit à l'anus; (e) l'anus. (7) Partie moyenne du corps considérablement grossie; (a, b) des embrions entrelassés; (c, d) œufs qui ne sont point encore parvenus à leur maturité.

Observat. Cette espèce et la précédente diffèrent des autres *Ascarides*, en ce qu'elles sont privées des trois mamelons à l'ouverture de la bouche, et des *Proboscides*, en ce qu'elles ne sont point terminées en avant par un bec, d'où on peut croire qu'elles pourroient former un genre à part.

E — des Vers.

18. ASCARIDE du *lombric.*

Ascaride, très-petit, garni sur toute sa

geniculata, setosa; tab. 30, fig. 19 — 21. *Goeze.*
Habitat in pulmone ranarum.

(19) *Ascaris acicula*, magnitudine naturali; (a) caput; (b) cauda. (20) Extremitas antica ampliata; (a) papillæ tres. (21) Extremitas postica æqualiter aucta; (b) articulus caudæ geniculatæ, ad apicem setosus.

16. ASCARIS *bufonis.*

Ascaris, filiformis, interaneis fimbriatis, cauda uniseta; tab. 32, fig. 1 — 3. *Goeze.*
Habitat in *ranae bufonis* intestinis.

(1) *Ascaris bufonis*, magnitudine naturali. (2) Eadem aucta; (a) caput absque papillis terminalibus; (b) œsophagus in formam tubuli internis; (d, d, d, d) canalis alimentarius in spiram fimbriatus; (e) vulva, e quâ pressione ovula fetusque immaturi exeunt; (f, g) limbus interaneorum diversimode siti et illis adnatae; (h) anus; (i, k) cauda; (l) seta caudam terminans. (3) Ovula quinque maxime aucta.

17. ASCARIS *pulmonaris.*

Ascaris, vivipara, filiformis, extremitatibus subæqualiter attenuatis, interaneis nigris; tab. 32, fig. 4 — 7. *Goeze.*
Habitat in *ranae rubetae* pulmone.

(4) *Ascaris pulmonaris*, magnitudine naturali; (a) caput; (b) cauda. (5) Extremitas anterior aucta; (a) oris apertura orbicularis simplex, absque papillis; (b, c) spicula bina recta in cavitate canalis alimentarii recepta. (6) Extremitas posterior æqualiter aucta, partem interaneorum nigrorum præsentans; (a) caudæ apex; (b, c) canalis subtilissimus medium caudam ad apicem usque percurrens; (d) canalis alius brevis ad anum ducens; (e) anus. (7) Pars media corporis magnopere aucta; (a, b) plaga pullorum spiraliter involutorum; (c, d) plaga ovulorum immaturorum.

Observat. Hæc species et proxime præcedens ab aliis *Ascaridibus* differunt, eo quod tribus papillis oris careant, sicuti a *Proboscidibus* quod caput non sit rostratum; hinc apparet quod in proprium genus constitui potuissent.

E — Vermium.

18. ASCARIS *lumbrici,*

Ascaris, minutissima, binis ordinibus

longueur de deux rangs de points noirâtres, queue en alêne; pl. 31, fig. 5, 6.

Habite sous la peau et dans la lymphe du *lombric terrestre*.

(5) *Ascaride du lombric* grossi. (6) Le même très-grossi; (*a*) la tête terminée par trois mamelons, dont on ne voit que deux dans cette figure; (*a*, *b*, *c*) le canal alimentaire; (*d*, *e*) deux rangs longitudinaux de points noirâtres; (*f*) la queue sans points.

20. — PROBOSCIDE.

Caract. du genre.

Corps cylindrique nud, tête armée d'un bec, et d'une trompe rétractile, située au-dessous de sa pointe.

Observ. Les Vers de ce genre furent placés par Muller et par M. Othon Fabricius, qui en avoit fait la découverte, dans le genre de l'*Ascaride*, malgré qu'ils fussent privés des trois mamelons de leur extrémité antérieure, qui forment le caractère essentiel de ce genre. M. Gmelin, dans son Catalogue systématique nouvellement publié, en a introduit quelques-uns dans le genre de l'*Echinorynque*, et a laissé les autres dans celui de l'*Ascaride*; mais je suis persuadé qu'ils ne conviennent à aucun de ces deux genres, puisque, s'il est évident qu'ils n'ont point de mamelons à leur extrémité antérieure, de l'autre, il n'est point encore prouvé que leur trompe soit armée de crochets, comme dans les *Echinorynques*, ayant au contraire paru nue dans les espèces où elle a été apperçue. Cette trompe d'ailleurs sort toujours de la base du bec, ou au moins au-dessous de sa pointe, et non pas de l'extrémité antérieure du corps, comme dans tous les *Echinorynques*. C'est après avoir mûrement pesé toutes ces considérations, que je me suis décidé à en former un nouveau genre, sous le nom de *Proboscide*, et à rétracter ce que j'avois avancé dans le Dictionnaire de l'Encyclopédie, où ces Vers avoient été placés, d'après Muller, dans le genre de l'*Ascaride*.

longitudinalibus punctorum nigrescentium, cauda subulata; tab. 31, fig. 5, 6. *Goeze*.

Habitat sub cute et in lympha *lumbrici terrestris*.

(5) *Ascaris lumbrici*, aucta; (6) Eadem valde aucta; (*a*) caput papillis tribus terminatum, binis tantum in nostra figura ob situm conspicuis; (*d*, *e*) ordines duo longitudinales punctorum nigrescentium; (*f*) cauda non punctata.

20 — PROBOSCIDEA.

Charact. generis.

Corpus cylindricum nudum, capite rostrato, infra apicem Proboscide levi retractili.

Observ. Vermes hujusce generis a Mullero et D. Othone Fabricio qui primus illos observaverat in genere *Ascaridum* fuerant introducti, licet papillis tribus extremitatis anterioris, quæ characterem essentialem ascaridum constituunt, fuissent destituti. D. Gmelinus in Vermium catalogo systematico nuper edito, quasdam illorum species in genere *Echinorynchi* introduxit, aliasque inter *Ascarides* reliquit; sed neutro illorum generum convenire has species sum persuasus, dum si papillis ad extremitatem anticam orbentur, nundum probatum fuit illorum Proboscidem aculeis esse armatam, sicuti in *Echinorynchis*, et è contra nudam fuisse repertam, in illis quibus fuit obvia, constet. Hæc Proboscis semper a rostri basi prodit, aut infra hujus apicem protruditur, et non ab apice extremitatis anticæ corporis ut *Echinorynchis* convenit. Talibus ponderatis rationibus, novum genus *Proboscidis* nomine designare ex his speciebus mihi fuit consultum, et locum mutare quem authoritate Mulleri deceptus, illis in Vermium Dictionario Encyclopediæ inter *Ascarides* jam jam designaveram.

A — des mammaires.

1. PROBOSCIDE *tubifère.*

Proboscide, blanche, bec cylindrique, droit; pl. 32, fig. 8.
Ascaride tubifère; Dict. num. 7.
Habite dans l'estomach de la *phoque barbue.*

(8) *Proboscide tubifère*, de grandeur naturelle; (*a*) le bec droit de l'extrémité antérieure; (*b*) la queue.

2. PROBOSCIDE *bifide.*

Proboscide, bec filiforme arqué, trompe située à sa base; pl. 32, fig. 9, 10.
Ascaride bifide, Dict. num. 8.
Habite dans les intestins de la *phoque du Groenland.*

(9) *Proboscide bifide*, de grandeur naturelle; (*a*) le bec; (*b*) la queue fendue. (10) Son extrémité antérieure avec son bec arqué, grossie; (*c*) trompe droite située à la base du bec.

B. — des poissons.

3. PROBOSCIDE de la *raie.*

Proboscide, bec atténué arqué, trompe située au-dessous de sa pointe; pl. 32, fig. 11, 12.
Ascaride de la raie, Dict. num. 9.
Habite dans l'estomach de la *raie chardon.*

(11) *Proboscide de la raie*, de grandeur naturelle; (*a*) le bec avec sa trompe; (*b*) son extrémité postérieure. (12) Extrémité antérieure grossie; (*c*) sa trompe sortie un peu au-dessous du milieu du bec.

4. PROBOSCIDE du *pleuronecte.*

Proboscide, bec obtus, extrémité postérieure terminée par un bourrelet circulaire; pl. 32, fig. 13, 14.
Ascaride du pleuronecte; Dict. num. 10.
Habite dans l'estomach du *pleuronecte plie.*

(13) *Proboscide du pleuronecte* de grandeur naturelle; (*a*) extrémité antérieure; (*b*) postérieure terminée par un bourrelet circulaire, avec l'ouverture de l'anus au milieu. (14) L'extrémité antérieure grossie; (*c*) ouverture à la base du bec.

A — mammalium.

1. PROBOSCIDEA *tubifera.*

Proboscis, alba, rostro cylindrico recto; tab. 32, fig. 8. *Muller.*

Habitat in ventriculo *phocae barbatae.*

(8) *Proboscis tubifera*, magnitudine naturali; (*a*) rostrum rectum extremitatis anticae; (*b*) cauda.

2. PROBOSCIDEA *bifida.*

Proboscidea, rostro filiformi arcuato, Proboscide ad basim rostri; tab. 32, fig. 9, 10. *Muller.*
Habitat in intestinis *phocae groenlandicae.*

(9) *Proboscidea bifida*, magnitudine naturali; (*a*) rostrum; (*b*) cauda fissa. (10) Extremitas anterior, cum rostro arcuato, aucta; (*c*) Proboscis recta ad rostri basim sita.

B. — Piscium.

3. PROBOSCIDEA *rajae.*

Proboscidea, rostro attenuato arcuato; Proboscide infra rostri apicem; tab. 32, fig. 11, 12. *Muller.*

Habitat in ventriculo *rajae fullonicae.*

(11) *Proboscidea rajae*, magnitudine naturali; (*a*) rostrum cum Proboscide; (*b*) extremitas postica. (12) Extremitas antica aucta; (*c*) Proboscis paulo infra rostri apicem exserta.

4. PROBOSCIDEA *pleuronectis.*

Proboscidea, rostro obtuso, postice cingulo elevato terminali; tab. 32, fig. 13, 14. *Muller.*

Habitat in ventriculo *pleuronectis platessoideae.*

(13) *Proboscidea pleuronectis*, magnitudine naturali; (*a*) extremitas antica; (*b*) postica annulo elevato terminata, cum apertura ani intermedia. (14) Extremitas antica aucta; (*c*) oris apertura ad rostri obtusi basim sita.

5. PROBOSCIDE du *gade*.

PROBOSCIDE, bec court légèrement crochu, moitié postérieure du corps pinnée; pl. 32, fig. 15, 16.
Ascaride du gade; Dict. num. 11.

(15) *Proboscide du gade* vue du côté du dos, de grandeur naturelle; (*a*) la tête; (*b*) la queue; (*c*, *c*) les pinnes ou membranes latérales de sa moitié postérieure. (16) La tête grossie, présentant son bec légèrement crochu; (*d*) ouverture de sa bouche.

6. PROBOSCIDE *variable*.

PROBOSCIDE, corps ridé légèrement applati, bec droit obtus, portant en-dessous une ouverture en forme de croissant; pl. 32, fig. 17, 18.
Ascaride variable; Dict. num. 12.
Habite dans les intestins du *gade barbu*.

(17) Variété rouge de la *Proboscide variable*, dont le corps est ridé, de grandeur naturelle; (*a*) son bec obtus; (*b*) sa queue; (*c*) sa trompe, sortant de la base du bec. (18) La variété grise de ce même ver; (*a*) le bec; (*b*) la queue; (*d*) le canal alimentaire parcourant le milieu du corps depuis la bouche jusqu'à l'anus.

C. — des oiseaux.

7. PROBOSCIDE du *pinguoin*.

PROBOSCIDE, bec pointu, extrémité antérieure légèrement ridée en-dessous, postérieure anguleuse; pl. 32, fig. 19, 20.
Ascaride prismatique; Dict. num. 14.
Habite dans les intestins du *pinguoin pie*.

(19) *Proboscide du pinguoin*, de grandeur naturelle, présentant le dos; (*a*) extrémité antérieure terminée par un bec pointu; (*b*) postérieure atténuée; (*d*, *d*) ligne noire du dos. (20) La même vue du côté du ventre; (*a*) le bec; (*b*) la queue; (*c*) l'ouverture de la bouche bordée en-dessous par des rides latérales.

8. PROBOSCIDE *marine*.

PROBOSCIDE, rouge, bec conique bilabié, queue atténuée; pl. 32, fig. 21 — 23.
Ascaride rouge; Dict. num. 13.
Habite sur les rivages de la mer, en Norvège.

(21) *Proboscide rouge*, de grandeur naturelle; (*a*) la tête. (22, 23) Son bec grossi; (*a*, *a*) ses deux lèvres; (*b*) ouverture ronde située au-dessous de la tête.

5. PROBOSCIDEA *gadi*.

PROBOSCIDEA, rostro brevi subuncinato, media corporis parte postica pinnata; tab. 32, fig. 15, 16. *Muller*.

(15) *Proboscidea gadi* e dorso conspecta, magnitudine naturali; (*a*) caput, (*b*) cauda; (*c*, *c*) pinnæ seu membranæ laterales posticæ partis. (16) Caput auctum cum rostro subuncinato; (*d*) oris apertura.

6. PROBOSCIDEA *versipellis*.

PROBOSCIDEA, rugosa compressiuscula, rostro recto obtuso, subtus orificio lunari; tab. 32, fig. 17, 18. *Muller*.

Habitat in intestinis *gadi barbati*.

(17) Varietas rubra *Proboscideæ versipellis*, corpore rugoso, et magnitudine naturali; (*a*) rostrum obtusum; (*b*) cauda; (*c*) Proboscis e rostri basi exserta. (18) Varietas grisea ejusdem; (*a*) rostrum, (*b*) cauda, (*d*) canalis alimentarius medium corpus ab ore ad anum occupans.

C — avium.

7. PROBOSCIDEA *alcæ*.

PROBOSCIDEA, rostro acutiusculo, antice subtus rugosa, postice subprismatica; tab. 32, fig. 19, 20. *Muller. Von-wurm.*

Habitat in intestinis *alcæ picæ*.

(19) *Proboscidea alcæ*, magnitudine naturali dorsum præsentans; (*a*) Extremitas antica rostro acutiusculo terminata; (*b*) postica attenuata sub prismatica; (*d*, *d*) linea nigra dorsalis. (20) Eadem ventre conspicua; (*a*) rostrum; (*b*) cauda; (*c*) oris apertura, cum rugis seu pliciis lateralibus posticis.

8. PROBOSCIDEA *marina*.

PROBOSCIDEA, rubra, rostro conico bilabiato, cauda attenuata; tab. 32, fig. 21 — 23. *Muller. Von-wurm.* An hujus generis?
Habitat in maris littoribus Norvegiæ.

(21) *Proboscidea marina*, magnitudine naturali; (*a*) caput. (22, 23) Rostrum auctum; (*a*, *a*) labia duo; (*b*) apertura rotundata subtus ad basim capitis sita.

21. TRICHURIDE.

Caractère du genre.

Corps contourné en spirale, extrémité postérieure épaissie en forme de massue, antérieure aussi fine qu'un cheveu, tête quelquefois noduleuse.

1. TRICHURIDE *de l'homme.*

TRICHURIDE, tête simple, partie postérieure crénelée en-dessus, lisse en-dessous; pl. 33, fig. 1, 2, 3, 4.
Habite dans les intestins de l'homme, principalement en état de maladie.

(1) *Trichuride de l'homme* alongée, de grandeur naturelle. (2) La même contractée, avec sa partie postérieure roulée en spirale. (3) *Trichuride de l'homme*, mâle, grossie; (a) la tête, simple, arrondie au bout; (b, c, d, e, f) le canal alimentaire; (h) stries transversales qu'on apperçoit sur toute son extrémité antérieure; (i, k, k) intestin contourné en spirale, qui rend la partie postérieure du corps en quelque manière crénelée; (l) organe, terminé par un petit tube (m) sortant de l'anus par l'effet de la pression. (4) Partie postérieure du ver femelle, grossie; (a) l'extrémité de la queue à pointe émoussée différente de celle du mâle; (b, c) l'intestin contourné en spirale; (d, e) endroit où l'intestin est roulé autour du canal alimentaire; (f, g) canal intestinal, se terminant à l'anus.

2. TRICHURIDE *du cheval.*

TRICHURIDE, tête légèrement noduleuse, extrémité antérieure atténuée, postérieure pointue; pl. 33, fig. 5.
Habite dans les intestins du cheval.

(5) *Trichuride du cheval* de grandeur naturelle; (a) la tête ordinairement un peu plus renflée qu'elle n'est exprimée dans la figure; (b) la queue pointue.

3. TRICHURIDE *du rat.*

TRICHURIDE, tête munie de trois mamelons, extrémité antérieure filiforme; pl. 33, fig. 6 — 10.
Habite dans les intestins du rat.

(6) *Trichuride du rat* de grandeur naturelle; (a) extrémité postérieure; (b) antérieure. (7) La femelle de ce ver grossie; (a) la queue; (b) l'extrémité postérieure du canal alimentaire; (c) l'anus; (d) partie antérieure du ver garnie intérieurement de petits grains ou d'œufs. (8) Portion de l'extrémité antérieure du ver grossie, pour faire appercevoir l'arrangement des globules; (f) plusieurs de ces globules qui s'échappent par un des bouts.

21. TRICHURIS.

Charact. generis.

Corpus spiraliter contortum, extremitate posteriori crassa clevata, anteriori in capillum attenuata, capite interdum nodoso.

1. TRICHURIS *hominis.*

TRICHURIS, capite simplici, parte posteriori supra crenata, subtus lævi; tab. 33, fig. 1 — 4. *Bloch. Goeze.*
Habitat in intestinis hominis, potissimum morbo laborantis.

(1) *Trichuris hominis* elongata, magnitudine naturali. (2) Eadem contracta, parte posteriori in spiram contorta. (3) *Trichuris hominis*, mas, aucta; (a) caput simplex, apice rotundatum; (b, c, d, e, f) canalis alimentarius; (h) striæ transversæ subtilissimæ, usque ad caput conspicuæ; (i, k, k) intestinum spiraliter intortum, cujus protuberantiâ pars corporis posterior subcrenata apparet; (l) organum quoddam, forsan generationis, ab ano pressione exsertum, tubulo (m) terminatum. (4) Pars posterior vermis feminæ, aucta; (a) caudæ extremitas apice obtusato a cauda maris diversa; (b, c) intestinum spiraliter convolutum; (d, e) pars, ubi intestinum canalem intestinalem circumligat; (f, g) canalis intestinalis ad anum decurrens.

2. TRICHURIS *equi.*

TRICHURIS, capite subnodoso, antice attenuata, postice acuminata; tab. 33, fig. 5. *Goeze.*
Habitat in equi intestinis.

(5) *Trichuris equi*, magnitudine naturali; (a) caput sæpius apice magis inflatum quam in figura exprimitur; (b) cauda acuminata.

3. TRICHURIS *muris.*

TRICHURIS, capite trinodi, antice filiformis; tab. 33, fig. 6 — 10. *Goeze.*

Habitat in muris intestinis.

(6) *Trichuris muris*, magnitudine naturali; (a) extremitas posterior; (b) anterior. (7) Hujus vermis femina aucta; (b) extremitas posterior canalis alimentarii; (c) anus; (d) vermis pars anterior interne granulis repleta, seu ovulis. (8) Pars extremitatis anterioris vermis aucta, ut conspiciatur globulorum aut ovulorum dispositio; (f) globuli plurimi pressione ab una extremitate erumpentes. (9) Globulus unicus maxime auctus. (10) Extremitas ver-

par l'effet de la pression. (9) Un de ces globules considérablement grossi. (10) Extrémité antérieure du ver raccourcie, très grossie; (a) la tête garnie de trois tubercules extrêmement petits; (a, b, c, d, e) le canal alimentaire; (f) endroit où les globules intérieurs commencent à devenir visibles; (g, h) sept petites vésicules blanches et saillantes, qu'on apperçoit dans tous les individus sur une de leurs faces.

4. TRICHURIDE *du lézard.*

TRICHURIDE, tête garnie de crochets, queue atténuée écailleuse; pl. 33, fig. 11, 12.
Habite dans les intestins du *lézard apode.*

(11) *Trichuride du lézard*, de grandeur naturelle; (a) la tête, en forme de petit bouton, au bout de son extrémité antérieure aussi fine qu'un cheveu; (b) partie postérieure atténuée, dont la double pointe est fortement exprimée. (12) La tête de ce ver très-grossie; (c) l'ouverture de sa bouche, en forme d'entonnoir; (d) les crochets dont elle est couronnée.

22. LOMBRIC.

Caract. du genre.

Corps cylindrique articulé, anneaux munis d'aiguillons le plus souvent cachés, un pore sur une face de l'extrémité antérieure.

1. LOMBRIC *terrestre.*

LOMBRIC rouge, muni d'aiguillons sur huit rangs; pl. 34, fig. 1.
Habite dans la terre végétale.

(1) *Lombric terrestre*, de grandeur naturelle; (a) la tête; (b) la queue; (c) anneaux saillants, dans lesquels sont contenus les organes de la génération; (d, d, d) aiguillons des anneaux, tels qu'ils paroissent lorsque le ver les fait sortir.

2. LOMBRIC *varié.*

LOMBRIC, roussâtre, tacheté, muni d'aiguillons sur six rangs; pl. 34, fig. 2, 3. A, B, C.
Habite dans la vase des ruisseaux.

(2, A) *Lombric varié* de grandeur naturelle; (a) la tête; (b) la queue. (B) Le même, dont les anneaux sont plus apparents. (C) Portion de ce ver grossie; (c, c, c, f) jonction des articulations; (d, e, e, e) anneaux munis d'aiguillons. (3) Le même très-grossi, dont les aiguillons sont cachés; (a) la tête; (b) la queue; (c) pore de l'extrémité antérieure, qui est vraisemblablement sa bouche; (d) canal alimentaire; (e) anneaux du corps.

mis anterior parum contracta, valde aucta; (a) caput tuberculis tribus minimis munitum, sicuti in Ascaridibus; (a, b, c, d, e) canalis alimentarius; (f) locus ubi globuli interiores fiunt conspicui; (g, h) vesiculae septem elevatae albae, omnibus individuis propriae, unilaterales.

4. TRICHURIS *lacertae.*

TRICHURIS, capite uncinato, cauda attenuata utrinque squamata; tab. 33, fig. 11, 12. *Goeze.*
Habitat in *lacertae apodis* intestinis.

(11) *Trichuris lacertae*, magnitudine naturali; (a) caput nodulosum, apicem partis anterioris in capillis tenuitatem prolongatam, terminans; (b) pars posterior attenuata, denticulo laterali pro errore sculptoris nimis crasso. (12) Vermis caput valde auctum; (c) apertura oris infundibuliformis; (d) unciculi quibus munitur.

22. LUMBRICUS.

Caract. generis.

Corpus teres articulatum, annulis exasperatis aculeis ut plurimum conditis, extremitas anterior poro laterali instructa.

1. LUMBRICUS *terrestris.*

LUMBRICUS, ruber, octofariam aculeatus; tab. 34, fig. 1.
Habitat in humo.

(1) *Lumbricus terrestris*, magnitudine naturali; (a) caput; (b) cauda; (c) annuli elevati intra quos locantur genitalia; (d, d, d) aculei annulorum sicuti conspiciuntur quando vermis illos exserit.

2. LUMBRICUS *variegatus.*

LUMBRICUS, rufus maculatus, sexfariam aculeatus; tab. 34, fig. 2, 3. A, B, C, — *Bonnet.*
Habitat in limo rivulorum.

(2 A) *Lumbricus variegatus*, magnitudine naturali; (a) caput; (b) cauda. (B) Idem annulis magis distinctis. (C) Vermis pars medio aucta; (c, c, c, f) junctio articulorum; (d, e, e, e) annuli aculeis exsertis muniti. (3) Idem valde auctus, aculeis conditis; (a) caput; (b) cauda; (c) porus lateralis extremitatis anticae, seu os; (d) canalis alimentarius, (e) segmenta annularia.

3.

3. LOMBRIC *tubifore.*

LOMBRIC, rougeâtre, muni de deux rangs d'aiguillons; pl. 34, fig. 4 — 7.

Habite dans le limon des ruisseaux, où il se construit un tuyau droit de molécules terreuses, qu'il n'abandonne que très rarement.

(4) *Amas de lombrics tubifores* de grandeur naturelle avec leurs tubes de limon, comme on les observe dans le fond des ruisseaux; (*a*) les vers; (*b*) les tuyaux, dont les uns sont droits et les autres diversement inclinés. (5) Autre amas de vers semblables, dont les tuyaux ne forment pas de saillir au-dehors. (6) *Lombric tubifore* solitaire, grossi; (*a*) la tête; (*b*) l'intestin; (*c*) la queue. (7) Le même très-grossi; (*a*) la tête; (*b*, *b*) l'intestin divisé en deux branches sur la moitié antérieure, réunies en une seule sur sa moitié postérieure; (*c*, *c*, *c*, *c*) nœuds de l'intestin sur la moitié postérieure du corps; (*d*) deux taches qui ressemblent à des yeux; (*e*, *e*, *e*, *e*) piquants réunis au nombre de trois ou de quatre sur chaque articulation, tandis qu'ils devroient être simples, suivant Muller; ce qui peut faire présumer que ce ver appartient au genre de la *nayade.*

3. LUMBRICUS *tubifex.*

LUMBRICUS, rufescens, bifariam aculeatus; tab. 34, fig. 4 — 7. *Bonnet.*

Habitat in fundo limoso rivulorum, in quo tubulum rectum e molleculis terræ format quem rarissime deserit

(4) *Acervus lumbricorum tubificum* magnitudine naturali, cum tubulis e limo formatis, sicuti reperiuntur in fundo rivulorum; (*a*) vermes; (*b*) tubuli recti aut varie inclinati. (5) Acervus alter eorumdem vermium, quorum tubuli toti intra limum immersi foras non prominent. (6) *Lumbricus tubifex* solitarius, auctus; (*a*) caput; (*b*) intestinum; (*c*) cauda. (7) Idem valde auctus; (*a*) caput; (*b*, *b*) intestinum in crura bina supra corporis medietatem anteriorem divisum, supra posteriorem simplex; (*c*, *c*, *c*, *c*) noduli intestinales supra medietatem corporis posteriorem conspicui; (*d*) maculæ binæ oculos simulantes; (*e*, *e*, *e*, *e*) aculei tres aut quatuor utrinque in quocumque articulo, dum simplices eos prædicat Mullerus; unde conjici potest vermem hunc ad *naidis* genus pertinere.

4. LOMBRIC *porte-ligne.*

LOMBRIC, blanc, marqué d'une ligne longitudinale rouge; pl. 34, fig. 8, 9.

Habite sur les rivages de la mer Baltique.

(8, *a a*) Deux individus de grandeur naturelle du *lombric porte-ligne.* (9) Autre de la même espèce, grossi; (*c*, *c*) ligne longitudinale rouge, légèrement ondulée et prolongée depuis la queue (*d*) jusqu'à sa tête (*f*).

4. LUMBRICUS *lineatus.*

LUMBRICUS, albus, linea longitudinali rubra; tab. 34, fig. 8, 9. *Muller.*

Habitat ad littora maris Baltici.

(8, *a*, *a*) Bina individua *lumbrici lineati* magnitudine naturali sculpta. (9) Alium ejusdem speciei auctum; (*c*, *c*) linea longitudinalis rubra, subundata, e cauda; (*d*) ad caput usque, (*f*) continua.

5. LOMBRIC *cirreux.*

LOMBRIC, muni de quatre rangs d'aiguillons, et d'un rang de cirres très longs, de chaque côté; pl. 34, fig. 10 — 12.

Habite en Norvège, sur les rivages de la mer, où il s'enfonce dans le sable ou sous les pierres.

(10) *Lombric cirreux* vu au dos, de grandeur naturelle; (*a*) la tête; (*b*) deux taches noires en croissant, semblables à des yeux; (*c*, *c*) plusieurs cirres relevés sur le devant et réunis en deux faisceaux sur les côtés de la tête; (*f*) dernière articulation de la queue nue et blanche; (*g*, *g*) deux rangs de cirres longs et plus grêles que ceux de la tête, situés sur les côtés du dos, et s'étendant horizontalement. (11) Le même ver privé de cirres, présentant le ventre; (*a*) la tête; (*c*) l'ouverture de la bouche; (*d*) deux articulations du col dénuées de cirres et de piquants; (*f*) la dernière articu-

5. LUMBRICUS *cirratus.*

LUMBRICUS, quadrifariam aculeatus, cirris utrinque longissimis ad antica fasciculatis; tab. 34, fig. 10 — 12. *Fabricius.*

Habitat in maris Norvegici littoribus, ubi in arena aut sub lapidibus littoreis sese abscondit.

(10) *Lumbricus cirratus*, pronus; magnitudine naturali; (*a*) caput; (*b*) maculæ binæ, atræ, lunatæ, oculos simulantes; (*c*, *c*) cirri multi fasciculati antrorsum vergentes, ad latera capitis sita; (*f*) ultimus caudæ articulus nudus et albus; (*g*, *g*) cirri longi graciliores cirris capitis, horizontaliter ad dorsi latera in lineas serie dispositi. (11) Vermis idem cirris privatus, supinus; (*a*) caput; (*c*) oris apertura; (*d*) colli bini articuli cirris aculeisque denudati; (*f*) extremus caudæ articulus ani aperturam ad apicem præsentans; (*h*, *i*) in utroque latere abdominis series duo longitudinales aculeorum; (*k*) sulcus

lation de la queue, offrant à sa pointe l'ouverture de l'anus. (h, i) Deux rangs de piquants disposés longitudinalement de chaque côté du ventre ; (k) sillon de l'abdomen. (12) Trois articulations du corps vues de côté ; (g, g, g) cirres du dos ; (h, h, h) piquants supérieurs ; (i, i, i) piquants inférieurs.

6. LOMBRIC *armé.*

Lombric, rouge, 17 segments antérieurs nuds, les autres munis de deux lamelles lancéolées sous le ventre ; pl. 34, fig. 13, 14.
Habite dans les fonds vaseux des côtes de la Norvége.

(13) *Lombric armé* de grandeur naturelle. (14) Son extrémité antérieure grossie ; (a) la tête ; (c, c) les 17 premières articulations nues, sans côtes, soies ni lamelles ; (d, d) deux points noirâtres inégaux sur la face inférieure et latérale des articulations nues ; (e, e, e) soies courtes situées au devant des verrues fendues, qui terminent les côtes des articulations ; (f, f) lamelles lancéolées, plus larges que des cirres, garnissant une à une, de chaque côté, la base des verrues.

7. LOMBRIC *fragile.*

Lombric, rouge, segments garnis de chaque côté d'un seul rang de verrues fendues, et terminées par une houpe de soies ; pl. 34, fig. 15, A, B.
Habite dans les fonds vaseux du golphe de Drœbach en Norvége.

(15) *Lombric fragile* de grandeur naturelle ; (a) la tête ; (b) la queue ; (d, d, d) les soies en houppes des articulations ; (A) extrémité antérieure du ver vue en-dessus, grossie, présentant six articulations, dont les deux antérieures sont nues ; (a) les deux articulations nues qui soutiennent la tête en guise de col, grossies ; (c) les verrues fendues ; (d) les soies en houpes ; (B) face inférieure de la tête, également grossie ; (e) l'ouverture de la bouche.

8. LOMBRIC *marin.*

Lombric, dos muni de chaque côté d'un rang de houpes soyeuses ; pl. 34, fig. 16.
Habite sur les rivages sablonneux de l'Océan européen.

(16) *Lombric marin*, de grandeur naturelle ; (a) la tête ; (b) la queue sans soies ni piquants ; (c, c) piquants simples, placés sur les premières articulations ; (d, d) soies en houpes situées sur les articulations du dos ; (e) côtes saillantes des articulations.

abdominalis. (12) Tres articuli corporis a latere conspecti ; (g, g, g) cirri dorsales ; (h, h, h) aculei superiores ; (i, i, i) aculei inferiores.

6. LUMBRICUS *armiger.*

Lumbricus, ruber, 17 segmentis anterioribus nudis, cæteris lamellis lanceolatis ventralibus geminatis ; tab. 34, fig. 13, 14. *Muller.*
Habitat in fondis limosis littorum Norvegiæ.

(13) *Lumbricus armiger*, magnitudine naturali. (14) Extremitas antica aucta ; (a) caput ; (c, c) primi 17 articuli nudi, costis, setis, lamellisque destituti ; (d, d) puncta utrinque bina, nigricantia, inæqualia, articulos nudos inferne notantia ; (e, e, e) setæ breves sub verruculas fissas, costas articulorum terminantes, sitæ ; (f, f) lamellæ lanceolatæ, cirris latiores, verrucarum basim utrinque unicæ simplici comitantes.

7. LUMBRICUS *fragilis.*

Lumbricus, verrucis utrinque serialibus fissis, setis fasciculatis munitis ; tab. 34, fig. 15, A, B. *Muller.*

Habitat in fundis limosis sinus Norvegiæ Drœbacensis.

(15) *Lumbricus fragilis*, magnitudine naturali ; (a) caput ; (b) cauda ; (d, d, d) setæ fasciculatæ articulorum. (A) Vermis extremitas antica, segmenta sex efferens, quorum bina capiti proxima nuda, superne visa, aucta ; (a) articuli bini anteriores nudi, caput in colli figuram sustinentes, aucti ; (c) verrucæ fissæ ; (d) setæ fasciculatæ, (B) pars inferior capitis æqualiter aucta ; (e) oris apertura.

8. LUMBRICUS *marinus.*

Lumbricus, papillis dorsalibus geminatis setigeris ; tab. 34, fig. 16. *Pennant.*
Habitat in littoribus arenosis maris Europæi.

(16) *Lumbricus marinus*, magnitudine naturali ; (a) caput ; (b) cauda setis aculeisque destituta ; (c, c) aculei simplices segmenta antica corporis munientes ; (d, d) setæ penicilliformes supra segmenta dorsalia sitæ ; (e) costæ elevatæ articulorum.

9. LOMBRIC *tubicole*.

LOMBRIC, blanc, chaque anneau marqué sur le dos d'une tache rouge; pl. 35, fig. 1, 2, A.
Habite dans un tube membraneux enduit de vase à l'extérieur, et se trouve sur les côtes de la Norvége.

(1) *Lombric tubicole*, de grandeur naturelle, les aiguillons des articulations, au nombre de deux sur chacune, n'étant visibles que par le moyen d'une loupe; (a) la tête; (b) la queue; (c, c, c, c) taches triangulaires rouges de chaque articulation. (2) Tuyau membraneux, dans lequel ce ver est ordinairement renfermé. (A) Extrémité de la queue grossie; (c) ouverture de l'anus située sur sa face inférieure applatie; (d) sa face supérieure convexe.

10. LOMBRIC *échiure*.

LOMBRIC, segmens granuleux aux extrémités et sous le ventre, anus environné par deux rangs de soies; pl. 35, fig. 4 — 7.

Habite sur les fonds sablonneux de l'Océan, principalement sur les côtes de la Hollande.

(3) *Lombric échiure*, de grandeur naturelle; (a) ouverture de la bouche; (b) trompe ou langue, en forme de cuiller; (f) queue obtuse, garnie de soies, vue de côté; (h, h, h) segmens ou articulations du corps. (4) Extrémité antérieure vue du côté du ventre; (a) la tête; (b) la trompe présentant sa cavité; (h) les segmens granuleux. (5) Le *Lombric échiure* contracté, marqué d'une ligne longitudinale sur le ventre, et sans trompe; (e) deux pointes roides qui paroissent être ses organes de la génération; (f, f) les deux rangs de soies de la queue contractée. (6) Le même ver raccourci, ayant sa trompe (d) repliée. (7, A) Extrémité postérieure, présentant (g) l'ouverture de l'anus; (h) la même vue de côté, montrant distinctement les deux rangs de soies (f, f).

11. LOMBRIC *petit*.

LOMBRIC, rougeâtre, anneaux élevés vers le milieu du corps, ventre muni de deux rangs d'aiguillons; pl. 35, fig. 8, 9.
Habite sur les côtes du Groenland, parmi les pierres et les racines de fucus que la mer a rejettées.

(8) *Lombric petit* de grandeur naturelle; (a) extrémité antérieure; (b) postérieure; (c, c) anneaux élevés vers la partie moyenne du corps. (9) Partie moyenne du corps grossie, pour laisser appercevoir en (c) les anneaux saillans, et en (d, d) les deux rangs longitudinaux d'aiguillons.

9. LUMBRICUS *tubicola*.

LUMBRICUS, albus, macula segmentorum dorsali rubra; tab. 35, fig. 1, 2, A, *Muller*.
Habitat intra tubulum membranaceum limo superne obductum, et reperitur in Norvegiæ littoribus.

(1) *Lumbricus tubicola* magnitudine naturali, aculeis articulorum binis pro quovis que, nisi lente armato, inconspicuis; (a) caput; (b) cauda; (c, c, c, c) maculæ rubræ subtriangulares segmentorum. (2) Tubulus membranaceus quem vermis inhabitat. (A) Extremitas caudæ aucta; (c) ani apertura in facie complanata; (d) caudæ facies convexa.

10. LUMBRICUS *echiurus*.

LUMBRICUS, segmentis inferne et ad extremitates granulosis, ano setarum duplici serie cincto; tab. 35, fig. 4 — 7. *Pallas*.
Habitat in fundis arenosis Oceani, potissimum in littore Belgico.

(3) *Lumbricus echiurus*, magnitudine naturali; (a) oris apertura; (b) proboscis aut lingua cochleariformis seu ocqlbrndre; (f) cauda obtusata setosa, e latere conspecta; (h, h, h) segmenta corporis. (4) Extremitas anterior ad ventrem conspecta; (a) caput; (b) proboscis cavitatem præsentans; (h) segmenta granulosa. (5) *Lumbricus echiurus* contractus, linea abdominali longitudinali notatus, absque proboscide; (e) spicula bina, quæ generationi inservire videntur; (f, f) series binæ setarum caudalium contractarum. (6) Vermis idem abbreviatus, proboscide (d) involuta. (7, A) Extremitas posterior ani aperturam (g) ostendens; (h) eadem a latere visa, binas setarum exsertarum series ad litteras (f, f) designans.

11. LUMBRICUS *minutus*.

LUMBRICUS, rubicundus, cingulo elevato pallido fere medio, ventre bifariam aculeato; tab. 35, fig. 8, 9. *Fabricius*.
Habitat in Groenlandiæ littoribus, inter lapides et fucorum radices a mare rejectas.

(8) *Lumbricus minutus*, magnitudine naturali; (a) extremitas antica; (b) postica; (c, c) segmenta versus mediam corporis partem in cingulum elevata. (9) Pars intermedia corporis aucta, ut distincte conspiciantur segmenta (c) elevata, et in (d, d) series binæ longitudinales aculeorum.

Observ. Les anneaux élevés ne peuvent pas être considérés comme un caractère essentiel au genre du *Lombric*, puisque l'on ne connoît encore que deux espèces, la première et la dernière de ce genre, sur qui on les ait observé.

23. CUCULLAN.

Caract. du genre.

Corps cylindrique pointu en arrière, arrondi en avant, bouche orbiculaire ouverte en-dessous, tête striée.

1. CUCULLAN *marin.*

Cucullan, jaune, ovipare, extrémité antérieure obtuse; pl. 35, fig. 10 — 15, A — E.
Habite dans les intestins de plusieurs espèces de *gades.*

(10) *Cucullan marin* femelle, avec ses six ovaires filiformes sortant de son extrémité postérieure, de grandeur naturelle. (11) La même grossie; (*a*) la tête; (*b*) extrémité postérieure du corps; (*c*, *c*, *c*, *c*) les ovaires filiformes; (*d*) l'ouverture de la bouche; (*e*, *e*) les œufs contenus dans les ovaires; (*f*, *f*) le canal alimentaire; (*g*) la vulve. (12) Portion du corps grossie, contenant la vulve (*g*) et quatre œufs (*e*, *e*). (A) Portion d'un ovaire, grossie, renfermant des œufs; (B) portion de la membrane réticulaire d'un ovaire, grossie; (C) la même dans un état différent; (D, D) deux œufs très-grossis. (13) *Cucullan marin* de grandeur naturelle, vraisemblablement femelle, mais sans ovaires à l'extérieur. (14) La même femelle grossie; (*a*) la tête; (*b*) la queue; (*c*) la vulve; (*d*) l'ouverture de la bouche; (*e*) les anneaux circulaires; (*f*, *f*) le canal alimentaire. (15) Le *Cucullan marin*, mâle, grossi; (*a*) la tête; (*b*) la queue; (*d*) la bouche; (*f*, *f*, *f*) le canal alimentaire; (*g*) aiguillon à deux pointes; (E) queue du mâle, recouverte de mucosité, présentant en-dessous les deux pointes de son aiguillon.

2. CUCULLAN *de l'anguille.*

Cucullan, vivipare, roussâtre, extrémité antérieure presque tronquée, tête munie de trois pointes; pl. 36, fig. 3, 4.
Habite dans les intestins de l'*anguille.*

(3) *Cucullan de l'anguille* de grandeur naturelle. (4) Le même grossi; (*a*) la tête; (*b*) la queue, dans laquelle on distingue des petits; (*c*, *d*) le capuchon avec trois pointes; (*e*, *f*, *g*) le canal alimentaire; (*h*, *i*, *k*) les jeunes sur prêts à sortir du corps; (*m*) la vulve.

Observ. Annuli in cingulum elevati non sunt essentiales generi *Lumbrici*, dum sint tantum binæ species, prima scilicet et ultima, in quibus fuerint observati.

23. CUCULLANUS.

Charact. generis.

Corpus teres, posterius acuminatum, anterius obtusum, ore orbiculari inferne sito, capite striato.

1. CUCULLANUS *marinus.*

Cucullanus, oviparus, luteus, antice obtusus; tab. 35, fig. 10 — 15, A — E. *Muller.*
Habitat in *gadinorum* plurimorum intestinis.

(10) *Cucullanus marinus* femina, cum ovariis sex extremitate posteriore erumpentibus, magnitudine naturali. (11) Eadem aucta; (*a*) caput; (*b*) extremitas corporis posterior; (*c*, *c*, *c*, *c*) ovaria filiformia; (*d*) oris apertura subpima rotundata; (*e*, *e*) ovula in ovariis conspicua; (*f*, *f*) canalis alimentarius; (*g*) vulva prominens. (12) Pars corporis valde aucta, vulvam (*g*) continens et ovula quatuor (*e*, *e*). (A) Pars ovarii, aucta, cum ovulis dispalatis; (B) frustum membranæ ovarii reticulatum; (C) idem in statu diverso; (D, D) ovula bina valde aucta. (13) *Cucullanus marinus* magnitudine naturali, verosimiliter femina, sed absque ovariis exsertis; (a) caput; (*b*) cauda; (*c*) vulva; (*d*) oris apertura rotundata; (*e*) segmenta circularia; (*f*, *f*) canalis alimentarius. (15) *Cucullanus marinus*, mas, amplificatus; (*a*) caput; (*b*) cauda; (*d*) os; (*f*, *f*, *f*) canalis alimentarius; (*g*) aculeus e tacem bicuspidatus. An organum maris? (E.) cauda maris muco obducta, aucta magnitudine repræsentata, cum cuspidibus binis conspicuis.

2. CUCULLANUS *anguillæ.*

Cucullanus, viviparus, rufus, antice subtruncatus, capite tricuspidato; tab. 36, fig. 3, 4. *Goeze.*
Habitat in intestinis *murenæ anguillæ.*

(3) *Cucullanus anguillæ*, magnitudine naturali. (4) Idem auctus; (*a*) caput; (*b*) cauda; intra quam conspiciuntur pulli varie inflexi; (*c*, *d*) cucullus apice tricuspis; (*e*, *f*, *g*) canalis alimentarius; (*h*, *i*, *k*) pulli maturi ad partum parati; (*m*) vulva.

3. CUCULLAN *du sandat.*

CUCULLAN, vivipare, roussâtre, moitié antérieure dentée sur les côtés; pl. 36, fig. 5.
Habite dans les intestins de la *persegue sandat.*

(5) *Cucullan du sandat* femelle, grossi; (*a*) la tête striée longitudinalement; (*b*) dentelures qui se prolongent depuis la tête jusques vers la partie moyenne du corps, où elles disparoissent; (*c*, *d*, *e*) canal alimentaire; (*f*) la vulve protubérante, placée plus haut dans cette espèce que dans la précédente; (*g*, *h*, *i*) l'utérus sorti hors du corps en plusieurs lanières striées transversalement; (*k*, *l*, *m*, *n*, *o*) petits vers sortis de l'utérus; (*p*) la queue; (*q*) l'orifice de l'anus.

3. CUCULLANUS *luciopercae.*

CUCULLANUS, viviparus, rufus, antice utrinque dentatus; tab. 36, fig. 5. *Goeze.*

Habitat in intestinis *percae luciopercae.*

(5) *Cucullanus luciopercae femina* auctus; (*a*) caput longitudinaliter striatum; (*b*) denticuli a capite ad fere medium corporis partem utrinque conspicui, in qua fere evanescunt; (*c*, *d*, *e*) canalis alimentarius; (*f*) vulva prominens, in hac specie a capite minus remota quam in præcedenti; (*g*, *h*, *i*) uterus e corpore exsertus, laciniis plurimis transversim striatis constans; (*k*, *l*, *m*, *n*, *o*) pulli ab utero exiti; (*p*) cauda; (*q*) ani orificium.

4. CUCULLAN *de la perche.*

CUCULLAN, vivipare, moitié antérieure lisse, tête obtuse; pl. 36, fig. 6.
Habite dans les intestins de la *persegue perche.*

(6) *Cucullan de la perche* très-grossi, sa grandeur naturelle n'atteignant jamais celle du *Cucullan de l'anguille*; (*a*) la tête composée d'un capuchon globuleux, strié, et muni en dessous de quatre appendices; (*b*) la queue, dans l'intérieur de laquelle on apperçoit des jeunes vers; (*c*, *d*, *e*) le canal alimentaire.

4. CUCULLANUS *percae.*

CUCULLANUS, viviparus, antice lævis, capite obtuso; tab. 36, fig. 6. *Goeze.*
Habitat in intestinis *percae fluviatilis.*

(6) *Cucullanus percae*, valde auctus, magnitudine naturali non attingente molem *Cucullani anguillae*; (*a*) caput, cucullo globoso longitudinaliter striato compositum, et postice, appendiculis quatuor; (*b*) cauda intra quam conspiciuntur pulli; (*c*, *d*, *e*) canalis alimentarius.

5. CUCULLAN *de la taupe.*

CUCULLAN, enveloppé dans une poche membraneuse; pl. 36, fig. 1, 2.
Habite dans la graisse du péritoine de la *taupe d'Europe.*

(1) Trois *Cucullans de la taupe* de grandeur naturelle; (*a*) un de ces vers renfermé dans sa membrane, et contourné en spirale; (*b*) autre semblable contourné différemment; (*c*) sortie hors de son enveloppe. (2) Le même ver très-grossi contenu dans sa membrane; (*a*) la tête cachée sous une partie du corps; (*b*) sa queue pointue; (*c*, *d*, *e*, *f*) la membrane ponctuée qui lui sert d'enveloppe.

5. CUCULLANUS *talpae.*

CUCULLANUS, membrana inclusus; tab. 36, fig. 1, 2. *Goeze.*
Habitat in adipe peritonæi *talpae Europaeae.*

(1) Tres *Cucullani talpae* in magnitudine naturali; (*a*) unus in membrana inclusus spiraliter contortus; (*b*) alter alio modo intortus; (*c*) tertius e membrana egrediens. (2) Idem vermis valde auctus, cum membranula vaginante; (*a*) caput corporis parte obtectum; (*b*) cauda acuminata; (*c*, *d*, *e*, *f*) membrana punctata vermem includens.

24. STRONGLE.

Caract. du genre.

Corps cylindrique long, extrémité antérieure presque globuleuse, bouche terminale circulaire ciliée sur le bord, queue du mâle garnie de membranes lâches, celle de la femelle simple atténuée.

24. STRONGYLUS.

Charact. generis.

Corpus teres elongatum, extremitas antica subglobosa, oris apertura terminalis circularis margine ciliata, cauda maris in membranas laxas dilatata, feminae integra acuminata.

1. STRONGLE *du cheval.*

Strongle, queue du mâle, composée de trois feuillets en capuchon; pl. 36, fig. 7 — 15.
Habite en grand nombre dans l'estomach du *cheval.*

(7) *Strongle du cheval*, mâle, de grandeur naturelle; (*a*) la tête; (*b*) la queue. (8) *Le même grossi*; (*a*) la tête; (*b*) la queue; (*c*) l'ouverture de la bouche; (*d*) les feuillets de la queue, dont il ne paroît que deux, à cause de sa position; (*e*) aiguillon qui sort d'entre les feuillets de la queue; (*f*) découpures digitées des deux feuillets latéraux. (9) Queue du mâle encore plus grossie, vue de côté; (*e*) l'aiguillon; (*f*) les découpures digitées. (10) La même vue par-dessous; (*d*, *d*, *d*) les trois feuillets membraneux, avec un quatrième au milieu beaucoup plus court; (*e*) l'aiguillon. (11) Singulière variété de la queue du mâle, que Muller n'a eu occasion d'observer qu'une seule fois. (12) *Strongle du cheval femelle*, de grandeur naturelle; (*a*) la tête; (*b*) la queue. (13) La même grossie; (*a*) la tête; (*b*) la queue; (*c*) la bouche; (*h*, *h*) les cils dont elle est garnie; (*l*, *l*) les intestins. (14) Figure du *Strongle du cheval* un peu différente de la précédente, d'après M. Goeze; (*a*) la tête en forme de mamelon; (*b*) la queue. (15) La tête de ce ver comprimée et très-grossie; (*h*, *h*) aiguillons dont le bord de sa bouche est armé; (*i*, *i*) le commencement du canal alimentaire, qui se divise un peu plus bas en deux branches (*k*, *k*).

25. GÉROFLÉ.

Caract. du genre.

Corps cylindrique, tête dilatée applatie, lobée et frangée sur le bord.

Observ. Il n'existe qu'une seule espèce connue de ce genre, dont nous donnerons la figure dans une Planche de Supplément, avec celle de la *Ligule* et de la *Linguatule.*
Il habite dans le corps des poissons d'eau-douce.

26. CRAMPON.

Caract. du genre.

Corps cylindrique, extrémité antérieure couronnée d'un rang d'aiguillons crochus courbés en dehors, sans trompe rétractile.

1. STRONGYLUS *equinus.*

Strongylus, cauda maris cucullata triphylla; tab. 36, fig. 7 — 15. *Muller. Goeze.*
Habitat gregatim in *equorum* ventriculo.

(7) *Strongylus equinus* mas, magnitudine naturali; (*a*) caput; (*b*) cauda. (8) Idem auctus; (*a*) caput; (*b*) cauda; (*c*) oris apertura; (*d*) membranæ foliaceæ caudales, quarum duo tantum ob situm conspiciuntur; (*e*) aculeus e caudæ membranis foliaceis exserens; (*f*) laciniæ digitiformes membranarum lateralium. (9) Cauda magis aucta e latere conspecta; (*e*) aculeus; (*f*) laciniæ digitiformes. (10) Eadem subtus visa; (*d*, *d*, *d*) membranæ tres foliaceæ, quarta multo breviore inter sita; (*e*) aculeus. (11) Singularis caudæ maris varietas, quam semel observavit Mullerus. (12) *Strongylus equinus* femina, magnitudine naturali; (*a*) caput; (*b*) cauda. (13) Eadem aucta; (*a*) caput; (*b*) cauda; (*c*) os; (*h*, *h*) cilia aut potius aculei quibus armatur; (*l*, *l*) intestina. (14) Figura *Strongyli equini* feminæ a Domino Goeze proposita, a priori paulo diversa; (*a*) caput papillosum; (*b*) cauda. (15) Vermis hujusce caput compressum et maxime amplificatum; (*h*, *h*) aculeorum series in oris margine disposita; (*i*, *i*) primordium canalis alimentarii, qui paulo post in crura bina (*k*, *k*) dividitur.

25. CARYOPHYLLÆUS.

Charact. generis.

Corpus teres, capitate dilatato depresso, margine lobato fimbriato.

Observat. Hoc genus unicam habet speciem hactenus cognitam, cujus figuram in supplemento dabimus, cum generibus *Ligulæ* et *Linguatulæ* novis.

Habitat hæc species in piscium aquas dulces inhabitantium intestinis.

26. HÆRUCA.

Charact. generis.

Corpus cylindricum, extremitate anteriori simplici aculeorum recurvorum serie coronata, absque proboscide retractili.

1. CRAMPON *de la souris.*

Crampon, col muni de deux protubérances opposées; pl. 37, fig. 1.
Habite dans l'estomach de la *souris.*

(1) *Le crampon de la souris* très-grossi; (a) la tête avec un seul rang d'aiguillons crochus; (b, c) les deux protubérances opposées du col; (d, e, f, g) les rides circulaires du corps; (h) son extrémité postérieure.

Observ. Le *Crampon* diffère de l'*Echinorynque*, en ce que ce dernier porte à son extrémité antérieure une trompe armée de crochets, qui rentre dans l'intérieur du corps, tandis que le *Crampon* n'a point de trompe rentrante, et que c'est le bout de son extrémité antérieure, qui est couronné d'un seul rang de crochets.

27. ECHINORYNQUE.

Caract. du genre.

Corps cylindrique, extrémité antérieure munie d'une trompe hérissée d'aiguillons et rétractile.

A — des Mammaires.

1. ECHINORYNQUE *géant.*

Echinorynque, trompe terminée en tête, rentrant dans un tuyau rétractile, extrémité de la queue enflée; pl. 37, fig. 2 — 7.
Habite dans les intestins du *cochon* et du *sanglier.*

(2) *Echinorynque géant* de grandeur naturelle; (a) la tête; (b) le bout de la queue de forme ovale; (c) le sommet de la trompe terminée en tête hérissée d'aiguillons; (d) la partie nue de la trompe; (e) le tuyau où elle est reçue; (f) partie antérieure du corps dans laquelle le tuyau de la trompe rentre aussi quelquefois. (3) L'extrémité du côté de la tête considérablement grossie; (a) portion de la partie antérieure du corps; (b) commencement du tuyau; (c) le tuyau; (d) la partie nue de la trompe, qu'on peut nommer son pédicule; (e) la tête de la trompe. (4) Ver de la même espèce moins gros que le premier, attaché à une portion de l'intestin du cochon; (a) face interne de l'intestin; (b) endroit où le ver s'est attaché en y enfonçant sa trompe; (c) corps du ver; (d) le bout de sa queue arrondi. (5) Face externe de l'intestin, vis-à-vis l'endroit où le ver est attaché, avec le callosité qu'il y fait naître. (6) Portion de l'extrémité antérieure du ver fendue par le milieu; (a) le sommet de la trompe; (b) son tube

1. HÆRUCA *musculi.*

Hæruca, collo protuberantiis binis oppositis munito; tab. 37, fig. 1. *Goeze.*
Habitat in *muris musculi* ventriculo.

(1) *Hæruca musculi* valde aucta; (a) caput aculeorum simplici serie coronatum; (b, c) colli protuberantiæ binæ oppositæ; (d, e, f, g) rugæ corporis circulares; (h) extremitas postica.

Observ. *Hæruca* ab *Echinorhyncho* differt, eo quod *Echinorynchus* proboscide echinata retractili ad partis anterioris apicem muniatur, dum proboscide orbatur *Hæruca*, cujus extremitas antica unica tantum aculeorum recurvorum serie coronatur.

27. ECHINORYNCHUS.

Charact. generis.

Corpus cylindricum, extremitas anterior proboscide undique aculeata, retractili, munita.

A — Mammalium.

1. ECHINORYNCHUS *gigas.*

Echinorynchus, proboscide capitata in tubulo retractili recepta, caudæ apice inflato; tab. 37, fig. 2 — 7. *Goeze.*

Habitat in *porci aprique* intestinis.

(2) *Echinorynchus gigas* magnitudine naturali; (a) caput; (b) caudæ apex in formam ovalem protuberans; (c) proboscidis apex in capitulum aculeatum terminatus; (d) proboscidis pars denudata; (e) tubulus intra quem proboscis reconditur; (f) extremitas corporis anterior quæ tubulum proboscidalem aliquoties admittit. (3) Extremitas anterior valde aucta; (a) pars extremitatis anterioris corporis; (b) tubuli proboscidalis primordium; (c) tubulus; (d) pars proboscidis denudata, seu pediculus; (e) proboscidis pars capitata. (4) Vermis ejusdem speciei, primo minor, porci intestini parti quæ'am adhærens; (a) pars interior intestini; (b) locus ubi vermis adhæserit introductione proboscidis; (c) vermis corpus; (d) caudæ apex globosus. (5) Facies exterior intestini, juxta locum adhæsionis vermis, callum quem induxit ostendens. (6) Pars extremitatis anterioris vermis in medio fissa; (a) proboscidis apex; (b) tubulus vaginalis internus; (c, d) partes laterales cutis; (e, f) ligamenta bina

ventre ; (c, d) les parties latérales de la peau ; (e, f) les deux ligamens de la trompe. (7, A, B, C) les ovaires ; (e, f, h, l) les œufs de couleur brunâtre, près de leur maturité ; (d, g, k) les œufs diaphanes, tels qu'ils se présentent long-temps avant leur maturité.

pendentibus (7, A, B, C) ovaria ovulis repleta ; (e, f, h, l) ovula fuscescentia maturitati proxima ; (d, g, k) ovula hyalina, sicuti reperiuntur longe ante maturitatem.

B — des oiseaux.

B — avium.

2. ECHINORYNQUE *du plongeon.*

Echinorynque, tête globuleuse, et col cylindrique hérissés d'aiguillons, queue atténuée; pl. 38, fig. 2, A, B, C.
Habite dans les intestins du *petit plongeon.*

(2, A) *Echinorynque du plongeon* de grandeur naturelle ; (a) la tête ; (b) la queue. (B) Son extrémité antérieure très-grossie ; (b) son col cylindrique armé de plusieurs rangs d'aiguillons ; (c, c) ses ovaires en forme de sac ; (d) son estomach ; (i) sa tête globuleuse hérissée de plusieurs rangs d'aiguillons ; (C) Amas d'œufs grossis ; (f, f) œufs près de leur maturité ; (e, e, e) œufs diaphanes, avant leur maturité.

2. ECHINORYNCHUS *mergi.*

Echinorynchus, capite globoso, colloque cylindrico, aculeatis, cauda attenuata ; tab. 38, fig. 2, A, B, C. *Bloch.*
Habitat in intestinis *mergi minuti.*

(2, A) *Echinorynchus mergi*, magnitudine naturali ; (a) caput ; (b) cauda attenuata. (B) Extremitas antica valde aucta ; (b) collum cylindricum seriebus pluribus circularibus aculeorum armatum ; (c, c) ovaria bina saccata ; (d) ventriculus ; (i) caput globosum aculeis plurifariam hispidum. (C) Acervus ovulorum auctus ; (f, f) ovula matura ; (e, e, e) ovula immatura hyalina.

3. ECHINORYNQUE *du pic.*

Echinorynque, blanc, trompe cylindracée sans col, à aiguillons dentés ; pl. 37, fig. 8 — 12, A.
Habite dans les intestins du *pic verd* et du *pic à tête rouge.*

(8) *Echinorynque du pic* de grandeur naturelle ; (a) sa trompe ; (b, c, d) le canal alimentaire ; (e) la queue. (9) La trompe grossie, armée de ses aiguillons ; (a) un très petit bouton qui la termine à son extrémité. (10) Portion de l'intestin du *pic*, sur laquelle on voit plusieurs de ces vers attachés ; (a, b, c) ces vers dans des positions diverses. (11) Autre portion de l'intestin du *pic*, à laquelle deux de ces *Echinorynques*, de grandeur naturelle, sont attachés. (12) La trompe du ver très grossie. (A) L'un des aiguillons de la trompe considérablement grossi, pour faire appercevoir ses dentelures.

3. ECHINORYNCHUS *pici.*

Echinorynchus, candidus, collo nullo, proboscide cylindracea aculeis serratis ; tab. 37, fig. 8 — 12, A. *Goeze.*
Habitat in *pici erythrocephali* et *viridis* intestinis.

(8) *Echinorynchus pici*, magnitudine naturali ; (a) proboscis ; (b, c, d) canalis alimentorum ; (e) cauda. (9) Proboscis aucta aculeis recurvis armata ; (a) papilla tenuis apicem terminans. (10) Pars intestini *pici*, supra quam vermes quam plurimi hujus speciei adhærent ; (a, b, c) vermes in diversis situ. (11) Pars alia intestini *pici* vermes binos magnitudine naturali sculptos ostendens. (12) Proboscis cylindracea valde aucta. (A) Aculeus proboscidis solitarius maxime auctus, ut appareant serraturæ laterales.

4. ECHINORYNQUE *du canard.*

Echinorynque, ovale, écarlate, thorax ovoïde armé d'aiguillons comme la trompe, col long intermédiaire lisse ; pl. 38, fig. 1, A, B.
Habite dans les intestins du *canard brun.*

(1, A) *Echinorynque du canard*, de grandeur naturelle. (B) Le même très grossi ; (a, b) le corps de figure ovale ; (c, d) le thorax armé d'aiguillons ; (e) un pli indiquant l'endroit par où le col et la trompe rentrent dans le thorax ; (f, g) le col nud sans aiguillons ; (h, i) la trompe armée d'aiguillons, comme le thorax.

4. ECHINORYNCHUS *anatis.*

Echinorynchus, ovatus, coccineus, thorace ovoideo proboscideque undique uncinatis, collo longo intermedio lævi ; tab. 38, fig. 1, A, B. *Goeze.*
Habitat in *anatis fuscae* intestinis.

(1, A) *Echinorynchus anatis*, magnitudine naturali. (B) Idem valde auctus ; (a, b) corpus ovatum ; (c, d) thorax aculeis armatus ; (e) incisura thoracis intra quam collum et proboscis *Echinorynchi* ad libitum protruduntur ; (f, g) collum nudum læve ; (h, i) proboscis aculeis, ad instar thoracis, armata.

5.

5. ECHINORYNQUE *du héron.*

ECHINORYNQUE, corps strié, thorax formant un ou deux bourrelets, trompe en massue; pl. 37, fig. 13, 14.
Habite dans les entrailles du *héron cendré.*

(13) *Echinorynque du héron* grossi; (*a*) la trompe; (*b*, *c*) les deux bourrelets du thorax; (*d*, *e*) la queue de figure conique; (*f*) le corps strié longitudinalement, offrant un léger étranglement vers son milieu. (14) Le même ver grossi, dans l'état de contraction, ayant un étranglement remarquable vers le milieu du corps, le col et la queue rentrés.

5. ECHINORYNCHUS *ardeae.*

ECHINORYNCHUS, striatus, thorace annulo simplici duplicive elevato, proboscide clavata; tab. 37, fig. 13, 14. *Goeze.*
Habitat in *ardeae cinereae* intestinis.

(13) *Echinorynchus ardeae*, auctus; (*a*) proboscis; (*b*, *c*) thoracis annulus duplex elevatus; (*d*, *e*) cauda conica; (*f*) corpus longitudinaliter striatum, in medio subcoarctatum. (14) Vermis idem, auctus, contractus, corporis coarctatione media magis manifesta, collo caudaque retractis.

6. ECHINORYNQUE *du hibou.*

ECHINORYNQUE, corps ridé onduleux et opaque, trompe épaissie; pl. 38, fig. 19 — 22.
Habite dans les intestins du *hibou.*

(19) *Echinorynque du hibou*, ridé, de grandeur naturelle. (20) Le même raidi, lisse, ayant sa trompe saillante. (21) Le même à corps ridé, grossi; (*a*) la trompe épaissie; (*b*) l'extrémité postérieure du corps, obtuse; (*c*) le col lisse de la trompe. (22) La trompe armée d'aiguillons très-grossie; (*d*) orifice situé à l'extrémité de la trompe.

6. ECHINORYNCHUS *aluconis.*

ECHINORYNCHUS, flexuosus rugosus opacus, proboscide incrassata; tab. 38, fig. 19 — 22. *Muller.*
Habitat in *strigis aluconis* intestinis.

(19) *Echinorynchus aluconis*, rugosus, magnitudine naturali. (20) Idem rigidus laevis proboscide exserta. (21) Idem corpore rugoso, auctus; (*a*) proboscis incrassata; (*b*) extremitas postica obtusa; (*c*) collum proboscidis laeve. (22) Proboscis aculeis recurvis munita, valde aucta; (*d*) orificium extimum proboscidis.

C — des poissons.

C — piscium.

7. ECHINORYNQUE *du nawaga.*

ECHINORYNQUE, rougeâtre, col long renflé dans le milieu, trompe arrondie, munie d'aiguillons très fins; pl. 37, fig. 15 — 17.
Habite dans les intestins du *gade nawaga.*

(15) Portion de l'intestin du *nawaga*, avec deux de ces vers de grandeur naturelle; (*a*) l'intestin; (*b*) un de ces vers perçant l'intestin de part en part; (*c*) autre attaché sur la face opposée. (16) La trompe et le col de ce ver très-grossis; (*a*) la trompe arrondie avec ses aiguillons; (*b*) le renflement du col; (*c*, *d*) renflement du canal alimentaire; (*e*) la partie inférieure du col. (17) Le ver entier, à un moindre degré d'augmentation; (*a*) la trompe; (*b*) le renflement du col; (*c*, *d*) le col avec ses deux ligamens; (*e*) la base du col; (*f*, *f*) plis de la partie antérieure du thorax; (*g*) extrémité postérieure du corps, arrondie.

7. ECHINORYNCHUS *callariae.*

ECHINORYNCHUS, albo-rufescens, collo elongato circa medium inflato, proboscide rotundata subechinata; tab. 37, fig. 15 — 17. *Goeze.*
Habitat in *gadi callariae* intestinis.

(15) Pars intestini *gadi callariae*, vermes binos albens in magnitudine naturali ostendens; (*a*) pars intestini; (*b*) vermis intestinum utrinque perforans; (*c*) vermis alter intestini faciei obversae adhaerens. (16) Proboscis collumque vermis, magno augmentationis gradu; (*a*) proboscis rotundata cum aculeis; (*b*) colli protuberantia; (*c*, *d*) canalis alimentarii dilatatio; (*e*) colli pars inferior. (17) Vermis integer, minori augmentationis gradu; (*a*) proboscis; (*b*) colli protuberantia; (*c*, *d*) colli bina ligamenta; (*e*) colli basis; (*f*, *f*) rugae partis anticae thoracis; (*g*) extremitas postica corporis rotundata.

8. ECHINORYNQUE *du brochet.*

ECHINORYNQUE jaunâtre lisse transpa-

8. ECHINORYNCHUS *lucii.*

ECHINORYNCHUS flavicans laevis pelluci-

rent, trompe cylindracée; pl. 38, fig. 3 — 5, B, C.
Habite dans les intestins du *brochet*.

(3, A) *Echinorynque du brochet*, femelle, très-grossi; (a) extrémité postérieure; (b) antérieure. (B) La même de grandeur naturelle; (a) la queue; (b) la tête. (4, C) Le ver mâle de grandeur naturelle; (a) la tête; (b) la queue. (D) Le même grossi; (a) la queue obtuse; (c) la trompe cylindracée, (d) le col court; (e) deux vésicules du milieu du corps; (f) deux globules moindres réunis par un petit canal. (5) La trompe très-grossie, avec ses aiguillons.

9. ECHINORYNQUE *du post.*

Echinorynque, ridé transversalement grisâtre, trompe cylindrique; pl. 38, fig. 6 — 9.
Habite dans les intestins de divers poissons, mais principalement dans ceux de la *perségue post.*

(6) Deux *Echinorynques du post* de grandeur naturelle, contractés. (7) Autre alongé et roide, tel qu'on le voit lorsqu'il est attaché à la membrane veloutée des intestins; (a) sa tête; (b) sa queue. (8, 9) Son extrémité antérieure dans deux différens degrés d'augmentation; (c) sa trompe cylindrique hérissée d'aiguillons; (d) la partie antérieure du corps ridée.

10. ECHINORYNQUE *des gades.*

Echinorynque, marqué de lignes transverses brunes, interrompues par une ligne longitudinale pâle, trompe cylindrique; pl. 38, fig. 10 — 12, A.
Habite dans les intestins de plusieurs espèces de *gades*.

(10) *Echinorynque des gades* de grandeur naturelle, dans l'état de contraction; (a) la tête; (b) la queue. (11) Le même dans l'état d'extension, sans trompe apparente; (a) la tête; (b) la queue. (12) Son extrémité antérieure, dans l'état d'extension, grossie; (c) ligne longitudinale pâle, interrompant, de chaque côté, les lignes transversales brunes; (d) sa trompe cylindrique. (A) La même partie du ver également grossie, ridée, avec sa trompe rentrée; (e) le sommet de la trompe paroissant au milieu de la fente; (f) les lignes transversales brunes.

11. ECHINORYNQUE *du saumon.*

Echinorynque, corps en massue, lisse

dus, proboscide cylindracea; tab. 38, fig. 3 — 5, B, C. *Muller.*
Habitat in intestinis *esocis lucii.*

(3, A) *Echinorynchus lucii*, femina, valde aucta; (a) extremitas postica; (b) antica. (B) Eadem magnitudine naturali; (a) cauda; (b) caput. (4, C) Vermis mas magnitudine naturali; (a) caput; (b) cauda. (D) Idem auctus; (a) cauda obtusata; (c) proboscis cylindracea; (d) collum breve; (e) duae vesiculae in medio corporis sitae; (f) globuli duo canaliculo invicem juncti. (5) Proboscis valde aucta, cum aculeis.

9. ECHINORYNCHUS *percae cernuae.*

Echinorynchus, transversim rugosus subgriseus, proboscide cylindrica; tab. 38, fig. 6 — 9. *Muller.*
Habitat in plurimorum piscium intestinis, sed praeprimis in intestinis *percae cernuae.*

(6) Duo Echinorynchi *percae cernuae*, contracti, magnitudine naturali. (7) Alter elongatus rigidus, qualis conspicitur quando tunicae villosae intestinorum inhaeret; (a) caput; (b) cauda. (8, 9) Extremitas antica corporis diverso augmentationis gradu exhibita; (c) proboscis cylindrica undique uncinulata; (d) pars anterior corporis transversim rugosa.

10. ECHINORYNCHUS *lineolatus.*

Echinorynchus, lineolis transversis fuscis medio interruptis, proboscide cylindrica; tab. 38, fig. 10 — 12, A *Muller.*

Habitat in *gadorum* plurimorum intestinis.

(10) *Echinorynchus lineolatus*, magnitudine naturali; (a) caput; (b) cauda. (11) Idem extensus proboscide retracta; (a) caput; (b) cauda. (12) Antica ejus pars in extensione exserta, aucta; (c) linea longitudinalis pallida, lineas transversas fuscas utrinque intercipiens; (d) proboscis cylindrica. (A) Eadem pars aequaliter aucta, corrugata, cum proboscide retracta; (e) proboscidis apex intra rimam medium conspicuus; (f) lineae transversae fuscae.

11. ECHINORYNCHUS *salmonis.*

Echinorynchus, clavatus laevis albus,

blanc, trompe cylindrique; pl. 38, fig. 13 — 15, A, B.
Habite dans les intestins du *saumon*.

(13) *Deux Echinorynques du saumon*, de grandeur naturelle. (A) L'un à corps court et bombé. (B) L'autre plus alongé et moins ventru; (a) la trompe cylindrique saillante; (b) la queue. (14) Le même grossi; (b) la queue; (c) la trompe entourée à sa base d'un bourrelet. (15) Autre, qui est peut-être sa femelle, comprimé, très-grossi; (b) sa queue légèrement échancrée au bout; (c) sa trompe, (d) son estomach; (e, e) vraisemblablement les deux ligamens de la trompe.

12. ECHINORYNQUE *de l'anguille.*

Echinorynque, corps lisse opaque blanc, trompe globuleuse; pl. 38, fig. 16 — 18.

Habite dans les intestins *de l'anguille*.

(16) *Echinorynque de l'anguille*, femelle, grossi; (a) la trompe globuleuse; (b) le col rétréci; (c, c) les deux ligamens de la trompe; (d) le canal intestinal légèrement dilaté; (e) l'anus; (g, g) les entrailles sorties hors du corps du ver par l'effet de la compression, ou peut-être ses ovaires. (17) Ver mâle grossi, mais presque de moitié plus petit que le ver femelle; (a) la trompe; (b) le col; (c, c) les ligamens de la trompe; (d, f) deux petits corps ovales occupant le milieu du corps; (e) la queue; (h) sept petits globules opaques réunis ensemble par un double canal. (18) Ovaires sortis, par l'effet de la compression, du corps de la femelle, très grossis; (i, i) ovaires près de leur maturité; (k, k) ovaires éloignés de leur maturité.

13. ECHINORYNQUE *fleuron.*

Echinorynque, corps blanc, tête armée de quatre trompes; pl. 38, fig. 23, A, B, C.
Habite dans le foie du *saumon*.

(23, A) *Echinorynque fleuron*, de grandeur naturelle. (B) Le même grossi; (a, a, a, a) les quatre trompes dont sa tête est armée; (b) l'extrémité antérieure du corps épaissie; (c) le corps un peu atténué en arrière; (d) la queue ovale rentrant en totalité dans l'extrémité postérieure du corps. (C) Une trompe avec ses crochets, considérablement grossie.

Observat. Ce ver diffère des *Echinorynques*, non-seulement par ses quatre trompes, mais encore par toute son organisation, et même par le lieu qu'il habite; il n'est donc point douteux qu'il ne doive former à lui seul un genre distinct.

proboscide cylindrica; tab. 38, fig. 13 — 15, A, B. *Muller*.
Habitat in *salmonis salaris* intestinis.

(13) Duo *Echinorynchi salmonis*, magnitudine naturali. (A) Unus corpore abbreviato inflato. (B) Alter corpore magis elongato minusque ventricoso; (a) proboscis cylindrica exserta; (b) cauda. (14) Idem auctus; (b) cauda; (c) proboscis annulo elevato ad basim cincta. (15) Alter compressus valde auctus, forsan femina; (b) cauda apice subemarginata; (c) proboscis; (d) ventriculus; (e, e) verosimiliter ligamenta bina proboscidis.

12. ECHINORYNQUE *anguillae.*

Echinorynchus, laevis opacus candidus, proboscide globosa; tab. 38, fig. 16 — 18. *Muller*.
Habitat in *murenae anguillae* intestinis.

(16) *Echinorynchus anguillae*, femina, auctus; (a) proboscis globosa; (b) collum coarctatum; (c, c) ligamenta bina proboscidis; (d) canalis intestinalis paululum dilatatus; (e) anus; (g, g) interanea post collum nimia pressione prorupta, forsan ovaria. (17) Vermis mas auctus, semper femina duplo minor; (a) proboscis; (b) collum; (c, c) proboscidis ligamenta; (d, f) corpuscula bina ovalia medium corpus occupantia; (e) cauda; (h) globuli septem opaci, canaliculo serie duplici concatenati, postice siti. (18) Ovaria e femina praegnante opere exclusa, valde aucta; (i, i) ovaria magna ovata maturationi proxima; (k, k) ovaria alia oblonga immatura.

13. ECHINORYNCHUS *quadrirostris.*

Echinorynchus, candidus, capite proboscidibus quatuor; tab. 38, fig. 23, A, B, C. *Goeze*.
Habitat in *salmonis salaris* hepate.

(23, A) *Echinorynchus quadrirostris*, magnitudine naturali. (B) Idem auctus; (a, a, a, a) proboscides quatuor capitis; (b) extremitas antica corporis incrassata; (c) corpus postice attenuatum; (d) cauda ovata intra corporis apicem posticum intrusa. (C) Proboscis unica cum aculeis, maxime aucta.

Observat. Hic vermis non solum proboscidibus quatuor ab *Echinorynchis* differt, sed etiam tota structura locoque natali ab aliis diverso; nullum ergo dubium quin ab illis genere separandum relinquatur.

28. MASSETE.

Caract. du genre.

Corps polymorphe cylindrique gélatineux, tête exsertile, munie de quatre suçoirs contractiles.

1. MASSETE *des pleuronectes*.

MASSETE, corps opaque, épaissi en avant, atténuée en arrière; pl. 38, fig. 24, A — X.
Habite dans la mucosité intestinale des *pleuronectes carrelet*, *languete* et *plie*, dans celle du *boulier lompe*.

(24, A) Amas de *massettes des pleuronectes*, à peine visibles à l'œil nud, dans une goutte de mucosité intestinale. (B) Plusieurs de ces vers grossis. (C, D, E) Autres plus grossis, dont les suçoirs sont contractés. (F, G, H, I, K, L, M, N, O, P, Q) Autres, dont le corps est diversement plissé ou alongé, et dont la tête est cachée ou saillante, sous divers aspects, très-grossis. (R, S, T, V, X) Diverses formes que présente leur tête, dans les différents états de contraction dont elle est susceptible, avec leurs quatre suçoirs, considérablement grossis; (*a*) la tête; (*b*) la queue; (*c*, *d*) les rides du tronc dans l'état de contraction; (*f*, *f*, *f*, *f*) ouverture de la bouche située au milieu des suçoirs; (*g*, *g*, *g*, *g*) les quatre suçoirs saillants en forme d'oreilles.

28. SCOLEX.

Charact. generis.

Corpus polymorphum cylindricum gelatinosum, caput exsertile, vesiculis suctoriis quatuor contractilibus.

1. SCOLEX *pleuronectis*.

SCOLEX, opaca, antice latiuscula, postice attenuata; tab. 38, fig. 24, A — X. *Muller*.
Habitat in muco intestinali *pleuronectis rhombi*, *linguatulæ* et *platessæ*, sicuti in muco intestinorum *cyclopteri lumpi*.

(24, A) Acervus *scolecum pleuronectis*, oculo nudo fere inconspicuorum, in guttula muci intestinalis. (B) *Scolecex pleuronectis* plurimæ auctæ. (C, D, E) Aliæ magis auctæ, vesiculis suctoriis contractis; (F, G, H, I, K, L, M, N, O, P, Q) Aliæ trunco rugoso aut elongato variabiles, et capite exsertio aut condito, diverso situ repræsentatæ, valde auctæ. (R, S, T, V, X) capita maximè aucta, cum vesiculis suctoriis quatuor varie prolongatis exsertis aut protractis; (*a*) caput; (*b*) cauda; (*c*, *d*) rugæ transversæ corporis contracti; (*f*, *f*, *f*, *f*) oris apertura intra vesiculas suctorias, in apice anteriore sita; (*g*, *g*, *g*, *g*) vesiculæ quatuor suctoriæ in formam totidem auricularum elongatæ.

29. TÉNIA.

Caractère du genre.

Corps comprimé articulé, tête munie de quatre suçoirs, et souvent couronnée par un ou deux rangs de crochets rétractiles.

† — *Sommet armé de crochets*,

Vessie caudale.

A — des Mammaires.

1. TÉNIA *globuleux*.

TÉNIA, vésiculaire, corps long terminé en arrière par une grande vessie globuleuse, tête noduleuse; pl. 39, fig. 1, 2.
Habite dans les viscères du *cochon*, et principalement dans ceux de l'abdomen.

(1) Portion du foie de cochon, offrant une vésicule dans sa substance, dont la grandeur est diminuée de moitié. (A, B, C) portion de foie; (*a*, *b*, *c*) la vésicule dans laquelle le ver était ren-

29. TÆNIA.

Charact. generis.

Corpus depressum articulatum, caput vesiculis suctoriis quatuor, sæpe uncinorum retractilium unica aut serie duplici coronatum.

† — *Apice uncinulis armato*,

Vesica caudali

A. — Mammalium.

1. TÆNIA *globosa*.

TÆNIA, vesicularis, corpore elongato postice vesica magna globosa terminato, capite noduloso; tab. 39, fig. 1, 2. *Goeze*.
Habitat in porci visceribus præsertim abdominalibus.

(1) Pars hepatis suis, vesiculam intra propriam substantiam reconditam repræsentans, magnitudine duplo reducta; (A, B, C) hepatis pars; (*a*, *b*, *c*) vesicula intra quam vermis reconditur; (*d*, *e*, *f*)

fermé ; (*d*, *e*, *f*) incision par où le ver en a été retiré ; (*g*, *h*) membrane intérieure de la vésicule adhérente au foie. (2) *Ténia globuleux* de grandeur naturelle ; (*a*) le corps cylindrique ; (*b*) rétrécissement du corps au-dessous de la tête ; (*c*) la tête noduleuse ; (*d*) élargissement du corps à la proximité de sa vessie postérieure ; (*e*) autre boursoufflement du corps ; (*f*, *g*, *h*) la vessie de la partie postérieure du corps marquée à sa superficie de stries transversales nombreuses.

2. TÉNIA *des moutons*.

Ténia, vésiculaire, corps court, terminé en arrière par une grande vessie globuleuse, tête peu bombée ; pl. 39, fig. 3 — 5.
Habite le plus souvent dans le péritoine des *moutons*.

(3) Le *Ténia des moutons* presque de grandeur naturelle ; (*a*) la tête contractée ; (*b*) son corps très-court, vraisemblablement en état de contraction ; (*c*, *d*, *e*) la vésicule de la partie postérieure avec ses rides transversales. (4) La tête grossie, vue de côté ; (*a*) centre obtus ; (*b*, *c*) la double rang de crochets ; (*d*, *e*, *f*) ses suçoirs, dont on n'apperçoit que trois, à cause de sa position. (5) La tête également grossie, vue en face.

3. TÉNIA *pisiforme*.

Ténia, vésiculaire, corps atténué en avant, vessie de la queue ovale ventrue, tête noduleuse ; pl. 39. fig. 6—8.

Habite en grand nombre dans le foye du *liévre*.

(6) Portion du foye du liévre, avec plusieurs vésicules du *Ténia pisiforme*, de grandeur naturelle ; (*a*, *b*, *c*, *d*, *e*, *f*,) vésicules renfermées dans la substance même du foye ; (*g*, *h*, *i*, *k*, *l*,) autres vésicules attachées en grappe à sa superficie. (7) *Ténia pisiforme* sorti hors de sa vésicule, de grandeur naturelle ; (*a*) la tête noduleuse ; (*b*) le corps atténué en avant ; (*c*) vessie ovale de la queue. (8) Le même ver grossi ; (*a*) la tête ; (*b*) le corps ; (*c*) la vessie.

4 TÉNIA *utriculaire*.

Ténia, vésiculaire, corps atténué en avant, vessie ovale prolongée et retrecie en arrière ; pl. 39. fig. 9—10.

Habite dans le tissu celluleux de l'utérus de la femelle du *liévre*, pendant sa portée.

(9) *Ténia utriculaire*, tiré de sa vésicule, de grandeur naturelle ; (*a*) la tête contractée ; (*b*) le corps avec ses anneaux visibles ; (*c*, *d*,) la vessie de

incisura vesicæ, ex qua extractus fuerat vermis ; (*g*, *h*) membrana vesicæ interior suis hepati adhærens. (2) *Tænia globosa*, magnitudine fere naturali ; (*a*) corpus teres ; (*b*) corporis coarctatio pone caput ; (*c*) caput nodosum ; (*d*) dilatio corporis prope vesicam caudalem ; (*e*) alia corporis protuberantia ; (*f*, *g*, *h*) vesica magna globosa corpus postice terminans, in superficie striis numerosis exarata.

2. TÆNIA *vervecina*.

Tænia, vesicularis, corpore brevi postice vesica magna globosa terminato, capite subnodoso ; tab. 39, fig. 3 — 5. *Goeze*.
Habitat sæpius in *vervecum* pinguefactorum peritonæo.

(3) *Tænia vervecina*, magnitudine fere naturali ; (*a*) caput contractum ; (*b*) corpus breve, verosimiliter retractum ; (*d*, *e*, *f*) vesicula globosa postica cum striis transversis. (4) Caput auctum, latere conspectum ; (*a*) centrum obtusum ; (*b*, *c*) series duplex uncinulorum ; (*d*, *e*, *f*) vesiculæ suctoriæ, tribus tantum ob situm capitis conspicuis. (5) Caput æqualiter auctum, obversum.

3. TÆNIA *pisiformis*.

Tænia, vesicularis, corpore antice attenuato, vesica caudali ovato-ventricosa, capite nodoso ; tab. 39. fig. 6. — 8. *Goeze*.
Habitat copiosissima in *leporis* hepate

(6) Pars hepatis leporis monstrans vesiculas tæniæ pisiformis continentes, magnitudine naturali repræsentata ; (*a*, *b*, *c*, *d*, *e*, *f*) vesiculæ plurimæ intra hepatis substantiam internam nidulantes ; (*g*, *h*, *i*, *k*, *l*,) aliæ vesiculæ racematim hepatis superficiei adhærentes. (7) *Tænia pisiformis* è vesicula extracta, magnitudine naturali ; (*a*) caput nodosum, (*b*) corpus antice attenuatum ; (*c*) vesica ovata caudalis. (8) eadem aucta ; (*a*) caput ; (*b*) corpus ; (*c*) vesica.

4. TÆNIA *utricularis*.

Tænia, vesicularis, corpore antico attenuato, vesica caudali ovata, postice coarctata prolongata ; tab. 39. fig. 9—10 *Goeze*.
Habitat in *leporis* feminæ gravidæ tela *cellulosa*.

(9) *Tænia utricularis* e vesicula extracta, magnitudine naturali ; (*a*) caput retractum ; (*b*) corpus annulis conspicuis ; (*c*, *d*) vesica caudalis coarctata

la queue se retrecissant jusqu'en (*c*). (10) Le même ver roidi; (*a*) la tête; (*b*) le corps; (*c*,*d*) la vessie de la queue.

5 TÉNIA *hydatigène.*

Ténia, simple, corps long s'élargissant insensiblement en avant, vessie de la queue deux fois plus grande que la tête; pl. 39. fig. 11, 12.

Habite dans le foye de plusieurs especes de *rats.*

(11) *Ténia hydatigène*, grossi; (*a*) la tête; (*b*, *c*) le corps articulé se rétrécissant en arrière; (*d*) la vessie de la queue deux fois plus grande que le renflement de la tête. (12) autre ver plus grossi provenant du foye du *rat domestique*; (*a*) la tête; (*b*, *c*) le corps; (*d*) la vessie de la queue.

6. TÉNIA *du rat.*

Ténia, simple, corps long s'élargissant insensiblement en avant, vessie de la queue de même grandeur que la tête; pl. 39. fig. 13—17.

Habite sur la superficie du foye du *rat terrestre* et de la *souris.*

(13) Foye d'une souris un peu grossi, couvert de cette espèce de vers. (14) *Ténia du rat* grossi, dont les articulations de la partie postérieure sont trois ou quatre fois plus longues que celles de devant; (15) le même montrant sa tête en face, accompagnée de ses quatre suçoirs et de ses crochets; (*a*, *b*, *c*, *d*) les suçoirs; (*e*, *f*) les crochets; (*g*) les anneaux de l'extrémité antérieure, courts; (*h*, *i*) anneaux commençant à s'élargir insensiblement jusqu'en (*k*); (*d*) la vessie de la queue. (16) Extrémité antérieure de ce ver considérablement grossie, vue de côté; (*a*, *b*, *c*) trois suçoirs visibles à cause de sa position, formant une grande saillie; (*d*) la couronne de crochets. (17) La tête également grossie vue en face; (*a*, *b*, *c*, *d*) les quatre suçoirs moins saillans; (*e*) les crochets.

7. TÉNIA, *cérébral.*

Ténia, social, fixé par sa queue à une vesicule commune; pl. 40. fig. 1—8.

Habite en grand nombre dans le cerveau des *brebis* tournantes, dont il cause la maladie.

(1) Vesicule tirée du cerveau d'une brebis tournante, sur la superficie de laquelle on apperçoit plusieurs groupes de ces vers de grandeur naturelle; (*a*, *b*, *c*, *d*, *e*) cinq groupes distincts de ce *ténia*. (2, A, B) deux de ces *ténia* un peu grossis, détachés de leur membrane commune; (*a*, *a*) la tête; (*b*, *b*) la queue déchirée. (3) Seconde vesicule, du cerveau d'une

usque ad apicem (*c*). (10) *Vermis* idem rigidus; (*a*) caput; (*b*) corpus; (*c*, *d*) vesica caudalis.

5. TÆNIA *hydatigena.*

Tænia, simplex, elongata antice sensim latior, vesica caudali capite majori; tab. 39. fig. 11, 12 *Goeze.*

Habitat in *muris decumani*, *ratti*, *amphibiique* hepate.

(11) *Tænia hydatigena* aucta; (*a*) caput; (*b*, *c*) corpus articulatum postice sensim attenuatum; (*d*) vesica caudalis capitis protuberantia duplo major. (12) Eadem magis aucta, e *mure ratto* extracta; (*a*) caput cum glandulis suctoriis et aculeis; (*b*, *c*) corpus; (*d*) vesica caudalis.

6. TÆNIA *murina.*

Tænia, simplex, elongata, antice sensim latior, vesica caudali capiti æquali; tab. 39. fig. 13—17. *goeze.*

An vere specie diversa a *taenia hydatigena*? Habitat in *muris terrestris et muris musculi* hepatis superficie.

(13) Hepar *muris musculi* paululum auctum; vermibus ejusce speciei aspersum. (14) *Tænia murina* aucta, articulis partis posticæ triplo aut quadruplo longioribus articulis anticæ partis; (15) eadem, caput obversum ostendens cum vesiculis suctoriis quatuor et uncinulorum corona; (*a*, *b*, *c*, *d*) vesiculæ suctoriæ; (*e*, *f*) uncinuli; (*g*) annuli extremitatis anticæ contracti, abbreviati; (*h*, *i*) annuli usque ad extremitatem (*k*) sensim latiores; (*d*) vesica caudalis. (16) Vermis extremitas anterior a latere conspecta, maxime aucta; (*a*, *b*, *c*) vesiculæ tres suctoriæ ob situm conspicuæ, maxime exsertæ; (*d*) corona uncinulorum. (17) caput æqualiter auctum, obversum; (*a*, *b*, *c*, *d*) vesiculæ quatuor suctoriæ minus prominentes; (*e*) uncinuli.

7. TÆNIA *cerebralis.*

Tænia, socialis, membranæ communi acervatim cauda adhærens; tab. 40 fig. 1—8 *Goeze.*

Habitat acervatim in *ovium* vertiginosarum cerebro, morbumque causat.

(1) Vesicula e cerebro ovis vertiginosæ extracta, in cujus superficie, conspiciuntur plurimi glomeruli hujusce vermis in magnitudine naturali; (*a*, *b*, *c*, *d*, *e*) quinque glomeruli distincti *tæniæ cerebralis.* (2 A, B,) duo *tæniæ cerebralis* paululum aucti a membrana communi extractæ; (*a*, *a*) capita; (*b*, *b*) cauda excisa. (3) vesicula altera e cerebro ovis ver-

brebis tournante, dont les vers sont en partie alongés et en partie contractés; (a, b, c, d, e, f) les vers alongés; (g, g, g) endroit par où ces vers sont attachés à la vésicule commune; (h) la tête d'un de ces vers; (i, k) les vers contractés. (4) Portion de membrane rongée par les vers. (5) Lobe du cerveau d'une brebis, avec les cavités (a, b, c) de grandeur naturelle, dans lesquelles les vésicules des ténia sont logées. (6) l'un de ces vers comprimé entre deux verres, considérablement grossi; (b) le corps parsemé de grains; (c, c) la queue, à l'endroit où elle s'est détachée de la vésicule; (d, d, d, d) les quatre suçoirs; (e, f) le double rang de crochets. (7) autre dans l'état de contraction, comprimé entre deux verres et grossi; (a, b) les rides circulaires du corps; (c, d) deux suçoirs; (e) les crochets, vraisemblablement déplacés par la compression. (8) le même plus grossi et vu sous un autre aspect, encore adhérent à sa membrane; (b) le corps parsemé de grains et sans anneaux; (c, d, e) trois suçoirs; (f) la tête comprimée présentant au centre ses crochets.

8. TÉNIA *granuleux.*

Ténia social, en forme de petits grains, contenus dans une vésicule commune calleuse; pl. 40. fig. 9 — 14, A, B, C, D, E.
Habite dans le foye des *moutons*, renfermé dans des vésicules, dont la grosseur varie depuis celle d'une noisette jusqu'à celle d'un œuf de pigeon, et même au delà.

(9) Vésicule calleuse tirée du foye d'un mouton, dans laquelle ces vers sont contenus, de grandeur naturelle; (10, 11) deux amas de *ténia granuleux*, tels qu'ils se présentent dans l'eau contenue dans les vésicules. (12) cinq de ces vers grossis; (A) un de ces vers en forme de cœur; (a) place des crochets qui sont rentrés; (b) tubercule noir. (B) autre en forme de cône; (d) sommet de la tête; (x, y) deux suçoirs; (z, o) la couronne des crochets. (C) autre en forme de gobelet; (x, y) deux suçoirs; (z) place des crochets. (D) autre conique à base légèrement échancrée; (m, n) deux suçoirs; (o) couronne de crochets peu apparente. (E) autre en forme de cœur aplati; (x, y) deux suçoirs. (13) un de ces vers considérablement grossi, ce qui le fait reconnoître pour un véritable ténia. (ab, ab) le corps parsemé de points ovales; (f) les quatre suçoirs paroissant à cause de la transparence du corps; (g, g) le double rang de crochets; (h) ouverture à son extrémité postérieure, qui est vraisemblablement celle de l'anus. (14) trois crochets détachés (A, C, B) extrêmement grossis.

† *Sans vessie caudale, vivans dans les intestins.*

A — de l'Homme.

9. TÉNIA *cucurbitain.*

A.—Ténia, cartilagineux blanc, articulations quadrangulaires presque engainées

vertiginosæ extracta, tæniolis partim exsertis, partim contractis; (a, b, c, d, e, f) *tæniolæ exsertæ*; (g, g, g) pars, qua vermes vesiculæ communi adhærent; (h) *tæniolæ* caput; (i, k) *tæniolæ* correptæ. (4) pars membranæ a vermibus rosæ. (5) ovis vertiginosæ lobus cerebri, in quo conspiciuntur loculi vesicularum in (a, b, c) magnitudine naturali. (6) *Tænia cerebralis* inter vitri laminas compressa, maxime aucta. (a, b) corpus granulis undique sparsis; (c, c) caudæ incisura, qua vesiculæ communi vermis adhærebat; (d, d, d, d) vesiculæ quatuor suctoriæ; (e, f) uncinulorum duplex series. (7) *tænia* alia ejusdem speciei contracta, inter laminas vitreas compressa, aucta. (a, b) segmenta corporis; (c, d) vesiculæ suctoriæ binæ; (e) uncinulorum corona, forsan pressione mutata. (8) *Tænia* eadem magis aucta, membranæ adhærens, alio situ conspecta; (a) pars membranæ; (b) corpus vermis granulis repletum, absque annulis conspicuis; (c, d, e) vesiculæ suctoriæ tres; (f) caput compressum, corona uncinulorum centrali.

8. TÆNIA *granosa.*

Tænia, socialis, granosa minutissima, numerosissimis intra vesiculam callosam; tab. 40. fig. 9 — 14, A, B, C, D, E. *Goeze.*
Habitat in *vervecum* hepate, in vesiculis nunc avellanam nunc ovum columbinum aut ultro, magnitudine æquantibus.

(9) Vesicula callosa ex hepate vervecis extracta vermiculos continens, in magnitudine naturali sculpta. (10, 11) Acervus duplex granulorum, quales in aqua vesicularum liberi natant. (12) Quinque *tæniæ granosæ* auctæ (A) Una cordiformis; (a) locus uncinulorum retractorum; (b) macula nigra. (B) Altera coniformis; (d) apex capitis obtusatus; (x, y) vesiculæ duæ suctoriæ; (z, o) corona uncinulorum. (C) Alia cyathiformis; (z) locus uncinulorum retractorum; (x, y) vesiculæ duæ suctoriæ. (D) Alia conica, basi submarginata; (m, n) vesiculæ binæ suctoriæ; (o) corona uncinulorum subconspicua. (E) Altera tandem in formam cordis depressi; (x, y) vesiculæ binæ suctoriæ. (13) Altera magnopere amplificata, in qua manifeste apparet *tæniæ* structura; (ab, ab) corpus punctis ovalibus sparsis; (f) vesiculæ quatuor suctoriæ ob corporis pelluciditatem conspicuæ; (g, g) uncinulorum duplex series; (h) apertura extremitatis posticæ, quæ verisimiliter ani orificium constituit. (14) Uncinuli tres (A, D, C) separati, maxime amplificati.

† *Absque vesica caudali, in intestinis habitantes.*

A — Hominis.

9. TÆNIA *solium.*

A — Tænia, cartilaginea alba, articulis quadrangulis postice subvaginatis,

avec les suivantes et portant un orifice sur un des bords ; pl. 40. fig. 15, 16.
B. — Ténia *large* ; pl. 40. fig. 17 — 22.
C. — TÉNIA *transparent* ; pl. 41. fig. 1.—4.
Habite dans les intestins de l'homme, et se rencontre plus communément en Saxe et en Hollande qu'ailleurs.

(15) Extrémité antérieure de la variété A du *ténia cucurbitain* de grandeur naturelle ; (*a*) la tête ; (*b*, *b* *b*) ses articulations s'élargissant insensiblement vers son extrémité postérieure. (17) sa tête vue de côté avec ses crochets rentrés, grossie.

(18) La tête de la variété B vue en face, très-grossie ; (*a*, *b*, *c*, *d*) ses quatre suçoirs un peu protubérans ; (*e*, *f*) le double rang de crochets, qui en couronne le sommet. (18) Bord étroit d'une de ses articulations postérieures avec son orifice vers le milieu. (19) Deux articulations de la même partie du ver réunies, qui lorsqu'elles se détachent ont été nommées vers cucurbitains, vues sur leur face plate, de grandeur naturelle ; (*a*, *b*) leurs orifices ; (*c*) joint des articulations. (20) Fragment de la partie moyenne de ce ver, avec les orifices des articulations distribués sans régularité à sa droite et à sa gauche ; (*a*, *c*, *g*, 1, 2, 3, 4, 5, 6) orifices des articulations du ver, de sa droite ; (*b*, *c*, *d*, *f*, *h*, *i*, *k*) autres orifices de sa gauche. (21) Ovaires de grandeur naturelle, sortis par la compression de l'orifice d'une des articulations ; (22, A, B) les mêmes très-grossis, chacun contenant seize œufs.

(Pl. 41, fig. 1.) Extrémité antérieure de la variété C du *ténia cucurbitain* de grandeur naturelle ; (*a*) sa tête, semblable, lorsqu'elle est grossie, à celle de la variété B ; (*b*, *c*) ses articulations. (2) trois articulations antérieures du *même* ver, de grandeur naturelle ; (*a*, *b*, *c*) les orifices des articulations. (3) Quatre ovaires (*a*, *b*, *c*, *d*) inégaux, remplis d'œufs. (4) Trois articulations postérieures du même ver de grandeur naturelle ; (*a*, *b*, *c*) les orifices baillants ; (*d*, *e*) le canal alimentaire.

10 TÉNIA *vulgaire*.

TÉNIA, membraneux grisatre très-long, articulations carrées noduleuses à leur milieu et percées de deux orifices ; pl. 41 fig. 5—9, A.
Habite dans les intestins de l'homme.

(5) portion antérieure du *ténia vulgaire*, dont on ne connoît pas encore la tête, de grandeur naturelle. (6) Portion du milieu du corps du même ver ; (*a*, *a*) glandule pinnée située au milieu de la face plate de chaque articulation. (7) autre portion postérieure du même ver dont l'extrémité est fendue par accident. (8) Articulation séparée du milieu du corps, grossie et marquée de quelques rides transverses ; (*a*) glan-

osculis marginalibus solitariis ; tab. 40 ; fig. 15, 16. *Pallas*.
B.—Tænia *grandis* ; tab. 40 fig. 17—22. *Goeze*.
C.—Tænia pellucida ; tab. 41 fig. 1 — 4. *Goeze*.
Habitat in hominis intestinis, frequentior saxonibus et batavis.

(15) Extremitas anterior varietatis A *tæniæ solii* magnitudine naturali ; (*a*) caput ; (*b*, *b*, *b*) articuli sensim versus extremitatem posteriorem latescentes. (17) Caput latere visum, aculeis conditis amplificatum.

(18) Caput obversum varietatis B valde amplificatum ; (*a*, *b*, *c*, *d*) vesiculæ quatuor suctoriæ paululum protuberantes ; (*e*, *f*) duplex series aculeolorum caput coronans. (18) Margo auctus articuli solitarii extremitatis posticæ orificium circa medium ostendens. (19) Duo articuli ejusdem partis coaliti, faciem planam præsentantes, vermes cucurbitini dicti quando solitarii rejiciuntur ; (*a*, *b*) orificia bina ; (*c*) junctura articulorum. (20) Portio intermedia ejusce varietatis in qua conspiciuntur orificia articulorum inordinatim ad dextram aut sinistram sita ; (*a*, *e*, *g*, 1, 2, 3, 4, 5, 6) articulorum orificia dextra ; (*b*, *c*, *d*, *f*) eadem sinistrorum. (21) ovaria magnitudine naturali, representata, pressione articuli, ab orificio ejusdem exitus ; (22, A, B) eadem valde amplificata ut conspiciantur ovula sedecim in quocumque nidulantia.

(Tab. 41. fig. 1.) Extremitas antica varietatis C *Tæniæ solii*, in magnitudine naturali ; (*a*) caput, ejusdem augmentationis grado, capiti varietatis B simile ; (*b*, *c*) articuli primi. (2) Articuli tres anteriores, magnitudine naturali ; (*a*, *b*, *c*) articulorum orificia. (3) ovaria quatuor inæqualia ; (*a*, *b*, *c*, *d*) ovulis repleta. (4) articuli tres posteriores vermis ejusdem, magnitudine naturali ; (*a*, *b*, *c*) orificia patula ; (*d*, *e*) canalis alimentarius.

10. TÆNIA *vulgaris*.

TÆNIA, membranacea longissima subgrisea, articulis quadratis medio nodosis, biosculatis ; tab. 41, fig. 5—9, A. *Pallas*.
Habitat in hominis intestinis.

(5) Pars anterior *tæniæ vulgaris*, cujus caput nondum innotescit, magnitudine naturali sculpta. (6) pars media corporis ejusdem vermis ; (*a*, *a*) glandula pinnata in medio faciei planæ articulorum sita. (7) Pars ejusdem posterior, ad finem accidentaliter fissa. (8) articulus distinctus medii corporis, auctus, striisque transversis exaratus ; (*a*) glandula articulorum interna ad latera utrinque pinnata, orificium

dule inférieure pinnée portant un orifice dans son milieu ; (h) ovaires très-grossis renfermant des œufs de diverses grosseurs dans l'intérieur. (A) Les mêmes de grandeur naturelle.

B — des Mammaires.

11. TÉNIA *chaînette.*

TÉNIA, articulations oblongues elliptiques, munies d'un orifice sur un des côtés ; pl. 41, fig. 10 — 14.
Habite dans les intestins du *loup.*

(10) Extrémité antérieure du *ténia chaînette* de grandeur naturelle. (a) La tête ; (b) les articulations du col. (11) La même grossie ; (a) le sommet de la tête un peu saillant ; (b, b) le double rang de crochets ; (c, d, e) trois suçoirs ; (f, g) la partie antérieure du col sans articulations, toute parsemée de molécules. (12) Articulations de la partie moyenne du ver, grossies ; (a, b, c, d, e, f) six orifices d'autant d'articulations, situés sur leurs bords droit et gauche. (13) Trois articulations de l'extrémité postérieure du ver également grossies ; (a, b, c) leurs orifices alternes ; (d, e, f, g) canal longitudinal arborisé et interrompu à chaque nœud des articulations. (14) Trois ovaires grossis.

12. TÉNIA *du chien.*

TÉNIA, articulations ovalo-oblongues, munies d'un orifice de chaque côté ; pl. 41, fig. 15 — 22, A, B, C, D.
Habite dans les intestins du *chien* et du *chat.*

(15) Un de ces vers attaché à la tunique veloutée de l'intestin du chien, de grandeur naturelle ; (a) portion de l'intestin ; (b) endroit où la tête du ver est implantée ; (c, d) les articulations. (16) Même ver tiré des intestins du chat, grossi ; (a) la tête ; (1 — 34) les orifices opposés et saillans des articulations postérieures, très-grossies, remplies d'ovaires ; (a, b) les orifices par où sortent les ovaires ; (e, f) joint des articulations ; (g) amas des ovaires, distincts dans chaque articulation. (18) tête du ver extrêmement grossie ; (a, b) les premières articulations ; (a, c) le col nud ; (d, e) deux suçoirs ; (f, g) sa trompe en forme de poire, contractée ; (h, i) les crochets très-peu saillants. (19) La tête, dans une position différente, également grossie, et comprimée entre deux lames de verre ; (a, b, c, d) les quatre suçoirs ; (e) la trompe sortie par l'effet de la compression ; (f, g) les crochets ; (h, h) fente de la trompe ; (i) petit bouton qu'on y apperçoit. (20) Quatre ovaires très-grossis ; (A) contenant dix-huit œufs ; (B) seize ; (C) treize ; (D) onze. (21) Portion du même ver, tiré des intestins d'un chien, dont la tête y est encore adhérente ; (a, b) l'intestin ; (c) la tête du ver ; (d) le commencement des articulations. (22) La même partie du ver grossie ; (a, b)

orificium in medio ferens ; (h) ovaria praegnans oviculorum. (9) Ovaria maxime amplificata, ovula magnitudinis variae in se foventia ; (A) ovaria magnitudine naturali repraesentata.

B — Mammalium.

11. TAENIA *cateniformis.*

TAENIA, articulis oblongis ellipticis, osculis unilateralibus solitariis ; tab. 41, fig. 10 — 14. *Goeze.*
Habitat in *lupi* intestinis.

(10) Extremitas anterior *taeniae cateniformis*, magnitudine naturali. (a) Caput ; (b) colli articuli. (11) Eadem amplificata ; (a) capitis apex paululum prominens ; (b, b) duplex series uncinulorum ; (c, d, e) vesiculae tres suctoriae ; (f, g) pars antica colli moleculis sparsim absque articulis. (12) Articuli medii corporis, aucti ; (a, b, c, d, e, f) oscula sex totidem articulorum, dextra et sinistrorsa marginalia. (13) Articuli tres extremitatis vermis posticae, aequaliter aucti. (a, b, c) Orificia alternantia ; (d, e, f, g) canalis longitudinalis dendriticus ad articulorum juncturam interruptus. (14) Ovaria tria aucta.

12. TAENIA *canina.*

TAENIA, articulis ovato-oblongis, osculis marginalibus oppositis ; tab. 31, fig. 15 — 22, A, B, C, D. *Goeze.*
Habitat in *canis felisque* intestinis.

(15) Vermis adhaerens tunicae villosae canis intestini, magnitudine naturali ; (a) pars intestini ; (b) locus adhaesionis capitis vermis ; (c, d) articuli. (16) Vermis idem ex intestinis felis extractus, auctus ; (a) caput ; (1 — 33) orificia prominentia et opposita articulorum ; (d — x) eadem orificia usque ad (y) conspicua, anterioribus obliteratis aut nullis. (17) Articuli bini posteriores ovariis repleti, valde aucti ; (a, b) orificia opposita quibus expelluntur ovaria ; (e, f) junctura articulorum ; (g) acervus ovariorum in quocumque articulo distinctus. (18) Caput magnopere auctum ; (a, b) articuli anteriores ; (a, c) collum nudum ; (d, e) vesiculae binae suctoriae ; (f, g) proboscis contracta piriformis ; (h, i) uncinuli parum exserti. (19) Caput aequaliter auctum et inter binas vitri laminas compressum, diverso situ visum ; (a, b, c, d) vesiculae quatuor suctoriae ; (e) proboscis compressione arte exserta ; (f, g) uncinuli ; (h, h) fissura proboscidis ; (i) nodulus intra fissuram conspicuus. (20) Ovaria quatuor valde aucta ; (A) ovulis octodecim, (B) sedecim ; (C) tredecim ; (D) undecim. (21) Pars anterior vermis ejusdem ab intestinis canis extracti, capite intestino adhuc adhaerenti ; (a, b) intestinum ; (c) caput vermis ; (d) primum

deux saillies ; (c) la trompe rentrée ; (d) le col nud ; (e) les premières articulations du corps.

13. TÉNIA *de l'écureuil.*

TÉNIA, articulations longues, légèrement adhérentes, arborisées sur leur disque, et portant un orifice sur le bord latéral ; pl. 41, fig. 23 — 26.

Habite dans les intestins de *l'écureuil.*

(23) Tête du *ténia de l'écureuil* grossie, avec une partie de son col ; (a) fente par où la trompe est rentrée ; (b, c, d, e) les quatre suçoirs ; (f, g) le col sans articulations. (25) Une articulation postérieure du ver, avec son point d'adhérence sur celle qui la suit, grossie ; (a, b, c) suite du canal alimentaire ; (d, d, e, e, f, f) les vaisseaux latéraux frangés ; (g) orifice du bord de l'articulation. (24) Deux autres articulations de son extrémité antérieure, grossies ; (a, b) le canal alimentaire ; (c) vaisseaux latéraux. (26) Portion d'une articulation comprimée et très-grossie, sur laquelle on apperçoit ses œufs ou ovaires.

14. TÉNIA *des loirs.*

TÉNIA, blanchâtre, articulations ovale-oblongues, munies d'un seul orifice sur un des bords ; pl. 42, fig. 1 — 3, A, B, C.

Habite dans les intestins des *loirs.*

(1) *Ténia des loirs* un peu grossi ; (a) la tête ; (b) le col filiforme ; (c, d, e) les articulations postérieures d'une forme ovale-oblongue, avec des veines ramifiées à leur superficie. (1, 2, 3, 4) Orifices légèrement saillants des articulations. (2, A, B, C) Ovaires de diverses formes, considérablement grossis, contenant des œufs. (3) Trois articulations postérieures de ce même ver, d'une forme un peu différente.

15. TÉNIA *dentelé.*

TÉNIA, articulations striées dentelées de chaque côté, tête grande, col très-court, orifices marginaux solitaires ; pl. 42, fig. 4 — 9.

Habite dans les intestins du *chien* et du *chat.*

(4) Le *Ténia dentelé* de grandeur naturelle ; (a) la tête ; (b) dernière articulation. (1, 2, 3, 4, 5, 6) Orifices marginaux, solitaires sur chaque articulation. (5) Cinq articulations de son extrémité postérieure, remarquables par leur forme et leur longueur. (6) Sa tête considérablement grossie, avec sa couronne vue en face ; (a) nœud saillant au sommet de la tête ; (b, b) double rang de crochets, ayant leurs gaînes visibles ; (c, d, e) suçoirs, dont on ne voit que trois, à cause de sa situation. (7) La

dium articulorum. (22) Pars eadem aucta ; (a, b) vesiculæ binæ suctoriæ ; (c) proboscis intrusa ; (d) collum nudum ; (e) primi articuli.

13. TÆNIA *sciuri.*

TÆNIA, articulis leviter cohærentibus elongatis, disco dendritice pinnatis uniosculatis ; tab. 41, fig. 23 — 26. *Goeze.*

Habitat in *sciuri* intestinis.

(23) Caput *Tæniæ sciuri*, cum parte colli, auctum ; (a) fissura proboscidem occultans ; (b, c, d, e) vesiculæ quatuor suctoriæ ; (f, g) collum nudum absque articulis. (25) Articulus unus vermis extremitatis posticæ, cum sequentis articuli adhæsionis puncto, auctus ; (a, b, c) canalis alimentarii continuatio ; (d, d, e, e, f, f) vasa lateralia fimbriata ; (g) osculum articuli marginale. (24) Bini articuli vermis extremitatis anticæ, aucti ; (a, b) canalis alimentarius ; (c) vasa lateralia. (26) Pars articuli compressa et valde aucta, in qua ova aut ovaria conspiciuntur.

14. TÆNIA *glirium.*

TÆNIA, albida, articulis ovato-oblongis, osculis marginalibus solitariis ; tab. 42, fig. 1 — 3, A, B, C. *Goeze.*

Habitat in *glirium* intestinis.

(1) *Tænia glirium* paululum aucta ; (a) caput ; (b) collum filiforme ; (c, d, e) articuli posteriores ovato-oblongi, in superficie ramoso-venosi. (1, 2, 3, 4) Oscula subprominentia articulorum. (2, A, B, C) Ovaria polymorpha magnopere aucta, cum ovulis nidulantibus. (3) Ejusdem vermis articuli tres posteriores, figura paululum diversa.

15. TÆNIA *serrata.*

TÆNIA, articulis striatis utrinque serratis, capite magno, collo brevissimo, osculis marginalibus solitariis ; tab. 42, fig. 4 — 9. *Goeze.*

Habitat in *canis felisque* intestinis.

(4) *Tænia serrata*, magnitudine naturali ; (a) caput ; (b) ultimus articulus. (1 — 6) Oscula marginalia in quocumque articulo solitaria. (5) Articuli quinque extremitatis posticæ vermis, forma longitudineque notandi. (6) Caput magnopere amplificatum, aculeorum corona obversa ; (a) nodus prominens in capitis apice ; (b, b) aculeorum duplex series, vaginis quoque illorum conspicuis ; (c, d, e) vesiculæ suctoriæ, tribus tantum ob situm conspicuis. (7) Caput latere visum paululum magis auctum ;

tête vue de côté, un peu plus grossie; (a) le sommet de la tête; (b, b) le double rang de crochets; (c, d, e) trois suçoirs; (f) commencement des articulations. (8) Un jeune ver de la même espèce, de grandeur naturelle; (a) la tête; (b) son extrémité postérieure arrondie. (9) Trois œufs ou ovaires grossis.

16. TÉNIA *chapelet.*

Ténia, articulations orbiculaires pinnées dans leur disque, tête arrondie, col nud, orifices margineux solitaires saillants; pl. 42, fig. 10 — 13.
Habite avec le précédent dans les intestins du *chat.*

(10) Le *Ténia chapelet* de grandeur naturelle; (a) la tête; (b) la dernière articulation échancrée; (y) endroit où les articulations commencent à s'élargir et à s'arrondir. (1 — 61.) Orifices marginaux des articulations, dont le disque est muni d'un canal longitudinal pinné vers les côtés. (11) Deux articulations grossies; (a, b) les orifices des bords; (c, d) le canal alimentaire pinné; (f, f) le canal des ovaires. (12) Une articulation de la partie postérieure du ver comprimée, remplie d'œufs ou d'ovaires, très-grossie. (13) Sa tête considérablement grossie, vue de côté; (a, b) commencement des articulations; (c, d) le col nud; (d, e) deux suçoirs avec leurs ouvertures au centre; (f, g) les crochets ne forment, dans cette espèce, qu'un seul rang.

17. TÉNIA *linée.*

Ténia, articulations presque carrées tronquées, marquées d'une ligne blanche longitudinale, chacune d'elles contenant un petit corps en forme de sac; pl. 43, fig. 1 — 5.
Habite dans les intestins du *chat sauvage.*

Observat. Comme la tête de ce ver n'est pas connue, on peut douter qu'il appartienne à cette division.

(1, 2, 3) Trois portions du *Ténia linée*, de grandeur naturelle; (a b, a b) ligne longitudinale blanche, parcourant toutes les articulations. (4) Une articulation grossie, au milieu de laquelle on apperçoit un petit corps en forme de sac. (5) Autre articulation extrêmement grossie; (a, b) petit corps en forme de sac, qu'on distingue dans sa cavité; (c, d) canal vésiculé qui le termine en forme de pédoncule.

18. TÉNIA *quadrilobé.*

Ténia, lancéolé, articulations très-

(a) capitis apex; (b, b) uncinulorum corona; (c, d, e) vesiculae suctoriae tres; (f) primordium articulorum. (8) Vermis junior ejusdem speciei, in magnitudine naturali; (a) caput; (b) extremitas postica rotundata. (9) Ovula aut ovaria tria aucta.

16. TAENIA *moniliformis.*

Taenia, articulis orbiculatis disco pinnatis, capite rotundato, osculis marginalibus solitariis prominulis; tab. 42; fig. 10 — 13. *Goeze.*
Habitat cum praecedenti in *felis* intestinis.

(10) *Taenia moniliformis*, magnitudine naturali; (a) caput; (b) articulus ultimus postice emarginatus; (y) locus in quo articuli, postica versus, dilatantur et rotundantur. (1 — 61) Oscula marginalia prominula articulorum, disco suo canali longitudinali pinnato munito. (11) Articuli bini aucti; (a, b) oscula bina marginalia; (c, d) canalis alimentarius utrinque pinnatus; (f, f) canalis ovariorum. (12) Articulus solitarius vermis posticae partis compressus, ovulis aut ovariis impletus, valde auctus. (13) Caput a latere conspectum maxime auctum; (a, b) articulorum primordium; (c, d) collum nudum; (d, e) vesiculae duae suctoriae in centro apertae; (f, g) uncinuli coronantes in hac specie unicam seriem constituentes.

17. TAENIA *lineata.*

Taenia, articulis subquadratis truncatis, linea alba longitudinali notatis, corpusculo in quocumque sacciformi; tab. 43, fig. 1 — 5. *Goeze.*

Habitat in *cati sylvestris* intestinis.

Observat. Quumque caput vermis innotescat, dubitandum an primae sectioni sit adnumerandus.

(1, 2, 3) Partes tres *Taeniae lineatae*, magnitudine naturali; (a b, a b) linea longitudinalis alba omnes articulos percurrens. (4) Articulus unus amplatus, in cujus disco conspicitur corpusculum sacciforme. (5) Articulus alter maxime auctus; (a, b) corpusculum sacciforme intra cavitatem conspicuum; (c, d) canalis internus corpusculum in formam pedunculi terminans.

18. TAENIA *quadriloba.*

Taenia, lanceolata, articulis brevissimis;

courtes, tête quadrangulaire, deux lobes de chaque côté du col; pl. 43, fig. 6—12.

Habite dans l'estomach et dans les intestins grêles du *cheval*.

(6) *Ténia quadrilobé* vu sur une des faces planes, de grandeur naturelle; (a, b) deux suçoirs avec leurs ouvertures; (c, d) deux lobes latéraux. (7) La tête du même ver vue en face, un peu grossie; (a, b, c, d) les quatre suçoirs très-saillants; (f, e) deux lobes latéraux d'une des faces. (8, A, B) Deux ovaires très grossis. (9) Le même, de forme lancéolée. (10) Autre plus long. (11) Autre, de forme ovale-oblongue. (12) Autre lancéolé, à queue longue rétrécie et composée d'articulations un peu plus larges, et dentelées sur les bords; (a) la tête; (b) la queue.

capite truncato tetragono, lobulis binis utrinque colli latere; tab. 43, fig. 6 — 12. *Goeze — Pallas*.

Habitat in *equi* intestinis tenuibus et ventriculo.

(6) *Taenia quadriloba*, ex altera facie plana conspecta, et magnitudine naturali repraesentata; (a, b) vesiculae binae suctoriae perforatae; (c, d) lobuli bini laterum. (7) Vermis caput obversum paululum auctum; (a, b, c, d) vesiculae quatuor quatuor suctoriae valde prominentes; (f, e) lobuli bini unius tantum lateris. (8, A, B) Ovaria bina valde aucta. *Figurae desumptae e Goeze*. (9) Altera lanceolata. (10) Alia magis elongata. (11) Alia in formam ovato-oblongam constricta, articulis latioribus et utrinque ad margines serratis; (a) caput; (b) cauda. *Figurae desumptae e Pallasio*.

19. TÉNIA *du cheval*.

Ténia, long, articulations courtes, très-larges, tête grande, tronquée, quadrangulaire, sans lobes aux côtés du col; pl. 43, fig. 13, 14.

Habite, comme les précédens, dans l'estomach et les intestins grêles du *cheval*.

(13) Extrémité antérieure du *Ténia du cheval*, de grandeur naturelle, à articulations très-courtes; (a) la tête quadrangulaire avec ses quatre suçoirs, dont les crochets ne sont point visibles. (14) *Ténia du cheval* présentant sa largeur naturelle, mais dont la longueur, qui est ordinairement de deux pieds et demi, a été réduite de moitié. Ce ver, copié d'après la figure que M. Chabert en a donnée, a ses articulations un peu moins courtes que celles de la figure 13; (a) sa tête quarrée à angles droits; (b) son extrémité postérieure.

19. TAENIA *equina*.

Taenia, longa, articulis brevibus latissimis, capite magno truncato tetragono, lobulis nullis ad colli latera; tab. 43, fig. 13, 14. *Pallas — Chabert*.

Habitat sicuti praecedens in ventriculo et intestinis *equi* tenuibus.

(13) Extremitas anterior *Taeniae equinae* articulis brevibus, in magnitudine naturali repraesentata; (a) caput tetragonum, angulis rotundatis, cum vesiculis suctoriis quatuor, sed aculeis specie inconspicuus. (14) *Taenia equina* in latitudine articulorum naturali, sed longitudine quae triginta pollices aequat duplo reducta; figura desumpta ex opere D. Chabert articulos offert paulo breviores quam articuli figurae 13; (a) caput tetragonum, angulis rectis notatum; (b) vermis extremitas postica.

20. TÉNIA *du hamster*.

Ténia, tête pyriforme, col nud très étroit, largeur des articulations surpassant quatre fois leur longueur; pl. 43, fig. 15 — 17.

Habite dans les intestins du *hamster*.

(15) *Ténia du hamster* de grandeur naturelle; (a) la tête; (b) son extrémité postérieure. (16) Sa tête grossie avec une partie du col; (a) sommet de la tête, où sont placés les crochets, lesquels ne paroissent pas dans cette figure; (d, e) deux suçoirs; (h) portion du col. (17) Trois articulations de son extrémité postérieure, très-grossies.

20. TAENIA *straminea*.

Taenia, capite pyriformi, collo nudo tenuissimo; articulorum latitudine longitudinem quater superante; tab. 43, fig. 15 — 17. *Goeze*.

Habitat in *muris criceti* intestinis.

(15) *Taenia straminea*, magnitudine naturali; (a) caput; (b) extremitas postica. (16) Caput auctum cum colli nudi parte; (a) capitis apex prominens uncinulis in figura non expressis; (d, e) vesiculae binae suctoriae; (h) pars colli truncata. (17) Articuli tres extremitatis posticae, valde aucti.

21. TÉNIA *filamenteux*.

Ténia, tête ronde munie d'une trompe, col long nud, articulations presque car-

21. TAENIA *filamentosa*.

Taenia, capite rotundato, collo elongato nudo, articulis subquadratis, osculis

rées, garnies sur un côté d'orifices prolongés comme des fils; pl. 44, fig. 1.
Habite dans les intestins grêles de la *taupe*.

(1) *Ténia filamenteux* considérablement grossi; (a) le sommet pointu de la tête, d'où sort quelquefois une trompe armée de crochets; (b, c) deux suçoirs; (d, d) léger étranglement au-dessous de la tête; (e) le col nud; (f, g) articulations remplies d'œufs ou d'ovaires, sans orifices filiformes; (h) articulations postérieures; (i, i, i, i) orifices filiformes diversement contournés des articulations; (k, k) tache obscure du disque des articulations postérieures.

C — des oiseaux.

22\. TÉNIA *infundibuliforme*.

Ténia, articulations infundibuliformes dentelées, col long nud, trompe presque cylindrique alongée; pl. 46, fig. 4 — 9.

Habite dans les intestins du *coq*.

(4) *Ténia infundibuliforme* grossi. (5) Sa tête, avec une partie du col nud, très-grossie; (a) un seul rang de crochets; (b, c) sa trompe cylindracée striée; (d, e) deux suçoirs; (f, g) le col strié longitudinalement. (6) deux articulations du milieu du ver; (a, b) orifices des articulations; (7) trois autres articulations postérieures remplies d'ovaires. (8) Ovaires grossis. (9) Portion de l'intestin du coq grossie, avec beaucoup de ces vers qui y sont adhérents.

23\. TÉNIA *serpent*.

Ténia, articulations très-courtes, tête arrondie sans col, trompe pyriforme convexe; pl. 46, fig. 10 — 12.

Habite dans les intestins de la *corneille mantelée*.

(10) La tête du *ténia serpent* très-grossie; (a, b) les articulations commençant à la base de la tête, sans col intermédiaire; (c, d, e, f) les quatre suçoirs; (h, h) sa trompe saillante élargie à sa base et au sommet; (i, k,) la fente ou cette trompe est reçue, lorsque le ver l'a fait rentrer; (l) le double rang de crochets. (11) Articulations du milieu du corps grossies; (12) autres de son extrémité postérieure également grossies; (a, c) deux canaux longitudinaux parcourant les articulations; (b, d) les deux canaux longitudinaux se terminant au bout de la dernière articulation, où est situé l'anus.

24\. TÉNIA *ponctué*.

Ténia, articulations courtes, tête presque

filiformibus unilateralibus; tab. 44, fig. 1. *Goeze*.
Habitat in *talpae* intestinis tenuibus.

(1) *Taenia filamentosa*, magnopere ampliata; (a) capitis apex acuminatus, proboscidem uncinulatam aliquando exserens; (b, c) vesiculae binae suctoriae; (d, d) levis contractio pone caput; (e) collum nudum; (f, g) articuli ovulis aut ovariis repleti, absque orificiis filiformibus; (h) articulus posterior; (i, i, i, i) orificia tubulata, filiformia, varie contorta articulorum; (k, k) macula obscura disci articulorum posticorum.

C — avium.

22\. TAENIA *infundibuliformis*.

Taenia, articulis infundibuliformibus serratis, collo longo nudo, proboscide subcylindrica elongata; tab. 46, fig. 4 — 9. *Goeze*.
Habitat in *galli* intestinis.

(4) *Taenia infundibuliformis*, magnitudine aucta. (5) Caput, cum colli nudi parte, amplissimum; (a) unica uncinulorum series; (b, c) proboscis cylindracea striata; (d, e) vesiculae binae suctoriae; (f, g) collum longitudinaliter striatum. (6) Articuli bini partis intermediae vermis; (a, b) oscula articulorum; (7) tres articuli postici partis ovariis impleti. (8) Ovaria plurimum aucta. (9) Pars galli intestini, cum vermibus ejusdem speciei iunicae villosae adhaerentibus, aucta.

23\. TAENIA *serpentiformis*.

Taenia, articulis brevissimis, capite rotundato, collo nudo, proboscide pyriformi apice convexa; tab. 46, fig. 10 — 12. *Goeze*.
Habitat in *corvi cornicis* intestinis.

(10) Caput *Taeniae serpentiformis*, valde auctum; (a, b) articuli pone caput complecti absque collo intermedio; (c, d, e, f) vesiculae quatuor suctoriae; (h, h) proboscis exserta, ab basi et apice utrinque dilatata; (i, k) fissura intra quam vaginatur proboscis, quando vermis illam abscondit; (l) aculeorum duplex series. (11) Articuli medii corporis, ampliati. (12) Articuli alii posticae partis, aequaliter aucti; (a, c) canales bini longitudinales articulos percurrentes; (b, d) iidem ad apicem articuli postici desinentes, ubi anus situs est.

24\. TAENIA *punctata*.

Taenia, articulis brevibus, capite subro-

ronde, col long nud, trompe pyriforme convexe au sommet; pl. 46, fig. 13, 14.

Habite dans les intestins de la *corneille freux*.

Observat. MM. Goeze et Gmélin ont considéré ce ver, le précédent, et le suivant, comme trois variétés de la même espèce, malgré les différences remarquables qu'ils présentent, et d'après lesquelles il est très-facile de le distinguer.

(13) Tête du *Ténia ponctué*, avec son col, très-grossie; (a, b) le col long et nud; (c, d) les suçoirs doubles de chaque côté, beaucoup plus grands que dans l'espèce précédente; (e, f) la trompe plus étroite que celle du *Ténia serpent*; (g) le sommet convexe de la trompe environné de crochets. (14) Plusieurs articulations postérieures de ce ver, ponctuées, très-grossies.

25. TÉNIA *tubifère*.

TÉNIA, tête arrondie sans col, trompe pyriforme ventrue, articulations postérieures tubifères sur un des côtés; pl. 47, fig. 1, 2.
Habite dans les intestins de plusieurs espèces de *corbeaux*.

(1) Tête du *Ténia tubifère*, avec ses premières articulations, très-grossie; (a) étranglement de la tête près de la naissance des articulations; (b, b) deux suçoirs; (c) sa trompe très-ventrue; (d) les crochets dont elle est armée. (2) Articulations postérieures parsemées d'ovaires, également grossies; (a, b, c, d) tubes des ovaires diversement contournés, situés sur un des bords des articulations.

26. TÉNIA *du pic*.

TÉNIA, articulations en forme de coupe, col long et nud, trompe en forme de flèche; pl. 47, fig. 5 — 7. A, B.
Habite dans les intestins du *grand pic varié*.

(5) Extrémité antérieure et la tête du *Ténia du pic*, très-grossie; (a, b) sa trompe saillante sous la forme d'une flèche; (c) les crochets; (d, e) deux suçoirs; (f, g) le col sans articulations; (h, i, k, l) commencement des articulations. (6) Extrémité postérieure du ver, grossie dans la même proportion; (a, b, c, d) les jointures des articulations élevées comme autant de bourrelets; (e) des œufs sortant de la dernière articulation. (7) Deux œufs grossis; (A) l'un, dans lequel on ne distingue qu'un corps informe (m) au milieu d'un cercle; (B) l'autre, dans lequel le jeune Ténia commence à se développer en (n) sous la forme d'un Ténia vésiculaire.

tundato, collo elongato nudo, proboscide pyriformi apice convexa; tab. 46, fig. 13, 14. *Goeze*.
Habitat in *corvi frugilegi* intestinis.

Observat. D.D. Goeze et Gmelinus vermem hunc, praecedentem et sequentem, tres varietatis ejusdem speciei judicaverunt, invitis lucidis illorum characteribus quibus invicem distinguntur.

(13) *Taeniae punctatae* caput, cum collo, valde auctum; (a, b) collum elongatum nudum; (c, d) vesiculae suctoriae in utroque latere duplices, quam in *Taenia serpentiformi* multo majores; (e, f) proboscis exserta, magis stricta quam in praecedenti; (g) proboscidis apex convexus, uncinulis coronatus. (14) Articuli plurimi vermis punctis [illegible], valde ampliati.

25. TAENIA *tubifera*.

TAENIA, capite rotundato, collo nullo, proboscide pyriformi ventricosa, articulis posticis latere unico tubiferis; tab. 47, fig. 1, 2. *Goeze*.
Habitat in *corvorum* plurimorum intestinis.

(1) Caput *Taeniae tubiferae*, cum articulis anterioribus valde ampliatum; (a) capitis contractio circa articulorum primordium; (b, b) vesiculae binae suctoriae; (c) proboscis ventricosa; ( ) uncinuli coronantes. (2) Articuli postici ovariis impleti, aequaliter ampliati; (a, b, c, d) tubuli ovariorum varie contorti, ab altero articulorum margine exserti.

26. TAENIA *crateriformis*.

TAENIA, articulis crateriformibus, collo longo nudo, proboscide sagittata; tab. 47, fig. 5 — 7, A, B. *Goeze*.
Habitat in *pici majoris* intestinis.

(5) Caput cum collo *Taeniae crateriformis* valde ampliatum; (a, b) proboscis exserta in formam sagittae finita; (c) uncinuli proboscidis; (d, e) vesiculae suctoriae binae; (f, g) collum absque articulis; (h, i, k, l) primordium articulorum. (6) Vermis extremitas postica, eodem augmentationis gradu; (a, b, c, d) articulorum juncturae in annulos elevatos prominentes; (e) ovula ab ultimo articulo [illegible]. (7) Ovula bina ampliata; (A) ovulum, intra quod conspicitur corpusculum (m) informe, circulo circumscriptum; (B) ovulum alterum Taeniam in (n) formam vesicularem formatam ostendens.

27. TÉNIA *de l'étourneau.*

TÉNIA, articulations longues, tête quadrangulaire, col court et nud, trompe cylindrique terminé en massue; pl. 47, fig. 8 — 10.
Habite dans les intestins de l'*étourneau commun.*

(8) Tête du *ténia de l'étourneau*, grossie; (*a*) le sommet de sa trompe en forme de massue, dont les crochets sont rentrés; (*b*) base cylindrique de la trompe; (*c, c, d, d*) les quatre suçoirs vus en face; (*e, f*) le col nud et ponctué; (*g, h*) commencement des articulations. (9) Articulations de la partie moyenne du corps, grossies. (10) Autres articulations de son extrémité postérieure, plus alongées, également grossies; (*a, b, c*) Bords des articulations postérieures formés en anneaux saillants.

27. TÆNIA *sturni.*

TÆNIA, articulis longioribus, capite quadrangulo, collo brevi nudo, proboscide cylindrica apice clavata; tab. 47, fig. 8 — 10. *Goeze.*
Habitat in *sturni vulgaris* intestinis.

(8) Caput *Tæniæ sturni* auctum; (*a*) proboscidis clavatus apex, unciculis intrusis inconspicuus; (*b*) basis cylindrica proboscidis; (*c, c, d, d*) vesiculæ quatuor suctoriæ obversæ; (*e, f*) collum nudum punctatum; (*g, h*) articulorum primordium. (9) Articuli vermis medii, ampliati; (10) articuli partis posterior magis elongati, æqualiter ampliati; (*a, b, c*) margines articulorum in annulos prominentes formati.

28. TÉNIA *fil.*

TÉNIA, articulations imperceptibles, tête arrondie, col long nud, trompe presque cylindrique; pl. 47, fig. 11 — 17.

Habite dans les intestins du *courlis.*

(11) *Ténia fil* de grandeur naturelle; (*a*) la tête; (*b*) son extrémité postérieure. (12) Portion des articulations postérieures, visibles seulement à travers une loupe, grossie. (13) Son extrémité antérieure au même degré d'augmentation; (*a*) le col nud; (*c*) la tête arrondie; (*d, e*) deux suçoirs; (*f, g, h*) la trompe; (*i*) ses crochets sortis. (14) Portion des articulations postérieures, remplies d'œufs, qui s'échappent en (*a, b, c*), considérablement grossie. (15) Un des œufs du milieu du corps, dans lequel on ne distingue pas d'embrion. (16, 17) Deux œufs des articulations postérieures du ver, où on apperçoit un fœtus en (*a, b*), également grossis.

28. TÆNIA *filum.*

TÆNIA, articulis inconspicuis, capite rotundato, collo elongato nudo, proboscide subcylindrica; tab. 47, fig. 11—17. *Goeze.*
Habitat in *scolopacis rusticolæ* intestinis.

(11) *Tænia filum*, magnitudine naturali; (*a*) caput; (*b*) extremitas postica. (12) Pars articulorum posticorum quæ tantum microscopii conspicuorum, aucta. (13) Extremitas antica eodem augmentationis gradu; (*a*) collum nudum; (*c*) caput rotundatum; (*d, e*) vesiculæ binæ suctoriæ; (*f, g, h*) proboscis; (*i*) unciculi exserti. (14) Pars articulorum posticorum, ovulis repletis in (*a, b, c*) erumpentibus, magnopere amplifata. (15) Ovulum e vermis mediæ parte extractum, immaturum. (16, 17) Ovula bina ab articulis vermis posticis extracta, æqualiter aucta, in quibus ad (*a, b*) conspiciuntur fœtus subnaturus.

D — des Poissons.

D. — Piscium.

29. TÉNIA *noduleux.*

TÉNIA, articulations noduleuses marquées d'un point au milieu, tête bilabiée, chaque lèvre munie de deux crochets à trois pointes; pl. 49, fig. 12 — 15.
Habite dans les intestins du *brochet*, de la *perche*, du *sandat*, de l'*anguille*, du *saumon*, et de plusieurs autres poissons.

(12) Le *Ténia noduleux* grossi; (*a*) la tête; (*b*) l'extrémité postérieure du corps; (*c, d, e, f, g, h*) orifices latéraux des ovaires. (13) la tête de ce ver considérablement grossie; (*a, b*) les deux paires de

29. TÆNIA *nodulosa.*

TÆNIA, articulis nodulosis medio punctatis, capite bilabiato, labio utroque aculeis tricuspidatis geminis; tab. 49, fig. 12 — 15. *Goeze.*
Habitat in intestinis *esocis lucii*, *percæ fluviatilis*, *p. cernuæ*, *murænæ anguillæ*, *salmonis salaris*, aliorumque piscium.

(12) *Tænia nodulosa* aucta; (*a*) caput; (*b*) extremitas posterior corporis; (*c, d, e, f, g, h*) ovariorum ostia lateralia. (13) Caput vermis magnopere auctum; (*a, b*) bina paria aculeorum tricuspidatorum,

crochets à trois pointes, recourbées en arrière. (14) L'extrémité antérieure du ver avec ses deux premières articulations, très-grossie; (*ab*) les deux paires de crochets dont les pointes sont tournées en avant; (*c*) piquant conique de son extrémité antérieure; (*d*, *e*) les articulations nodaleuses à leur extrémité postérieure. (15) Amas d'œufs très-grossis.

††† — *tête sans crochets.*

A — des mammaires.

30. TÉNIA *cordonné.*

Ténia, tête ronde, trompe courte, col nud, articulations étroites bombées; pl. 43, fig. 18, 19.
Habite dans les intestins de la *taupe.*

(18) La tête et le col du *Ténia cordonné*, grossis; (*a*) sa trompe courte et saillante comme un bouton; (*b*, *d*) le col nud sans articulations; (*c*, *c*) les suçoirs de figure ovale. (19) Articulations de la partie postérieure du ver, grossies.

31. TÉNIA *pectiné.*

Ténia, lancéolé, rétréci en avant en un col nud très-court; pl. 44, fig. 7 — 11, A, B, C.
Habite dans les intestins du *lièvre.*

(7) *Ténia pectiné* de grandeur naturelle, mais plus alongé qu'il n'est ordinairement; (*a*) le col rétréci; (*b*) son extrémité postérieure; (*c*, *c*) retrécissement des articulations. (8) Son extrémité antérieure grossie; (*c*) légère éminence du sommet de la tête; (*b*, *c*) deux suçoirs; (*d*) le col nud; (*e*) articulations antérieures. (9) Ver de la même espèce plus petit; (10, A, B, C,) trois autres vers semblables de différentes grandeurs; (*a*) la tête; (*b*) la queue. (11) Le plus petit des trois antérieurs, grossi; (*a*) sa tête avec deux suçoirs; (*b*, *b*, *c*) le corps; (*d*, *d*, *d*) filamens de mucosité dont le ver étoit couvert, après avoir séjourné quelque temps dans l'eau.

32. TÉNIA *des brebis.*

Ténia, très-long, articulations courtes munies d'une ligne longitudinale et d'un orifice de chaque côté, col nud; pl. 45, fig. 1 — 12.
Habite dans les intestins des *brebis.*

(1) Extrémité antérieure du *Ténia des brebis*, de grandeur naturelle; (*a*) la tête; (*b*) les articulations du milieu du corps; (*c*, *c*, *d*, *d*) ligne longitudinale des côtés. (2) Petit *Ténia* de la même espèce de grandeur naturelle; (*a*) la tête; (*b*) la queue. (3) Sa tête vue de côté, grossie. (*a*) Le sommet de la tête tronqué; (*b*, *c*) deux suçoirs; (*d*) le col nud. (4) La tête comprimée entre deux lames de

postice reflexus. (14) Vermis pars anterior valde aucta, cum binis primis articulis; (*a*, *b*) bina paria uncinorum antice vergentium; (*c*) aculeus conformis extremitatis anterioris; (*d*, *e*) articuli antice nodulosi, postice elongati, sensim gracilescentes. (15) Ovulorum maxime amplificatorum acervus.

††† — *Capite mutico.*

A — mammalium.

30. TÆNIA *bacillaris.*

Tænia, capite rotundato, proboscide brevi, collo nudo, articulis strictis torosis; tab. 43, fig. 18, 19. *Goeze.*
Habitat in *talpae* intestinis.

(18) Caput collumque *Taeniae bacillaris*, aucta; (*a*) proboscis brevior in modum noduli prominens; (*b*, *d*) collum articulis *denudatum*; (*c*, *c*) vesiculae suctoriae ovales; (19) articuli vermis posteriores ampliati.

31. TÆNIA *pectinata.*

Tænia, lanceolata, anterius in collum nudum brevissimum attenuata; tab. 44, fig. 7 — 11. *Goeze.*
Habitat in *leporis* intestinis.

(7) *Taenia pectinata*, magnitudine naturali, sed paulo magis elongata quam vulgo reperitur; (*a*) collum attenuatum; (*b*) extremitas vermis postica; (*c*, *c*) articulorum coarctatio. (8) Vermis extremitas antica; (*a*) levis incisura capitis; (*b*, *c*) vesiculae binae suctoriae; (*d*) collum nudum; (*e*) articuli anteriores. (9) Vermis multo minor ejusdem speciei; (10, A, B, C) vermes tres similes, magnitudine sensim decrescente; (*a*) caput; (*b*) cauda. (11) Minor vermium praecedentium, auctus; (*a*) caput cum vesiculis suctoriis binis; (*b*, *b*, *c*) corpus; (*d*, *d*, *d*) mucoris ejusdem filamenta vermis corpus involventia post longiorem in aqua immersionem.

32. TÆNIA *ovina.*

Tænia, longissima, articulis brevibus utrinque lineatis osculatisque, collo nudo; tab. 45, fig. 1 — 12. *Goeze.*

Habitat in *ovium* intestinis.

(1) Extremitas antica *Taeniae ovinae*, magnitudine naturali; (*a*) caput; (*b*) articuli medii corporis; (*c*, *c*, *d*, *d*) lineae longitudinales laterum. (2) *Taenia* minor ejusdem speciei, in magnitudine naturali; (*a*) caput; (*b*) cauda. (3) Caput vermis latere conspectum, amplificatum; (*a*) capitis apex truncatus; (*b*, *c*) vesiculae binae suctoriae; (*d*) collum nudum. (4) Caput inter vitreas laminas compressum; (*a*) apex capitis

ver

verre; (a) son sommet; (b, c, d, e) ses quatre suçoirs; (f) le col. (5) Extrémité postérieure du ver également grossie; (a) ouverture postérieure, vraisemblablement de l'anus; (bc, bc) lignes latérales se terminant à l'anus. (6) Articulations de la partie moyenne du ver; (bc, bc) les lignes latérales. (7) Un très-petit ténia de la même espèce, dont les articulations n'étoient pas encore marquées; (a) la tête; (b) la queue. (8) Extrémité antérieure d'un de ces vers suspendu; (a) la tête et le col nud; (b) ses articulations antérieures. (9) Articulations postérieures de ce ver, très-grossies; (a, b, c, d) orifices protubérants d'un des côtés; (e, f, g, h, i) orifices du côté opposé. (10) Un des orifices latéraux extrêmement grossi; (a) l'ouverture. (11, A, B, C, D) Quatre œufs de ce ver, grossis; (12) trois autres de la même espèce, comme ils se présentent dans l'eau.

(b, c, d, e) vesiculæ quatuor suctoriæ; (f) collum. (5) extremitas vermis postica, æqualiter aucta; (a) ani apertura; (bc, bc) lineæ laterales ad anum ductæ. (6) articuli vermis mediæ partis; (bc, bc) lineæ laterum. (7) vermis minor ejusdem speciei, articulis nondum conspicuis; (a) caput; (b) cauda. (8) Extremitas anterior vermis suspensi; (a) caput cum collo nudo; (b) articuli quatuor posticæ partis, valde ampliati; (a b c d) oscula prominentia unius lateris (e, f, g, h, i) oscula lateris alterius. (10) Orificium laterale articuli, maxime ampliatum; (a) apertura. (11, A, B, C, D) Ovula quatuor aucta; (12) ovula tria ejusdem vermis, sicuti in aqua immersa conspiciuntur.

B. — des oiseaux.

B — avium.

33. TÉNIA *de l'outarde.*

TÉNIA, articulations rhomboïdales, munies, sur un côté, d'appendices filiformes, et sur l'autre, d'orifices doubles, tête en masse, col nud; pl. 44, fig. 2 — 6.
Habite dans les intestins de l'*outarde*.

(2) *Ténia de l'outarde* de grandeur naturelle; (a) la tête; (b) la dernière articulation renflée de la queue; (c, c, c, c) les appendices filiformes dont un côté de ses articulations est frangé. (3) Sa tête grossie; (a) sa trompe saillante; (b, c) deux suçoirs ovales; (d) son col nud; (e) premières articulations sans appendices. (4) Articulations du milieu du corps grossies; (f, f, f, f) les orifices des ovaires, divisés en deux par une cloison transversale; (g, g, g) les appendices filiformes, partant du bord extérieur des articulations. (5) Autre portion des articulations voisines de la queue, également grossies; (f, f) les orifices doubles; (g, g, g) les appendices très-courts. (6) La queue du ver grossie, dont les articulations sont privées d'orifices et d'appendices; (h, h) dernière articulation plus longue et plus renflée que les autres.

33. TÆNIA *tardæ.*

TÆNIA, articulis rhombeis, altero latere denticulis filiformibus, altero osculis duplicatis, capite clavato, collo nudo; tab. 44, fig. 2 — 6. *Bloch.*
Habitat in *otidis tardæ* intestinis.

(2) *Tænia tardæ* in magnitudine naturali; (a) caput; (b) posterior caudæ articulus tumidus; (c, c, c, c) appendices filiformes articulorum unilaterales. (3) Caput ampliatum; (a) proboscis exserta antice prominens; (b, c) vesiculæ binæ suctoriæ ovales; (d) collum nudum; (e) articuli anteriores non appendiculati. (4) Articuli partis mediæ corporis aucti; (f, f, f, f) oscula ovariorum ovata, septo transversali divisa; (g, g, g) articulorum appendices filiformes ex illorum margine postico versus latus alterum penduli. (5) Pars altera articulorum caudalium, æqualiter aucta; (f, f) oscula duplicata; (g, g, g) appendices brevissimi. (6) Cauda vermis aucta, articulis absque osculis et appendicibus; (h, h) articulus ultimus caudæ præcedentibus longior magisque dilatatus.

34. TÉNIA *de l'oie.*

TÉNIA filiforme, articulations très-étroites, extrémité antérieure aussi fine qu'un cheveu; pl. 45, fig. 13.
Habite dans les intestins de l'*oie domestique*.

(13) *Ténia de l'oie* de grandeur naturelle; (a) la tête; (b) la queue.

34. TÆNIA *anseris.*

TÆNIA, filiformis, articulis angustissimis, parte anteriori in capillum attenuata; tab. 45, fig. 13. *Goeze.*
Habitat in *anseris domestici* intestinis.

(13) *Tænia anseris*, magnitudine naturali; (a) caput; (b) cauda.

35. TÉNIA *lancéolé.*

TÉNIA, oblong-lancéolé, décroissant également en avant, tête presque en

35. TÆNIA *lanceolata.*

TÆNIA, oblongo-lanceolata, antrorsum æqualiter decrescens, capito subclavato,

massue, articulations très-courtes ; pl. 45, fig. 15 — 24.
Habite, comme le précédent, dans les intestins de l'*oie domestique*.

(15) *Ténia lancéolé* de grandeur naturelle ; (*a*) la tête ; (*b*) la queue tronquée. (16) L'extrémité antérieure de ce ver grossie ; (*a*, *b*) articulations antérieures ; (*c*, *d*) bourrelet non articulé, dans lequel la tête rentre ; (*e*) la tête en forme de massue ; (*f*, *g*) deux suçoirs ; (*h*) bouche du ver environnée d'écailles. (17) tête du même ver plus grossie, vue dans une position différente de la première, dont elle paroît différer beaucoup ; (*a*, *b*) articulations antérieures ; (*b*, *c*) le col ridé vers le haut ; (*d*, *d*) la tête en forme de trèfle ; (*e*) bouton qui la termine au sommet. (18) Une portion des articulations postérieures de grandeur naturelle. (1, 2, 3, 4, 5, 6) Orifices situés sur le bord des articulations. (19) Même portion des articulations un peu grossies et vues en face ; (*a*, *b*, *c*, *d*, *e*) œufs sortant des articulations sous la forme de fils diversement contournés. (20) Amas d'œufs grossis ; (21) Un œuf très-grossi, environné d'un double cercle blanc et contenant un point (*a*) noir au milieu. (22) Jeune *Ténia* de la même espèce dans sa grandeur naturelle ; (*a*) la tête ; (*b*) la queue complette arrondie ; (*c*, *d*) le canal alimentaire. (23) L'extrémité postérieure de ce ver un peu grossie ; (*c*, *d*) partie du canal alimentaire. (24) Contour d'une des articulations du milieu du ver.

36. TÉNIA *marteau*.

Ténia, articulations courtes, tête en forme de marteau, environnée à sa base de plusieurs languettes saillantes ; pl. 46, fig. 1 — 3.
Habite dans les intestins des *canards*.

(1) *Ténia marteau* de grandeur naturelle ; (*a*) la tête en forme de marteau ; (*b*) la queue ; (*c*) trois vésicules d'un gris blanchâtre ; (*d*, *e*) plusieurs taches semblables ; (*f*, *g*) deux points noirâtres ; (*h*) une tache transparente vers le milieu du corps. (2) Un jeune ver de la même espèce de grandeur naturelle ; (*a*) la tête ; (*b*) la queue arrondie. (3) La tête grossie ; (*a*, *b*) le col articulé transversalement jusqu'à la tête ; (*c*, *d*) neuf languettes étroites environnant la base de la tête ; (*e*, *f*) la tête, dont la partie pointue est recourbée en arrière ; (*g*) la partie postérieure de la tête ; (*h*) sa partie pointue ; (*i*) partie exsertile en forme de trompe.

37. TÉNIA *crénelé*.

Ténia, articulations crénelées, surpassant en largeur six fois leur longueur, tête obtuse, col nud très-long ; pl. 47, fig. 3, 4.
Habite dans les intestins du *grand pic*.

(3) La tête du *Ténia crénelé* grossie ; (*a*) sa

articulis brevissimis ; tab. 45, fig. 15—24. *Goeze*.
Habitat cum præcedenti in *anseris domestici* intestinis.

(15) *Tænia lanceolata*, magnitudine naturali ; (*a*) caput ; (*b*) cauda truncata. (16) Vermis extremitas anterior ampliata ; (*a*, *b*) articuli antici ; (*c*, *d*) annulus prominens non articulatus caput retractum vaginans ; (*e*) caput subclavatum ; (*f*, *g*) vesiculæ duæ suctoriæ ; (*h*) os vermis squamosum. (17) Vermis ejusdem caput magis auctum, in situ diverso præcedentis, a quo valde differt, conspectum ; (*a*, *b*) articuli antici ; (*b*, *c*) collum in apice rugosum ; (*d*, *d*) caput trilobatum ; (*e*) nodulus prominens in parte anteriori. (18) Pars articulorum posticorum in magnitudine naturali conspecta. (1, 2, 3, 4, 5, 6) margines articulorum, cum osculis patulis. (19) Pars eadem articulorum obversorum, paululum aucta magnitudine ; (*a*, *b*, *c*, *d*, *e*) ovula ex orificiis articulorum in formam filorum varie contortorum exeuntia. (20) Ovula coacervata aucta. (21) Ovulum maxime ampliatum duplici circulo albo, punctum nigrum (*a*) involvens. (22) *Tænia* ejusdem speciei junior magnitudinis naturalis ; (*a*) caput ; (*b*) cauda integra rotundata ; (*c*, *d*) canalis alimentarius. (23) Vermis extremitas postica paululum aucta ; (*c*, *d*) pars canalis alimentarii. (24) Circumscriptio vermis articuli cujusdam medii corporis.

36. TÆNIA *malleus*.

Tænia, articulis brevibus, capite in formam mallei resupinato lamellisque erectis ad basim cincto ; tab. 46, fig. 1 — 3. *Goeze*. An hujus generis ?
Habitat in *anatum* intestinis.

(1) *Tænia malleus* magnitudine naturali ; (*a*) caput in formam mallei dilatatum ; (*b*) cauda ; (*c*) vesiculæ tres albo-griseæ ; (*d*, *e*) maculæ quam plurimæ similes ; (*f*, *g*) puncta bina nigricantia ; (*h*) macula pellucida versus corporis mediam partem sita. (2) Vermis junior ejusdem speciei, magnitudine naturali ; (*a*) caput ; (*b*) cauda rotundata. (3) Caput ampliatum ; (*a*, *b*) collum transversim ad caput usque articulatum ; (*c*, *d*) lamellæ novem tenuissimæ capitis basim cingentes ; (*e*, *f*) caput, parte acuminata recurva ; (*g*) capitis postica pars ; (*h*) capitis pars acuminata ; (*i*) pars in proboscidem exsertilis.

37. TÆNIA *crenata*.

Tænia, articulis crenatis latitudine longitudinem sexies superantibus, capite obtuso, collo nudo longissimo ; tab. 47, fig. 3, 4. *Goeze*.
Habitat in *pici majoris* intestinis.

(3) Caput *Tæniæ crenatæ* ampliatum ;)

sa face antérieure terminée en bouton ; (*b*, *c*) deux suçoirs ; (*e*) le col parsemé d'œufs sur toute sa longueur ; (*f*, *g*) deux canaux longitudinaux. (4) Portion d'articulations postérieures, également grossie.

38. TÉNIA *ligne*.

Ténia, articulations courtes, tuilées en arrière et dentées, tête et trompe globuleuses, col nud ; pl. 47, fig. 18 — 22.

Habite dans les intestins des *perdrix*.

(18) *Ténia ligne* de grandeur naturelle. (19) Extrémité antérieure du ver, grossie ; (*a*) la tête arrondie. (20) Portion de l'extrémité antérieure beaucoup plus grossie ; (*a*) la trompe globuleuse ; (*b*) la tête arrondie et bombée ; (*c*) le col nud et court ; (*d*) les articulations antérieures tuilées et dentées à leur angle postérieur. (21) Amas d'œufs grossi, dont quelques-uns paroissent vuides. (22) Deux œufs considérablement grossis, où on apperçoit en (*e*, *f*) les deux vers qui y sont contenus.

39. TÉNIA *globifère*.

Ténia, articulations du col cylindriques bordées, moyennes rhomboïdes, postérieures globuleuses rétrécies à leur jonction ; pl. 48, fig. 1 — 4.

Habite dans les intestins du *busard varié*, de la *cresserelle*, et même dans ceux de la *draine* ou *grosse grive*.

(1) *Ténia globifère* de grandeur naturelle ; (*a*) la tête ; (*b*) les articulations antérieures ; (*c*) fin des articulations moyennes, et commencement des articulations globuleuses nouées en (*d*) ; (*e*) articulation de la queue plus longue que les autres. (2) Extrémité antérieure du ver grossie ; (*a*) sa trompe obtuse ; (*b*, *c*) deux suçoirs ; (*d*, *e*, *f*) anneaux saillans des articulations du col ; (*g*, *h*) premières articulations du corps. (3) Trois articulations de la queue presque globuleuses ; (*a*, *b*) rétrécissement des nœuds. (4) Cinq ovaires très-grossis.

40. TÉNIA *perlé*.

Ténia, articulations presque quarrées à bord aigu, marquées au centre d'un nœud blanc, semblable à une perle, tête quadrangulaire ; pl. 48, fig. 5 — 11.

Habite dans les intestins du *busard varié*.

(5) Portion des articulations du *Ténia perlé* de grandeur naturelle. (6) Trois de ces mêmes articulations, grossies ; (*a*, *b*, *c*) nœuds des articulations resplendissants comme des perles. (7) Deux de ces articulations encore plus grossies ; (*a*) les nœuds ou les ovaires, en forme de bouteille ; (*b*, *c*)

facies anterior capitis in nodulum terminata ; (*b*, *c*) vesiculae binae suctoriae ; (*e*) collum ovulis quaqua undique impletum ; (*f*, *g*) canales bini longitudinales. (4) Pars articulorum posticorum, aequaliter aucta.

38. TAENIA *linea*.

Taenia, articulis brevibus retrorsum serrato-imbricatis, capite proboscideque globosis, collo nudo ; tab. 47, fig. 18 — 22. *Goeze*. An caput uncinatum ?

Habitat in *perdicum* intestinis.

(18) *Taenia linea* magnitudine naturali. (19) Extremitas anterior aucta ; (*a*) caput rotundatum. (20) Pars extremitatis anticae, magnopere aucta ; (*a*) proboscis globosa ; (*b*) caput rotundatum inflatumque ; (*c*) collum nudum abbreviatum ; (*d*) articuli antici retrorsum imbricati et ad angulum posteriorem dentati. (21) Acervus ovulorum auctus, quorum alia vacua apparent. (22) Ovula bina multùm magnopere aucta, intra quorum cavitatem conspiciuntur embriones (*e*, *f*).

39. TAENIA *globifera*.

Taenia, colli articulis cylindricis marginatis, mediis rhombeis, posticis globosis ad genicula attenuatis ; tab. 48, fig. 1 — 4. *Goeze*.

Habitat in *falconis buteonis*, *f. laniarii* et etiam *turdi viscivori* intestinis.

(1) *Taenia globifera* magnitudine naturali ; (*a*) caput ; (*b*) articuli antici ; (*c*) finis articulorum mediorum, articulorumque globosorum subancurvorum primordium ; ( ) articulus caudae ultimus caeteris longior. (2) Extremitas vermis antica aucta ; (*a*) proboscis obtusata ; (*b*, *c*) vesiculae binae suctoriae ; (*d*, *e*, *f*) annulos prominens articulorum colli ; (*g*, *h*) articuli antici corporis. (3) Articuli tres caudales subglobosi ; (*a*, *b*) attenuatio geniculorum. (4) Ovaria quinque maximè amplicata.

40. TAENIA *perlata*.

Taenia, articulis subquadratis acute marginatis, nodo albo margaritaceo in medio notatis, capite quadrangulari ; tab. 48, fig. 5 — 11. *Goeze*.

Habitat in *falconis buteonis* intestinis.

(5) Pars articulorum *Taeniae perlatae*, magnitudine naturali. (6) Tres ejusdem partis articuli, ampliati ; (*a*, *b*, *c*) nodi articulorum, ad instar margaritarum pellucentes. (7) Duo iidem articuli magis ampliati ; (*a*) nodi, aut ovaria lageniformia ; (*b*, *c*) ovula erumpentia. (8) Ovula tria aucta, intra

œufs qui s'en échappent. (8) Trois œufs grossis, dans lesquels on apperçoit le commencement des embrions. (9) Sa tête grossie, vue de côté; (a, b) les suçoirs; (c) la partie antérieure de la tête, tronquée. (10) La tête du même ver un peu plus grossie, vue en face; (a, b, c, d) ses quatre suçoirs. (11) Portion également grossie des articulations postérieures, toutes parsemées d'œufs.

41. TÉNIA *candelabre*.

Ténia, articulations antérieures presque hexagones, moyennes campanulées, postérieures oblongues, col nud très-long; pl. 48, fig. 12 — 15.
Habite dans les intestins de la *hulotte*.

(12) Tête et col du *Ténia candelabre*, grossis, et vus de côté; (a, b) deux suçoirs; (c) organe d'une figure peu ordinaire (est-ce sa bouche?) (d) le col nud, très-long, parsemé de petits points. (13) Portion de ses articulations antérieures figurées en hexagones, également grossies, ainsi que les suivantes; (a, b, c, d) deux canaux longitudinaux placés sur leurs côtés. (14) Portion des articulations moyennes du ver, de forme campanulée, portant dans leur intérieur des lignes transparentes parallèles à leurs bords. (15) Autre portion de ses articulations postérieures oblongues, dont le milieu présente la figure d'intestins entortillés.

42. TÉNIA *fléau*.

Ténia, moitié antérieure du corps aussi fine qu'un cheveu, moitié postérieure élargie à articulations courtes; pl. 48, fig. 16 — 19.
Habite dans les intestins du *milan royal*.

(16) Le *Ténia fléau* de grandeur naturelle; (a) la tête; (b) le col aussi fin qu'un cheveu; (c) commencement de sa moitié postérieure élargie et articulée; (d) son extrémité postérieure; (e) orifice de l'anus. (17) Sa tête, avec une partie du col grossie; (a, b) deux suçoirs, en forme de vessies enflées; (c) renflement du col; (d, e, f) rétrécissement du col; (g) ouverture de la trompe. (18) Partie du milieu du corps où les articulations commencent rapidement à s'élargir; grossie. (19) Extrémité postérieure du ver également grossie; (a) sa dernière articulation; (b) l'ouverture de l'anus.

C — *des poissons*.

43. TÉNIA *ridé*.

Ténia, articulations très-courtes, celles du milieu marquées d'un sillon, tête conique, munie de deux vésicules longitudinales; pl. 48, fig. 20 — 24.
Habite dans les intestins des *gades mustelle* et *lotte*.

quorum cavitatem compicitur embrionum primordium. (9) Caput auctum e latere visum; (a, b) vesiculæ suctoriæ; (c) pars capitis anterior truncata. (10) Caput ejusdem vermis paulo magis auctum, obversum; (a, b, c, d) vesiculæ quatuor suctoriæ. (11) Pars æqualiter aucta articulorum posticorum, cum ovulis sparsis conspicuis.

41. TÆNIA *candelabraria*.

Tænia, articulis anticis subhexagonis; mediis campanulatis, posticis oblongis, collo nudo longissimo; tab. 48, fig. 12 — 15. *Goeze*.
Habitat in *strigis aluconis* intestinis.

(12) Caput collumque *Tæniæ candelabrariæ*, aucta, e latere visa; (a, b) vesiculæ binæ suctoriæ; (c) organum quoddam figuræ ignotæ, an os? (d) collum nudum longissimum subtilissime punctatum. (13) Pars articulorum anticorum, eodem augmentationis gradu, in formam hexagonam concatenatorum; (a, b, c, d) canales bini longitudinales utrinque decurrentes. (14) Pars articulorum vermis intermediorum campaniformium, lineis pellucentibus margini parallelis pictorum. (15) Pars alia articulorum posticorum, parte media quasi intestinis contortis longitudinaliter pictorum.

42. TÆNIA *flagellum*.

Tænia, parte media anteriori in capillum attenuata, media posteriori dilatata, articulis brevibus; tab. 48, fig. 16 — 19.

Habitat in *falconis milvi* intestinis.

(16) *Tænia flagellum*, magnitudine naturali; (a) caput; (b) collum in capillum attenuatum; (c) partis posticæ corporis dilatatæ articulatæque primordium; (d) extremitas postica; (e) ani orificium. (17) Caput cum colli parte ampliatum; (a, b) vesiculæ binæ suctoriæ tumidæ; (c) colli protuberantia; (d, e, f) ejusdem coarctatio, (g) proboscidis osculum. (18) Pars medii corporis ampliata, quo subitam articulorum dilatationem ostendit. (19) Vermis extremitas postica, eodem augmentationis gradu sculpta; (a) articulus ultimus; (b) ani apertura.

C — *piscium*.

43. TÆNIA *rugosa*.

Tænia, articulis brevissimis, mediis longitudinaliter sulcatis, capite conico vesiculis binis utrinque adnatis; tab. 48, fig. 20 — 24. *Goeze*. An hujus generis?
Habitat in *gadorum mustelæ* et *lotæ* intestinis.

(20) Extrémité antérieure du *Ténia ridé* de grandeur naturelle ; (*a*, *b*) sa tête de forme conique ; (*c*, *d*) étranglement du col ; (*e*) place des suçoirs. (21) Portion des articulations moyennes du ver de grandeur naturelle ; (*a*, *b*) sillon longitudinal également profond sur ses deux faces. (22) Fragment de la même partie du ver, vu après avoir macéré quelque temps dans l'eau ; (*a*, *b*) le sillon longitudinal plus large et moins profond que dans les articulations précédentes. (23) La tête de ce ver et quelques articulations antérieures, à un léger degré d'accroissement ; (*a*, *b*) les deux vésicules latérales oblongues ; (*c*) bourrelet orbiculaire et plat, qui termine la tête ; (*d*, *e*) articulations antérieures ridées. (24) La tête un peu grossie, vue en face de son ouverture (*a*).

(20) Extremitas antica *Taeniae rugosae*, magnitudine naturali ; (*a*, *b*) caput conicum ; (*c*, *d*) colli coarctatio ; (*e*) situs vesicularum suctoriarum. (21) Pars articulorum vermis intermediorum, magnitudine naturali ; (*a*, *b*) sulcus longitudinalis in utraque articulorum facie aequaliter exaratus. (22) Pars alia eorumdem vermis articulorum, post quamdam in aqua macerationem conspecta ; (*a*, *b*) sulcus longitudinalis latior sed minus profundus quam in praecedenti. (23) Vermis caput paucique articuli anteriores, magnitudine paululum aucta ; (*a*, *b*) vesiculae binae oblongae laterales ; (*c*) discus planus orbicularis caput terminans ; (*d*, *e*) articuli antici rugosi. (24) Caput paulo auctum obversum ; (*a*) oris apertura.

44. TÉNIA *de l'anguille*.

TÉNIA, articulations oblongues irrégulièrement ridées et bombées, tête épaissie sans col ; pl. 49, fig. 1—3.
Habite dans les intestins de *l'anguille*.

(1) Tête du *Ténia de l'anguille* grossie, avec ses articulations antérieures presque carrées ; (*a*, *b*) deux suçoirs de figure ovale. (2) Même partie de ce ver, vu dans l'état de contraction ; (*a*) la tête tronquée en avant (*b*) et arrondie sur le derrière ; (*c*, *d*) articulations antérieures ridées et bombées sans régularité. (3) Articulations postérieures également grossies.

44. TAENIA *anguillae*.

TAENIA, articulis oblongis irregulariter torulosis, capite incrassato, collo nullo ; tab. 49, fig. 49, fig. 1 — 3. *Goeze*.
Habitat in *murenae anguillae* intestinis.

(1) Caput *Taeniae anguillae* auctum, cum articulis anticis subquadratis ; (*a*) vesiculae binae suctoriae ovatae. (2) Vermis pars eadem, in contractionis statu conspecta ; (*a*) caput in apice (*b*) truncatum, retrorsum rotundatum ; (*c*, *d*) articuli antici rugis irregulariter elevatis exarati. (3) Articuli postici, eodem augmentationis gradu.

45. TÉNIA *du silure*.

TÉNIA, articulations courtes parallèles, tête continue terminée en trompe, suçoirs munis d'un double bord ; pl. 49, fig. 4, 5.
Habite dans les gros intestins du *silure mal*.

(4) Extrémité antérieure du *Ténia du silure*, grossie ; (*a*, *b*) deux suçoirs environnés d'une double bordure ; (*c*, *d*) bordure interne de leurs orifices, radiée ; (*e*, *f*) trompe de figure conique ; (*g*) sommet de la trompe portant une ouverture ; (*h*) le col sans articulations. (5) Articulations postérieures, grossies.

45. TAENIA *siluri*.

TAENIA, articulis brevibus parallelis, capite continuo in proboscidem attenuato, vesiculis suctoriis bimarginatis ; tab. 49, fig. 4, 5. *Goeze*.
Habitat in *siluri glanidis* intestinis crassis.

(4) *Taeniae siluri* extremitas antica, ampliata ; (*a*, *b*) vesiculae binae suctoriae duplici margine circumdatae ; (*c*, *d*) margo interior orificiorum radiatus ; (*e*, *f*) proboscis in conum prominens ; (*g*) proboscidis apex perforatus ; (*h*) collum absque articulis. (5) Articuli postici, ampliati.

46. TÉNIA *alterné*.

TÉNIA, articulations quadrangulaires marquées alternativement d'une ligne transverse, tête munie de quatre verrues ; pl. 49, fig. 6 — 9.
Habite dans les intestins de la *perche de mer* et du *silure mal*.

(6) *Ténia alterné* de grandeur naturelle ; (*a*, *b*, *c*, *d*) les lignes transverses qu'on apperçoit sur ses articulations postérieures ; (*e*) autre ligne du côté opposé ;

46. TAENIA *alternans*.

TAENIA, articulis quadrangularibus alternatim transverse lineatis, capite quadriverrucoso ; tab. 49, fig. 6 — 9. *Goeze*.

Habitat in *percae marinae*, et *siluri glanidis* intestinis.

(6) *Taenia alternans* magnitudine naturali ; (*a*, *b*, *c*, *d*) lineae transversae supra articulos posticos conspicuae ; (*e*) linea transversa ad alterum

(*f*) partie du ver, où ses articulations ne présentent plus d'es lignes visibles; (*g*, *h*) col du ver sans articulations; (*i*) sa tête. (7) Trois articulations postérieures du ver, grossies; (*a*, *b*, *c*) les articulations; (*d f*, *d f*) les lignes longitudinales des bords; (*h*, *i*, *k*) les lignes transversales alternes des articulations; (*e*, *e*) ovaires parsemés dans chaque articulation. (8) Une des articulations comprimée, plus grossie, où on n'apperçoit que les lignes transverses sont les conduits des ovaires. (9) La tête du ver très grossie, avec une partie de son col privé d'articulations; (*a*) sa trompe saillante sous la forme d'un petit bouton; (*b*, *b*, *c*, *c*) ses quatre suçoirs ressemblant à des verrues saillantes; (*f*, *g*) ouvertures orbiculaires des suçoirs.

47. TÉNIA *du saumon.*

Ténia, articulations et orifices imperceptibles, tête le plus souvent globuleuse, variable; pl. 49, fig. 10, 11.
Habite dans les intestins et dans l'estomach du *saumon*.

(10) Tête du *Ténia du saumon*, très grossie, avec une partie de son col; (*a*, *b*) sa tête; (*c*, *d*) échancrure postérieure en forme de cœur; (*e*) ouverture de sa trompe; (*f*, *g*) commencement des articulations, lesquelles ne sont visibles qu'à un fort degré d'engrossation. (11) La tête du même ver, vue de côté, et sous une forme différente, également grossie; (*a*, *b*) les suçoirs de forme alongée.

D. — des Reptiles.

48. TÉNIA *du crapaud.*

Ténia, extrémité antérieure presque cylindrique, postérieure filiforme, articulations recouvertes par une membrane diaphane; pl. 50, fig. 1 — 6.
Habite dans les intestins du *crapaud* et de la *salamandre*.

(1) *Ténia du crapaud*, de grandeur naturelle, (*a*) la tête; (*b*) la queue. (2) Le même grossi; (*a*) la tête avec ses quatre suçoirs; (*a*, *b*) le col du ver nud et applati; (*b*, *c*) articulations arrondies en forme de grains de chapelet; (*c*, *d*) articulations de forme conique; (*d*, *e*) articulations longues et étroites; (*f*, *g*, *h*, *i*) membrane diaphane qui joint entre elles les articulations postérieures; (*k*, *l*, *m*, *n*, *o*, *p*) membrane diaphane qui enveloppe les articulations, depuis la base du col jusqu'à la naissance de la queue. (3) L'une des articulations postérieures grossie, renfermant des œufs de diverses grandeurs. (4) Autre articulation de la même partie du ver, grossie et comprimée, dont les œufs offrent la figure d'autant de croissants. (5) Tête du ver grossie, avec une portion du col; (*a*, *b*) canal longitudinal, qu'on doit considérer comme l'œsophage; (*c*, *d*, *e*, *f*) canaux courts qui conduisent des suçoirs à l'œsophage; (*g*, *h*, *i*, *k*)

latus versa; (*f*) pars vermis, cujus articuli lineis transversis conspicuis orbantur; (*g*, *h*) collum nudum; (*i*) vermis caput. (7) Articuli tres vermis posteriores, ampliati; (*a*, *b*, *c*) articuli; (*d f*, *d f*) lineæ longitudinales laterum; (*h*, *i*, *k*) lineæ transversæ alternæ articulorum; (*e*, *e*) ovaria intra articulos sparsa. (8) Articulus solitarius compressus, magis ampliatus, in quo apparet lineæ transversæ sicuti ovariorum canaliculos. (9) Caput vermis valde auctum, cum colli parte articulis denudata; (*a*) proboscis in formam noduli prominens; (*b*, *b*, *c*, *c*) vesiculæ suctoriæ quatuor verrucosæ; (*f*, *g*) orificia orbiculata vesicularum suctoriarum.

47. TÆNIA *salmonis.*

Tænia, articulis orificiisque inconspicuis, capite sæpius globoso mutabili; tab. 49, fig. 10, 11. *Goeze.*
Habitat in *salmonis salaris* ventriculo et intestinis.

(10) Caput *Tæniæ salmonis*, valde auctum, cum colli parte antica; (*a*, *b*) caput; (*c*, *d*) capitis incisura posterior cordiformis; (*e*) proboscidis apertura; (*f*, *g*) articuli anteriores magno augmentationis gradu solum conspicui. (11) Caput ejusdem vermis e latere in situ diverso visum, æque interamplatum; (*a*, *b*) vesiculæ bina suctoriæ oblongæ.

D. — Reptilium.

48. TÆNIA *bufonis.*

Tænia, antico subteres postice filiformis, articulis membrana hyalina involutis; tab. 50, fig. 1 — 6. *Goeze.*

Habitat in *ranæ bufonis* et *lacertæ salamandræ intestinis.*

(1) *Tænia bufonis*, in magnitudine naturali; (*a*) caput; (*b*) cauda. (2) *Tænia* eadem ampliata; (*a*) caput cum vesiculis suctoriis quatuor; (*a*, *b*) collum nudum compressum; (*b*, *c*) articuli rotundati moniliformes; (*c*, *d*) articuli in formam coni attenuati; (*d*, *e*) articuli longiores angustiores attenuati; (*f*, *g*, *h*, *i*) membrana hyalina juncturam articulorum posticorum formantes; (*k*, *l*, *m*, *n*, *o*, *p*) membrana hyalina articulos omnes a colli basi ad caudæ apicem undique involvens. (3) Articulus solitarius partis posticæ vermis, ampliatus, ovulis quæ implentur diversæ magnitudinis. (4) Articulus alter ejusdem partis, auctus et compressus, cujus ovula figuram lunarem offerunt. (5) Caput vermis amplicatum, cum colli nudi parte; (*a*, *b*) canalis longitudinalis, qui ob situm œsophagus dici potest; (*c*, *d*, *e*, *f*) canales breves a vesiculis suctoriis ad œsophagum vergentes; (*g*, *h*, *i*, *k*) vesiculæ quatuor suctoriæ margine exteriori sulcato. (6) Caput

les quatre suçoirs, dont le bord extérieur est strié. (b) La tête du même ver un peu enflée, également grossie; (a) sommet de la tête légèrement pointu; (b, c, d, e) les quatre suçoirs; (f, g, h, i) les canaux courts des suçoirs; (k, l) l'œsophage.

30. LIGULE.

Caract. du genre.

Corps comprimé, linéaire, égal, long, marqué d'un sillon longitudinal sur le dos, extrémité antérieure obtuse, postérieure aiguë.

1. LIGULE *des oiseaux.*

Ligule, très blanche et très-étroite.
Habite dans les intestins de divers *oiseaux* aquatiques.

2. LIGULE *des poissons.*

Ligule, cendrée, médiocrement large.
Habite dans l'abdomen des *poissons*, et principalement dans leur mésentère.

31. LINGUATULE.

Caract. du genre.

Corps comprimé oblong-ovale, bouche environnée de quatre orifices.
Habite dans le poumon du *lièvre*.

32. SANGSUE.

Caract. du genre.

Corps oblong, le plus souvent applati, extrémités susceptibles de dilatation.

Observat. La dilatation des extrémités de quelques *Sangsues* n'a lieu que lorsqu'elles se déplacent, à la manière des chenilles dites arpenteuses.

1. SANGSUE *médicinale.*

Sangsue, oblongue noirâtre, dos légèrement applati marqué de lignes longitudinales de diverses couleurs, ventre tacheté de jaune; pl. 51, fig. 1, 2.
Habite dans les étangs et les marécages

(1) *Sangsue médicinale* de grandeur naturelle; (a) la tête; (b) son extrémité postérieure plus

ejusdem vermis paululum inflatum, æqualiter auctum; (a) apex capitis subacuminatus; (b, c, d, e) vesiculæ quatuor suctoriæ; (f, g, h, i) canales breves vesicularum suctoriarum; (k, l) œsophagus.

30. LIGULA.

Charact. generis.

Corpus compressum, lineare, æquale, elongatum, sulco dorsali longitudinali exarato, antice obtusum, postice obtusum.

1. LIGULA *avium.*

Ligula, albissima angustissima.
Habitat in *avium* plurimorum aquaticorum intestinis.

2. LIGULA *piscium.*

Ligula, cinerascens latiuscula.
Habitat in *piscium* abdomine præcipue in mesenterio.

31. LINGUATULA.

Charact. generis.

Corpus depressum oblongo-ovale, ore anterius orificiis quatuor cincto.
Habitat in *leporis timidi* pulmonibus.

32. HIRUDO.

Charact. generis.

Corpus oblongum, sæpius depressum, extremitatibus in orbiculum dilatabilibus.

Observ. Expansio extremitatum quarumdam *Hirudinum*, eo tantum momento observatur, quo in morem larvarum geometrarum progrediuntur.

1. HIRUDO *medicinalis.*

Hirudo, elongata nigricans, supra planiuscula lineis versicoloribus, subtus maculis flavis; tab. 51, fig. 1, 2. — *Bergman.* figuræ minus bonæ.
Habitat in stagnis et paludosis.

(1) *Hirudo medicinalis*, magnitudine naturali; (a) caput; (b) extremitas postica magis dilatata.

élargie. (2) La même plus petite, vue en-dessous ; (a) deux crochets dont sa bouche est armée, suivant *Bergman* ; (b) coupe de son extrémité postérieure.

2. SANGSUE *de cheval.*

Sangsue, oblongue noire, ventre d'un verd cendré, quelquefois taché de noir ; pl. 51, fig. 3, 4.
Habite dans l'eau des fossés et les lieux marécageux.

(3) *Sangsue de cheval* diminuée de moitié, vue au dos ; (a) son extrémité antérieure ; (b) son extrémité postérieure. (4) Le même ver, également réduit, présentant le ventre ; (a) coupe oblongue de son extrémité antérieure ; (b) coupe ovale de son extrémité postérieure ; (c) organe filiforme sortant rarement, et servant peut-être à la génération.

3. SANGSUE *commune.*

Sangsue oblongue d'un brun jaunâtre, munie à son extrémité antérieure de huit yeux disposés en croissant ; pl. 51, fig. 5 — 8, A, B, C.
Habite dans les ruisseaux, et s'attache ordinairement aux plantes aquatiques.

(5) *Sangsue commune* de grandeur naturelle, vue pendant le repos ; (a) son extrémité antérieure ; (b) son extrémité postérieure, élargie en forme de coupe. (6) Le même ver, vu dans la situation qu'il prend, pendant qu'il se déplace. (7) Son extrémité antérieure grossie, présentant ses huit yeux disposés en croissant. (8) Partie du ver considérablement grossie, pour faire appercevoir les œufs qui y sont contenus ; (a, a, a, a, a) œufs diaphanes. (A) Disposition des yeux, pendant que l'animal se meut. (B) Disposition différente des yeux, pendant que le ver se repose. (C) Un œuf extrêmement grossi.

4. SANGSUE *binocle.*

Sangsue, oblongue transparente, ponctuée de cendré, munie de deux yeux ; pl. 51, fig. 9 — 11.
Habite dans les eaux marécageuses.

(9) *Sangsue binocle* de grandeur naturelle, dans l'état de contraction ; (a) extrémité antérieure ; (b) extrémité postérieure ; (c) tubercule lenticulaire du dos. (10) Autre ver de la même espèce dans l'état d'alongement ; (a) la tête ; (b) la queue. (11) Son extrémité antérieure un peu grossie, présentant la situation de ses deux yeux.

5. SANGSUE *des poissons.*

Sangsue, oblongue jaunâtre, dos mar-

(2) *Hirudo* eadem, minor, ventrem ostendens ; (a) unciuli duo conniventes quos in ore comperuit *Bergmanus* ; (b) orbiculus vermis extremitatis posticae.

2. HIRUDO *sanguisuga.*

Hirudo, elongata nigra, subtus cinereo-virens maculis nonnunquam nigris ; tab. 51, fig. 3, 4. *Bergman.* figurae mediocres.
Habitat in aquis fossarum locisque palustribus.

(3) *Hirudo sanguisuga* duplo imminuta, dorsum praesentans ; (a) extremitas anterior ; (b) extremitas posterior. (4) Vermis idem, aequali imminutionis gradu, ad ventrem visus ; (a) orbiculus oblongo-ovatus extremitatis anticae ; (b) orbiculus ovatus posticae partis ; (c) organum filiforme raro exsertum, an organum genitale ?

3. HIRUDO *vulgaris.*

Hirudo, elongata flavo-fusca, oculis octo in seriem lunatam dispositis ; tab. 51, fig. 5 — 8, A, B, C. *Bergman.* iconismi rudes.
Habitat in rivulis, plantis aquaticis vulgo adhaerescens.

(5) *Hirudo vulgaris*, magnitudine naturali ; quiescens ; (a) extremitas antica ; (b) extremitas postica in orbiculum dilatata. (6) Vermis idem, in situ progressionis conspectus. (7) Extremitas antica amplificata, cum octo oculorum serie lunata. (8) Pars vermis magnopere aucta ut conspiciantur ovula maturationi proxima ; (a, a, a, a, a) ovula hyalina. (A) Situs oculorum in seriem semicircularem in verme progrediente. (B) Situs diversus oculorum in seriem duplicem transversalem, in verme quiescente. (C) Ovulum maxime ampliatum.

4. HIRUDO *bioculata.*

Hirudo, elongata pellucida cinereo-punctata, oculis duobus ; tab. 51, fig. 9 — 11. *Bergman.*
Habitat in aquis paludosis.

(9) *Hirudo bioculata*, magnitudine naturali, retracta ; (a) extremitas antica ; (b) postica ; (c) tuberculum dorsale lentiforme. (10) Vermis alter ejusdem speciei elongatus ; (a) caput ; (b) cauda. (11) Extremitas antica paululum ampliata, situm duorum oculorum ostendens.

5. HIRUDO *piscium.*

Hirudo, elongata flavicans, linea dorsali

qui

www.ingramcontent.com/pod-product-compliance
Lightning Source LLC
Chambersburg PA
CBHW020405030726
47496CB00007B/2307

* 9 7 8 3 7 4 1 1 9 7 9 7 0 *